（……今の、なんだろう……？）
何度か瞬きをしていると、暗くなっていた世界に色が戻り始める。
やがて、視界いっぱいに広がったのは、危うく倒れかけた
自分を抱き留めてくれた、ウィラードの恐ろしく端整なご尊顔だった。

ギーゼラ・バッツドルフ
聖花術師。エリスとイレーネの師匠。
ウィラード・ルネ・
ランドルリーベ
聖リュミエール王国の第一王子。
ジュダ・グレーデン
蒼華騎士団団長。ウィラードの護衛。

エリス・ファラー
落ちこぼれの聖花術師。
イレーネ・ベーレント
見習い聖花術師。エリスの妹弟子。
マリオン・プロイツ
蒼花枢機卿。ウィラードの従兄。

「急にふらついたけど、大丈夫かい？」

この度、聖花術師から第一王子の臨時⁉婚約者になりました

～この溺愛は必要ですか⁉～

著 真咲いろは

一迅社ノベルス

fiance from a holy flower mage

Contents

イラスト／水埜なつ

その昔、聖リュミエール王国は、春を迎えて尚《なお》も降り止《や》まぬ未曽有《みぞう》の豪雪に見舞われた。

日ごと減りゆく食料や薪《まき》を巡り、国民同士が醜く争う。寒さと飢えで落命する者が相次ぐも、分厚い雪に覆われた大地を掘り返す術《すべ》はなく、教会の中には埋葬を待つ棺《ひつぎ》が増える一方であった。

王都の教会で修道女をしている少女・セラフィーナは、無残な国情に誰よりも心を痛め、三日三晩不眠不休で天の神々に救いを求めた。斯《か》くして、心優しい乙女《おとめ》の祈りは聞き届けられ、花の女神フロス・ブルーメが、眩《まばゆ》い金色に輝く花を纏《まと》いて地上へ降臨したのだ。

女神は極彩色の花々を閉じ込めた小瓶を用いて、雪に閉ざされた氷の大地へ、春の息吹と豊穣を齎《もたら》す。国を救いし神秘の小瓶は【福音《ふくいん》】と呼ばれ――女神は天上界へ立ち去る間際に、敬虔《けいけん》な修道女セラフィーナへ、奇跡の御業《みわざ》である福音の制作方法を伝授した。

こうして、平穏な日常を取り戻した聖リュミエール王国では、花の女神を国教神として崇《あが》めるようになり、命を賭《と》して国難に立ち向かったセラフィーナにも、救国の聖女の称号が与えられたのだ。

五百年の時を経た現在でも、セラフィーナの血族には、聖女の称号を受け継ぐ栄誉が与えられているが……三代目以降、なぜか聖女は歴史上から忽然《こつぜん》と姿を消してしまう。

教皇と等しい権力を持つ、女神の寵愛《ちょうあい》を受けし聖女の座。

その地位は何百年も空席のまま、正統な後継者の出現を待ち続けていた。

第一章 ✿ 夢にまで見た王城への招待状

花の女神フロス・ブルーメの加護を受けし大国、聖リュミエール王国。

堅牢《けんろう》な砦《とりで》に護《まも》られた王都ルベリエの近くに緑豊かな小さな森がある。

天高く張り出した梢《こずえ》が生み出す緑のアーチに出迎えられ、土を踏み固めただけの小道をしばらく進むと、徐々に視界が開けて広大な花畑に辿《たど》り着く。四季を問わず、多様な品種の花々が咲き誇る幻想的な空間には、煉瓦《れんが》造りの瀟洒《しょうしゃ》な館が建っている。

その館は花を用いた女神の御業《みわざ》を扱う【聖花術師《せいかじゅつし》】の工房で、商号を〝リデル〟という。

個人経営店の工房リデルは、年中無休で依頼を請け負っているはずなのだが……、
本日は「臨時休業」と彫金されたプレートが、玄関の扉に下げられていた。


工房リデルの二階。日当たりのよい南向きの角部屋が、門下生エリス・ファラーの自室だ。

「どこか、おかしなところは……っと」

部屋の隅に置かれた姿見の前に立ち、エリスは大きな翡翠《ひすい》色の瞳《ひとみ》で鏡面を覗《のぞ》き込む。

鏡に映し出されているのは、薄藍色の清楚《せいそ》なドレスを纏《まと》った小柄な少女。白いファーで縁取られた

ケープを羽織り、可愛《かわい》らしいリボンで前を留めている。あどけなさを残した顔には薄化粧が施され、背中まで届く亜麻《あま》色の癖毛は、頭の高い位置で結い上げられていた。

「よし、準備完了！」

身体《からだ》を左右に捻《ひね》って後ろ姿まで確認を済ませると、エリスは会心の笑みを浮かべた。

次の瞬間。ぽぽぽんっ——と、エリスの周囲で小さな花がいくつも咲き乱れる。いきなり空中に出現した花の色は、彼女の浮足立つ胸中を示すような、幸せ気分のパステルカラーだ。エリスは鼻歌まじりに姿見のカバーをかけ直すと、必要な荷物が入ったドレスとお揃《そろ》いのバッグを手に取った。

（ついに、この日がやってきた！）

ケープの内ポケットを探ったエリスは、一通の手紙を取り出す。

封筒には国教会を示す、フィオーレ教団の紋章が金で箔押《はくお》しされている。

聖リュミエール王国では、国教神と性別を同じくする選ばれし女性だけが、初代聖女によって教え広められた、福音の作り手となり得る資格を持つ。女神の御業を習得せし者は、いつしか聖花術師と呼び称されるようになり、教会に属する聖職者の一員へと加わった。エリスのもとへ教会から手紙が届いたのも、彼女がプロの聖花術師として正式に活動しているためである。

（まさか私が、第一王子殿下の誕生祭に招待されるなんて夢みたい！）

エリスが手にしている手紙は、王族が主催する国儀への招待状だ。教会の上層部が選出した、特に優秀な聖花術師へ届けられる代物《しろもの》で、一度の儀式に招かれるのは多くても十人程度と聞く。そんな、聖花術師界隈《かいわい》で〝至高の誉《ほまれ》〟と称される狭き門を、エリスは見事くぐり抜けていた。

（てっきり〝落ちこぼれ〟は選考外だと思ってたけど、努力は必ず報われるって本当だったのね！

招待状が届いたってことは、日頃《ひごろ》の仕事の成果が教会に認められたなによりの証拠だもん）

どんな依頼も選《え》り好みせず、地道に頑張ってきてよかった。

胸の奥から溢《あふ》れ出る充足感に浸っていると、先ほどから空中を漂っている花が、更にぽぽぽんと数を増やす。待ちに待った国儀は本日開催される。気分が舞い上がっているエリスは、空飛ぶ不思議な花の存在に気づかないまま、招待状を内ポケットの奥深くへと戻した。

そろそろ集合時間なので、バッグを片手にエリスが自室の扉を開くと――、

「うわっ!?」

猛禽類《もうきんるい》のごとく鋭い鳶《とび》色の瞳と、至近距離で目が合った。ちょうど、ノックをしようとしていたのだろう。黒いロングドレスに白いエプロンをつけた、栗色のおさげ髪の少女が、開け放たれた扉の前で不自然に右手を上げている。扉が内開きでなければ、大惨事が勃発していたはずだ。

内心で冷や汗を掻《か》きながら数歩後ろへ下がると、エリスは眼前の少女に明るく声をかけた。

「おはよう、イレーネ。急に扉を開けてごめんね。怪我《けが》はない？」

問われた少女は行き場をなくした右手を下ろしつつ、「問題ありません」と単調に返す。先ほどからピクリとも動かない表情も相俟《あいま》って、無機質な印象を強く受ける。

彼女の名前はイレーネ・ベーレント。工房リデルに入門して間もない見習い聖花術師だ。

「師匠がお呼びです。至急、リビングへ向かってください。あと、また花が咲いていますよ」

「えっ？　あ、本当だ……っ！」

妹弟子から指摘を受けてようやく、エリスは自分の周囲を浮遊する花の存在に気がついた。

あたふたと片手で振り払えば、謎の花は光の粒子を散らして大気へ溶け消える。その光景を眺めていたイレーネは、あからさまなため息をつく。

「本日は私も補佐役として同行しますが、くれぐれも会場で花を咲かせないでください。師匠や私まで恥をかくことになりますから。もし、力を制御する自信がなければ、今回の国儀は欠席した方がよろしいのでは？　先輩の異様な体質のせいで、工房の品格が損なわれては困ります」

「――っ！」

心の一番柔らかい部分に、氷の刃《やいば》を突き立てられたような錯覚に陥る。それだけ、イレーネの発した言葉は残酷なほど鋭利で、エリスの急所を的確に貫いた。

傷ついた心がズキズキと痛みを訴える。だが、このまま黙っているわけにもいかない。どうにか作り笑いを顔に貼りつけたエリスは、震えそうになる声を喉の奥から絞り出す。

「せっかく招待されたんだから、今日の国儀には絶対参加するよ。だけどイレーネの言う通り、会場での失敗は私一人の問題じゃ済まないもんね。うっかり花を咲かせないように注意するよ。それじゃあ、先に師匠のところへ行くね。わざわざ呼びにきてくれてありがとう」

「お礼は結構です。師匠に頼まれただけで、別に、先輩のためではありませんから」

今日も今日とて、後輩の態度がブリザード並みに冷たい。

（私の方がイレーネより一つ年上だし、工房で働いてる期間も遥かに長いんだけどなぁ……）

姉弟子として敬われるどころか、徹底的に嫌われているのが悲しき現状だ。

イレーネの慇懃無礼《いんぎんぶれい》な言動に、腹が立たないと言ったら嘘《うそ》になる。しかし、どんなに悔しくてもなにも言い返せない。だって自分は、前代未聞の〝落ちこぼれ聖花術師〟なのだから――……。

(どうして私は、無意識に花を咲かせちゃうんだろう?)

自室の扉を閉めたエリスは、とぼとぼと廊下を歩き始めた。

突き当たりの角を曲がって、リビングへ続く階段が見えた時だ。頭のてっぺんに違和感を抱いたエリスは、髪型を崩さないように頭頂部へ触れる。すると、丁寧《ていねい》に結い上げた髪の隙間《すきま》から、なにかが生えているではないか。ぴたりと足を止めてむしり取ったそれは、くすんだ色の萎《しお》れた花だった。

力なく頭を垂れている花を握り締め、エリスもがっくりと項垂《うなだ》れる。次の瞬間、きつく握った拳《こぶし》の中で花が形を崩し、さらさらと霞《かすみ》のように消えてゆく。

(気をつけるって言ったばかりなのに、また咲かせちゃった……)

エリスの部屋で空中に咲き乱れていた花や、今しがた彼女の頭に生えた花は、人々が普段目にしている生花とは違う。幻視・幻嗅・幻味・幻触が備わった、すべてが幻でできている神聖な花だ。

その名も【幻想花《げんそうか》】。神々が御座《おわ》す天上界に咲く花の幻影なのだと、フィオーレ教のありがたい経典に記されている。聖花術師の資質を持つ女性にのみ、幻想花を咲かせる能力が発現し、花の女神の愛《いと》し子として、福音の制作に欠かせない〝神力〟を扱えるようになるのだ。

(これじゃあ、イレーネに素っ気ない態度を取られても仕方ないよね)

普通の聖花術師であれば、無意識に幻想花を暴発させたりしない。しかし、エリスは違った。いくら血の滲《にじ》むような努力を重ねても、幻の花は所構わず勝手に咲いてしまうのだ。

『――落ちこぼれ。出来損ない。不良品――』

遠い昔に罵倒された記憶が脳裏で蘇《よみがえ》り、氷の手で心臓を鷲掴《わしづか》みにされたような不快感に襲われる。

他に類を見ない花咲き体質な自分のせいで、今後、師匠や後輩まで白い目で見られたりしたら……と想像するだけで、途方もない罪悪感から消えてなくなりたくなった。

（もーっ！　私ったら、なに後ろ向きになってるの？　この程度でくよくよしてたら、『困っている人を助ける聖花術師になる』なんて夢、いつまで経《た》っても叶《かな》えられないじゃない！）

落ちこぼれだろうがなんだろうが、自分は正式な資格を持つプロの聖花術師だ。栄《は》えある国儀への招待状まで届いたのだから、落ち込む必要などこれっぽっちもない。儀式の場で渾身《こんしん》の作品を披露すれば、工房の評価を貶《おとし》めるどころか、逆に名声を上げるよい機会となるだろう。

（よしっ、今日は頑張るぞ！）

気合一発。両手で頬《ほお》をパンッと叩《たた》く。しょぼくれ顔からしゃんとした表情に戻ると、エリスは小気味よいヒールの音を響かせて、手すりに軽く触れながら階段を下りる。

一階のリビングに降り立つと、ちょうど、花畑に面したフレンチドアが微《かす》かな音と共に開いた。

朝露に濡《ぬ》れたテラスから現れたのは、大人《おとな》の魅力たっぷりの美しい女性だ。

「おはよう、エリス。まぁ、そのドレスよく似合ってるわ。とても素敵よ」

年の頃は三十代前半。艶《つや》やかな赤銅《しゃくどう》色の髪を上品に結い上げ、藍白のタフタ生地で作られたマーメイドドレスを纏っている。ドレスに合わせた厚手のストールや、首元を彩るチョーカーなど、センスのよい小物類が女性の艶麗《えんれい》さに磨きをかけていた。

この麗《うるわ》しき女性こそ、工房リデルの主。

エリスとイレーネの師匠でもある、ベテラン聖花術師のギーゼラ・バッツドルフだ。

「おはようございます！　こんなに素敵なドレス、生まれて初めて着ました。それもこれも、師匠が事前に用意してくださったおかげです。本当にありがとうございました！」

「あら、そんなに畏《かしこ》まらないでちょうだい。愛弟子《まなでし》が初の晴れ舞台を迎えたんだもの。むしろ、プレゼントがドレスだけでは物足りないくらいよ。だから、こちらへいらっしゃい」

「なんだろう？」と目を瞬《またた》かせつつ、エリスは手招きをするギーゼラの側《そば》に寄る。

「これは、私から貴女《あなた》に贈る祝花よ。花言葉は【門出】と【至福の喜び】を選んでみたわ」

銀朱の双眸《そうぼう》を細めて微笑《ほほえ》むギーゼラは、摘みたてのスイートピーをエリスに見せる。

「今日だけの特別な贈り物になるし、大輪の生花を髪飾りにしたら栄えると思って、エリス用に花畑の隅でこっそり育てていたの。どうかしら、聖花術師らしい小粋なお祝いでしょう？」

「うわぁ、すごく綺麗《きれい》ですね！　花言葉に込められた師匠の気持ちも嬉《うれ》しいです！」

「ふふっ。そんなに喜んでもらえると、張り切って準備した甲斐《かい》があったわ。――あぁ、そうそう。一輪だけ縁が赤くなっちゃったんだけど、マナー違反にならないようにするから大丈夫よ」

国儀では毎回、参加者の服装の〝色〟が指定される。今回の色は青と招待状に記されていた。エリスが薄藍、ギーゼラが藍白のドレスを纏っているのも、ドレスコードに従ってのことである。

「こっちの色味の強い青紫を隣に持ってくると、光の反射で澄んだ菫色《すみれ》に見えるの。仕上げに青いリボンも結ぶから、見咎《みとが》める人なんて誰もいないわ。普段の仕事にも活《い》かせるちょっとした小技よ」

リビングの隅に置かれた姿見の前へ場所を移し、エリスの結い上げられた髪の根元に、ギーゼラが数輪のスイートピーを手際よく差し込んでゆく。

ひだ状に広がるスイートピーの花弁は、色合いの違う二色を隣り合わせることで、落ち着いた紫の濃淡を生み出す。右端の一輪に結ばれた青いリボンも、花にとまった蝶《ちょう》のようで愛らしい。

「さすがです、師匠！　普通の菫色よりも明るい発色で驚きました」

新しく知った花の魅せ方に、エリスは頬を紅潮させて興奮をあらわにする。同時に、「これなら師匠の言う通り、薄紅色の花だってバレないだろう」と胸を撫《な》で下ろした。

「十歳で私に弟子入りをした貴女は、今日《こんにち》に至るまでの五年間、挫《くじ》けずひた向きに仕事へ打ち込み続けてきたわ。今日は第一線で活動する聖花術師として、共に肩を並べる記念すべき日よ。工房リデルの技術を披露するパートナー同士、頑張りましょうね」

愛弟子と過ごした月日に想いを馳せつつ、ギーゼラは改まった口調でお互いの健闘を祈った。

姿見の中の自分を熱心に見つめていたエリスは、背後に立つギーゼラへ慌てて向き直る。勢い込んで「はい！」と返事をした一番弟子に、麗しの工房主は「その意気よ」と朗らかな笑みを零《こぼ》した。

（……私が、師匠のパートナー……）

噛《か》み締めるように心の中で呟《つぶや》くと、気分がより一層高揚する。

落ちこぼれの自分を快く弟子に取った、気高く慈悲深い自慢の師匠。本当の家族以上に親身で温かく、多忙な依頼の合間を縫って、数多の知識と技術を惜しみなく伝授してくれた。そのおかげで、自分の作品は少しずつ世間で評価され、前代未聞の花咲き体質でも正式な聖花術師になれたのだ。

（師匠の面子《メンツ》を潰さないように、今日の儀式は最善を尽くさないと！）

二階から戻らないイレーネに向かって、「そろそろ出発するわよー」と、ギーゼラが階下から呼びかける。そんな憧れの師匠の後ろ姿を見つめるエリスは、固い決意を胸に刻むのであった。

✤……………✤……………✤

聖リュミエール王国の首都、ルベリエの中心部に建つウィンズレット城。気品溢れる佇《たたず》まいは花の都の燦然《さんぜん》たる宝冠と名高く、国政の中枢であると同時に王族の住居も兼ねていた。

王城の敷地内には、慶事において様々な儀式の場となる聖堂が存在する。

本日は聖堂近くに用意された聖職者用の控室に、青色の正装をした女性が幾人も集《つど》っており——その中には、青褪《あおざ》めた顔色で身を強張《こわば》らせているエリスの姿もあった。

（うぅ……心臓、吐きそう……）

春の到来を告げる寒明けと時を同じくして、聖リュミエール王国の第一王子ウィラード・ルネ・ランドルリーベが、二十歳の誕生日を迎えた。

朝は国の重鎮が参列する厳粛な式典が開かれ、昼は王都を一周するきらびやかな祝賀パレードが行われた。夜になると、国中の貴族を招いた絢爛豪華《けんらんごうか》なパーティーが催されるのだが——昼と夜を結ぶ黄昏《たそがれ》時に、【花祝の儀】と呼ばれる特殊な儀式が執り行われる。

花祝の儀とは読んで字のごとく、花で王族の誕生祭を祝う儀式の名称だ。

教会選りすぐりの聖花術師達が、向こう一年の幸福を自作の福音にて祈願する、王族の誕生祭には欠かせない重要な慣習である。そして、控室に集った青き衣を纏いし女性達こそ、本日の主役である第一王子に福音を捧《ささ》げる高名な聖花術師だった。無論、エリスもそのうちの一人だ。

（儀式の流れは師匠が事前に教えてくれたから大丈夫。福音の出来栄えも満足のいくものだし、最低限のマナーだって頭の中に叩き込んできた。だから、なにも問題ない……はず。多分、きっと……）

控室で出番を待つ聖花術師は年配者が多い。誰もが祝いの席に相応《ふさわ》しい穏やかな微笑を湛《たた》え、見るからに場馴《ばな》れしている雰囲気を醸し出している。去年の秋口で十五歳となり、成人の儀を済ませて間もないエリスに欠ける、大人の余裕と呼ばれるものだろう。

長椅子《いす》に腰かけているエリスは、隣に座るギーゼラの横顔をチラリと見遣《みや》る。彼女も他の聖花術師と同様に、落ち着き払った様子で、儀式の場へ呼ばれる順番を静かに待っていた。

（ど、どうしよう!? 緊張してるの、私だけだ！）

生まれて初めて王子様と会うのだ。今になって感情が昂《たかぶ》り、危うく幻想花が咲きかける。

ギーゼラは控室へ入る前に、「幻想花は国教神様に通ずる天上界の花よ。佳節だから咲かせても問題はないわ」とフォローしてくれた。けれど、この場にいるのは商売敵ばかりだ。同業者相手に己の未熟さを晒《さら》して、工房の看板に傷がついたら取り返しがつかなくなる。出がけにイレーネから厳しい忠告を受けたので、尚更《なおさら》、花を咲かせたくないと焦《あせ》りが加速してゆく。

バクバクとうるさい鼓動を宥《なだ》めるべく、何度も深呼吸を繰り返していると、

「エリス、聖花術師の本分はなにかしら？」

声を潜めたギーゼラから、唐突な問いを投げかけられた。

翡翠色の大きな瞳をぱちくりと瞬かせたエリスは、ためらいがちに答える。

「えっと。悩み苦しむ人々を助け、幸福を求める者の前途を祝福する……ですよね？」

「正解。では、花祝の儀と普段受けている依頼、どちらが大事だと思う？」

静穏な声音で尋ねられた内容にハッと息を呑《の》む。

そうか、今日は〝特別〟じゃないんだ。王族だろうと平民だろうと、依頼主の身分は関係ない。引き受けた仕事に全力で取り組む。それこそが、エリスの心がける聖花術師の務めだった。

エリスは腑抜《ふぬ》けていた表情を引き締め、「どちらも大事です」と淀《よど》みなく言い切る。一番弟子の出した答えにふわりと目元を和《なご》ませると、ギーゼラはそれ以上なにも言わずにゆっくりと頷《うなず》いた。

（やっぱり、師匠はすごい人だなぁ……）

彼女が口にしたのはさり気ない二回の質問だ。たったそれだけで、弟子の緊張をあっという間にほぐし、聖花術師の根幹とも言える大切な心得まで思い出させた。

エリスが改めて、師匠の偉大さを噛み締めていた時だ。「次、工房リデル！」と、案内役の騎士に工房名を呼ばれ、ギーゼラが凪《な》いだ音声《おんじょう》で「はい」と返事をした。

聖花術師の工房名は、創設者の姓を用いるのが一般的だ。工房リデルの創設者はマルグレート・リデルといい、ギーゼラの師匠に当たる人物だと聞いている。現在は第一線から退いて実家に戻ったらしく、エリス自身はマルグレート本人と面識がなかった。

「師匠、先輩。預かっていた福音です」

荷物持ちとして壁際に控えていたイレーネから、福音の入った箱を渡される。

花祝の儀で使用する福音は、言うなれば〝王族への誕生日プレゼント〟だ。献上品をそのまま持ち歩くのは礼儀に背くため、箱に入れてリボンをつけるのが通例である。

エリスの箱も御多分に洩《も》れず、瑠璃《るり》色のリボンで飾られていた。ギーゼラの箱を彩るリボンも同じ品を使っているが、花を模した豪華な結び方がされているため、取り違える心配はどこにもない。

エリスが「ありがとう」と感謝の意を告げると、後輩は「私の役目ですから」とそっぽを向く。悲しいかな、彼女のツンケンした態度には慣れっこである。気にせず「行ってくるね」と言い添えたエリスは、こちらを見ようともしないイレーネを残し、ギーゼラに先導されて控室を後にした。

聖堂へ続く回廊の周囲では、蒼《あお》色の軍服を纏う騎士達が厳重な警備態勢を敷いている。あっという間に辿り着いた聖堂の門前にも、騎士の青年が立ちはだかっていた。他よりも凝った作りの軍服からして、第一王子に仕える【蒼華《そうか》騎士団】の団長だろうと見当をつける。

青年はギーゼラから手渡された招待状の内容を改めると、芯のある低い声で「通ってよし」と奥へ進む許可を出す。エリスも見様見真似《みようみまね》で通過を試みるが、思わぬ事態が発生した。

「えっ？　あれ？」

ケープの内ポケットに入れていた招待状が、裏地に引っかかってしまったようだ。右手には福音が入った箱を持っているので、左手だけで引っ張り出そうとするも、気ばかり急《せ》いてうまくいかない。

エリスが招待状の提示にもたついていると、青年の眉間《みけん》に深い皺《しわ》が刻まれる。

「おい、早くしろ。ウィラード殿下をお待たせするんじゃない」

明らかに苛立《いらだ》っている青年へ、「すみません！」と謝罪をした直後、どうにか招待状を取り出したエリスだったが――緊張の糸が緩んだ弾みで、頭のてっぺんに一輪の幻想花を咲かせてしまう。

（わ、私の大馬鹿者ぉ～ッッッ！）

花を咲かせるにしても、この上なく最悪なタイミングだ。真っ青な顔色で血の気が引く音を聞いていると、青年が軍靴の踵《かかと》を鳴らしてつかつかと歩み寄ってきた。

エリスの手から招待状を奪い取り、中の書面に素早く目を通した彼は、

「殿下の御前で妙な真似をしてみろ。どうなるか、わかっているだろうな？」

ドスの利いた声で脅し文句を吐き、エリスの頭部に生えた花をブチッとむしる。青年の手中で夢のように溶け消えた幻想花を見て、ぞわりと激しい悪寒が全身を駆け巡った。第一王子の面前で粗相《そそう》を働いた暁《あかつき》には、自分の命もあの花のように容易《たやす》く消されるかもしれない。

さっさと行け――と、仏頂面の青年から通行許可が下りる。エリスは「ひゃい！」と情けなく裏返った返事をして、まろぶようにギーゼラのもとへ急いだ。

「まったく、蒼華の騎士団長様は相変わらず苛烈な御方ね。初参加者はただでさえ萎縮しているのだから、もう少し柔軟な対応をしていただきたいものだわ」

一連のやり取りを見守っていたギーゼラは、困ったように眉根《まゆね》を寄せて苦言を呈する。何度も王城に招かれた経験のある彼女は、青年の身分を最初から知っていたようだ。

「エリス。私達はプロの聖花術師なのだから、ちょっとしたトラブルをいつまでも引きずっていたらダメよ。さぁ、気持ちを切り替えて儀式に臨みましょう」

「――っ！　はい！」

（師匠の言う通り、今は自分の役目に集中しないと！　工房の信用問題にもなるんだし）

エリスが平静を取り戻すと、ギーゼラは「行くわよ」と身を翻《ひるがえ》して歩き出す。

神獣の石像が立ち並ぶ回廊を進むと、重厚な両開きの扉の前に行き着く。王城内で唯一、教会の紋章が彫金された聖堂の大扉だ。両脇に控えている騎士が二人の姿を認めると、恭《うやうや》しい所作で扉を開く。

（うわぁ……っ！）

聖堂内に足を踏み入れたエリスは、思わず感嘆の声を上げそうになった。

眼前に広がるのは、経典の一節を描いた荘厳なステンドグラス。色ガラスを通り抜けた西日が降り注ぎ、辺り一帯は極彩色にきらめいている。青い絨毯《じゅうたん》が敷かれた身廊の先には、国教神フロス・ブルーメの彫像が安置された祭壇があり、様々な種類の青い花で飾られていた。

なによりエリスの目を引いたのは、女神像の前に置かれた豪奢《ごうしゃ》な椅子に座る青年だ。

（この人が、第一王子のウィラード殿下……）

青みがかった黒髪は清潔感のある短髪で、瑠璃色の瞳は深い叡智《えいち》の輝きを宿している。形のよい唇に、スッと通った高い鼻梁《びりょう》。誠実そうな顔立ちは恐ろしく整っており――色恋に疎《うと》いエリスでさえ、トクンと胸を甘く高鳴らせてしまう。

程よく引き締まった体躯《たいく》を包んでいるのは、青を基調とした優美な盛装。濃藍のケープの裏地や、衣装の差し色には白が使われており、爽やかな色合いがウィラードの魅力をより引き立てている。タイピンで輝くサファイアや、襟や袖口に施された金糸の刺繍《ししゅう》など、細部に至るまで品よく麗しい。

絵本から抜け出た王子様も、彼の前では瞬時に存在が霞むだろう。

「花祝の儀への参加、心より感謝する」

エリスが熱い視線を送っていると、ウィラードが徐《おもむろ》に口を開く。見た目から受ける印象と違《たが》わず、彼の声は耳に心地よい澄んだテノールだ。

「国教神様が授けし奇跡の御業《みわざ》での祝福を、ありがたく享受させてもらおう」

堂々たる態度で一言述べたウィラードは、一国の王子らしい凛然《りんぜん》とした面差《おもざ》しをしていた。

訪れた聖花術師全員へ声をかけているのだろうか？　エリスがそのような疑問を抱いていると、不意に、壇上のウィラードと目が合った。青の王子は切れ長の双眸を眇《すが》め、柔らかく笑いかけてくる。

自分だけに向けられた突然の微笑みに、エリスの心臓は大きく脈打ち、危うく花が咲きそうになった。

（あ、危なかった……っ！）

一瞬ヒヤリとさせられたが、「優しそうな王子様でよかった」と胸を撫で下ろす。

「工房リデルの主ギーゼラ・バッツドルフと、その門下生エリス・ファラーであるな？」

その時、しわがれた声が聖堂内に響いた。声の主はウィラードの傍《かたわ》らに立つ、純白の法衣を纏った老翁だ。皺深い手に握られているロッドでは、フィオーレ教の紋章を象《かたど》った金色の石が輝いている。

王族と枢機卿《すうききょう》以上の教会関係者には、役職とは別に〝色〟が与えられる。第一王子のウィラードを象徴する色は青なので、誕生祭のドレスコードや聖堂内の飾りつけも青で統一されているのだ。中でも金色は特別で、国王と教皇を示すもっとも尊い色と定められている。

（遠目で何度か見たことはあるけど、この優しそうなおじいさんが教皇様なのね）

聖職者として教会に籍を置く聖花術師からしてみれば、極めて偉い上司と言えよう。

「花の女神フロス・ブルーメより賜《たまわ》りし聖なる御業にて、第一王子ウィラード・ルネ・ランドルリーベ殿下の誕辰《たんしん》を祝す福音を奉呈《ほうてい》せよ」

「謹んで献上致します」

教皇の命を受け、ギーゼラと共にエリスは優雅に一礼する。

頭を上げたタイミングで、祭壇の下に控えている大司教の男から、「エリス・ファラー」と名前を呼ばれた。この大司教が福音の開栓役を務めているのだろう。工房主よりも先に、門下生が作品を披露すると事前に聞いていたので、エリスは速やかに大司教のもとへ歩み出た。

「こちらをお納めください」

折り目正しい所作で手にしていた箱を渡すと、すぐに瑠璃色のリボンが解かれる。次いで、大司教が慎重に取り出した福音を目にしたエリスは、雷に打ち抜かれたような凄《すさ》まじい衝撃に襲われた。

なんで？　どうして？　ウィラードの色に合わせて、福音に使う花も青で纏めたはずなのに。丸い小瓶の中でオイルに浸っているのは、お辞儀をするように下向きに咲く白い花――……。

（あれは、私の作った福音じゃない！）

自分の福音が別物にすり替わった。それだけでもありえない事態なのに、福音から発せられる禍々《まがまが》しい気配に総毛立つ。瓶を満たすオイルには、祝福とは程遠い恨《うら》み辛《つら》みが込められている。

白い花の正体も、祝花に向かないスノードロップ。

花言葉は【あなたの死を望みます】。間違えようがない。これは福音ではなく〝呪い〟だ。

「待って！　それを開けちゃダメ――ッ！」

エリスの絶叫に怯《ひる》んだ素振りを見せるも、大司教は制止の声を無視してコルク栓を引き抜く。開栓されると同時に、瓶の中から黒々とした悪意の風が吹き荒《すさ》び、無防備なウィラードに猛然と襲いかかった――が。それよりも早く、薄藍に輝く神聖な風が眩《まばゆ》い燐光《りんこう》と花弁を散らし、彼の身体を螺《ら》旋《せん》状に駆け上った。聖なる光と花びらを振りまくその風こそ、花の女神より授かりし福音の力だ。

斯《か》くして、呪いの脅威に曝《さら》された第一王子は、福音の恩恵で死の運命から免れた。その代わり、福音の力で跳ね返された呪いは、運悪く真正面からエリスに直撃してしまう。

「きゃっ！」

一瞬の衝撃の後、全身から急速に力が抜けて青い絨毯の上へ倒れ込む。徐々に薄れゆく意識の中で見たのは、深い絶望が浮かぶ銀朱の瞳を見開き、使用済みの福音を取り落とすギーゼラの姿だった。

弟子の作品が呪いだと気づいたギーゼラは、花祝の儀で披露する予定だった福音を使い、咄嗟《とっさ》にウィラードの身を守ったのだろう。彼女の手から落ちて砕けた小瓶が、その事実を如実に表している。

「エリス……貴女はいつから、魔女になっていたの……？」

悲嘆に暮れた眼差《まなざ》しを向けてくるギーゼラに、誤解だと弁解しようにも声が出ない。激しい倦怠《けんたい》感から身動き一つ取れなくなり――……、

やがて、蝋燭《ろうそく》の炎が吹き消されるように、エリスの意識は完全なる闇へと沈んだ。

第二章 ✿ 目指せ、無実の証明！

「すみません！　誰《だれ》かいませんかー!?」

王城の聖堂で気絶したエリスは、教会の地下にある独房の中で目を覚ました。

「私は魔女ではありません！　だから、お願いします！　ここから出してくださーいッッ!!」

頑丈な鉄扉《てっぴ》にへばりつき、外部へ向けて己の無実を大声で訴える。本来なら、扉を叩《たた》いて更に存在を主張したいところだが、手を傷つけると仕事に差し支えるのでそれだけは堪《こら》えた。

ひとしきり叫び続けたエリスは、「けほっ」と空咳《からせき》をして押し黙る。こんなに喚《わめ》き散らしても、注意一つされないのだ。牢獄《ろうごく》の近くには誰もいないのだろう。これ以上は無駄に喉を潰《つぶ》すだけだと判断を下し、焦《あせ》る気持ちに蓋をして、エリスは鉄扉の前からのそのそと離れた。

「なんで、こんなことになったんだろう？」

石壁に寄りかかって座り込み、膝を抱えた体勢でぽつりと呟《つぶや》く。

（意識を失っている間に運ばれたんだろうけど、私の言い分も聞かずに投獄するなんてあんまりだよ！　こんな横暴、神に仕える聖職者がしてもいいの!?　絶対によくないよね!?）

聖花術師が悪心に憑《と》りつかれると、体内の神力は瘴気《しょうき》へと変質し、人々に害を為す呪《のろ》いを生み出すようになる。堕《お》ちた聖花術師は【魔女】と呼ばれ、二度と福音が作れなくなり——教会に存在を知られたが最後、問答無用で火刑に処される定めだ。

現状、魔女をもとに戻す術はない。だからこそ、災いを招く悪意の権化《ごんげ》は早々に抹消される。放置する期間が長ければ長いほど、それだけ呪いの被害者が増えるのだから。

（このままだと私、魔女として火あぶりにされちゃうよ……）

教皇の目の前で呪いが発動してしまったのだ。目撃者が魔女を裁く組織の最高責任者では、誤解を解くのは非常に難しいだろう。魔女が捕らえられている独房には、見回りの教会騎士すら寄りつかないと今さっき判明したので、弁明の機会を要求することもできない。

これぞまさしく、完全なる八方塞《ふさ》がりである。

（花祝の儀から、どれくらい時間が経《た》ったのかな？）

蝋燭《ろうそく》の灯《あか》りすらない独房内の光源は、天井付近の換気口から差し込む自然光だけだ。ぼんやりと眺《なが》めた室内はうっすらと明るいので、太陽が出ている時間帯だろう。花祝の儀が行われたのは夕方だったので、気絶している間に夜を明かしたらしい。途端、空腹を訴えて小さく鳴いた胃を、服の上から遣《や》る瀬《せ》ない思いで撫《な》でさする。

その時、独房の外側から鈍い金属音が聞こえてきた。

（——ッ!?　誰かが鍵を開けてる！）

処刑台への迎えがきたのかもしれない。顔面蒼白《そうはく》になって逃げ場を探すも、狭い独房内に死角などなかった。「どうしよう、どうしよう!?」と、パニックに陥ったエリスが見つめる先で、ついに分厚い鉄扉が耳に苦しい音と共に開かれてしまう。

独房に入ってきたのは、三名の人物だった。

「まぁ！　今回の魔女は随分とちんちくりんねぇ～」

カビ臭くじめついた牢内に、なんとも場違いな明るい声が響く。声の主は中性的な顔立ちをした、目が覚めるような美青年だ。

長い睫毛《まつげ》に縁取られた垂れ目がちな紺碧《こんぺき》の双眸《そうぼう》が、興味深げにエリスを注視している。長身痩躯《そうく》でスタイルがよく、膝裏まで届く薄藍の髪は毛先だけ束ねられており――高く澄んでいるが、男性のそれとわかる声を耳にしなければ、彼を絶世の美女と勘違いする者が続出するだろう。

（この人……っ！）

豪奢《ごうしゃ》な純白の法衣を隙《すき》なく着こなしている青年に、エリスは心当たりがあった。

彼の手に握られているのは、六枚花を象《かたど》った青い輝石が輝くロッドだ。六枚花は六名で構成されている枢機卿《すうききょう》の象徴で、古くから【六花《りっか》枢機卿】と呼び称されている。現在〝青〟を基調にしているのは、二十二歳という異例の若さで最年少の枢機卿となった人物だ。その名も――……、

「蒼花《そうか》の、マリオン・プロイツ猊下《げいか》」

我知らず唇から滑り落ちた名前に、青年が「あらやだ！」と口元を手で覆う。

「あたしったら有名になったものねぇ。名乗る手間が省けて助かるわ」

予想は的中したようだが、マリオンの独特な話し方にエリスは目を丸くした。

なぜに女口調？　楚々《そそ》とした風体《ふうてい》の蒼の枢機卿は、片手を頬《ほお》に当て「うふふ」と朗らかに笑ってい

る。言葉遣いだけでなく仕草まで女性らしいだなんて、絶世の美女と見紛《みまが》う容姿と相俟《あいま》って、エリスの中で性別という概念が行方不明になった。

彼の生家は大貴族プロイツ公爵家だ。母親が国王の妹なので、枢機卿でありながら王家との繋《つな》がりも深いと聞く。そんな雲の上の人物が、独特な個性の塊だったとは……世間で噂《うわさ》になっていないのが不思議でならない。

「この大馬鹿者が！　呑気《のんき》に笑っている場合ではないだろう⁉」

マリオンの突飛な言葉つきに毒気を抜かれていると、突如として、落雷のような怒声が牢内に響き渡る。すっかり緊張感を欠いていたエリスは、驚きのあまり心臓が止まりかけた。

「マリオン、お前は魔女に顔と名前を知られていたのか⁉　六花の一席を預かる者として、大いに危機感を持つべきだ！　呪われても知らんぞ⁉」

怒号の発生源へ視線を送ると、見知った顔に二度驚かされる。

多くの勲章がきらめく蒼い軍服に、腰の剣帯で剣呑《けんのん》な存在感を放つ使い込まれた長剣。肉体は無駄なく鍛え抜かれており、硬質な短髪と鋭い眼はどちらも黒い。年の頃《ころ》は二十代半ばくらいだろうか。外見年齢とは似つかわしくない、非常に厳粛な風格の持ち主である。

触れる者すべてを刺し貫く、刃《やいば》のごとき威圧的な態度を取るこの人物は、恐怖心と共に強く印象に残っている。なにせ、頭に咲かせた幻想花を力任せにむしられたのだから。

「あなたは、蒼華《そうか》騎士団の騎士団長様……ですよね？」

エリスがおずおずと声をかければ、射殺すような眼光で睨まれた。うっかり、「ひえっ⁉」と情けない悲鳴を上げると、オネェ枢機卿が盛大に笑いを噴き出す。

「ちょっと、ジュダ！　あんたもバッチリ面が割れてるじゃない。そんな体たらくで、人のことを馬鹿呼ばわりしないでもらえる？　あたしの頭脳はとーっても優秀だもの」

「おい、魔女の前で気安く名前を呼ぶな！　なにかあったらどうしてくれる⁉」

「なにかってなによ？　名前を知られたくらいで呪われるワケないでしょー。魔女も聖花術師と同じで、花がなければ呪いは作れないの。あんた、相変わらず肝っ玉が小さいわねぇ～」

「～ッ、やかましい！　俺はお前と違って慎重なだけだ！」

騎士団長のジュダは、尚《なお》もギャンギャン吠《ほ》えようとする。そんな彼を片手で制する者がいた。

「やめるんだ、二人共。私達がここへ足を運んだ理由を忘れたのか？」

漆黒のローブを纏《まと》う長身の人物だ。目深にかぶったフードで顔は見えないが、不意に聞こえた声は、年若い青年のものと思われるテノールボイスだった。

ローブの人物から軽く咎《とが》められ、ジュダはどこか臆した様子で「申し訳ありません！」と謝罪をする。狐《きつね》のような笑みこそ絶やさないが、マリオンも「ごめんなさいねぇ」と素直に詫《わ》びた。二人が同時に口を噤《つぐ》んだものだから、独房の中は一瞬にして静寂を取り戻す。

蒼華騎士団の騎士団長と、六花枢機卿の蒼花。栄誉ある地位についている二人が、こうも従順な態度を取るなんて……いったい、この人は何者なのだろう？　床に座り込んだままのエリスが、ぽかんと黒ローブの人物を見上げていると、彼はゆったりとした足取りで歩み寄ってきた。

「君と会うのはこれで二度目だね」

穏やかな口調でそう言うと、黒ローブの人物は徐《おもむろ》にフードを外す。

現れたのは、これまた見覚えのある顔だった。

光の加減で濃藍に艶《つや》めく黒髪と、強い意志が宿った聡明《そうめい》な瑠璃《るり》色の眼差《まなざ》し。こんな時でも見惚《みと》れてしまいそうになる、ひどく整った面立《おもだ》ちの好青年は、青く彩られた聖堂内で対面した第一王子のウィラード——なのだが、彼の頭部にはとんでもない物体が生えていた。

（……け、獣耳……？）

狼《おおかみ》や大型犬のような三角形の立派な耳だ。この奇妙としか言いようのない代物《しろもの》が、なぜウィラードの頭にピンッと立っているのだろう？　時折ピクリと動く様が作り物にしては精巧すぎる。

信じられない光景に軽い眩暈《めまい》を覚え、上ばかり見ていた視線を下に落とすと、第二の衝撃がエリスを待ち受けていた。ウィラードが羽織っているローブの裾から、長毛の尻尾《しっぽ》らしきものが覗《のぞ》いている。毛先が床をかすめるほど長く、こちらも獣耳と同様、意思を持ったように揺れ動いていた。

（聖堂で会った時は、獣耳も尻尾も生えてなかったのに……いったい、なにが起きてるの……？）

驚くべき変貌を遂げた青の王子の姿に、エリスは開いた口が塞がらなくなった。そのうえ、激しい動揺が悪癖を誘発してしまい、殺風景な地下牢にぽぽんっと色鮮やかな花が乱れ咲く。

いきなり空中に発現した幻想花に、逸早《いちはや》く反応を示したのは騎士団長のジュダだった。

「貴様、またしても奇妙な花を咲かせて！　よもや、殿下に危害を加えるつもりか!?」

「ち、違います！　この花は、私の体質が関係していて……」

「ちょっと、ジュダ。幻想花が咲いたくらいで大騒ぎしないの。癇癪《かんしゃく》起こした子供みたいよ」

年上の厳《いか》めしい顔をした男性から、一方的に強い語気で責め立てられる。半泣きになったエリスが竦《すく》み上がっていると、大仰《おおぎょう》なため息をついたマリオンが助けに入ってくれた。

ジュダを窘《たしな》めるマリオンの隣では、ウィラードが興味深げに幻想花を観察している。

「この花が、天上界の花の幻影――聖花術師のみが咲かせられる幻想花なのか。存在自体は文献を読んで知っていたが、宮廷聖花術師は私の前で、一度も咲かせたことがないからな」

どうやら半獣化した王子様は、幻想花を初めて見たらしい。

彼は、空中を浮遊する一輪の花に手を伸ばす。指先で撫でるように花弁へ触れると、花の形を成していた神力がほろほろと崩れ、淡い燐光《りんこう》を散らしながら消失した。その一部始終を見届けたウィラードは、何度か瞬《まばた》きを繰り返した後に口を開く。

「優しい香りがする、とても美しい花だ」

ウィラードは目元を和《なご》ませて穏やかに微笑《ほほえ》む。

普段、無意識に幻想花を咲かせてしまうと、師匠のギーゼラからはやんわりと注意を受けていた。妹弟子のイレーネなど、絶対零度の眼差しで、刺々《とげとげ》しい言葉を容赦なくぶつけてくるありさまだ。けれど、突然地下牢に現れた王子様は、自分が不注意で咲かせた花を褒めてくれた。

（よかった。騎士団長様はすごく怖いけど、プロイツ猊下とウィラード殿下は優しい人みたい）

ウィラードが発した些細《ささい》な一言は、ボロボロに傷ついたエリスの心へ優しく沁《し》み入る。

最悪な状況は相変わらず継続中なのに、咲かせた花を好意的に受け入れられた事実が嬉《うれ》しい。肥大化する一方だった恐怖心が薄らぎ、権力者三人組に向けていた警戒心も自然と緩まった。

「私は聖リュミエール王国の第一王子、ウィラード・ルネ・ランドルリーベ。君は工房リデルの門下生、エリス・ファラーで間違いないね？」

「はい。そうですが……」

興味の対象を幻想花からエリスに戻して、ウィラードが丁寧《ていねい》に自己紹介をする。自国の王子自ら話しかけてくれているのに――あぁ、ダメだ。心にわずかばかりの余裕が生じたせいで、もふもふな獣耳と尻尾に視線が吸い寄せられる。

目は口ほどに物を言うとは、今のエリスを示すにもっとも相応《ふさわ》しい言葉だろう。獣耳と尻尾を行ったりきたりする彼女の正直な視線に、ウィラードはくすりと小さく笑みを零《こぼ》した。

「そんなに獣の耳と尻尾が気になるかい？」

「！　私ったら、つい……。お気に障《さわ》られましたよね？」

いくら興味を惹《ひ》かれたとしても、他者をじろじろ見るのは普通に失礼だ。恐縮したエリスが「申し訳ありません」と謝罪を述べれば、ウィラードは「構わないよ」と鷹揚《おうよう》に応じた。

「人とも獣とも判じかねない外見の者がいて、好奇の眼差しを向けるなという方が無理な話だ。どちらも作り物などではなく、呪いの影響で生えてしまった私の身体《からだ》の一部だよ」

「えっ。殿下を襲った呪いは、私の師匠の福音が防いだはずではありませんか？」

おずおずと質問を口にしたエリスに、獣耳と目を伏せたウィラードが力なく頭を左右に振る。

「君の師匠が使用した福音は、呪いを防ぐ目的で作られたわけじゃない。守護の力が働いたおかげで効力は半減したけど、不完全な形で弾《はじ》かれた呪いは、魔女の意図とは異なる形で私の身体に悪影響を及ぼしたんだ。その結果が、この獣の耳と尻尾なんだよ」

「そんな……っ！」

正体不明の魔女が企てた、第一王子の呪殺は失敗に終わった……と、思っていたのに。ウィラードが呪いの影響を受けていたなんて、囚《とら》われの身のエリスは今初めて知った。

突如として、人外の姿になったのだ。気丈に振る舞っているが、ウィラードの心痛は計り知れないものだろう。〝普通〟と違うだけで、周囲の目は恐ろしいほど冷たくなるのだから。

（師匠が防げなかった呪いを、落ちこぼれの私がどうにかできるワケがない。だけど、ウィラード殿下は絶対に困ってる。こんな時のために技術を磨いてきたんだから、少しでも力になれないかな？）

尊敬してやまない師匠のギーゼラは、誰にでも救いの手を差し伸べる聖花術師の鑑《かがみ》だ。エリスが人助けをする聖花術師を目指しているのも、憧れの師匠に触発された結果である。だからこそ、中途半端に呪われたウィラードを助けたいと思ったのだが——現実は非情だ。

今の自分は魔女として捕らえられており、いつ処刑場へ引きずり出されてもおかしくはない。

（ウィラード殿下を放っておけないのに、自分の冤罪《えんざい》もどうにかしなくちゃ！　あー、もうっ！　どうしてこんな、ややこしい事態になってるの!?）

混迷を極めたエリスの気分は浮き沈みを繰り返す。その様子が、あまりにも深刻そうに見えたのだろう。空気を読んだウィラードが、「心配には及ばないよ」と、エリスへ優しく微笑みかける。

「私は人生最大の幸運に恵まれたんだ。なにせ、肉体の一部が獣化するだけで、呪殺の脅威を免《まぬが》れたのだから。命の恩人であるバッツドルフ殿には、いくら感謝してもしきれないよ」

そこで一旦言葉を区切り、ウィラードは服の上から左胸に手を当てた。規則正しく脈動する命の源を確かめているのだろう。目元を柔らかく細める様は、本心から深く安堵《あんど》しているように見えた。

師匠はやっぱりすごい人だ――と、エリスが誇らしく思っていた時だ。

「さて、そろそろ本題に移ろうか。急な要請で申し訳ないが、君には教会法第三十八条で定められた『無実の証明』を行ってもらう」

軽い深呼吸をして気持ちを切り替えると、ウィラードは唐突に話題の転換を図る。

想定外の展開に、うっかり「へっ？」と腑抜《ふぬ》けた声が零れた。呆気《あっけ》に取られて固まるエリスをよそに、ウィラードは詳しい説明を滑らかに語る。

「無実の証明とは、魔女として捕らえられた聖花術師に、等しく与えられる権利だ。と言っても、なにも難しく考える必要はないよ。君は監査役に任命された六花枢機卿の前で、いつも通り福音を作るだけだ。ちなみに、今回の監査役は……」

「はーい。蒼花枢機卿のあたしが務めるわよ」

ウィラードが目配せすると、相変わらずのオネエ口調でマリオンが名乗りを上げる。

「作業中の監視や完成した福音の検査は厳しくするけど、必要なものがあったら遠慮なく言うのよ？無実の証明は一度限りの権利だもの。準備不足のせいで本来の実力を発揮できずに、魔女の汚名を着たまま処刑されるなんてイヤでしょ？」

「も、もちろんです！　私はこれからも、依頼人の助けとなる聖花術師であり続けたいです」

「あー、でも。さすがに【聖花】の用意はムリよ？　あれは術師本人が育てた花だもの。神力の消費量が多くてキツイかもしれないけど、今回の調合は普通の花で我慢してちょうだい」

当人を半ば置き去りにして、運命が怒涛《どとう》の勢いで動き出す。

実はエリスも、教会法第三十八条『無実の証明』を行使するつもりでいた。独房で目を覚ましてすぐ、声をからして叫んでいたのは、この権利を主張するためだったのだ。

よもや、自ら権利を宣言するよりも早く、ウィラードの方から切り出されるとは驚きである。だって彼は、魔女に命を狙《ねら》われた〝被害者〟なのだから。己の呪殺を企てた可能性がある者を、自ら率先して救おうとするなんて、なにか裏がありそうだと妙に勘ぐってしまう。

「ウィラード殿下は、どうして私を助けようとしてくださるんですか？」

「貴様、身の程を弁《わきま》えろ！　殿下の御厚意を無下にするつもりか!?」

ド直球で疑問を投じたら、即座にジュダからお叱りの怒声が飛んできた。エリスは「そんなつもりじゃありません」と、蚊の鳴くような声で弁解する。すっかり萎縮した少女に尚も言い募ろうとしたジュダは、またしてもウィラードから片手で制され、非常に不服そうではあったが口を引き結んだ。

臣下が黙するまで待ち、改めてウィラードはエリスと真っ直ぐに向き合う。

「私は、君が魔女ではないと確信している。理由は一つ。呪いの瓶を開けようとした大司教を、君は必死に止めていた。私の呪殺が目的であれば、言動が完全に矛盾しているだろう？　バッツドルフ殿が福音を使用したのも、君が逸早く呪いの存在を周囲に知らせたからだ」

「――っ！」

「私の命を直接的に救ったのはバッツドルフ殿だけど、そのきっかけを作ったのは他の誰でもない。

君なんだよ、エリス嬢。――だから、今度は私が君の助けになりたいんだ」

思わぬウィラードの指摘に、トクンと胸が温かく脈打つ。

(私、自分が恥ずかしい……)

ウィラードは冷静な判断のもと、救いの手を差し伸べてくれたのに――そんな彼の混じりけのない善意を、自分は一瞬でも「怪しい」と疑ってしまった。咄嗟《とっさ》に謝罪をしようと口を開いたが、すんでのところで思いとどまる。心優しい王子様が受け取ってくれるのは別の言葉だろう。

「ありがとうございます、ウィラード殿下」

柔和に微笑んだウィラードは、その場に膝をついてエリスの頭を撫でた。

「私も君には、心の底から感謝をしている。魔女の企《たくら》みから命を救ってくれてありがとう」

「ウィラード殿下がご無事でなによりです。でも、私は無我夢中で叫んだだけですよ?」

「君が叫び声を上げていなければ、バッツドルフ殿の対処も間に合わなかった。私がこうして生きていられるのは、バッツドルフ殿とエリス嬢――二人の優秀な聖花術師がいてくれたおかげなんだよ」

慈《いつく》しむように髪を梳《す》かれ、思わず涙が零れかけた。

一方的に魔女だと決めつけられて、弁明の余地もなく投獄された小娘を相手に、ウィラードはどこまでも真摯な態度で接してくれる。迫りくる死の恐怖に独《ひと》り打ち震えていたエリスにとって、今や彼の存在は、自身が生き残る唯一の希望となっていた。

「それはそうと、殿下と呼ばれるのはどうにも堅苦しくてね。気軽に〝ウィラード〟と名前で呼んでもらえるかな？　私の意向なのだから、なにも案ずる必要はないよ」

「で、では……お言葉に甘えて、ウィラード様とお呼びしますね。私は敬称をつけていただくような身分ではないので、普通に呼び捨てにしてください」

「わかった。今後は親しみを込めて、エリスと呼ぶことにするよ」

最後にエリスの頭をポンポンと撫で、ウィラードは跪《ひざまず》いていた床から立ち上がった。

「あーっ、ウィルだけずっるーい！」

一連のやり取りを見守っていたマリオンが、両頬をぷっくりと膨らませて抗議する。

「あたしも猊下呼びはイヤよ。だって、響きが可愛《かわい》くないんだもの。様づけも性に合わないし、気軽に〝マリオンさん〟って呼んでちょうだい。あたしもエリスって呼ぶから。いいわよね？」

特に断る理由がないので、エリスは「構いません」と頷《うなず》く。すると、パッと破顔したマリオンが、ジュダのことも〝さんづけ〟で呼ぶように強要してきた。なんでも、「騎士団長様とかムダに長ったらしくて、いつ舌を噛《か》むかこっちが怖くなるのよ」だとか。

ジュダ本人は心底嫌そうな顔をしていたが、敬愛する主まで「確かにそうだな」とマリオンの提案に賛同してしまい、彼は自《おの》ずと拒否権を失った。

「しっかし、エリスもとんだ災難に巻き込まれたわねぇ。冤罪で魔女に仕立て上げられるなんて、極めて稀《まれ》な事例だわ。だけど、立ち回り次第でピンチはチャンスに変わるものよ」

茶目っ気たっぷりに片目を閉じたマリオンは、にんまりと猫のように笑む。

「教皇様が魔女と断じた少女の無実を、公明正大な蒼の枢機卿が華麗に証明する。筋書き通りに事が進めば、他の枢機卿連中に大差をつけて、このあたしが次期教皇候補になれる最高の機会だわ！　今回は出世のために手を組んであげるから、あんたは死ぬ気で福音を完成させなさいよね」

「わかりました！　必ずやご期待にお応《こた》えします！」

「よろしい、百点満点の返事だわ。ただし！　あたしの輝かしい経歴に、泥を塗るような結果になりでもしたら……その時は覚悟なさいよ？」

不意に、マリオンから不穏な空気が漂い始める。

相変わらず彼は和やかに微笑んでいるが、よく見ると目だけが笑っていなかった。

「あたしは教会法の執行者として、無実の証明の全責任を負う立場にあるの。つまり、あんたの失敗はあたしの失脚に繋がるってワケ。そこんとこ、よーく頭に叩き込んでおきなさい」

優しく諭すようにそう告げたマリオンは、頑丈そうなロッドの柄を、パシッパシッと手のひらに打ちつけ始めた。悪事を働くゴロツキが獲物を脅す動作とそっくりだ。

（どうしよう!?　福音作りに失敗したら、神聖なロッドで殴り殺される！）

処刑と私刑。どちらも、全力で回避しなければ……っ！

エリスが悲壮な決意を固めていると、不穏な気配を引っ込めたマリオンがパンッと手を打つ。

「それじゃあ、調合室を一部屋押さえてあるから早く行きましょ。こんな辛気《しんき》臭い場所に長居しても、美容に悪影響しかないもの。屋敷に帰ったら、髪と肌のお手入れを入念にしなくちゃだわー」

「その前に。ジュダ、例のものを彼女に渡してくれ」

（？　例のものってなんだろう？）

不思議そうに小首を傾《かし》げているエリスのもとへ、主から命を受けたジュダが近づいてくる。

未《いま》だにエリスを魔女だと信じて疑わないのだろう。眉間《みけん》に根深い皺《しわ》を刻んだジュダから、無言で麻袋を押しつけられた。あまり重さを感じない麻袋を胸に抱き、エリスが困惑の表情を浮かべていると、ウィラードから「開けてごらん」と促される。

言われるがまま袋口を縛る紐《ひも》を解《ほど》くと、教会で下働きをする女性用のお仕着せが出てきた。

「今回の無実の証明は秘密裏に行う。私達は一旦外に出ているから、その間に、用意した服へ着替えてもらえるかな？　今の服装では、どうしても目立ってしまうからね」

「わかりました」

男性陣が揃《そろ》って退室すると、さっそくエリスは名残《なごり》惜しさに蓋をして、ギーゼラから贈られたドレスを脱ぐ。服を着ていても凍えそうなほど寒かったのに、下着姿になると一気に肌が粟立《あわだ》つ。ガチガチと歯の根が合わなくなったエリスは、急いでお仕着せの衣装に袖を通した。

真っ黒なロングドレスと白いエプロンに、頭部をすっぽり覆うベール。これが教会の下働きならではのスタイルだ。長い髪を一つに編んでベールの中にまとめて詰め込んだし、顔を伏せて歩けば、自分が魔女として囚われた娘だと誰も気づかないだろう。

『エリス、聖花術師の本分はなにかしら？』

着替えを済ませると、聞き慣れた温和な声が脳裏で蘇《よみがえ》る。

それは、花祝の儀で縮こまっていたエリスに、ギーゼラが投げかけた問いだった。

聖花術師の仕事に〝特別〟は存在しない。仕事用と、無実を証明する福音。どちらも、持てる技術の粋をつぎ込んで最高傑作を完成させることが、聖花術師の正しき有《あ》り様《よう》だ。

（私はただ、いつも通り自分の仕事をすればいい）

たとえ傍にいなくても、師匠の教えは頭と心に深く刻み込まれている。張り詰めていた気持ちが緩み、普段の調子を取り戻したエリスは、両の拳《こぶし》を握り締めて「よしっ！」と気合いを入れた。

「準備ができました」

確かな足取りで閉ざされた鉄扉へ向かい、独房の外で待機しているウィラード達へ声をかける。

一度限りの命を懸けた試練に挑むエリスの瞳《ひとみ》には、強い意志の光が宿っていた。


フィオーレ教団の総本山、ルートヴィルム教会。

聖女セラフィーナが祈りを捧《ささ》げ、花の女神が降臨した場所として伝えられている。

「さぁ、着いたわよ」

マリオンに先導されて一行がやってきたのは、教会でもっとも日当たりのよい東館。その二階にある、整理整頓の行き届いた調合室だった。遠方から立ち寄った聖花術師のために、教会が無償で貸し出している施設の一つである。ちなみに、東館の一階はすべて宮廷聖花術師の個人研究室だ。

宮廷聖花術師とは、王室お抱えの凄腕《すごうで》聖花術師集団である。平時に王族へ福音を献上するのが主な役目だ。身分は聖職者なので、活動の拠点はあくまで教会なのだとか。外回廊の周囲には、細かく区分けされた花壇や、ガラス製の温室まで用意されている。

「この部屋の中にある調合器具は検品済みよ。どれでも自由に使ってちょうだい。生花は福音に使用する花が決まってから、あたしが新鮮なものを調達してきてあげる。花は鮮度が命だものね」

「依頼がなければ福音は作れない。だから、依頼人もこちらで用意させてもらったよ」

呪われてしまった外見を、誰かに目撃されると困るのだろう。目深にフードをかぶって獣耳を隠しているウィラードは、傍《かたわ》らに控えるジュダの肩へ右手をポンッと置いた。

「マリオンは監査役。私は今回に限り、王族を代表して福音の完成を見届ける立場にある。消去法でジュダが依頼人になったんだけど、なにか不都合があれば正直に言ってもらいたい」

はっきり言って、エリスはジュダが苦手だった。すぐ大声で怒鳴るし、常時、射殺すような眼光で睨みつけてくるのだ。そんな彼を好意的に思えるのは、被虐趣味の持ち主くらいだろう。

しかし、プロの聖花術師ともなれば私情で依頼人を選ばない。

(不都合があるとすれば私じゃなくて、ジュダさんの方だと思うんだけど……)

こっそりとジュダの様子を窺《うかが》えば、眉間の皺を二本も増やしてこちらを睨んでいた。

事前にウィラードから命じられていたのだろう。依頼人になること自体に文句は言わない。だが、警戒心をむき出しにして今にも噛みついてきそうな雰囲気は、獰猛《どうもう》な野生動物じみていた。

(ジュダさんは私が魔女だって、本気で信じてるんだよね)

あからさまに疑われて、まったく傷つかないわけではない。けれど、ジュダの態度を非難するつもりはなかった。だって彼は、己《おの》が職務を全《まっと》うしているだけだ。魔女疑惑が晴れていない小娘が護《まも》るべき主の近くにいる。そんな状況下で、ジュダが自分を警戒するのは騎士として正しい行動だ。

つまるところ、親切に接してくれるウィラードとマリオンの方が特殊なのである。

(だからと言って、いつまでも疑われ続けるわけにはいかないわ)

どのような手段を用いたとしても、魔女は人々に幸福を齎《もたら》す福音を決して作れない。

故に、自ら注文した福音を目の前で作り出されたら、とんでもなく堅物な騎士団長様といえど、二度と自分を魔女呼ばわりできなくなるはずだ。

「問題はありませんので、福音の制作を始めたいと思います」

大きく深呼吸をして神経を研ぎ澄ませたエリスは、そう言い放つや否《いな》や調合台へ向かう。

彼女が真っ先に用意したのは、羽根ペンやインク壺、羊皮紙とそれを挟むバインダーだった。次に、二脚の椅子《いす》を向き合う形でセットする。これで、調合前に行うカウンセリングの準備が整った。

「それではジュダさん、ご希望される福音の詳細を伺いたいのでこちらへお掛けください」

移動させたばかりの椅子を手で指し示し、着席するようにジュダをやんわりと促す。しかし、エリスを威嚇している彼が大人《おとな》しく従うはずもなく、鼻に皺を寄せて難癖をつけ始めた。

「誰が好き好んで、魔女と会話などするものか！　大方、俺から情報を聞き出して呪い殺すつもりだろう!?　そのような見え透いた手には乗らんぞ！」

「あの……地下牢でマリオンさんも仰《おっしゃ》っていましたが、魔女と言葉を交わした程度では呪われたりしませんよ？　呪いも福音と同じく瓶に入っているので、開栓しない限りは安全なんです。仮に私が呪いを持ち込んでいたとしても、投獄された際に、身体検査で没収されていると思うのですが……」

「や、やかましいっ！　揚げ足を取るな！　福音くらい適当に作れるだろう!?　本物の聖花術師であると主張するのであれば、無駄口を叩かずさっさと作業に着手しろ！」

「……適当、ですって……？」

ジュダから命令口調で怒鳴りつけられた途端、ブチッと頭の奥でなにかが切れる音がした。

身震いを起こすほど大きく膨れ上がった怒りが、エリスの胸中で烈火のごとく一気に燃え上がる。

激しい感情の変化に呼応して、ぽぽぽんと大量の幻想花まで咲き乱れた。怒気に染まった大輪の赤い花が舞い散る光景は、あたかも怒りの炎が具現化したかのようだ。

「私は教会に認められた正式な聖花術師です。これまでも、これからも、中途半端な仕事は絶対にしません。なので、今回も全身全霊を捧げて福音を作らせていただきます。逆にお尋ねしますが、ジュダさんは『適当に仕事をしろ』と命令されても平気なんですか？　そんなはずありませんよね？」

つかつかとジュダに詰め寄ったエリスは、真紅の花弁を撒き散らしながら堂々と意見する。

ジュダの暴慢な振る舞いは、彼の職務上仕方がないと受け流せた。しかし、エリスは聖花術師という職業に誇りを持っている。それ故に、己の仕事を軽んじる発言に激怒してしまったのだ。

「庶民の小娘が、知った風な口を利くな！　貴様に騎士道のなにがわか――うぐっ!?」

年下の少女から説教をされ、激昂《げっこう》したジュダが真っ赤な顔でがなり立て始める。すると、呆《あき》れ顔でため息をついたマリオンが、手にしていたロッドを彼の頭へ容赦なく振り下ろした。

「～～～っ！　なにをするんだ、マリオン！　俺を殺す気か!?」

「あんたこそ、あたしの出世を邪魔するつもり？　今は教会法に則《のっと》った試験の真っ最中なの。無実の証明は一度しか使えない切り札なんだから、大人しく調合に協力しなさいよね」

「だが、この娘に魔女の嫌疑がかかっているのは事実だろう？　呪いへの警戒は怠れん！」

「お黙んなさい。エリスの言う通り呪いも花から作られるの。あたしは絶対に呪花を見落としたりしないわ。仮に、今回の依頼であんたが呪殺されたら、あたしも責任取って死んでやるわよ」

マリオンが一息に思いの丈をぶちまけると、彼の隣に立つウィラードも重い口を開く。

「ジュダ。国教神様から授かった奇跡の御業《みわざ》を、適当扱いするのは不敬にもほどがある。そのうえ、無精者を咎めるのであればいざ知らず、仕事熱心な良民を無用に叱りつけるとは……それが、私の色を冠する騎士の正当な行いだろうか？」

どことなく悲しげな声色だったが、ウィラードはあくまで優しく部下を窘める。これがジュダには効果絶大で、彼は「申し訳ありません！」と深々と頭を下げた。

即座に非礼を詫びた従順すぎる部下に、青の王子は苦笑交じりに軽く嘆息する。

「私が呪われたことを、花祝の儀の警備責任者を務めていたお前が、誰よりも悔やんでいるのは知っている。だからこそ、魔女に対して過敏になっているのだろう？　それでも、依頼人の役目はお前にしか頼めないんだ。どうか、私の信頼を裏切らないでくれ」

「魔女の存在を見落とした私を、殿下は未だに信頼してくださるのですか……？」

「当たり前だろう。私達は主従でもあり、同じ師の元で剣の腕を磨いた幼馴染《おさななじみ》でもある。今回の試験結果は、一人の聖花術師の生死を左右する重要なものだ。彼女の命運は、ジュダ――お前の行動にかかっている。私の騎士ならば、為すべきことはわかるだろう？」

どこまでも真摯なウィラードの言葉に、ジュダは姿勢をもとに戻す。

いつの間にか蚊帳《かや》の外に放り出され、茫然《ぼうぜん》と成り行きを見守っていたエリス。そんな彼女へ向き直ったジュダは、どこかバツが悪そうに視線を彷徨《さまよ》わせると、いきなり首を垂れてきた。

「お前の仕事を軽んじてすまなかった。今後は誠意をもって指示に従うと約束しよう。だから、ウィラード殿下のために最高の福音を作ってくれ」

これは驚きだ。非常にぶっきら棒ではあったが、偏屈騎士団長様が謝ってくれた。「貴様」呼ばわりも「お前」に改善されているし、なにより、福音作りに協力的な姿勢を示してくれたことが嬉しい。

「ご依頼、謹んでお受けしたいのですが……一つだけ、訂正があります」

室内を浮遊する赤い幻想花が、光の粒を散らして溶け消える中。不安そうな眼差しで見つめ返してくるジュダに、エリスはにっこりと笑って朗らかに告げる。

「私の依頼人はジュダさんです。最高の福音は、あなたのためだけに作らせてください」

最初はどうなることかと思ったが、ようやく福音作りが始まろうとしていた。

(さすが、最年少で枢機卿の蒼花に選ばれた御方ね)

調合器具が並ぶ作業台の上には、籐《とう》で編まれた花かごも置かれている。中身は、エリスが作品に使用する花々だ。一階の温室でマリオンが摘んできたのだが、普段から花と触れ合う機会が多いのだろう。一目見ただけで、彼の花の扱いが人並み以上だとわかる。

(丁寧にかごへ入れてくれたから、摘み取った後の劣化は見られない。花の大きさや色合いも、私が事前にお願いした通りのものだし……これなら、最高の福音が作れるわ!)

ただし、注意点が一つだけある。いくら品質に申し分がなくても、これらはただの生花だ。成長段階から術師の神力を馴染ませた聖花ではないので、調合の際は膨大な神力が必要となる。

『調合時は体調の変化に注意しなさいよ？　特に制限時間とか設けてないんだもの。神力不足で具合が悪くなる前に、ちゃんと休憩をとらなきゃダメだからね？』

出世のためだと明言しつつも、マリオンはあれこれと気を揉《も》んでくれる。彼の細やかな配慮が素直に嬉しくて、自然と笑みが零れたのは仕方ないだろう。

腹を括《くく》ったジュダとの打ち合わせも、存外スムーズに進んだ。

(希望された福音の効果は【癒《いや》し】だったよね)

第一王子の盾となり剣ともなる蒼華騎士団。ジュダはその団長を務めているので、様々な気苦労が絶えないのだろう。休日の過ごし方も、「休む暇があれば部下に稽古をつけている」と即答された。

(精神的疲労どころか、肉体的疲労まで自主的に溜《た》め込んでいるなんて……そりゃあ、癒されたくもなるよ。明らかに働きすぎだもん。あと、福音の使用状況も見過ごせないよね)

およそ二年前から、ジュダは癒しの福音を定期的に使用しているそうだ。

今回エリスに求められた福音の効能も癒しだが、額面通りに受け取るのは「違う」と感じた。

(癒しの福音を使い続けているのに、それでも根本的な解決には至ってない。だったら私は、ジュダさんが求める本当の【癒し】を、今までにない趣向で作り出してみせる！)

カウンセリングの結果だけ見ると、心身の疲労回復が最重要に思える。しかし、それは対症療法に過ぎない。表面的な症状を一時的に抑えるのではなく、ジュダが抱えている問題の根っこを探り当て、正確な対処をすることが絶対条件だ。

（ん？）

エリスが集中して、福音に込める想いを考えていた時である。

廊下側から視線を感じ、なんとはなしにそちらを見遣《みや》ると、壁に背を預けて佇《たたず》むウィラードと目が合った。不意に動いたウィラードの唇が、『頑張って』と音にならない言の葉を紡ぐ。エリスが驚いて目を見開くと、目深にかぶったフードの奥で彼は柔和に微笑んだ。

（……私のこと、応援してくれてる……）

はっきりとそう実感した途端、胸の奥がポッと温かくなった。

（ウィラード様、マリオンさん、ジュダさん。三人が協力してくれたおかげでここまで辿《たど》り着けた）

魔女の汚名を雪《そそ》ぐためだけじゃない。自分の無実を信じて疑わないウィラードや、親身になって世話を焼いてくれるマリオン。なにより、依頼人になってくれたジュダの願いを叶《かな》えるためにも、必ず最高の福音を作らなければ！

軽く瞼《まぶた》を閉ざして、一度だけ大きく深呼吸をする。五感が研ぎ澄まされ、頭の中でピンッと集中力の糸が張られると、エリスは静かに翡翠《ひすい》色の双眸を開いた。

「これから調合作業に移ります」

厳《おごそ》かに宣言したエリスはお仕着せの長袖をまくり、器に選んだ丸いガラス瓶を手に取る。

聖花術師が作る福音は、見た目こそ植物標本のハーバリウムにそっくりだ。しかし、その制作過程には大きな違いがあった。ハーバリウムで使用されるのは、乾燥させた花と専用のオイルである。対して、福音に用いられるのは摘み立ての瑞々《みずみず》しい聖花と、神力から生成される神秘のオイルだ。

（さすが、教会の備品ね。どれも手に馴染んで使いやすいわ）

アルコールに浸した脱脂綿で瓶の内側を消毒すると、卓上へ清潔な布をばさりと広げる。その上に用意してもらった花を丁寧に並べ、茎の長さを手際よくハサミで調節してゆく。

ふわりとしたシルバーリーフが特徴的な白妙菊《しろたえぎく》に、澄んだ晴れ空を連想させる水色の勿忘草《わすれなぐさ》。そして、真っ直ぐ伸びた花穂で青い濃淡を生み出すルピナスが、今回使用する三種類の花だ。

（うーん。シルバーリーフだけじゃ、小さな花の固定はムリみたい。オイルを入れる時まで神力は温存したかったけど、これだと〝溶繭《ようかい》〟が必要だよね）

溶繭とは神力を繭《まゆ》状に紡いだものを指す。文字通り、オイルに浸すと溶けてしまうので、花を固定する際に用いられる便利品だ。

茎を切り終えてハサミを片づけると、エリスは両手をお椀の形にした。次の瞬間、手のひらが薄ぼんやりと光り、金色にきらめく細い糸がシュルシュルと紡がれる。調合に必要な量が完成すると、手のひらの発光と糸の放出が止まった。小分けにした糸を軽く丸めたら、黄金色に輝く溶繭の完成だ。

（ここからが腕の見せどころよ）

左手で瓶をしっかり固定すると、右手に持ったピンセットで白妙菊の葉を摘まむ。

多すぎず、少なすぎず。メインの花が隠れないように葉を並べると、次は長さが違う三本の青いルピナスを、瓶の中心にそっと寄り添わせた。

（ジュダさんは『悩みがあっても誰にも相談しない』って、カウンセリングで言ってた。限界までス

トレスが溜まったら、福音を使って解消してたみたいだけど……私も似たようなものだよね）

落ちこぼれの自分は、昔から厄介な花咲き体質に頭を悩ませている。師匠のギーゼラは「なんでも相談に乗るわよ」と、弟子が頼りやすい環境を作ってくれているが、正直に悩みを打ち明けるのはとても怖い。もし、尊敬する師匠に幻滅されたら、今度こそ自分は立ち直れなくなってしまう。

もちろん、師匠がそんな薄情な人物ではないとわかっている。けれど、幼少期に負った心の傷が疼《うず》いて、素直に心を開けずにいるのだ。

（悩みを溜め込むクセは同じだけど、きっと、私とジュダさんでは問題の根っこが全然違う）

短いカウンセリングで判明したのは、ジュダの異様ともいえる責任感の強さだった。

人の上に立つ騎士団長だからこそ、己の弱みを隠すため、苦悩をすべて呑み込んでしまう。その結果、負の感情は蓄積する一方で……普通の癒しの福音では、対処の範疇《はんちゅう》外なのかもしれない。

（私は自分の解釈を信じて、独自の【癒し】でジュダさんの心を動かしてみせる！）

作ったばかりの溶繭をルピナスの根本に一つ置く。繭の隙間に白妙菊と勿忘草をバランスよく差し込むと、配置した花の上にも繭をのせて、同じ作業を何度か繰り返す。最後に花の角度を微調整すると、エリスはピンセットを台の端に置き、広口の瓶にゆっくりとコルクで栓をした。

作業台をぐるりと一周して、瓶の中の配置をじっくりと確認する。文句なしの進捗に、我知らず詰めていた息を吐き出すも、すぐさま気合いを入れ直した。

（よしっ、最後の仕上げといきますか！）

聖花術師が扱う【聖花】とは、神力を溶かした水で育てられた花を指す。

聖花は成長段階から術師の力を宿しているので、オイルを注ぐ作業はさほど苦労しない。だが、普通に育てた生花を福音に使用するとなると、話はまるっきり違ってくる。瓶の中に配置したすべての植物へ、短時間で十分な神力を浸透させる必要があるからだ。

植物が内包する神力の量が少なければ、福音として効果が発揮されずに終わる。そのため、生花を調合に使用する場合は、体内の神力をからにする気概で挑まねばならない。神力不足で昏倒《こんとう》する危険性の高い行為だが、魔女疑惑を晴らして無実を勝ち取るためには、避けては通れぬ茨の道だ。

(マリオンさんは『休憩しても大丈夫』って言ってくれたけど、オイルを入れ始めたら作業の中断はできないわ。そんなことしたら、聖花に変わってない花が傷んじゃう)

限界まで神力を絞り尽くしたとしても、福音が完成するまで意地でも倒れるものか。気絶したら最後。独房へ逆戻りとなり――今度こそ火刑に処され、骨と灰だけになってしまう。

それに、一度受けた依頼を途中で投げ出すのは己が主義に反する。

(絶対に大丈夫。私なら必ずやり遂げられる!)

密封した瓶を両手で優しく包み、体内を巡る神力を手のひらへ一点集中させる。溶蘭を作成した時よりも、更に眩《まばゆ》く手のひらが金色に輝き始めると、エリスは厳かに古《いにしえ》の祝詞《のりと》を唱えた。

「花の女神フロス・ブルーメよ。汝《なんじ》が司《つかさど》りし彩花の恩寵《おんちょう》を、ジュダ・グレーデンに授け賜《たま》え」

祈りの言葉を紡ぎ終えた途端、コポッと瓶の底から金色に発光する液体が湧き出す。

この液体こそ神力から生成されたオイルだ。蓋がされた瓶の中をゆっくり迫《せ》り上がりながら、ありふれた花に聖なる力を宿してゆく。

「く……っ！」

苦しげに眉根を寄せたエリスは、きつく唇を噛み締める。まだ、器の半分しかオイルは溜まっていないのに、すでに身体が異様なほど重怠《おもだる》い。おまけに、視界もぼんやりとかすみ始めた。

（……思ってた以上に、苦しい……！　だけど、挫《くじ》けるもんか……ッ！）

瓶の表面を包み込んだ手のひらから、瓶の内側へ更なる神力を流し込む。

額に滲《にじ》んだ冷や汗が頬を伝う。血の気が引く感覚にふらつきかけるも、どうにか両足に力を込めて踏ん張る。呼吸まで浅く短いものとなり、ついに、目の前が暗くなりかけた――刹那《せつな》。エリスの翡翠色の瞳に、花の女神の紋章が浮かび上がった。これぞ、無事に祈りが聞き届けられた証《あかし》だ。

紋章が虹色に輝くと同時に、瓶の中が神力のオイルで完全に満たされる。

「で……でき、ました……っ」

瞳に浮かんでいた紋章が消えると、手のひらの輝きと神力の放出も自然に収まった。

足早にやってきたマリオンが、完成したばかりの福音を手に取る。その横顔は破天荒なオネェさんから、六花枢機卿の一席を預かるに相応しい、鋭い真剣味を帯びたものへ変わっていた。

「大事な最終検査だから、少し乱暴に扱っちゃうけど許してね」

エリスが荒くなった呼吸を整えつつ頷くと、マリオンはいきなり福音を逆さまにする。

溶繭がオイルに浸透して溶け消えた今、花を支えるものは存在しない。しかし、どれだけ福音の角度を変えたとしても、花は微《かす》かに揺らめくだけで定位置に戻る。オイルに宿る神力が作用して、半永久的に形状を記憶させるのだと、エリスは見習い時代に師匠のギーゼラから教わっていた。

「花のすり替えは行われていないし、オイルの変色や不純物の混入も見当たらない。神力が綺麗《きれい》な金色に輝いていたのも確認済み。瞳に女神の紋章が浮かび上がったことから、今も尚、国教神様の寵愛を受けている証明も成された」

「それじゃあ……っ！」

期待を込めて先を促すエリスに、常よりも低い声音でマリオンが厳かに告げる。

「蒼花枢機卿マリオン・プロイツが宣言する。工房リデルの門下生エリス・ファラーは断じて魔女に非《あら》ず。全責任は誤った判断を下した教会側にあると認め、此度《こたび》の一件で貶《おとし》められた汝の名誉回復は、我ら六花枢機卿を筆頭に誠心誠意尽力すると誓おう」

「……～ッ!!」

感極まったエリスの瞳に、じわりと嬉し涙が浮かぶ。胸一杯に押し寄せた達成感は、ぽぽぽんと色とりどりの幻想花に変じ、一瞬にして空中を鮮やかに彩った。

「あたしとしては、一刻も早く教皇様や他の枢機卿連中にこの福音を見せて、出世の階段を悠々と上りたいところだけど——せっかくだし、ジュダに使ってからで構わないわよ。使用済みでも、福音と呪いの判別くらいは可能だもの」

検査を終えた福音をエリスに返すと、マリオンは愛嬌《あいきょう》たっぷりに片目を閉じる。粋な計らいに感謝を告げたエリスは、ウィラードの傍らに控えるジュダのもとへ歩みを進めた。

「ジュダ・グレーデン様、お待たせ致しました。こちらが貴方《あなた》様のためだけにお作りした、世界で唯一つの福音でございます。どうぞ、お納めください」

恭《うやうや》しく首を垂れて福音を差し出すと、ジュダはわずかな逡巡《しゅんじゅん》を経て受け取った。

「殿下。少々、お傍から離れてもよろしいでしょうか？」

「もちろんだとも。行っておいで」

主の許可を得たジュダは、調合室の端まで移動する。

手にした福音が呪いとして牙を向いた際、護るべき主を巻き込まないように配慮したのだろう。常に最悪な状況を想定して行動する用心深いジュダだが、完成した福音を使ってくれるようで、エリスはホッと安堵の息をつく。

(私を魔女と信じ込んでいるジュダさんが、今は、精いっぱい歩み寄ってくれてる)

――だとしたら、彼の期待を裏切りたくはない。

福音に込めた想いがジュダの心へ届くように、エリスは指を組んで国教神へ祈りを捧げた。

深呼吸をして覚悟を決めたジュダは、無骨な手で福音のコルク栓を慎重に引き抜く。次の瞬間、黄色と青の花弁を孕《はら》んだ風が瓶の中から勢いよく吹き出し、彼の足元から頭の先まで螺旋《らせん》状に駆け上った。時間にするとわずか数秒のできごとで、天井高く吹き抜けた旋風は音もなく消失する。

ひらり、はらり――と。二色の花弁が空中で舞い踊りながら、泡沫のごとく消えてゆく。そんな、儚《はかな》くも美しい夢のような情景を、ジュダはしばし無言で眺めていた。

「俺が依頼した福音の効果は【癒し】だった。しかし、お前が選んだ花の中に、癒しの花言葉を持つものは含まれていないだろう？　それは何故だ？」

福音に栓をし直したジュダから、なんの前置きもなく問われ、エリスは内心で非常に驚いた。指摘された通り、福音に使用した三種類の花は、癒しと直結する花言葉を含んでいないからだ。

（枢機卿のマリオンさんならともかく、ジュダさんに見抜かれるなんて思わなかったわ）

花には色や本数も併せて、多くのメッセージが込められている。それらをパズルのように組み合わせ、依頼人の希望する効果を最大限に引き出すことが、福音作りでもっとも重要な作業となる。

白妙菊は【あなたを支える】、勿忘草は【私を忘れないで】、ルピナスは【多くの仲間】。これらの花言葉を使って作り出したのが、今し方、ジュダが使用した癒しの福音だった。

「確かにその福音は、直接的な癒しの花言葉を使用していません。ジュダさんが必要としている癒しは、もっと奥が深いものだと判断したからです」

誰かを頼るのが滅法苦手な堅物騎士団長。なにもかも自分一人で抱え込んでいたら、どれだけ癒しの福音を使用したとしても、心身の疲労がすぐに溜まるのは自明の理だ。

『あなたを支えようとしている、大勢の仲間がいることを忘れないで。助けを求めさえすれば、誰もが救いの手を差し伸べてくれる。信頼のおける人々との助け合いこそが心を満たす』

それが、福音に込められたエリスの想いだった。

「カウンセリングの内容から、私なりに〝癒し〟の正体を導き出したのですが……ご不快でしたか？」

エリスが恐るおそる尋ねると、ジュダはどこか決まりが悪そうに後ろ頭を掻《か》く。

何事か言い難《にく》そうに「あー……」と数秒唸《うな》った後、彼は腹を括った様子で喋《しゃべ》り始めた。

「もし、マリオンが教会の上層部連中にやり込められでもしたら、俺が代わりに蒼華騎士団の長として証言してやろう。お前は依頼通りの福音を作る、正真正銘の聖花術師だ——と」

散々魔女呼ばわりしてきたジュダが、初めて自分を正式な聖花術師と認めてくれた。

息ができないほどの喜びが胸中で溢れ返る。感激のあまり、涙腺が緩んで涙が零れそうになるが、目頭に力を込めてどうにか堪えた。さすがに、人前で泣くのは恥ずかしい。

「ちょっと、ジュダ。あたしは舌戦なら誰にも負けないわよ？　エリスの冤罪を晴らす証拠品も、この福音だけで十分だわ。あんたは教会の問題より、ウィルの護衛に専念してちょうだい。——それはそうと、エリスが作った福音はどんな風に作用したのかしら？　そこんトコ、気になるんだけど」

使用済みの福音を回収しがてら、好奇心を隠さずマリオンがジュダに尋ねる。

「福音は種類によって効果の出方が違うじゃない。ねぇ、あたしとあんたの仲でしょ？　お・し・え・て♡」

「どんな仲だ!?　俺とお前はただの腐れ縁だろうが！　それ以上でもそれ以下でもない！」

「ひっどーい！　あたしの心は繊細なガラス製なのよ？　優しく接してくれないと砕けちゃうわ」

「見え透いた嘘《うそ》をつくな！　お前の心臓は毛が生えているだろうに！」

また始まった——と、エリスは小さく笑む。地下牢での出会いから、まだ数時間しか経っていないのに、マリオンとジュダの過激なじゃれ合いは、すっかり見慣れてしまった。

「愉快な人達だなぁ」と内心で独り言《ご》ち、エリスが呑気に二人の口論を眺めていた時だ。

「私もジュダの福音に興味があるな」

不意に、右隣から楽しげな声が降ってくる。驚いて振り仰いだ先では、ウィラードが邪気のない笑顔を湛《たた》えていた。いつからそこにいたのだろう？　肩が触れそうな距離にドキリとする。

獣耳と尻尾が生えていても、ウィラードの美貌は損なわれない。本当に、絵に描いたような王子様だ。そんな彼が隣に立っているだけで、初心《うぶ》なエリスの心臓は暴れ出しそうになった――が、

（……あ、れ……？）

目の前の景色がグニャリと歪《ゆが》み、血の気が一気に下がる。全身から冷や汗まで噴き出し、胸の鼓動も激しく脈打つ。「マズい」と思った時には視界が暗転して、脱力した身体は前のめりに傾ぐ。

体内を循環する神力を大量に消費したせいで、貧血の症状が出てしまったようだ。

「危ないっ！」

逼迫《ひっぱく》した声でそう叫んだのは、エリスの一番近くにいたウィラードだった。

膝から崩れ落ちるエリスの身体を、彼は咄嗟に己の胸の中へ抱き込む。完全に力が抜け切っていたエリスは、その弾みで盛大に足をもつれさせ、思わずウィラードへしがみつき――……ふにっと、柔らかい感触を唇に感じた。

（……今の、なんだろう……？）

何度か瞬きをしていると、暗くなっていた世界に色が戻り始める。やがて、視界いっぱいに広がったのは、危うく倒れかけた自分を抱き留めてくれた、ウィラードの恐ろしく端整なご尊顔だった。

「急にふらついたけど、大丈夫かい？」

形のよい柳眉《りゅうび》を垂らして、心優しい王子様は平民の小娘を気遣ってくれる。エリスが返事をしようと口を開きかけた時、

「お、おお、お前！　殿下に、なんたるご無礼を……っ！」

なぜか、奇妙に裏返った声でジュダから怒鳴られた。

貧血の症状が治まっていないエリスは、困惑した様子で翡翠色の瞳を瞬かせる。どうして、自分は怒られているのだろう？　まったく状況が把握できず、戸惑いは深まるばかりだ。

「ジュダ、そんなに目くじらを立てるんじゃない。福音を作り終えたばかりで、エリスの身体はとても弱っているんだ。労《いた》わりの心をもって接しなければ駄目だろう」

瞬きを繰り返すばかりのエリスを庇《かば》い、ウィラードがやんわりとジュダを窘める。しかし、今回のジュダはよほど興奮しているのか、真っ向から主に反論した。

「私は常に冷静沈着な殿下を尊敬しております！　ですが、いくらなんでも落ち着きすぎではありませんか!?　その娘は殿下と……せ、せせ……接吻《せっぷん》をしたのですよ!?」

（な、なんですって――ッッ!?）

ジュダの想定外の激白に、エリスは心の中で大絶叫した。

蒼白だった顔色は瞬時に赤く染まり、ぽんっと一輪の幻想花が咲く。まさか、倒れかけたところを助けられた際に、ウィラードとキスをしていたなんて――今度は恥ずかしさから、意識が遠のきかける。今も尚、弛緩《しかん》した身体をウィラードに支えてもらっているので、羞恥心《しゅうちしん》は余計に募ってゆく。

「たとえ故意でなくとも、これは大変由々《ゆゆ》しき事態……で…………」

「？　おい、ジュダ。今度は急に黙り込んでどうしたんだ？」

ぽんっ、ぽんっ――と。エリスが恥じらいの幻想花を咲かせていると、ジュダの言葉が不自然に途切れた。頬はまだ燃えるように熱いが、ウィラードと同じく、いきなり無言になったジュダが心配になる。

目線だけ動かしてエリスが様子を窺うと、彼は主の頭部を愕然《がくぜん》と凝視しているではないか。

つられてその視線を辿ると、ありえない光景が広がっていた。

（こ、これって……どういうことなの!?）

エリスを抱き留めた弾みで、ウィラードのフードは背中に落ちていた。その下には立派な獣耳が隠されているはずなのだが、あらわになった彼の頭部にそれらしき物体は見当たらない。

「で、殿下！　獣の耳が消失しております！」

「なんだって？」

我に返ったジュダから上ずった声で指摘され、エリスの身体を片腕で支えたウィラードは、空いた方の手で自身の頭部に触れた。刹那、彼は小さく息を呑む。本当に獣耳が消えていると、ウィラードは何度も手櫛《てぐし》で髪を梳く。臀部《でんぶ》の辺りもローブの上からポンポンと触れ――……、

やがてウィラードは、信じられないといった面持ちで呟いた。

「……どうなっているんだ？　獣の耳だけでなく、尻尾まで消えてしまったぞ……」

その言葉に、エリスはより一層の衝撃を受ける。

一度かかった呪いは、福音の力をもってしても無効化することはできない。ただし、呪いを作った魔女本人であれば、いとも容易《たやす》く解呪《かいじゅ》を可能とする。つまり、ウィラードの呪いが解けた今、彼を呪った魔女が近くにいる確率が高いのだ。

「ジュダ、今すぐ魔女を警戒して！　襲撃されるかもしれないわ！」

逸早く行動を起こしたのはマリオンだった。枢機卿という立場上、彼も魔女の特性を知っていたのだろう。ジュダに窓側の監視を指示すると、自身は廊下側の守備につく。

途端に室内は、重苦しい緊張感に包まれた。

争い事とは無縁の生活を送ってきたエリスは、呪いを振りまく魔女の脅威に、計り知れない恐怖を抱く。呼吸もままならず、華奢《きゃしゃ》な身体を強張《こわば》らせていると——貧血で倒れかけた時から、ずっと支え続けてくれているウィラードの胸元へ、更にしっかりと抱き込まれた。

「大丈夫だよ、エリス。なにがあっても私が君を守るから」

頭上から降ってきた優しい声音に、怖気《おぞけ》で凍りついていた心がじんわりと溶け出す。反射的に顔を上げると、こんな非常事態でも、ウィラードは目元を和らげて微笑んでいた。「私を安心させようとしてくれている」と実感すれば、余計に胸の中が温かい気持ちで満たされてゆく。

そうしてエリスが、無意識に安堵の息を吐いていた時だ。ウィラードの頭頂部周辺の髪がもぞりと蠢《うごめ》き、次の瞬間、消失していた獣耳がピンッと勢いよく生えた。慌ててエリスが彼の足元へ視線を落とすと、これまた消えていたはずの尻尾の先端が、ローブの裾からわずかに覗いているではないか。

「いったい、なにが起きているんだ？」

再度ウィラードは頭と臀部に触れ、呪いが再発した事実を確認する。

表面上は平静を装っていたとしても、獣の部位は当人の心情をなによりも雄弁に語るらしい。その証拠に、立派な獣耳がしょんぼりと垂れている。解呪の喜びを噛み締める間もなく、呪われた身体に逆戻りしてしまったのだ。このウィラードの反応は当然だろう。

「まったく。次から次へと厄介事が起きるわねぇ」

エリスが声のした方向へ顔を向けると、薄く開いた扉から、マリオンが廊下の様子をこっそり窺っていた。反対側では、ジュダも窓の外へ鋭い視線を走らせている。

二人共、まだ見ぬ魔女の存在を注意深く探っているようだ。

「ジュダ、そっちはどう？」

扉を閉めながらマリオンが尋ねると、ジュダは黙って首を左右に振る。その答えに大仰なため息をついた蒼の枢機卿は、カツカツとブーツの踵《かかと》を響かせてウィラードのもとへ向かう。

「突然の解呪で驚いたわねぇ。ウィル、大丈夫だった？　体調に異変は？」

「問題ない。それにしても、今の現象はなんだったんだ？」

「自他共に認める博識なあたしでもお手上げよ。呪いが勝手に解けたり戻ったりするなんて、天地がひっくり返ってもありえないわ。だって、呪いは製作者の魔女にしか解けないんだもの。でも、部屋の近くには誰もいなかったし……ウィルを呪った魔女が、戯《たわむ》れに解呪したワケじゃなさそうね」

――だが。解けるはずのない呪いが、一時的にでも解けてしまった。

これは聖花術師だけに留《とど》まらず、フィオーレ教団全体を揺るがす空前絶後の大事件だ。

「長きにわたって、解呪の福音の研究は進められているけど、未だに完成報告はゼロよ。考えられるとすれば、呪いを解く条件が偶然に揃ったとかじゃない？　それも、普通の研究では思いつかない突飛な手法よ。意図して起こせる事象なら、とっくに呪いは脅威でなくなってるはずだもの」

「マリオン。お前は『偶然揃った突飛な手法』とやらに、心当たりはないのか？」

「いくら推論だからって、なんの根拠もなく語ったりしないわよ。ほら、耳を貸してごらんなさいな。仮説の域を出ない方法だけど、試す価値は十分あるはずよ」

にんまりと猫のように笑ったマリオンは、ウィラードの獣耳に唇を寄せた。

二言、三言。最小限に絞られた声で、麗しの枢機卿がひそひそと何事か囁《ささや》く。彼がすべて語り終えると、なぜかウィラードは、口元を片手で覆い頬を微かに赤らめた。

「確かに、呪いが解ける直前に行ったのは〝それ〟しかない。だからと言って、もう一度実践するのは断固として反対だ。私一人の問題では済まなくなる」

「それじゃあ、ウィルは一生呪われたままでいるつもり？　少しでも解呪の可能性があるのに、試しもせず諦めるなんてあたしが許さないわ！　今回の検証がきっかけとなって、完全な解呪方法の発見に繋がるかもしれないのよ？　それこそ〝あんた達〟だけの問題じゃないでしょうが」

「それは、そうかもしれないが……私は不誠実な男になりたくないんだ。仮にお前の提案を試すにしても、けじめだけはつけさせてもらう。この条件だけは絶対に譲るつもりはないぞ」

わずかでも解呪の見込みがあるのなら、マリオンの進言通りダメ元で試してみるべきだ。しかし、ウィラードは頑として首を縦に振ろうとしない。強情を張る従弟にマリオンは肩を竦める。

「だったら、けじめをつける方向でいきましょ。面倒事が片づいたワケでもないんだし、そうしてもらった方が色々と好都合なのよねぇ。あたしも蒼花枢機卿として伯父様の説得に協力するわ」

「その言葉、忘れるんじゃないぞ？」

「いやねぇ～。あたしの信条は清廉潔白なのよ？　こんな時にちゃちなウソをついたりしないって、ウィルならよくわかってるでしょー？」

上機嫌で「即断即決！」と急《せ》かすマリオンを、ウィラードが「そう焦るな」と軽くいなす。

大きな深呼吸を一つして、気持ちの乱れを正したウィラードは、腕に抱いているエリスの体勢をクルリと変える。そうして二人は、吐息が触れる距離で真っ向から見つめ合った。

「こんな問題に一般人の君を巻き込んでごめん。私が元の姿に戻るため。ひいては、解呪の研究に貢献するためにも、エリスの協力がどうしても必要なんだ」

解呪の件に自分は無関係だと思っていたが、ここにきて唐突に話題の矛先を向けられる。

目に見えてたじろぐエリスに構わず、ウィラードは会話を先へ進めてゆく。

「責任は必ず取ると約束する。生涯、君を幸せにする努力も厭《いと》わない。これから先の人生、エリスの味方であり続けると神に誓おう。だから、私の身勝手に付き合ってくれないだろうか？」

「えっ？　え……ええっ？」

責任を取る？　幸せにする？　なんだ、その愛の告白じみた台詞《セリフ》の数々は！　容姿も性格も抜群によい完全無欠の王子様から、真摯な眼差しでそんなことを言われたら――身の程を弁えている庶民のエリスですら、心臓をトクンと高鳴らせてしまう。

だが、甘い気分に浸っていられたのはほんの数秒だった。

「快い返事をありがとう。これで気兼ねなく解呪法を試せるよ」

目元を柔らかく和ませて、ふんわりと微笑んだウィラード。

彼はなにを言っているのだろう？　一瞬、目を点にして固まったエリスだが、とある可能性に気がついて大いに焦った。もしかしたらウィラードは、自分が戸惑って連発していた「え？」を、了承の意である「えぇ」として受け取ったのかもしれない。

「ウィラード様、それは誤解で——……っ!?」

大慌てで間違いを訂正しようとするが、エリスの言葉は中途半端に途切れる。エリスの顎《あご》を指先で掬《すく》い上げたウィラードが、自身の唇で彼女の小さな唇を塞いだからだ。

次の瞬間、羞恥に染まったエリスの頬と同じ薔薇《ばら》色の幻想花が、ボフンと大量に咲き乱れた。

（な、なな……っ！　なんでウィラード様が私に口づけをするの!?）

正真正銘の王子様にいきなり奪われたセカンドキス。

初恋も未経験なのに、これではお嫁にいけなくなってしまう！　パニックに陥ったエリスが、羞恥の赤に染まった幻想花をまき散らしていると、優しく塞がれていた唇が静かに解放される。

「やっぱり、あたしの読み通りだったわね！　今の口づけで呪いが解けたわよ！」

口づけの余韻で目を白黒させているエリスをよそに、喜色満面なマリオンが黄色い歓声を上げた。

反射的に目線を上げると、確かにウィラードの頭頂部に生えていた獣耳が消えている。位置的に目視はできないが、この分だと尻尾の方もなくなっているだろう。

ぽかんと呆《ほう》けているエリスを、ウィラードは近くの椅子に座らせる。彼もマリオンほどではないにしろ、心から嬉しそうな笑みを湛えていた。

「エリスが協力してくれたおかげで、私にかけられていた呪いが無事に解けた。本当にありがとう」

「えっ、あ……ど、どういたしまして？」

あなたが勝手に勘違いして、無理やりキスをされました――なんて。今更、馬鹿正直に言えるはずもなく。適当な相槌《あいづち》を打って、ウィラードとの会話をやり過ごそうと試みたが、エリスの涙ぐましい努力はいとも容易く無に帰した。

「それにしても、本当に口づけで呪いが解けるとは思わなかったよ。まるで、幼い頃に読んだおとぎ話のようだ。あの物語でも魔女に呪われた王子が、心優しい少女の口づけによって救われていた。幸福な結末を迎えた王子と少女のように、私もエリスへ最大限の愛情を贈り続けよう」

とろけるような美声で、とびきり甘い台詞を囁かれる。

（えぇっ!?　なんで私、ウィラード様から愛情を贈られることになってるの!?）

真っ赤な顔で当然の疑問を抱くと同時に、エリスの周囲でぽぽんっと幻想花が追加で花開く。

心臓が壊れそうなほど激しく脈打ち、「このままでは死んでしまう」と本気で命が心配になる。だが、ウィラードは止まらない。彼は冷静に、今後のぶっ飛んだ予定をスラスラと語り出す。

「私が暮らしている蒼の宮殿で、これからエリスも一緒に生活するんだよ。君が過ごしやすいように、離宮の掃除をして模様替えもしよう。あぁ、そうだ！　ドレスや装飾品も用意しなければいけないね。私を象徴する青色は、きっとエリスにも似合うはずだ」

「い、いえ……私は普通に工房へ帰りますよ？　プレゼントもいただく理由がありませんし……」

「？　君はいったい、なにを言っているのかな？」

それはこっちの台詞なのだが？　喉元まで出かかった言葉を、エリスは懸命に呑み込む。

いつまで経っても現状が把握できず、本格的に頭がパンクしかけていると、涼やかな目元を微かな朱に染めたウィラードが、柔らかな微笑と共に衝撃的な発言を炸裂させた。

「エリス・ファラー。今この時より、君は私の婚約者になったんだよ」

「……へ？」

「二度も女性の唇を奪ってしまったんだ。その責任も取らずに逃げ出すほど、私は不誠実な人間ではないよ。これからは未来の花嫁となる君を、花のように慈しむと約束する。お飾りの婚約者にするつもりはないから、お互いに歩み寄りながら愛を育んでいこう」

落ちこぼれの聖花術師でしかない自分が、第一王子の婚約者になってしまった。白昼堂々、夢でも見ているのだろうか？　頬をつねって確認してみようにも、神力不足の身体には未だ力が入らない。

茫然と魂が抜け出ているエリスに、ふわりと微笑みかけたウィラードは――、

「近い将来、君を国一番の幸せな花嫁にしてみせるよ」

ほのかに艶っぽい口調で誓いの言葉を述べる。そして彼は静かに跪くと、流れるような所作でエリスの華奢な右手を取った。ほとんどの聖花術師は、日頃の土いじりで手が荒れている。エリスの手の甲もカサカサで酷いありさまだったが、ウィラードは一切の躊躇《ちゅうちょ》もなく口づけを落とす。

熱くて柔らかい感触が、薄い皮膚を通してダイレクトに伝わってくる。胸の内側を熱風のような感情に掻き乱され、とうとうエリスの羞恥心は臨界点を突破した。

（もう、ムリ……っ！）

混線する思考に強烈なトドメを刺され、なけなしの神力から、濃いピンク色の幻想花がぽんっと生み出される。ついに茹《ゆ》で蛸《だこ》のような顔色で目を回したエリスは、ウィラードの広く逞《たくま》しい胸に受け止

められ――……それ以降の記憶は、空白のページが異様に長く続いていた。

第三章 ✤ 決闘と婚約は突然に

教会の調合室で貧血を起こしたエリスは、マリオン個人が所有している邸宅に運び込まれた。

心身共に疲弊しきっていた影響だろう。大勢のメイドによって身を清められ、上質な絹のネグリジェへ着替えさせられたエリスは、客室の豪奢《ごうしゃ》なベッドで昏々《こんこん》と眠り続け……次に彼女が目を覚ましたのは、翌日の昼過ぎだった。

広々とした客室には家主であるマリオンはもちろんのこと、ウィラードやジュダの姿まで揃《そろ》っている。ジュダは主の警護をしているだけだが、ウィラードは気絶したエリスを心配して、昨日から片時も離れずつき添ってくれていた。

「君の協力を無駄にして、本当にごめん！」

クッションを挟んで、ベッドヘッドに背を預けているエリス。そんな彼女へ向かって、ベッド脇に姿勢よく立っているウィラードが、腰を直角に曲げて深々と頭を下げた。

理由は首を垂れる度に揺れる獣耳と、丈の長い上着の裾から覗《のぞ》くモフモフの尻尾《しっぽ》にあった。

（まさか、解呪《かいじゅ》が完璧じゃなかったなんて……）

そうなのだ。二度目の解呪も一時的なもので、ウィラードは再び半獣の姿に戻っていた。

（おまけに、ウィラード様から求婚された気がするんだけど……私みたいな田舎娘《いなか》、一国の王子様のお眼鏡《めがね》にかなうはずないよね。あれはきっと、神力不足が招いた白昼夢だったのよ！）

半ば強引に自らを納得させたエリスは、獣耳をしょんぼり垂らしている青の王子へ声をかける。

「解呪が失敗に終わって気を落とされているのは、ウィラード様の方でしょうし……私は本当に大丈夫なので、もう謝らないでください」

口づけをされた直後は気が動転してしまったが、なにもウィラードは、いたずらにエリスの純情を弄《もてあそ》んだわけではない。必死に呪《のろ》いを解く手段を探す彼を、どうして責められるだろうか？

（自分が同じ立場だったら……って考えると、怒るに怒れないよね。解呪の可能性が少しでもあるのなら、それに賭けてみたくなるのは仕方ないもん）

聖花術師が職業として確立されてから五百年もの月日が流れた。

最初の魔女が確認されたのも、同じく五百年前だと伝え聞いている。

多くの聖花術師が生涯をかけて探し求める解呪法。それが、単なる口づけであるはずがないと、エリスは最初から知っていた。おとぎ話の定番として描かれる手法なので、過去に幾度も試されていると、聖花術の歴史書で読んだ記憶があったのだ。

（でも、ウィラード様の呪いが一瞬でも解けたのは事実なんだよね）

口づけ以外で解呪に繋《つな》がる条件が揃ったのか？　だとしたら、それはどんな事象なのだろう？

エリスが深い思考に沈みかけていた時、「そこまで」と中性的な声が割って入った。

「ウィル。どんなに誠意を込めて謝っても、それで相手を困らせてたら意味がないでしょ。エリスも

『大丈夫』って言ってくれてるんだから、せっかくの厚意を無下にするのは逆に失礼よ」

純白の法衣を優雅に翻《ひるがえ》し、頭を下げ続けているウィラードの隣に立ったのは、権力の亡者《もうじゃ》――もとい、最年少枢機卿《すうききょう》のマリオンだ。ウィラードの背後に控えているジュダも、「殿下のお気持ちは十分に届いているはずです」と加勢する。

ダメ押しでエリスが「頭を上げてください」と告げれば、やっとウィラードは姿勢をもとに戻した。

「エリスは本当に優しいね。許してくれてありがとう」

獣耳を頭の後ろにぺたりと倒し、どこか困ったように微笑《ほほえ》む青の王子。

無性に庇護《ひご》欲を掻《か》き立てる表情を目の当たりにしたエリスは、ウィラードの顔面からすかさず視線を逸《そ》らした。礼を失する行為なのは百も承知だが、彼の整った顔を見ていると、口づけの瞬間を鮮明に思い出してしまう。羞恥心《しゅうちしん》が高まって、幻想花を暴発させるような事態は避けたい。

「さあ、時は金なり！　サクサク本題に入るわよ。ほーら、ウィルから話すんでしょ？」

明るい声音で場を取り仕切るマリオンは、ベッド脇に置かれた椅子《いす》へウィラードを座らせる。

軽く咳払《せきばら》いをして気持ちを切り替えたウィラードは、弱気な表情から打って変わって、研ぎ澄まされた剣を思わせる凛然《りんぜん》とした面差《おもざ》しになった。途端、室内に漂う空気がピンッと張り詰め、これにはそっぽを向いていたエリスも、慌てて居住まいを正した。

「エリスが眠っている間に、私の独断で色々と動かせてもらった。その結果を心して聞いて欲しい」

しんと静まり返った客室内に、ウィラードの透明感のある低い声が厳《おごそ》かに響く。

「教会は無実の証明で制作された福音とマリオンの証言を基に、教皇様と六花枢機卿で再審を行った。

言うまでもないことだけど、『エリス・ファラーは魔女に非《あら》ず』と正式な判決が下されたよ」

「ほ、本当ですか!?」

「難色を示す者は何名かいたみたいだけどね。『福音がすべてを物語っている』と、教皇様が率先して取りなしてくださったんだよ。今後、冤罪《えんざい》によって損なわれたエリスの名誉は、教会が責任を持って回復を図る予定なんだけど――それは、一時保留にしてもらっている状況だ」

昼から「えっ?」と困惑の音が漏れる。教会の上層部が誤審を認めたのだから、すぐにでも普段通りの生活へ戻れると思っていたのに、吉報の締めの言葉に水を差された。

「そんなの、困ります！　世間に魔女だと誤解された今の状態では、新規の依頼を受けられません！　私は今後も聖花術師の仕事を続けるので、一刻も早く世間に真実を公表してください！」

聖花術師は人気商売だ。一度でも信頼を失えば最後、余程の事情が明らかにされない限り、去った依頼人は二度と戻ってこない。故にエリスは、病み上がりの身体《からだ》に鞭《むち》打って力説した。

食い扶持《ぶち》に関わる死活問題なのだ。こればかりは、相手が自国の王子でも黙っていられない。

(落ちこぼれなりに努力を重ねて、やっと指名の依頼が舞い込むようになったのに……このままだと、聖花術師として生きていけなくなる！　魔女を出した工房だって噂《うわさ》が広まれば、師匠とイレーネにまで迷惑をかけちゃうし……)

――否、すでにかなりの迷惑をかけているに違いない。自身の今後は一旦脇に置いておくとして、大恩のある師匠と前途ある後輩まで、これ以上の厄介事《やっかいごと》に巻き込んでなるものか。

重怠《おもだる》い上体を懸命に起こしたエリスは、魔女疑惑の撤回を再度ウィラードに頼み込む。すると、盛大なため息と共にしなやかな手が伸びてきて、せっかく起こした身体をベッドへ押し戻される。

「こーら。まだ本調子じゃないんだから、大人《おとな》しく横になってなさい」

なにをするんだと不満げに見上げた先では、笑みを消した真顔のマリオンが立っていた。

「ウィルも好きで意地悪してるわけじゃないの。むしろ、平和ボケしてるあんたを守ってくれてるんだから、泣いて感謝しないと天罰が下るわよ？」

「……それって、どういう意味ですか？」

「まったく、鈍いんだから。実際に呪殺されかけたウィルはもちろんだけど、第一王子暗殺未遂の罪をなすりつけられたあんたも、立派な魔女の被害者だって自覚しなさいよねぇ」

刹那《せつな》、喉の奥で息が詰まる。言われてみればその通りだ。福音が呪いとすり替わっていたせいで、自分は弁明の機会も与えられず、問答無用で教会に魔女として捕らえられた。ウィラード達が独房を訪ねてこなければ、今頃《いまごろ》、火刑に処されて骨だけの姿になっていたかもしれない。

無実の証明も権利を宣言する前に猿轡《さるぐつわ》を噛《か》まされたら、そこですべてが終わるのだから。

（そっか。私も、魔女に殺されかけたんだ……）

ウィラードだけでなく、自分の命も魔女に脅《おびや》かされた。その事実を理解した途端、全身の血液が凍りついた錯覚を抱き、強烈な寒気が背筋を走り抜ける。底知れない恐怖の渦に呑《の》み込まれたエリスは、全身を小刻みに震わせながら胸元できつく指を組んだ。

しかし、無慈悲にも魔女関連の悪報は続く。

「花祝の儀で開栓役を務めていた大司教を覚えているかな？　彼も教会に身柄を拘束されたんだけど、

尋問中に突然苦しみ出して亡くなった。死因は呪殺で間違いないそうだ」

沈痛な面持ちのウィラードが語った内容に、心臓がドクリと嫌な音を立てる。

明確な犠牲者が出たと知り、顔面蒼白《そうはく》になったエリスは声もなく唇を戦慄《わなな》かせた。

「怖がらせてごめん。だけど、大司教の死は君と無関係ではないんだよ」

ウィラードは腰かけている椅子をベッドの真横へずらし、カタカタと震えるエリスの小さな手を、剣ダコのある大きな手で優しく包み込む。じんわりと伝わってくる人肌の温《ぬく》もりに、恐怖で乱れた気持ちがわずかに落ち着きを取り戻した。

「大前提として開栓役に任命される聖職者は、福音と呪いの判別が可能でなければならない。つまるところ彼《か》の大司教は、エリスが提出した福音を呪いと知った上で、一切の躊躇《ためら》いもなく開けたんだ」

「大司教様はどうしてそんなことを？　立場上、呪いの脅威を知らないはずがありませんし……」

「彼は動機を明かす前に亡くなってしまったからね。だから、これから語るのは単なる憶測だよ」

まるで壊れ物でも扱うように、エリスの冷え切った手をゆるゆると撫《な》でさすりながら、ウィラードはどこか物憂げに目を伏せて淡々と言葉を紡《つむ》ぐ。

「恐らく、大司教も私の暗殺計画に加担していたのだろう。利害の一致で魔女と協力関係を結んでいたのであれば、呪いの作り手と呪殺を実行する者が揃うからね」

「でも、大司教様は魔女に呪い殺されたんですよね？　仲間同士なのに、ひどい……っ」

「二人の関係は見せかけだったんだよ。大司教は魔女を利用しているつもりで、逆に利用されていたと私は考えている。魔女も信頼できない相手だからこそ、密《ひそ》かに大司教を呪っていたのだろう。自身の素性や思惑を外部に漏らされないように、秘密の暴露が呪いの発動条件だった可能性が高い」

ウィラードが語り聞かせてくれたのは、あくまで彼が導き出した予測に過ぎない。けれど、この上ないほど真実味があり、エリスの強張《こわば》った身体がぞわりと総毛立った。

もし、ウィラードの予想が当たっていたら、大司教の死は完全なるトカゲの尻尾切りだ。

ウィラードの暗殺未遂や、その罪を自分になすりつけたことも許せない。だが、協力者も端《はな》から裏切ると決めつけ、命を刈り取る呪いを事前に仕込んでおくとは――魔女になった聖花術師は、どこまで自らの魂を貶《おとし》めれば気が済むのだろう？

（元々は国教神様に選ばれた特別な女性で、依頼人に多くの幸せを届けていたはずなのに……）

胸の内で恐怖と悲哀の情が複雑に混ざり合い、エリスは遣《や》る瀬《せ》ない想いで下唇を噛む。

「魔女に慈悲の心は存在しない。身代わりにしたはずのエリスが、無実を証明して極刑を免《まぬが》れたと知れば、今度こそ確実な手段を講じて命を奪いにくる。恐らく、口封じをしなければならないほど、君と魔女は近しい間柄なのだろう」

「――!?　私の知り合いに、魔女になるような人はいません！」

衝撃的な指摘を受け、咄嗟《とっさ》に否定の言葉を叫ぶ。エリスが可哀想《かわいそう》なほど動揺しているのは一目瞭然だが、ウィラードは「本当にそうだろうか？」と追及をやめない。

「よく思い出して欲しい。呪いが入っていたのは、エリスが用意した箱の中だった。つまり、君の箱に触れる機会があった人物こそ、福音と呪いをすり替えた犯人なんだ」

「そ、そんな……」

「花祝の儀で使用する福音が入った箱を、見ず知らずの他人に預けるとは考えにくい。となると、犯人の目星は普段から交友関係のある人物に絞られる。すり替えが行われたと思われるタイミングは、工房から聖堂の控室までの間だろう」

ウィラードの口から語られる言葉は標《しるべ》となり、エリスは自《おの》ずと、花祝の儀が行われた当日の記憶を振り返る。すると、すべての条件を満たす人物の姿が脳裏に浮かび上がった。

(違う！　そんなはずない！　だって、だって……っ！)

悪い憶測を否定する要素を必死に探すが、記憶を遡《さかのぼ》れば遡るほど逆効果だった。

自分は彼女についてなに一つ知らない。福音を作っている姿や聖花を育てている姿など、一度たりとも見たことがなかった。本当に彼女は、聖花術師に必要な能力を持っているのだろうか？　胸中で次々と芽生える疑心に、エリスは血の気が失せた顔色でギュッと拳《こぶし》を握り締める。

そんなエリスの華奢《きゃしゃ》な手を、一回り大きい無骨な手で包み込んだまま。あくまでも落ち着いた態度を崩さずに、ウィラードが労《いた》わるような声音で問う。

「その様子だと、心当たりがありそうだね？」

「でも！　私、信じられなくて……！」

「だったら、聞き方を変えよう。エリスの思い浮かべている人物が魔女だとしたら、その人を助けてあげたいと思うかな？」

「当然です！　見捨てることなんかできません！」

目尻に涙の粒を滲《にじ》ませながらも、エリスは強い語気で即答する。

それなら——と、ウィラードは彼女の手を、更にしっかりと両手で包み込む。

「その人を救うためにも、心当たりを教えてくれないだろうか？　身の内に巣食った憎悪に突き動かされ、魔女は苦しみながら凶行に走っているんだ。本当にその人を想うのであれば、これ以上罪を犯させないためにも、エリスが立ち止まるきっかけになって欲しい」

実直で力強い言葉に胸を打たれ、エリスの呼吸がほんの一瞬止まった。

そうだ。全部、ウィラードの言う通りじゃないか。自分が彼女を庇《かば》い続ければ、その間にも、他の誰《だれ》かが呪いの災禍に見舞われるかもしれない。魔女本人も悪心に憑《と》りつかれる前は、依頼人の幸せを心から祝福する聖花術師だったのだ。

かつて福音を生み出していた聖なる手を、これ以上、恨《うら》み辛《つら》みで穢《けが》させてはならない。

「花祝の儀が行われた当日、私が作った福音に触れた人物は一人だけでした。福音と呪いのすり替えも、彼女しか実行に移す機会はなかったはずです」

震えそうになる喉に力を込めて、一音、一音、慎重に言の葉を紡ぐ。

一旦、深呼吸をして覚悟を決めたエリスは、ついに脳裏に思い浮かんだ人物の名を口にした。

「私が魔女だと思ったのは、同門の妹弟子——イレーネ・ベーレントです」


ウィラードに贈る福音は、誕生祭の前日に制作したものだ。

おかしな箇所はないか、何度も繰り返しチェックをしていたので、ラッピングは当日の早朝になってしまったが――箱に入れる時までは、間違いなく自分の作った福音だった。

つまり、福音と呪いがすり替えられたのは、花祝の儀が行われた当日の朝以降。屋敷を出てから聖堂へ呼ばれるまでの間に限られる。その間、福音はイレーネに預けていた。消去法で考えてみれば簡単だ。福音と呪いを入れ替えた人物は、彼女以外にありえなかった。

しかし、イレーネが魔女である証拠はどこにもない。どうにか、彼女の正体を証明するよい術《すべ》はないだろうか？　そんなエリスの悩みを吹き飛ばしたのは、マリオンの突拍子もない提案だった。

『こうなったら、直接その子と戦っちゃいましょうよ』

戦うという表現は些《いささ》か物騒だが、聖花術師にも決闘に似た勝負手段が存在する。一対一で作品の出来栄えを競う〝花比べ〟と呼ばれる腕試しを指す。教会法は見習いにも適用されるので、エリスがイレーネに勝負を申し込み、福音を作らなければならない状況を意図的に生み出す寸法だ。

されど、この作戦は諸刃《もろは》の剣《つるぎ》だ。エリスの見立て通り、イレーネが本物の魔女なら万事解決で事は済む。問題は、イレーネが何事もなく福音を作り上げた場合だ。魔女と疑った時点でこの上ない侮辱となり、教会法のもと莫大な慰謝料を請求される可能性が高い――が、その不安も杞憂《きゆう》に終わった。

『心配しなくても、あんたの妹弟子を舞台に引きずり出す正当な理由ならあるわよ』

頭の回転が速い参謀のマリオンは、さくさくと綿密な計画を立ててゆく。

鍵を握っているのは聖リュミエール王国の第二王子、クリストファー・ロス・ランドルリーべだ。ウィラードとは同い年で、誕生日も一ヵ月しか違わない異母弟である。

『実はエリスの師匠と妹弟子、今も王宮に滞在してるの。ほら、来月にはクリス様の誕生祭が行われるでしょ？　魔女は依然逃走中だけど、クリス様だけ花祝の儀を中止するワケにもいかなくてね。そこで、呪殺からウィルを守ったバッツドルフ殿が、急遽《きゅうきょ》呪い専門の護衛役に任命されたのよ』

ギーゼラは自作の福音で、ウィラードの命を呪いの脅威から救った。故に、魔女の容疑者から外れる。しかし、彼女の付き人をしているイレーネは、聖花術師の能力を精査されていない状態だ。

『見習いでも福音は作れるんだから、安全確認を徹底すべきでしょ。イレーネ・ベーレントの力量を審査する目的で花比べの相手に指名すれば、あちらさんもそう簡単に断れないわ。この件を、ウィルから国王陛下に進言してもらえば、より確実に事は進むでしょうね』

結果だけ述べれば、マリオンの発案以上のとんでもない事態に発展した。なんと、六花枢機卿まで巻き込み、エリスの無実を再度証明することになったのだ。計画立案者のマリオン曰《いわ》く、

『今でも一部の頑固者が、エリスを疑ってピーピー騒いでるのよ。いい加減黙らせたいから、目の前で福音を作ってやってちょうだい。そうすれば、完全にあんたの魔女疑惑が晴れるわ。妹弟子の正体を探りつつ、自分の名誉回復もする。これぞまさしく一石二鳥ね！』

――だ、そうな。言われてみれば、六花枢機卿全員の前で福音作りを披露するのは名案だ。教皇に諭されて渋々エリスの無罪を承認した者も、本心から納得させるよい機会となるだろう。

今回の花比べはウィラードが着想を述べ、許可を下した国王が主催者となった。福音を作るからには依頼人が必要不可欠なので、その点も国王の指名で決定したのだが……まさかの人選に、素《す》っ頓狂《とんきょう》な悲鳴を上げたのは記憶に新しい。

（王妃様達が依頼人で、国王陛下へ宛てた福音を作るとか、花祝の儀より緊張するんだけど⁉）

当日の警備は国王直属の彩華《さいか》騎士団が総出で行う。六花枢機卿全員が勝負を見届けるため、福音作りの監視も完璧だ——が。鉄壁の安全が確保されているとしても、王族が一介の聖花術師の勝負に参加するなんて、前代未聞の珍事として歴史に残るかもしれない。

（私の依頼人はウィラード様の御母君、第二王妃のナターシャ様だったよね）

花比べは三日後に開催される。当日までエリスはマリオンの屋敷で匿《かくま》われながら、勝負で扱う聖花を育てることになった。けれど、依頼内容が決まらなければ種も蒔《ま》けない。依頼人の願いに添った花言葉を慎重に選び、最適な花を用意する必要があるからだ。

そんなわけで、先ほどからエリスはプロイツ公爵家の紋章が彫金された、四頭立ての立派な馬車に揺られていた。第二王妃ナターシャへの謁見の許可が下りたので、福音に込める願いの要望を伺いに、街の中心部に建つ王城へ向かっているのだ。

窓のカーテンが閉め切られた車内で、エリスとマリオンは向かい合って席に着いている。ウィラードやジュダと別行動中は、意外にも、たおやかな外見の彼がエリスの護衛を務めていた。

『高い地位についてると、敵ばっかり増えちゃってねぇ。自分の命くらい自分で守りたくて、文武両道を極めたのよ。手練《てだ》れの暗殺者が相手でも返り討ちにするから、安心して守られときなさい』

——と、ロッドを勢いよく素振りしながら言われた。蒼《あお》い六花の輝石がきらめくロッドは、枢機卿の身分を示す貴重品のはずだが、マリオンからしてみれば手に馴染《なじ》む最高の武器らしい。

本日もロッドという名の鈍器を手に、蒼の枢機卿は艶《あで》やかに微笑む。

「ウィルってば相変わらずセンス抜群ね。そのドレス、あんたに似合ってるわよ」

「あ、ありがとうございます……」

エリスがつっかえながら会釈をすると、マリオンの笑みが更に深まる。

「うちのメイド達も大健闘だわ。着つけ、お化粧、髪のセット、小物のチョイスまで。どれもこれも完璧！　これならいざという時、エリスをうちの遠縁の親戚って紹介しても大丈夫そうね」

相変わらず、エリスの無実は公に報じられていない。罪をなすりつけた相手が無事だと判明したら、今度こそ確実な手段で、魔女に口封じされる危険性が高いからだ。

今もエリスは、魔女に存在を気取られぬよう変装中だったりする。

（この格好なら、誰も私だって気づかないよね）

エリスが纏《まと》っているのは、貴族向けに作られた品のよい薄藍色のドレスだ。第二王妃との謁見の日取りが決まった際、ウィラードから贈られたものである。

つばの広い帽子をかぶっているので、少し俯《うつむ》けば顔の半分は影に隠れてしまう。仮にはっきり顔を見られても、メイド達が二時間近くかけて入念に化粧を施してくれたのだ。身支度が整って姿見に映る自分と対面したエリスは、よい意味で「別人がいる！」と驚かされた。

「そろそろ到着するわよ」

カーテンをわずかにめくり、車外の様子を窺《うかが》ったマリオンが呟《つぶや》く。

彼の一言で、エリスの思考が仕事モードへ切り替わる。

（私はいつも通り、最善を尽くすだけ。聖花術師の仕事に特別は存在しないんだから）

師匠であるギーゼラの教えを、胸中で噛み締めるように唱える。

エリスの心の準備が整うと同時に、緩やかに速度を落としていた馬車が完全に停車した。


快晴に恵まれた、暖かな春陽が差し込む昼下がり。

花の都の燦然《さんぜん》たる宝冠ウィンズレット城の謁見の間には、錚々《そうそう》たる顔ぶれが揃っていた。

泰然たる態度で玉座に座る、現国王ジェレミー・ロッシェ・ランドルリーベ。王の両脇に並び立つは、六枚花の輝石があしらわれたロッドを持つ六花枢機卿だ。この場にいる枢機卿は、白・紫・緑・黄の四名のみ。不在の紅と蒼はこれから行われる花比べにて、競う聖花術師の後見人を務めるのだ。

謁見の間の中央には、二つの大きな作業台が設置されている。白いテーブルクロスが敷かれた卓上には、枢機卿全員が安全確認を済ませた調合器具がずらりと並ぶ。事前に術師から託された聖花も、呪いに使用される恐れはないと判じられ、聖水で満たされた花瓶に生けられている。

やがて、中庭の時計台の針がカチリと動き、城内全体へ開戦を告げる鐘の音を響かせた。

「工房リデル門下生、エリス・ファラー。入場致します」

外回廊へ続く大扉が開き、蒼花枢機卿のマリオンが入室の口上を述べる。彼に先導されて現れたエリスは、青を基調としたエプロンドレスを纏い、緊張から表情をやや強張らせていた。

「同じく工房リデル門下生、イレーネ・ベーレント。入場致します」

続いて紅花《こうか》枢機卿に先導されて登場したのは、真紅のエプロンドレスを身につけたイレーネだ。国王と教会の要人が揃い踏みであるにもかかわらず、彼女はいつも通りの無表情を貫いている。

二人がそれぞれに用意された作業台の前に立つと、ジェレミー王が口を開く。

「長口上ほどつまらぬものはなかろう。故に、簡潔に命ずる。エリス・ファラーは己が無実を改めて証明し、イレーネ・ベーレントは自らの実力を示して見せよ。花比べである以上、福音の優劣を競うのは自明であるが、汝《なんじ》らの主たる目的をゆめゆめ忘れるでないぞ」

国王直々《じきじき》の声がけに、エリスとイレーネは「はい」と返事をすると、スカートの裾を摘まんで恭《うやうや》しく膝を折る。花比べ用に特注された華美な衣装と相俟《あいま》って、一見すると貴族のご令嬢のようだ。

「では、これより花比べを開始する」

ジェレミー王は、傍《かたわ》らのテーブルから水晶のベルを手に取る。澄んだ音色が謁見の間の空気を震わせると、エリスとイレーネは姿勢をもとに戻し、速やかに福音の制作へ取りかかった。

花比べが終了した謁見の間から、国王と後見人以外の枢機卿はすでに退室していた。

（……どうしよう、間違えた……）

不自然なほど大きく脈打つ心臓に合わせて、全身から脂汗が噴き出す。冷えた頭の芯がずくずくと不快に疼《うず》き、とてつもない過ちを犯してしまった後悔の念に苛《さいな》まれ、今にも膝から崩れ落ちそうだ。

「やあ、エリス。久しぶりだね」

エリスが作業台の前で茫然《ぼうぜん》と立ち尽くしていると、不意に深みのある低い声で名前を呼ばれた。緩く一つに編んだ髪を揺らして振り向くと、朗らかな笑みを湛《たた》えた紅花枢機卿グレアム・エイボリーが、ゆったりとこちらへ歩みを進めているところだった。

グレアムは第一王妃シルヴィア・ジゼル・ランドルリーベの実弟で、祖父は先代の教皇という名門貴族の生まれだ。第二王子に与えられた色が赤であることから、甥《おい》に関わる教会関連の仕事はすべて、同じ色を冠するグレアムが請け負っていると聞く。

年齢は三十代半ばくらいだろう。柔らかそうな短い銀髪をきっちりとセットして、純白の法衣も隙《すき》なく着こなしている。熟《う》れた林檎《りんご》のような緋《ひ》色の双眸《そうぼう》は切れ長で、右目にかけている片眼鏡がよく似合う。年相応の落ち着いた色香と、理知的な雰囲気を纏う眉目秀麗《びもくしゅうれい》な男性だ。

放心状態から我に返ったエリスは、慌ててグレアムに一礼する。

「グレアム様、ご無沙汰しております」

「最近、なにかと忙しくてね。あまり工房へ顔を出せていなかったが、まさか、エリスとの再会がこのような形になるとは……。随分と痩せたように見えるが、体調は大丈夫だろうか？」

「おや？　エイボリー殿は、うちの娘とお知り合いなのですか？」

憂いげに目元を眇《すが》めたグレアムが、エリスの少しやつれた頬《ほお》へ手を伸ばしかけた時だ。いつものオネエ口調を引っ込めたマリオンが、二人の会話と物理的な距離へ強引に割り込む。

行く宛てを失った手を脇に下ろしながら、グレアムは眉尻《まゆじり》を下げて笑う。

「工房リデルの主ギーゼラ・バッツドルフは、私の数少ない友人でして。五年前に彼女へ弟子入りしたエリスとも、当時から親しくさせてもらっているのですよ。――――あぁ、そうだ。エリスが淹《い》れる花茶に合いそうな焼き菓子を見つけてね。今度、お茶会に持って行くから楽しみにしていなさい」

マリオンの背中に押しやられていたエリスは、どうにか顔だけ覗かせて「はい」と頷《うなず》く。

色好い返事にグレアムは口元を綻ばせる。穏やかに微笑む彼の背後には、いつの間にか小さな影が佇んでおり——その姿を視界に捉えたエリスは、ヒュッと息を呑んで凍りついた。

「エイボリー猊下《げいか》、作業台の片づけが終わりました」

鼓膜を震わすのは感情のこもらぬ平坦な声。会話をしている相手はグレアムなのに、吊《つ》り目気味の鳶《とび》色の瞳《ひとみ》は、射殺すような眼光で真っ直ぐこちらを睨《にら》んでくる。こんな殺伐とした眼差《まなざ》しを自分に向けるのは、同門の妹弟子であるイレーネだけだ。

激しい罪悪感に駆られたエリスは咄嗟に視線を逸らす。イレーネに花比べを挑んだのは、彼女が魔女である確たる証拠を掴《つか》むためだった。しかし、実際に証明された事実はまったくの正反対で——なんとイレーネは、魔女には作り出せない福音を見事完成させてしまったのだ。

「あぁ、イレーネ。一人にしてすまなかったね。ギーゼラも首を長くして待っているだろうし、そろそろ紅の宮殿へ戻るとしようか」

そこでグレアムは、なにか思いついた様子で「そうだ」と声を上げる。

「ギーゼラとイレーネは当分の間、クリストファー殿下の護衛として王城に留《とど》まる予定でね。工房に戻っても独《ひと》りで寂しいだろう？　私もクリストファー殿下の神事を担当しているから、エリスもこちらに合流したらどうかな？　その方がギーゼラも安心するだろうし、歓迎するよ」

「え、っと……私、は……」

「おっと。勝手に話を進められては困ります」

人当たりのよさそうな笑みを顔面に張りつけて、またしてもマリオンが、エリスとグレアムの会話を遮った。これにはグレアムも目を瞠《みは》ったが、構わずマリオンは流れるように言葉を連ねる。

「すみません、エイボリー殿。実はウィラード殿下がエリスさんを大層お気に召しまして。彼女には本日より、蒼の宮殿で生活していただく運びとなっているのですよ。国王陛下の許可も得ておりますし、丁重におもてなしをさせていただきますので、何卒《なにとぞ》ご安心ください」

突如マリオンが投下した爆弾発言に、エリスは一拍遅れて「へ？」と間の抜けた声を漏らした。

庶民の小娘でしかない自分が、第一王子のウィラードに気に入られて、今日から蒼の宮殿とやらで共に暮らす？　しかも、国王陛下のお墨つきとは――なにがどうしてそうなった？

(そういえば……教会で無実の証明をした後、貧血でフラフラしてる時に、ウィラード様から求婚されたような気がする……かも？)

マリオンの邸宅に運ばれてから、泥のようにぐっすり眠ったので、「おとぎ話のような夢」として片づけていた。よもや、あれが現実だったなんて、すさまじい衝撃にへたり込みかける。

事実を思い出したエリスが絶句していると、眉を険しく顰《ひそ》めたグレアムがマリオンを咎《とが》める。

「エリスは聖花術で生計を立てる一般庶民です。貴族社会で求められる教養や礼儀作法とは無縁の身。とてもウィラード殿下のお相手が務まるとは思えません。なにより、彼女の保護者代理である工房主の意思を欠いております。これはあまりに横暴がすぎませんか？」

「僭越《せんえつ》ながら、私もグレアム様の仰《おっしゃ》る通りだと思います」

グレアムに同調したのは、相変わらずエリスを睨《ね》めつけているイレーネだった。

「たとえ無実であったとしても、一度広まった魔女の噂はそう簡単に消えません。国民から不審の目で見られる先輩が傍にいるだけで、ウィラード殿下の権威まで損なわれてしまいます」

「イレーネ、待って！　私は――……」

「言い訳は聞きたくありません。教会の次は王家と揉《も》めごとを起こすつもりですか？　やめてくださいよ、いい迷惑です。同門というだけで、師匠や私の評価まで下がるんですから」

自分はただ、ウィラードの求婚を受け入れた覚えはないと、ありのままの真実を伝えたいだけなのに。言葉の端々に苛立《いらだ》ちを滲ませる後輩は、まったく聞く耳を持ってくれない。

「ほとぼりが冷めるまで、大人しく工房に引きこもって掃除でもしていたらどうです？　師匠と私は長期間戻れないので、留守番にはうってつけじゃないですか」

いつにも増して、イレーネの毒舌が胸に深々と突き刺さる。自分のせいで迷惑をかけている自覚はあったが、面と向かって苦情をぶつけられると、情けなさのあまり消えてなくなりたくなった。

「お二人共、悪いことは言いません。その辺にしておいた方が身のためですよ」

エリスがなにも言い返せず俯いていると、猫を何重にもかぶったマリオンが代わりに口を開く。

「繰り返しになりますが、この一件はすでに国王陛下からお許しを得ています。ここは教会ではなく王城ですよ？　国王陛下のご意向に逆らうような発言は控えた方がよろしいかと。私は告げ口など陰湿な手段は取りませんが、どこで誰が耳をそばだてているかわかりませんので」

最年少の同僚を無言で見据えたグレアムは、やがて小さなため息を零《こぼ》した。彼は「力になれなくてすまない」とエリスへ謝罪をし、イレーネの両肩に手を置いて「帰るよ」と促す。

そこでようやく俯けていた顔を上げたエリスは、イレーネが使用していた作業台の上に、彼女が制作した福音が残されているのを発見する。反射的に名前を呼ぶと、グレアムと共に部屋から出ようとしていた妹弟子が、「なんですか？」と肩越しに振り返った。

氷のような冷めた眼差しに怯《ひる》みかけるが、エリスは喉の奥からどうにかこうにか声を絞り出す。

「えっと……福音、忘れてるみたいだけど……」

自分の作品をちらりと一瞥《いちべつ》したイレーネは、眉間《みけん》に根深い皺《しわ》を刻んで歯噛みする。

「どうして私が、そんな〝ゴミ〟を持ち帰る必要があるんですか？」

「そんなひどい言い方しちゃダメだよ。福音は国教神様から授かった神聖な御業《みわざ》で……」

「だって、私、負けたんですよ？　年中花を飛ばしてる落ちこぼれの先輩に。国王陛下に選ばれなかったゴミは、目に入るだけでも不愉快なんです。欲しければ差し上げるので好きにしてください」

隠し切れない怒気を孕《はら》んだ台詞《セリフ》を吐き出すと、イレーネは一方的に会話を切り上げた。愕然《がくぜん》とした表情で固まったエリスを無視して、今度こそ彼女は、グレアムと共に謁見の間から出て行く。

（福音に罪はないのに、ゴミ扱いするなんてあんまりだよ……）

ぽつんと作業台の上に置き去りにされた、イレーネの福音から目が離せない。

花比べでは、勝者の福音のみ依頼人が持ち帰る決まりだ。入門して間もない見習いのイレーネと、正式な聖花術師として活動しているエリスでは、素人《しろうと》目から見ても経験の差は明らかで——国王は第二王妃から贈られた福音を選び、此度《こたび》の花比べはエリスが勝利を収めていた。

「そこまで物欲しそうに眺《なが》めるくらいなら、お言葉に甘えてもらっちゃえば？　安全性はあたしも確認済みだし、好きにしていいって言ったのはあちらさんだもの」

グレアムとイレーネの姿が完全に見えなくなると、マリオンが普段のオネェ口調に戻る。

彼はエリスの返事を待たず、イレーネが捨てた福音を持ってきた。「落とすんじゃないわよ」と手渡されたのは雫《しずく》型の瓶。赤で統一された花々が、神力のオイルの中で艶やかに咲いている。

（初めて見たけど、これがイレーネの福音なんだ）

瓶の中心で存在感を放っているのは大輪のチューリップ。瓶底には小ぶりな薔薇《ばら》がいくつも敷き詰められ、その上に数輪のチグリジアが控えめに浮いている。チグリジアだけ中心部分がわずかに黄色なので、作品の魅力を引き出すよいアクセントになっていた。

（第一王妃様は、今でも国王陛下を情熱的に想っていらっしゃるんだなぁ）

使用されている花言葉は、すべて愛に関係するものだろう。薔薇は【あなたを愛しています】と囁く甘い告白。チグリジアは【私を愛して】と求める密やかな願い。メインであろうチューリップは、二人の心が繋がり合って芽生える【真実の愛】の象徴……と、いったところか。

そんなエリスの取りとめない思考は、マリオンの明るい声によって遮られた。

「ほら、あたし達もさっさと帰るわよぉー。あんたに蒼の宮殿の案内をしなくちゃいけないし、他にも予定がギッチリ詰まってるんだからね」

そうだった。すっかり頭から抜け落ちていたが、自分は今日から蒼の宮殿で暮らす——らしい。

こんな重要事項を当事者抜きで決定するとは、驚きを通り越して恐怖すら感じる。

(国王陛下から許可が下りてるんじゃ、抵抗するだけムダだよね)

それに、妹弟子を魔女だと疑った手前、心の片隅で「助かった」と思ってしまった。ウィラード達と一緒にいれば、イレーネと顔を合わせて、気まずい思いをせずに済むのだから。

(……私、最低だ……)

へにょんと萎《しお》れた幻想花が頭に生える。普段はすぐにむしり取っているが、今はそんなことをする気力もなく、先に立って歩き出したマリオンの背中を、エリスは項垂《うなだ》れたままとぼとぼ追いかけた。

✖…………✖…………✖

蒼の宮殿は王城の東側に位置している。

ウィラードが政務を行う執務室を始め、彼の私室や寝室があるプライベートな空間だ。

窓から見える広大な庭園は美しく整えられ、白亜の噴水やドーム状の屋根のガゼボに目を惹《ひ》かれる。庭園の片隅には優美な造りの離宮があり、宮殿の主の婚約者はそこで暮らす習わしのようだ。

「国王陛下のみならず、妃殿下や六花枢機卿の皆様まで巻き込んだにもかかわらず、私は花比べで競う相手を間違えてしまいました……っ!」

人払いされたウィラードの私室に、悲壮感が漂うエリスの声が響く。

この場にいるのは、ソファに座しているウィラードと、彼の背後で護衛に徹しているジュダ。そして、先ほどまで花比べの結果を報告していたマリオンと、深々と頭を下げているエリスの四名だ。

「魔女の正体をあばくどころか、なんの手がかりも掴めずに終わってしまうなんて……せっかくみなさんが力を貸してくださったのに、私の勘違いのせいで取り返しのつかない事態を招くところでした。完全な解呪のお役にも立てず、本当に申し訳ありません！」

唐突なエリスからの謝罪に、ウィラードは大層面食らったようだ。頭頂部に生えた獣耳をピンと立て、大きく瞠った瑠璃《るり》色の瞳をぱちくりと瞬《またた》かせている。長衣の裾から覗く尻尾などブワッと毛が逆立ち、二倍くらいに膨らんで見えた。

だが、それも一瞬のことで……平静を取り戻したウィラードは、切なげに眉根を寄せる。

「エリスが謝罪をする必要はどこにもないよ。だから、顔を上げてソファに座ってもらえるかな？」

「ですが！　私は罪のない妹弟子に、危うく魔女の汚名を着せるところでした。マリオンさんが事前に予防線を張ってくださっていたおかげで、大事には至りませんでしたが……私は最低な聖花術師です。いえ、聖花術師を名乗る資格もありません……」

最初は強かった語気も、最後の方ではか細く力を失っていた。

しんと静まり返った室内で、エリスは震える両手を強く握り締め、涙が零れそうになるのを必死に堪《こら》える。そんな痛々しい彼女の姿を見て、ウィラードが何事か言葉をかけようとした時だ。

「お前は馬鹿か？」

主よりも先に口を開いたジュダが、傷心中の少女を容赦なく罵倒した。

思わず伏せていた顔を上げたエリスに、もともとの強面《こわもて》を更に険しく歪《ゆが》めて、ジュダは呆《あき》れ混じりのため息をつく。緩く腕を組んだ彼は、今度はわかりやすい表現で己の意見を述べる。

「先日、聖堂へ呪いが持ち込まれた経緯を聞いたが、明らかに妹弟子とやらが怪しいだろう。お前の福音に触れた者は、そいつ以外に存在しないのだから、真っ先に疑ってかかるのは当然だ。むしろ、同門だからと庇い立て、最悪の事態に発展していたら目も当てられんぞ」

「確かに……それは、そうかもしれません……」

「なんの根拠もなく他者を疑う行為は非難されて然《しか》るべきだ。しかし、お前の状況説明には説得力があった。だからこそ花比べが行われ、妹弟子が魔女でないと判明したではないか。今はあれこれ難しく考えず、ありのままの事実を素直に喜べばいいだろう」

第一声は衝撃的だったが、これはジュダなりの励ましなのだろう。彼は尚も渋い顔をしているが、ほんのりと耳朶《みみたぶ》が赤く染まっている。

「エリス、よく聞きなさい。花比べの件について、あんたが責任を感じる必要は一切ないのよ」

一人掛けのソファに腰かけ、事の成り行きを見守っていたマリオンも口を開く。

「ジュダに同調するようで癪《しゃく》だけど、誰がどう考えても、容疑者候補はイレーネ・ベーレントしかいなかったんだもの。エリスが黙っていたとしても、優れた慧眼《けいがん》を持つあたしが見逃さないわよ」

「あぁ、有能すぎる自分が怖いわぁ〜」と、芝居がかった口調で言いながら、マリオンは突っ立ったままのエリスに歩み寄り、さり気なく彼女をソファへ座らせる。

柔らかな座面に身が沈むと、対面するウィラードまで優しく語りかけてきた。

「思い出してごらん。君が犯人の心当たりを話してくれたのは、怨念に憑りつかれた魔女の凶行を止めるためだった。単なる告発が目的ではなかった上、半ば強引に説得を試みたのは他の誰でもない私自身だ。ジュダやマリオンの言う通り、エリスはなにも悪くないんだよ」

だから、もう自分を責めないように——と、ウィラードからしっかり釘を刺される。

決して許されない思い違いをして、危うくイレーネの人生を壊すところだった。けれど、いつまでも悲劇のヒロインぶって、めそめそと落ち込んでいるのは間違いだ。この場にいる全員から諭されたこともあり、エリスの胸を塞《ふさ》いでいた閊《つか》えが取れた。

(私にできる償いは、本物の魔女を捕まえる……までいかなくても、その正体に近づく手がかりを見つけることだよね。ウィラード様の解呪にも繋がるし、今まで以上に頑張るぞ!)

普段の調子を取り戻した途端、エリスの頭頂部にニョキッと一輪の幻想花が生える。現在の心境が反映された花弁の色は、やる気がみなぎる鮮やかなオレンジだ。

元気に咲いた幻想花を見て、ウィラードは「ふふっ」と控えめな笑みを零した。

「そんなことより。ウィル、ジュダ! 今日からエリスをとことん甘やかして、あたし達の好感度をガンガン上げていくわよ! エリスも遠慮なんか捨てて、あたし達にもっと懐《なつ》きなさい! あんたはもう、身内みたいなもんなんだから!」

これにて一件落着かと思いきや、今度はマリオンの苛立ち混じりの声が室内に響く。

「おい。花比べの仔細から、なぜそのような下らない話題に繋がる?」

胡乱《うろん》な眼差しのジュダが率直に問えば、すかさず「どこが下らないのよ!?」とマリオンが噛みついた。麗しの枢機卿は眉間に根深い皺を刻むと、親指の爪をギリギリと噛み締める。

「だって、だって! あたし達より紅花枢機卿の方がエリスと親しかったのよ!? 他の枢機卿連中ならともかく、グレアム・エイボリーにだけは、どんな些細《ささい》なことでも負けたくないの！」

「紅花枢機卿？　あぁ、お前が勝手に敵対視している奴《やつ》か。個人的な派閥争いに殿下と俺を巻き込むな。わかるか？　ここは王城だ。教会の問題は教会で解決しろ」

「〜っ、この石頭ッ！　別に悪い話じゃないんだからいいでしょ？　今後を見据えて、良好な人間関係を築くのは大事なんだから！　ねぇ、ウィルもそう思わない？」

唐突に話題を振られたウィラードは、「ふむ」と唸《うな》って顎《あご》に手を当てる。

伏し目になると、長い睫《まつ》毛《げ》が頬に色濃い影を落とす。時折ピクピク動く獣耳でさえ、美青年の頭部に生えているだけで、魅力の一つに変わってしまうのだから恐ろしい。

「確かに、マリオンの言う通りだ。これから長いつき合いになることだし、エリスと私達の仲を深めるのは急務と言えるだろう」

表情は至極真面目《まじめ》なのに、長衣の裾から覗く尻尾がブンブンと激しく揺れている。

（なんだか、大型犬みたいで可愛《かわい》いかも）

そんな不敬な感想を抱いた罰が当たったのかもしれない。

次の瞬間、上機嫌で尻尾を振り続けるウィラードが、爽《さわ》やかな笑顔で爆弾発言を投下した。

「それじゃあ、エリス。手始めに私を〝ヴィル〟と呼んでおくれ。私的な場に限られるけど、両親や懇意にしている親戚達は、私を愛称で呼んでいるんだよ。ほら、マリオンがいい例だろう？」

指摘されてようやく、マリオンが公爵家の人間であることを思い出す。

オネエ口調の枢機卿というインパクトが強すぎて、それ以外の肩書きがすっぽりと頭から抜け落ちていた。確か現国王の妹が母親で、三人の姉を持つ末っ子だったはず。だから彼はプライベートで国王を「伯父様」と呼び、第一王子であるウィラードとも気軽な態度で接していたりする。

しかし、それらの行為はプロイツ公爵令息だからこそ許されるものだ。

「素敵なご提案をありがとうございます。ですが、私はウィラード様を愛称でお呼びできません」

「なぜだい？　ウィラードよりウィルの方が、短くて呼びやすいだろう？」

「いえ、そういう問題ではなく……ただの庶民でしかない私が、第一王子を気安く愛称で呼んだ日には、今度こそ不敬罪で処刑台行きになりますので……ウィラード様のお心遣いだけいただきます」

魔女の濡《ぬ》れ衣《ぎぬ》を着せられ、投獄までされた身である。過酷な死線を潜り抜けたエリスは、「命を大事に」を座右の銘として心に深く刻んでいた。

――が、しかし。エリスの主張に耳を傾けていたウィラードは、またしても、目が眩《くら》まんばかりの笑顔でぶっ飛んだことを言い出す。

「エリスが私を愛称で呼んでも罪には問われないよ。むしろ、罪があるとするならば、君の唇を二度も奪った私にある。だから、自分なりに誠意の示し方を考えて、最適な答えを見つけたんだ」

ソファから立ち上がったウィラードは、エリスの前に跪《ひざまず》いて彼女の小さな手を取った。

「今日からエリスは私の大切な婚約者として、この蒼の宮殿で暮らしてもらう。誰にも――魔女にだって、君を傷つけさせたりはしない。私の生涯をかけて護《まも》り抜くと誓おう」

瞬《まばた》きも忘れて茫然としているエリスに、ウィラードはふわりと表情を和《なご》ませる。朝露に濡れた薔薇の蕾《つぼみ》が綻ぶような、どこか神秘的でほのかな色香を含む微笑だった。

そのまま彼はエリスの手の甲へ顔を寄せると、庭仕事で荒れた素肌にそっと唇を落とす。

「ひゃあぁぁぁぁっっ！　ウィラード様、なにをなさっているんですか⁉　それに、わ、わわ……私が、婚約者だなんて……っ！　まさか、本気じゃありませんよね⁉」

裏返った悲鳴を上げたエリスは、激しくつっかえながら茹《ゆ》で蛸《だこ》のような顔色でまくし立てる。

ぽぽぽぽぽんっと、ショッキングピンクの幻想花まで大量に咲き乱れ——気が短いジュダのこめかみに、ピキッと青筋が浮かんだ。

「えぇい、やかましい！　我が主、ウィラード殿下は高潔な御方だ。質《たち》の悪い戯《たわむ》れで小娘を弄ぶ下卑《げび》た輩《やから》と同列に扱うな！　殿下は貴重な政務の時間を割《さ》いてまで、わざわざお前の相手をしているのだぞ。下らぬ冗談を言う暇など一秒たりとも存在せん！」

「あらやだ。まーた、ジュダと意見が合っちゃったわ。明日は空から槍《やり》でも降るんじゃない？」

室内を埋め尽くした幻想花を指先でつつきながら、マリオンが呑気《のんき》に独り言《ご》ちる。

「でも、まぁ——教会の調合室でウィルが求婚した時、エリスは神力不足でヘロヘロだったものねぇ。大方、夢かなにかだと勘違いしたんでしょ？　だけど、今更『あの告白は無効です』なんて言えないわよ？　ウィルの『責任を取る』って言葉に、あんたはちゃんと同意したじゃない」

「ち、ちが……っ！」

この勘違いはまだ続いていたのか！　あの時の「えぇ」は、ウィラードの告白じみた台詞に困惑して、「え？」をひたすら連発していただけなのに——その結果が、第一王子との正式な婚約だ。

どうにか誤解を解こうと試みるも、エリスの発言は「往生際が悪いわよ」とマリオンに遮られた。

「花比べが終わった後、グレアム・エイボリー達にも言ったけど、第一王子の婚約はすでに国王陛下もお認めになられたの。信用問題に関わるんだから、『やっぱり破談』なんて言えるワケがないでしょ？　つまり、エリスはウィルと婚約するしかないの」

「そんな……っ！」

「言っておくけど、ウィルを説得しようとしてもムダよ？　昔から伯父様と伯母様が手を焼く頑固者なんだから。あんたと添い遂げる覚悟は決まってるみたいだし、さっさと幸せにしてもらっちゃいなさいよ。どうせ、手放してもらえないんだもの。わかったら、この幻想花をどうにかするように」

(いやいやいや！　本当に、私の意思は完全無視なの!?)

些細な誤解で、第一王子の婚約者にさせられたのだ。人生の一大イベントを勝手に推し進められ、エリスの胸中では沸々《ふつふつ》と怒りが湧き起こる。しかし、ウィラードとの婚約は国王が認めた決定事項なのだ。マリオンの言う通り、自分がいくら騒ぎ立てたところで覆すことは不可能だろう。

(面倒事はこりごりなのに……完全に逃げ場を封じられたら、答えはイエスしかないじゃない)

乱れた気持ちを正す深呼吸が、災難続きを憂うため息に変わる。

エリスの昂《たかぶ》っていた気分が急降下すると、大量の幻想花は空気に溶け込むように消えた。

「今まではマリオンに任せきりだったけど、これからは私がエリスを護るからね」

室内の幻想花がすべて消失すると、ウィラードがエリスの隣に腰を下ろす。大きなソファだというのに肩が触れそうなほど密着され、足元でぶんぶん揺れる尻尾が、ふくらはぎの辺りをしきりに掠《かす》める。頭頂部の獣耳もピクピク動いて喜びを示していた。

獣化した部分が感情の機微を素直に表現してしまう。その事実に、当人は気づいていないらしい。

ウィラードは尻尾と獣耳を機嫌よく動かしたまま、真剣な面差しで言葉を唇に乗せる。

「蒼の宮殿は防犯面を強化しているから、魔女もおいそれと襲撃はできないだろう。私とエリス。護衛対象が一ヵ所に集まっているから、二次被害を防ぐ観点でも安心ができる。そして、これは純粋な〝お願い〟なんだけど――……」

婚約騒動の次はなにが飛び出す？　もう、多少のことでは驚かない自信がある……はずだったが、

「エリスさえよければ、私の専属聖花術師になってもらいたい」

予想外なウィラードの申し出に、エリスは普通に「えぇっ⁉」と素っ頓狂な声を上げた。

「身に余る光栄ですけど、それは宮廷聖花術師の役目ではありませんか？　同業者の仕事を横取りするのはご法度《はっと》ですし……恥ずかしながら、私は落ちこぼれの聖花術師なんです。ウィラード様の専属聖花術師を務めるには、あまりに力不足かと……」

「？　エリスは花祝の儀に招かれていたじゃないか。教会が厳選した優秀な聖花術師にしか、国儀の招待状は届かないのだから、君の落ちこぼれという評価は間違っているよ」

「えっと……問題は、私の厄介な体質にありまして。聖花術師の素質がある者は、自然と幻想花のコントロールを覚えます。それなのに私はどれだけ訓練を重ねても、感情が昂ると所構わず花を咲かせてしまうので、落ちこぼれ扱いをされても仕方がないんです……」

己の花咲き体質には長年苦しめられている。詳しい説明をすればするほど、エリスの気分は下降の一途を辿り――くすんだ灰色の花が右肩で花開き、くったりと力なく首を垂れた。

その光景を見つめていたウィラードは、怪訝《けげん》そうに小首を傾《かし》げる。

「確かに君は頻繁に幻想花を咲かせているけど、それのなにがいけないのかな？」

「え……」

「以前読んだ書物にはこう記されていた。『幻想花は聖花術師にしか咲かせられない、天上界の花の幻なのだ』と。私からしてみれば、あんなにも美しい神聖な花を、恥としてひた隠す方が理解に苦しむよ。色も香りも多種多様で、視覚と嗅覚を楽しませてくれる、堂々と誇るべき能力じゃないか」

穏やかな微笑を湛えたウィラードは、淀《よど》みない口調で賛辞を呈する。思いがけない反応に呆気《あっけ》に取られていたが、我に返ったエリスは、すぐさま「ありがとうございます」と感謝の意を告げた。

（私の花咲き体質を、素敵だって言ってくれた）

師匠のギーゼラも花咲き体質には寛容だったが、それでも彼女は天分豊かな聖花術師だ。一番弟子に幻想花の制御を習得させるため、今でも時間を作って熱心に指導をしてくれている。やはり、聖花術師にとって幻想花のコントロールは、できて当たり前の初歩的な技術なのだ。

けれどウィラードは、突然咲く幻の花を褒めてくれた。感情のままに幻想花を暴発させても、特段問題視していないその姿勢は、「ありのままでいい」と告げてくれているようで――エリスの胸の奥から、じわりと温かな感情が滲み出す。

（なんだろう。すごく、嬉《うれ》しい……）

彼女の右肩で萎れていた花は、いつの間にか灰色から黄色に変化していた。瑞々《みずみず》しく花弁を広げた幻想花の変化に、瑠璃色の双眸を柔らかく和ませ、「実は……」とウィラードは話題の軌道修正を図る。

「今現在、私が呪われた事実を知る者には、厳しい箝口令《かんこうれい》が敷かれている。次期国王の座を巡る権力争いが、当人を差し置いて、それぞれの派閥間で繰り広げられているからね。うっかり彼らに情報が洩れでもしたら、収集のつかない大変な騒ぎになるだろう」

「もしかして、宮廷聖花術師を召喚しないのは箝口令が原因ですか？」

「その通り。特に教会関係者には、私の呪いについて知られたくないんだ」

エリスが知っている国の内情は、井戸端会議で語られる信憑性《しんぴょうせい》の低い噂話程度だ。そのため、ウィラードが教会関係者を警戒する理由がわからず、無意識に怪訝な表情を浮かべてしまう。

すると、軽く咳払いをしたジュダが助け船を出してくれた。

「ウィラード殿下を次期国王に望む者は、王位継承の長子相続を重んじる、古くから王家へ忠義を尽くす大貴族だ。対して第二王子のクリストファー殿下は、母君のシルヴィア妃殿下が教会と縁深い家柄のため、敬虔《けいけん》な教徒の貴族を後ろ盾に持っている」

「は、はぁ……」

「どちらの派閥も互いを敵視して、常に一触即発の状態でな。ウィラード殿下が呪われたと知られでもすれば、王位争いが激化するのは明白だ。大貴族連中は『第二王子が魔女を差し向けた』と決めつけ、教徒の貴族共は呪いを『国家滅亡の凶兆』とでも抜かすだろう。まったく、頭の痛い話だ」

「ウィルが呪われた件については、六花枢機卿も教皇様から口止めされてるわよ」

ジュダに次いで、マリオンも解説役に加わる。

「半年前に次期国王を発表する日程が決まって、今はその催しが三ヵ月後に迫ってるんだもの。問題は派閥争いだけに留まらないわ。第一王子が呪われたと国民が知ったら、次期国王の発表どころではなくなるでしょうね。下手《へた》を打てば内乱が起きかねない危険な状況よ」

「？　ウィラード様は、魔女に襲われた被害者なんですよ？　呪われてしまっただけなのに、どうして争い事に繋がるんですか？」

エリスの質問にマリオンが口を開きかけたが、それを片手で制してウィラード本人が返答する。

「呪いは命を脅かす未知の力で、誰もが悪影響を受けることを恐れている。解呪法が存在していないのだから、呪詛《じゅそ》に侵された人間が忌避されるのは当然なんだよ。そして私は、呪いの影響で半獣になってしまった。国民の目に映るこの姿は、おぞましい化け物にすぎないだろう」

「化け物だなんて、ひどい……っ。ただ、獣の耳と尻尾が生えているだけじゃないですか」

「そんな風に思える人間は、一握りもいないんじゃないかな？　半獣は災いを招く冥界の生き物として、歴史的建造物の壁画などに、その醜悪な存在が描かれている。女神が降臨した実例がある以上、冥界の住人が地上に現れない保証は、残念ながらどこにもないんだよ」

膝の上で指を組んだウィラードは、伏し目がちに言葉を続ける。

「常人は〝普通と違うもの〟を忌《い》み嫌う。特に、冥界で悪事を働く半獣と似通った姿の私は、存在するだけで国民の不安を煽《あお》るだけだ。――この国は平和が長く続いているからね。安穏《あんのん》とした生活を守るため、不穏分子に過剰反応を示してしまうのは仕方がない。当然の防衛本能だ」

「つまり、箝口令は派閥争いを防ぐだけでなく、国民の生活を守る意味でも必要だった……と？」

「その通り。第一王子である私が諍《いさか》いの火種になってはいけない。いつ如何《いか》なる場合においても、王族の役目は国と民の安寧を護ることなのだから」

口調や声音は終始穏やかで、表情も凪《な》いだ湖面のように落ち着き払っている。けれど、ウィラードの語る言葉は確かな重みを孕んでおり――国を背負う為政者の片鱗《へんりん》を目の当たりにして、エリスはごくりと生唾を呑み込んだ。

(ウィラード様は半獣化しても、国の平和を第一に考えているのに、呪われた事実が国中に知れ渡ったら、護ろうとしている国民から敵意を向けられるなんて……そんなの、あんまりだよ)

呪いがもたらす受難の影響力について、甘く考えていたわけではない。しかし、ウィラードの置かれている立場は、今にも崩れ落ちそうなほど脆《もろ》かった。

普通と違うだけで忌み嫌われる。エリスも生まれ持った花咲き体質のせいで、幼い頃から辛い目に遭ってきた。だからこそ、ウィラードの境遇に胸が締め付けられる。自分ではどうにもできない問題を、他人から冷たく責められるのは、想像を絶するほどの痛みを伴うのだから――……。

(私じゃ頼りないかもしれないけど、少しでもウィラード様の心痛を和らげられないかな?)

出過ぎた真似《まね》だと理解しているが、見て見ぬふりはしたくない。でも、どうしたらよいのか……。

「あぁ、そうそう。第二王子のクリス様は今回の騒動をご存知よ」

居心地の悪い沈黙が流れかけた時、空気を読んだマリオンが努めて明るい声で説明を引き継ぐ。

「一ヵ月もしないうちに誕生祭を迎えるんだもの。魔女の標的がウィルだけとは限らないし、自衛の必要があるとかで、国王陛下から直々に知らされたみたい。エリスの師匠を護衛に指名したのも、クリス様たっての御希望だとか」

「そうだったんですか？」

「箝口令の影響で、クリス様も宮廷聖花術師を頼れない状況なのよ。その点、バッツドルフ殿は不完全ながらも、ウィルを呪いから護った実績があるわ。事情を知る数少ない人物だし、彼女を呪い専門の護衛に任命したのは妥当な判断でしょ」

なるほど――と、エリスは納得する。花祝の儀でギーゼラが用意した福音の効果はわからない。それでも、彼女の福音が呪いの効力を削《そ》いだのは事実だ。最初から呪いを防ぐ目的で福音を作れば、今度こそギーゼラは、期待通りの効果を発揮する作品を完成させるだろう。

「最近のクリスは遅い反抗期なのか、ひどく素っ気ない態度を取るようになって、話し合う余地すらないんだけど……それでも、私の可愛い弟には変わりない。恙《つつが》なく誕生祭を終えられるように祈っているし、できれば私も兄として直接祝いたいものだ」

「ウィラード様は、弟君を大切に想っていらっしゃるのですね。とても素晴らしいです」

「家族なのだから当然だよ。それなのに、お互いの派閥は兄弟喧嘩《げんか》を誘発しようとするばかりで、本当に困ったものだ。もし、私に対するクリスのきつい言動に、お互いの派閥争いが関係しているとしたら――青と赤、双方の陣営に〝お仕置き〟をする必要があるな」

朗らかな笑顔で兄弟愛を語るウィラードは、異母弟との仲を引き裂こうとする権力争いを、本心から嫌っているようだ。〝お仕置き〟という単語に込められた威圧感が凄《すさ》まじく、隣で相槌《あいづち》を打っていたエリスの背筋がゾワリと粟立《あわだ》つ。

（クリストファー殿下に粗相《そそう》を働いたら、私も〝お仕置き〟されるのかな？）

実際に行われる内容は不明だが、第六感がうるさいくらいに警鐘を鳴らすので、エリスは〝お仕置き〟に繋がるような言動は絶対に取るまいと、記憶にしっかり刻みつけた。

コホンと一つ咳払いをして、ウィラードは室内の不穏な空気を霧散させる。

「ごめん、かなり話が脱線してしまったね。私が教会を頼れない理由は、これまでの説明で理解してもらえたと思う。だけど、勘違いしないで欲しいんだ。エリスを私専属の聖花術師に希望しているのは、単なる宮廷聖花術師の代わりというわけではないんだよ」

「……と、言いますと？」

「君の口づけには呪いを打ち消す効果があるだろう？　たとえそれが一時的だとしても、この国で初めて解呪を実現させたのは事実だ。だからこそ、この依頼はエリスにしか頼めない。――完全に呪いを解く福音を、私のために作ってくれないだろうか？」

「――っ⁉」

解呪の福音。それは、聖花術において永遠の研究テーマと目される、未《いま》だかつて誰も作り出したことがない奇跡の代物だ。大きく息を呑んだエリスは、反射的に首を何度も左右に振った。

「そんな大役、私の身には重すぎて務まりません！　解呪の福音でしたら、師匠を頼られてはいかがでしょう？　花祝の儀でウィラード様をお救いしたのも師匠でしたし……」

「君の師匠は呪いを無効化したわけじゃない。単純に跳ね返しただけだ。対してエリスは、弾《はじ》き飛ばされた呪いが直撃したにもかかわらず、ほんの数時間昏倒《こんとう》するだけで済んでいるよね？　使用されたのは呪殺を目的とした、命を刈り取る凶悪な呪いだったはずなのに……妙だと思わないかい？」

ウィラードの鋭い指摘に、ドクリと心臓が嫌な音を立てた。

愕然と翡翠《ひすい》の瞳を見開いたエリスは、両手でペタペタと身体中に触れる。魔女として捕らえられてからというもの、濡れ衣を晴らすのに必死で今の今まで気づかなかった。

（……なんで私、呪われてないの……？）

ギーゼラの福音で護られたウィラードは、呪いの影響を受けて半獣化しているのに、まともに呪いを喰《く》らった自分は、身体のどこにも変化が見られない。はっきり言って、異常だ。極度の混乱に見舞われたエリスが、茫然と瞬きを繰り返していると、ウィラードの落ち着き払った声が鼓膜を震わす。

「現状から導き出される答えはただ一つ。エリスは呪いが効かない特殊な体質をしているのだろう。口づけに解呪の効果が現れるのも、唇を介して他者に力を分け与えていると考えられる」

「聖花術師は花言葉を殊更大切に扱ってるでしょ？　だから、力の受け渡し場所が言葉を紡ぐ唇なのかもしれないわねぇ。大事なのはエリスの唇が接触することであって、力を受け取る側は、肌が露出している箇所ならどこでもいいはずよ」

ウィラードが出した結論に、マリオンが的確な補足を入れる。

（私みたいな落ちこぼれの聖花術師に、呪いを無効化するすごい力が本当にあるの？）

嘘《うそ》みたいな話だが、現に自分は呪いを受けてもピンピンしている。

ウィラードの呪いが一時的に解けたのも、偶然の産物とは言いがたい。口づけを交わした回数はたったの二回だが、そのどちらでも解呪の効果が現れたのだから。

（これだけ証拠が揃っていたら、疑う方がおかしいか）

花咲き体質に加えて、呪いを無効化する体質だなんて……果たして、自分の身体はどうなっているのだろう？　一抹の不安が脳裏をよぎったが、悩んでも答えが出ない思考は早々に放棄する。

それよりも――と、居住まいを正したエリスは、真っ向からウィラードを見据えて口を開いた。

「わかりました。ウィラード様のご依頼、謹んでお受け致します」

たとえ、落ちこぼれと後ろ指を指される聖花術師でも、人助けがしたくて厳しい研鑽《けんさん》を積んできたのだ。ウィラードの依頼を受ける理由は、「彼が困っているから」というだけで十分すぎる。

すんなり要望が通るとは思わなかったのだろう。なにかを探るように獣耳をピクピクと動かしながら、ウィラードが「本当かい？」と尋ねてくる。その姿は、大好物をおあずけされてそわそわしている大型犬のようで、エリスの庇護欲を無性に掻き立てた。

「国教神様に誓って嘘はつきません。ほんのわずかでも完全な解呪への希望があるのなら、聖花術師として最善を尽くす所存です。ただ、私の身に宿る解呪の力が、福音作りでも効果を発揮するとは限らないので……ご期待に添えない可能性があることを、予《あらかじ》めご了承ください」

「？　解呪の福音が完成しなくても、私にはエリスがついているじゃないか。公務では不便を強《し》いられる場面が出てくると思われるけど、そこは立ち回り次第でどうとでも誤魔化《ごまか》しが利く。君には迷惑をかけるけど、二人三脚で苦難を乗り越えていこう」

「……はぇ？」

急に話題が予期せぬ方向へ転がり出し、エリスはうっかり腑抜《ふぬ》けた声を漏らした。

目を点にして固まっているエリスに、ウィラードがハッと息を呑む。微《かす》かに頬を赤らめた彼は、眉尻と獣耳を垂らして「性急すぎたね」と苦笑する。

「次期国王が決定するその日までに呪いが解けなければ、私は潔《いさぎよ》く王位継承権を放棄すると決めた。しかし、民の血税でこれまで育った恩もあるからね。第一王子という肩書きがある間は、勤勉な国民へ感謝の意を表するべく、全力で国務に携わるつもりなんだ」

「それは、とても素晴らしいお考えだと思いますが……私は関係ありませんよね？」

「なにを言っているんだ、関係大ありだよ。まさか君は解呪の福音が完成するまで、私を蒼の宮殿に閉じ込めておくつもりかい？　政務は書類仕事が圧倒的に多いけど、会合に参加したり視察へ出たりもするんだ。その時は、エリスの協力がどうしても必要になる」

「もしかして、ウィラード様が外出する度に私が口づけするんですか⁉　恋人でもないのに、そんな破廉恥《はれんち》な真似はできません！」

眦《まなじり》が裂けんばかりに目を見開いたエリスは、驚愕のあまり大きな声で叫んでしまう。

血の気が失せた蒼白の顔色で、色褪《いろあ》せた幻想花をはらはらと散らす彼女の様子に、半獣の王子様は心底不思議そうに首を捻《ひね》る。

「婚約は結婚を見据えた者同士がするものだ。つまり、私とエリスの関係は恋人よりも深いはず。結婚を誓い合った二人が口づけを交わすのは、なんらいかがわしい行為ではないだろう？」

「うぅ……そ、その通りです。だけど口づけは愛情表現の一種でもあります！　この婚約に恋愛感情はありませんよね？　それなのに、軽々しく口づけをするなんて……やっぱり、破廉恥です！」

「うーん。確かに、恋愛感情は〝まだ〟ない状態だけど、未来は誰にもわからないだろう？　それに、一度目は完全な事故でも、二度目の口づけをする際は、事前に『必ず責任を取る』と約束したんだ。私は女性に無体を働いておきながら、誓いを反故《ほご》にする軽薄な男ではないつもりだよ」

あぁ、マリオンさんの言っていた通りだ――と、エリスは遠い目になる。さすがは、国王と王妃が手を焼く頑固者。あれこれ理由をつけて説得を試みても、ひらりと容易《たやす》くかわされてしまう。

「幸い、父上もエリスとの婚約に賛成してくれた。事情を知った母上も、自分が淑女に必要な礼儀作法を教えると言い出して、息子の私より心躍らせているんだよ。口煩《うるさ》い重鎮達もたっぷり時間をかけて説得したからね。私達の婚約を遮るものはなにもないから、どうか安心して欲しい」

安心するもなにも、勝手に第一王子の婚約者にされた時点で、がっつり外堀を埋められているのだが。国王と第二王妃まで自分とウィラードの婚約を歓迎しているのも、尚更質が悪くて眩暈《めまい》がした。

王族の決定にケチをつけられる庶民が、この世のどこにいるというのだ！

「正直なところ、現時点では解呪の助力を乞う気持ちが大きい。だから、今後はエリス自身について知る努力をする。そして可能であれば、エリスにも私という人間を知ってもらいたい。今すぐには無理でも、近い将来、私はエリスと愛のある結婚をしたいんだよ」

「～～～っっっ!!」

「気持ちは二人でゆっくり育んでいこう。改めて――これからよろしく、エリス」

真剣な面差しで甘い告白をされたかと思えば、穏やかに目を細めたウィラードから、ふわりと柔らかく微笑みかけられる。心臓がトクンと高鳴ると同時に、桃色の幻想花がぽんっと花開く。

断る選択肢など与えられていない、最初から退路を断たれた強引な婚約。そこに愛はないけれど、精一杯大事にしてくれようとする思いやりは感じ取れる。どうせ取り消せない婚約なら、相手との関係に壁を作るよりも、こちらから歩み寄る方が正しい選択だろう。

「……こちらこそ、よろしくお願いします……」

消え入りそうな声で呟いたエリスは、ぺこりと頭を下げる。

それが聖リュミエール王国の第一王子、ウィラード・ルネ・ランドルリーベに捧《ささ》げる、婚約者としての最初の一歩だった。

第四章 ✖ 眠れぬ夜はベッドの中で

愛らしい小鳥のさえずりが、朝の訪れを楽しげに告げる。

布団の中で丸くなっているエリスは、小さく呻《うめ》いてごろりと寝返りを打つ。

（聖花のお世話、しないと……。でも、あと五分だけ……）

生まれてこの方、寝覚めはよかったはずなのに――今朝は瞼《まぶた》が異様に重たい。

全身を包み込む綿雲のような感覚が心地よくて、身体《からだ》が「まだ起きたくない」とごねている。何気なく抱き締めた枕もふわふわで、自然と幸せな笑みが零《こぼ》れてしまう。

「さて。この状態は、どうしたものか……」

その時、小さな呟《つぶや》きが聞こえたかと思えば、遠慮がちに肩を揺さぶられる。

優しい声音で「朝だよ」と起床を促されるも、胸に抱えた枕へ顔を埋めたエリスは、幼子のごとくイヤイヤと頭を振った。次の瞬間、枕が腕の中から逃れようと暴れ出す。そこでようやく何事かと目を開ければ、男性の広い背中が視界に飛び込んできた。

驚きのあまり声も出せず、何度も目を瞬《またた》かせていると、肩越しに振り向いた人物と視線が合う。獣耳をペタリと倒して、微《かす》かに頬《ほお》を赤らめたウィラードである。

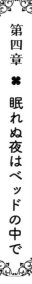

「ごめん。ゆっくり寝かせてあげたいんだけど……〝それ〟に触られるのはくすぐったくて、どうしても我慢できないんだ」

動揺と羞恥心《しゅうちしん》が入り混じった表情で、そんなことを切々と訴えられる。〝それ〟ってなんだろうと疑問に思うが、今は暴れ続けている枕が問題だ。そうして、胸元に抱き込んだ枕へ視線を落としたエリスは、凍りついたかのようにビシッと固まった。

なんと、彼女が枕だと思い込んで頬擦りまでしていたのは、ウィラードの尻尾《しっぽ》だったのだ！

「申し訳ないけど、離してもらえるかな？」

「こ、こここ、こちらこそ、すみませんでした――ッッ!!」

慌ててもふもふの尻尾を解放したエリスは、ベッドの上でコメツキバッタよろしく何度も頭を下げる。すかさずウィラードがフォローを入れるも、パニック状態に陥ったエリスは土下座をやめない。

ついに始まった蒼《あお》の宮殿での新生活。

その初日は、なんともグダグダな幕開けをしたのであった。

✖……………✖……………✖

（うぅ……私ったら、なんてはしたない寝相をしてるの……）

自身の失態を責めるエリスは、無意識に赤い幻想花をぽんっと咲かせる。

王子様の尻尾を抱き枕にするなんて、明らかに不敬罪じゃないか！　ウィラードが寛大な心の持ち主でなければ、危うく牢獄《ろうごく》の住人に逆戻りするところだった。

（いや、待てよ。私とウィラード様は婚約者同士なんだよね？　だったら、尻尾を抱き枕にしても罪には問われないはず！）

だからと言って、恥ずかしいものは恥ずかしい。頬を微かな朱に染めているエリスは、小ぶりの花を追加でぽぽんっと咲かせた。

（そもそも、婚前の男女が同じベッドで休むこと自体おかしいのよ。だけど、昨夜はそれを言い出せる状況じゃなかったもんなぁ……）

王族の婚約者は、パートナーの宮殿にある離宮で生活するのが一般的だ。しかし、ウィラードは未《いま》だに呪《のろ》われた身である。周囲の人々に半獣の姿を見られるわけにはいかず、就寝時も有事に備えて、エリスが共寝をすることになったのだ。

最初はお互いにベッドを譲り合い、どちらかが床で寝ようとしていたが、

『あんた達！　身体を痛めたり、風邪でもひいたらどうすんの!?』

――と、マリオンから普通に叱られた。その後、お互いベッドの端っこに寄って眠りについた結果が、早朝の珍事件に繋《つな》がっていたりする。

（ウィラード様はあっさり許してくれたけど、私は自分の破廉恥《はれんち》な寝相が許せない！）

「今夜は絶対に床で寝るんだから！」と、赤面しながら心に固く誓うエリスだったが……再度、マリオンの雷が落ちて断念する未来を、今はまだ知らずにいた。

「あら、まぁ。これが噂《うわさ》で聞く幻想花なのね」

優美なティーテーブルに着いているエリスが、早朝の滑稽な一幕に思いを巡らせていた時だ。

対面の席から、鈴を転がすような笑い声が聞こえてきた。我知らず俯《うつむ》けていた顔を上げると、儚《はかな》げな美女が、空中を浮遊する花を見て微笑《ほほえ》んでいる。

(いけない、現実逃避で思考が別方向に飛んでた！　今は花嫁修業に集中しないと！)

完全に上の空だったエリスは、慌てて姿勢を正す。

ここは、王城の北東に位置する白の宮殿。その名が示す通り、室内の調度品は清潔感のある白で統一されている。宮殿の主はウィラードの実母であり、先達《せんだつ》て行われた花比べでエリスの依頼人を務めた、第二王妃のナターシャ・レーネ・ランドルリーベだ。

(まさか本当に、ナターシャ様が花嫁修業の講師を務めてくださるなんて。うぅ、緊張する……)

丁寧《ていねい》に結い上げられた黒髪は、光の加減で青色にきらめく。菫《すみれ》色の瞳《ひとみ》は垂れ目がちで、実年齢よりも若々しい印象を受ける。身に纏《まと》っている純白のドレスには、控えめながらも上品な意匠が施されており、温和な雰囲気のナターシャによく似合っていた。

幻想花が光を散らして溶け消えると、穏やかな声音で「エリスさん」と名前を呼ばれる。ビクッと肩を震わせて返事をすると、眉尻《まゆじり》を下げたナターシャが困ったように笑う。

「そう固くならなくても大丈夫ですよ。あなたは息子の婚約者なのだから、わたくしにとっても他人ではありません。──ここだけの話、以前から娘とお茶会を開いてみたかったの。だから、今日は余分な肩の力を抜いて、二人きりでお茶とお喋《しゃべ》りを楽しみましょう」

「は、はい。お気遣い、ありがとうございます」

「ふふっ。お礼を言うのはわたくしの方です。これまで恋愛に無関心だった息子が、ようやく将来のお嫁さんを見つけたんだもの。わたくしだけでなく、陛下もエリスさんを心から歓迎していますよ」

「あの……私は平凡な庶民ですけど、本当に王家へ嫁いでもよろしいのでしょうか？」

勇気を振り絞ったエリスが、ずっと気になっていた疑問を尋ねてみる。

第一王子のウィラードは、見目麗《みめうるわ》しく頭脳明晰《めいせき》な人物だ。絶大な権力を有しながらも他人を慮《おもんぱか》る温厚な人柄をしており、彼であれば自分よりも条件のよい女性など選び放題だろうに。

真剣な面持《おもも》ちのエリスに反して、白の王妃は口元に手を当ててクスクスと笑う。

「エリスさんの出自など些末《さまつ》なことです。陛下とわたくしも身分差のある結婚だったから、自分達だけ棚上げはできないわ。当人同士が幸せであればそれでよいと、わたくしは考えているのですよ」

（……そういえば。ナターシャ様のご実家は、貴族の中でも身分が低いんだっけ）

代々、海辺の小さな領地を受け継ぐ子爵家の出身だと、花比べの福音作りの際に教えてもらっていた。お忍びで視察に訪れていた国王と運命的な恋に落ち、降りかかる数々の苦難を乗り越え、二人は貴族間では珍しい恋愛結婚を果たしたのだとか。

身分差のせいで、ナターシャは幾度も辛い経験をしてきたらしい。花嫁修業の講師役を買って出たのも、今のうちから貴族の礼儀作法を教え込むことで、いずれ社交の場に出なければならないエリスを、陰ながら守ろうとしているのだろう。まったくもって、頭の下がる思いだ。

「現在、ウィルの婚約を知る者は、王家の人間とごく一部の高官に限られています。今なら、最初から婚約話など存在していないと、十分に誤魔化《ごまか》せる段階ですが……有言実行なウィルのことだもの。

一度交わした約束を違《たが》えることは、万が一にもありえないでしょうね」

「私とウィラード様の婚約を反対する人はいなかったのですか？」

「数名の重鎮は渋っていたけれど、ウィルがしっかりと説得したので大丈夫ですよ。だって、婚約を認めなければ、エリスさんを連れて駆け落ちしかねない雰囲気だったもの。みんな、最終的には心から納得して、あなたを『是非とも第一王子の婚約者に！』と望んでいたわ」

（なんだか、私の知ってる〝説得〟と違う気がする……）

国を支える重鎮達が、こぞって白旗を上げるウィラードの意志の固さに、エリスの背筋をぞわりと震えが駆け抜ける。けれど、ナターシャの反応は呑気《のんき》なもので、

「まったく。あの子ったら、時々やんちゃになるのよねぇ。頑固な一面なんて若い頃《ころ》の陛下にそっくりよ。わたくしを娶《めと》ると決めた陛下も、当時はかなりの無茶をしたと聞くし……」

これも遺伝なのかしら？　と、楽しげに含み笑う。

触れれば溶けてしまう、雪を彷彿《ほうふつ》とさせる繊細な見た目なのに。対話の時間が長くなるにつれて、ナターシャの芯の強さがひしひしと伝わってくる。少なくとも、笑えない話を笑って済ませられる程度には、白の王妃の心は頑強だった。人は見かけによらないとはよく言ったものである。

「エリスさん。これから先、ウィルの石頭で困った時は、真っ先にわたくしへ相談してちょうだいね？　舌戦であれば、わたくしもまだまだ息子に負けたりしないわ。そう簡単に言い負かされているようでは、あの子の母親は到底務まらないもの」

「お心遣い感謝致します。ですが、ウィラード様にはとてもよくしていただいております。むしろ、

私の方がご迷惑をかけないように、色々と気をつける必要がありまして……」

「まぁ、そんなに焦《あせ》らなくていいのよ。王侯貴族の間で必要となる礼儀作法は、これから少しずつ勉強を始めるのです。立派な淑女を目指して、わたくしと共に頑張りましょうね」

ナターシャの細やかな気遣いに、ギーゼラの姿が脳裏をよぎる。

幻想花の制御もできない落ちこぼれの小娘を、快く弟子にとって、家族同然の関係を築いてくれた大恩人。敬愛する師匠と似通った雰囲気が、白の王妃からも感じられ——嘘《うそ》偽りなく、庶民の自分を受け入れてくれたのだと実感する。途端、胸の奥から温かな想いが滾々《こんこん》と湧き出し、

「不束者《ふつつかもの》ですが、よろしくお願い致します！」

気がつけばエリスは、ナターシャへ向かって深々と頭を下げていた。

元気のよい返事に気をよくしたのだろう。ナターシャの笑みが更に深まった。

「エリスさんは素直で愛らしいだけでなく、勤勉な努力家だとウィルと話していたのよ。花比べの際も、わたくしのわがままを取り入れた上で、素晴らしい福音を作り上げてくれたでしょう？　実は、あの時から息子の花嫁にぴったりだと思っていたのよ。あなたの柔軟な思考と懐の広さは、ウィルにとって得《え》がたい宝物なんじゃないかしら」

手放しで褒められたエリスは、頬をぽっと赤らめる。

ナターシャの言う花比べでのわがままとは、イベリスという花をメインにしたいという、依頼人が抱える強い〝こだわり〟だった。特定の条件を課されたとしても、聖花術師の役目は変わらない。最善を尽くして、依頼人が満足する福音を作るだけだ。

テーブルの下で指先をいじりながら、エリスは恥じらい混じりに説明する。

「恐縮ですが、それは過大評価だと思います。私は自分の務めを果たしただけなので……」

「いいえ、正当な評価ですよ。あなたはウィルの依頼も迷わずに受けたと聞きました。解呪《かいじゅ》を目的とした前人未到の福音の制作なんて、宮廷聖花術師ですら匙《さじ》を投げる案件でしょうに。そのうえ、一時的な解呪を可能とする特別な力を、ウィルのために使ってくれているのでしょう？　こんなにも、エリスさんから一途《いちず》に尽くされて、あの子は世界で一番の果報者だわ」

自分は聖花術師として、困っている依頼人を助けようとしているだけだ。ウィラードだから特別扱いをしているわけではない……のだが、朗らかに笑うナターシャを前にすると、喉が詰まったように本音が出てこなくなる。

（わざわざ正直な気持ちを伝えて、落胆させる必要はないよね）

沈黙は悪ではないと心の中で言い訳をして、エリスはナターシャの笑顔を守ろうとした。

しかし、不意に表情を曇らせたナターシャは、頬に手を当て軽くため息をついた。突然の変化に不安を掻《か》き立てられたエリスは、おっかなびっくりといった様子で問いかける。

「ナターシャ様、どうなさったのですか？　具合が悪いのであれば人を呼びますけど」

「あぁ、ごめんなさいね。少し前であれば、ウィルとエリスさんの婚約を、クリス様も祝福していたはずなのに……と考えてしまって、急に彼《か》の君が心配になってしまったの」

（クリス様って、第二王子のクリストファー殿下のことだよね？）

母親は第一王妃のシルヴィアだったはず。それなのに、どうしてナターシャがクリストファーの身を案じているのか？　二人の関係性がわからないエリスは小首を傾《かし》げた。

エリスの表情から、彼女が抱いている疑問を察したのだろう。微かな笑みを口元に刻んだナターシャが、ゆったりとした口調で説明をする。

「第一王妃のシルヴィア様とは、わたくしが輿入《こしい》れをした当初から、懇意にさせていただいているのですよ。『自分は教会と王家の橋渡し役で手一杯だ。妻として王を支える役目は任せる』と言って、後ろ盾のないわたくしを何度も庇《かば》ってくださったの」

「私はまだ第一王妃様とお会いしたことはありませんが、とても素敵な御方なんですね」

「そうなのよ。黄色いシンビジウムのような女性で、わたくしが尊敬する御方の一人なの。少しでも恩返しがしたくて、シルヴィア様が政務でお忙しい時は、わたくしがクリス様を預かっていたんだけど……今思うと、お互いに良好な信頼関係を築けていたからこそ、成し得た離れ業だったわね」

確かに——と、エリスは胸中で同意を示した。庶民であれば持ちつ持たれつの精神で、隣家の子供を預かるのは珍しくない。しかし、王妃同士で託児を行う場合、派閥争い的な問題が絡むはずなのだが……シルヴィアは正真正銘、ナターシャに気を許していたのだろう。

そうでなければ、第一王子の母親に大事な我が子を託さないはずだ。

(第一王妃のシルヴィア様は、飾らない心を持つ高貴な美しい人なんだろうなぁ)

黄色いシンビジウムの花言葉を思い浮かべて、エリスはまだ見ぬ第一王妃の人物像を予想する。人生の先輩として、十二分に魅力的なナターシャが憧れるほどだ。実際に会ってみたいと思えるほどの度胸はないが、遠くから一目見るだけなら……と、好奇心が疼《うず》いた。

王妃同士の意外な繋がりの次は、王子二人の幼少期へと話題が移る。

「ウィルとクリス様は、幼い頃からとても仲がよかったの。二人が成人して自身の宮殿へ移る前は、この白の宮殿で勉学や剣術の鍛錬に励み、休憩時間になると庭園で遊んだりしていたわ。だから、クリス様もわたくしの息子も同然なのよ」

在りし日を懐かしんでいるのだろう。優しい眼差《まなざ》しでそう語ったナターシャだったが、次の瞬間には憂いげに目を伏せ、先ほどよりも大きなため息をつく。

「半年前に、次期国王を発表する日取りが発表されたでしょう？　その直後に、初の兄弟喧嘩《げんか》でもしたのかしら？　ウィルとクリス様の関係が急に悪くなって、未だに仲直りをしていないのよ。二人の成長を間近で見守ってきた身としては、どうしても気がかりでならないわ」

「詳しい話を、ウィラード様からお聞きになっていないのですか？」

確かウィラードは、「弟の遅い反抗期だ」と言っていた。原因は不明。なんの前触れもなく、一方的に冷たい態度を取られるようになったらしい。その辺りの事情は、ナターシャの方がより詳細に知っていると思っていたが、白の王妃は「聞きませんよ」と断言する。

「ウィルとクリス様はとうに成人を迎えた大人《おとな》です。どのような問題であれ、当人同士で解決できなければなりません。二人は次代の国の担い手なのですから。……――なんて、今のはすべて〝王妃〟という立場での発言よ」

「えっ」

「〝母親〟としてのわたくしは、いつだってあの子達の味方よ。だけど、ウィルとクリス様は民を護り導く王族なの。二人の将来と国のためを思うのであれば、甘い顔ばかりしていられなくてね。仕方がないとはいえ、二つの顔を使いわけるのはとても歯痒《はがゆ》いわ」

「ナターシャ様……」

王族という高貴な身分ゆえに、血の繋がった家族でも、本心を伝えられない場合があるのだと初めて知った。心の中では「子供達の力になりたい」と願っているのに、グッと堪《こら》えて、厳しい態度で接しなければならないのは——想像を絶するほど辛いはずだ。

しょんぼりと眉尻を垂らしたエリスは、ナターシャの難しい立ち位置に心を痛める。

「次期国王の発表を三ヵ月後に控えた今、赤と青、どちらの派閥も一触即発の状態にあります。王子二人の不和が争いの火種となる前に、あの子達には一刻も早く仲直りをしてもらわないとダメね。国民の不安を煽《あお》るような事態だけは避けないと」

でも——と続けたナターシャは、菫色の双眸を柔らかく眇《すが》めた。

「ウィルとクリス様であれば、わたくしの心配も杞憂《きゆう》に終わるでしょう。あの子達が無意味に仲違《なかたが》いをするとは考えられないもの。それに、次期国王候補なのだから、事態を丸く収める力量がなくては困るわ。——と言っても、ヤキモキしちゃうのは親心よねぇ」

「ナターシャ様のお気持ちは、ウィラード様とクリストファー殿下に届くはずです。だって、こんなにも温かくお二人を想われているのですから……って、偉そうに口を挟んですみません！」

どうしよう。相手が一国の王妃であることも忘れ、ついうっかり普通に励ましてしまった。ザアッと顔を青くするエリスだったが、ナターシャは肩を揺らして笑い出す。

「エリスさんが、人の心に寄り添える優しいお嬢さんでよかったわ。あなたのような娘ができて喜ばしい限りよ。花嫁修業中は厳しく指導をするけど、プライベートな時間では、わたくしとも気安く接してちょうだい。母子揃《そろ》って堅苦しいのは苦手なんだもの」

ナターシャの笑顔は、まるで春の陽《ひ》だまりのようだ。見ているだけで、胸の中がぽかぽかと暖かくなる。これが、母親が子供に向ける微笑みなのかもしれない。

（……私のお母さんは、どんな風に笑ったんだろう？）

思わぬ形で第二の母を得たエリスは、なんとも言えない複雑な心境に陥る。

どうにも居心地が悪くて目線を泳がせると、壁際に置かれた棚の中でキラリとなにかが輝いた。

「なんだろう？」と目を凝らせば、二つの福音が大事そうに飾られているではないか。どちらの作品も白い花で纏められ、ナターシャのためだけに作られた品だと一目でわかった。

じっと福音を眺《なが》めているエリスに、落ち着いた声色でナターシャが語り出す。

「あの福音は、どちらも陛下から贈られたものよ。右は若かりし頃にプロポーズをされた時、左は花比べが行われた当日の夜に届けられたの。なんでも、わたくしがエリスさんに依頼した福音のお返事を、大急ぎで宮廷聖花術師に作らせたんですって」

「わぁっ！　お互いに福音で想いを告げ合うなんて、ロマンチックで憧れてしまいます！」

「これもすべて、エリスさんのおかげですね。あなたが作った素晴らしい福音がきっかけとなり、陛下から返礼の福音をいただけたのですから。こんなにも心が弾む経験をしたのは何年ぶりかしら？　昨夜は天にも昇る心地で、なかなか寝つけなかったのよ」

魔女の正体を掴《つか》むべく、豪華な顔ぶれで開催された妹弟子との花比べ。国王の人選で、二人の王妃を巻き込んでしまったが――少なくとも、ナターシャのもとには幸福が舞い込んだ。自分の福音が彼女を笑顔にする呼び水になったと知り、エリスの口元は自《おの》ずと綻んでしまう。

その時、ナターシャのしなやかな両手が、エリスの右手を優しく包み込んだ。

「エリスさん。あなたの作る福音で、どうかウィルのことも幸せに導いてあげてね。解呪の福音作りは困難を極めるでしょうが、この小さくて温かな手には、人々を祝福する素敵な力が確かに宿っているわ。エリスさんであれば必ず成し遂げられると、わたくしは信じておりますよ」

他の人物が同じ台詞《セリフ》を口にしたら、多分、プレッシャーにしか感じないだろう。けれど、不思議なもので……ナターシャが唇に乗せる言の葉は丸みを帯び、どこまでも優しく心に染み入る。

（これが、母親の愛情なのかな？）

エリスが感慨深げにそんなことを考えていると、「あぁ、でも……」とナターシャが呟く。

「夫婦は支え合いが肝心だったわね。エリスさんにばかり頼っていては、釣り合いが取れなくなってしまうわ。こうなったら、ウィルには全力でエリスさんを幸せにしてもらわなければ！」

「あ、あの……ナターシャ様？　私とウィラード様は、夫婦ではありませんよ？」

「今は〝まだ〟でしょう？　婚約の次は結婚が待っているのよ。遅かれ早かれ、二人は夫婦となるのです。わたくしはウィルだけでなく、エリスさんにも幸せになって欲しいの。――そこで！　全世界が羨《うらや》む幸福な花嫁となるべく、これから夫婦円満の秘訣《ひけつ》を伝授するわね」

結婚、花嫁、夫婦。自分とは無縁だと思っていた単語の雨が降り注ぎ、じわじわと込み上がる羞恥心に耐え切れず、エリスは桃色の幻想花をぽぽんっと咲かせてしまう。

（今日はお茶を飲むだけで、花嫁修業はしないはずだったのに……どうして、こんな話題になったんだろう？　夫婦円満の秘訣が必要になるのも、花嫁になってからじゃないのかな？）

頬を真っ赤に染めたエリスは、今にも茹《ゆ》だりそうな頭で困惑する。

そんな彼女と会話を続ける白の王妃は、最後まで朗らかな笑みを絶やさなかった。


初めての花嫁修業を終えたエリスは、石畳の外回廊をよたよたと歩いていた。

「おい、具合でも悪くなったのか？」

道中の護衛として迎えにきたジュダが、周囲に気を配りながらエリスの体調を案じる。それほどまでに、彼女の表情からは生気がごっそりと抜け落ちていた。

着慣れないドレスの裾を引きずりつつ、エリスは覇気のない声で「違います」と答える。

「未知の情報が一気に詰め込まれて、頭がパンクしかけてるんです」

ナターシャから教わった夫婦円満の秘訣。いつか必ず役立つ知識だと思うが、今のエリスにはまだまだ刺激が強すぎた。講義が終わる頃には、知恵熱が出そうなほど頭がくらくらしており――部屋の中も、ピンクの幻想花まみれになっていた。

（また、無意識に花を咲かせちゃうなんて……）

自己嫌悪に陥ったエリスは、がっくりと肩を落としてため息をつく。別に、ナターシャから花咲き体質を咎《とが》められたわけではないが、今後は気をつけなければと猛省する。

「今日は雑談が中心だったのに、この体たらくですよ？　明日から始まる本格的な講義が、ものすごく不安でたまりません。政治や礼儀作法に、音楽や絵画の鑑賞など……私に理解できるものやら」

「俺も座学は苦手な部類に入る。だから、お前の気持ちはわからんでもない――が、ウィラード殿下の婚約者となったからには、嫌でも社交界デビューを果たさねばならん。貴族社会の闇は深い。生き残る手段は、妃殿下のもとで学びを得る以外に他はないぞ」

「それは、そうかもしれないですけど……」

ジュダから正論で諭されるも、エリスの心に広がった暗雲は晴れない。

（正直、ウィラード様の婚約者になった実感がないんだよね）

それどころか、「婚約を破棄する方法はないものか？」と、悪足掻《わるあが》きのような思考を巡らすこともある。しかし、ウィラードからプロポーズをされて、それに応《こた》えたのは他の誰《だれ》でもない自分自身だ。己の選択に責任を持つのは、人間として当たり前のことである。

……求婚された経緯を思い返せば、なんとも言えないモヤッとした気分になるけれど。

（よしっ、明日も花嫁修業を頑張ろう！）

一日目から弱音を吐いてしまったが、最終的にエリスは険しい努力の道を選ぶのだった。

その時、ジュダが急に歩みを止めた。彼の斜め後ろを歩いていたエリスは、「どうしたんだろう？」と怪訝《けげん》に思いながらも同様に立ち止まる。

「なぜ、クリストファー殿下がこのような場所へ？」

真っ直ぐ前を見据えたまま、ジュダは声を落として苦々しい呟きを零す。

「すまない、想定外の鉢合わせだ。不快な思いをさせるやもしれんが、どうにか堪えてくれ」

口早に謝罪の言葉を述べたジュダが、素早い動作でエリスの背後へと下がる。

ジュダの背中で半分隠れていた視界が開けると、中庭をぐるりと囲む外回廊の奥から、二つの人影がこちらへ近づいてくるのが見えた。

一人はウィラードと同じ年頃の青年だ。先ほどジュダが発した驚きの声から推察するに、彼が第二王子のクリストファーなのだろう。外套《がいとう》の裾をはためかせて威風堂々と歩いている。もう一人はクリストファーの後につき従う女性で、その慣れ親しんだ姿を目にしたエリスは表情を輝かせた。

（師匠だ！）

花祝の儀で離ればなれになってから、ギーゼラと会うのはこれが初めてだ。

現在、クリストファーを呪いから守る役目についている彼女は、深い臙脂《えんじ》色のドレスを身に纏っている。第二王子を象徴する色が赤なので、彼の側《そば》に仕えるギーゼラのドレスも、同系統の色が選ばれたのだろう。首元を飾るチョーカーだけが黒で、シックな魅力を存分に引き出している。

「僕の行く手を遮る不届き者がいるかと思えば――貴様、兄上が連れ込んだ庶民の小娘だな？」

ギーゼラにばかり気を取られていると、青年にしてはやや高めの声が辺りに響く。

気がつくとクリストファーが、数歩先でぴたりと歩みを止めていた。今し方の高慢な問いかけは、彼から自分に向けられたものなのだと、エリスは数秒遅れて理解する。

(この人が、第二王子のクリストファー殿下……)

出会った当初から親切な兄王子に反して、弟王子から受ける印象は非常に刺々《とげとげ》しい。

赤色を基調とした盛装には黒が差し色で使われており、優美な銀糸の刺繍《ししゅう》も含めて、厳格で近寄りがたい雰囲気を醸し出している。頭の低い位置で結わえられた金髪が、そよ風に吹かれてサラリと揺らいだ瞬間――クリストファーは侮蔑の色を隠すことなく鼻で笑った。

「いくら外見を整えたところで、内面から滲《にじ》み出る野暮ったさは隠しきれていないぞ。このような礼儀知らずの田舎《いなか》娘を婚約者に据えるとは、とうとう兄上もご乱心召されたようだ」

吊《つ》り目がちな真紅の双眸が、値踏みをするようにエリスの全身をなぞる。

冴《さ》えた光を宿す瞳にゾクリと背筋が震え、たじろいだエリスは声も出せずに固まった。

(信じられない！　私の芋臭さまで、ウィラード様を貶《おとし》めるダシに使うの？)

ふと思い出したのは、ウィラードから聞いた第二王子の遅い反抗期についてだ。

(まさか、ここまで露骨だと思わなかったわ。ウィラード様は今でも、クリストファー殿下を大事な弟だと言って、仲直りするきっかけを探しているのに……この分だと、取りつく島はなさそうね)

クリストファーの態度が豹変《ひょうへん》したのは、次期国王の発表が決定した半年前のこと。

これまで親しくしていた兄と敵対関係になってまで、赤の王子は王位になにを望んでいるのだろう？　それは、兄弟仲を犠牲にするほどの価値があるのだろうか？　権力争いと無縁な生活を送ってきたエリスでは、どんなに想像力を働かせても答えの糸口すら掴めなかった。

そんなこんなを考え、ぼさっと突っ立ったままでいると、

「エリス、クリストファー殿下の御前ですよ。早くご挨拶《あいさつ》なさい」

黙って事の成り行きを見守っていたギーゼラから、やんわりと窘《たしな》められてしまった。

いけない――と、エリスの全身から冷や汗が噴き出す。クリストファーが発する強い敵意と毒舌に気圧《けお》され、未だに挨拶を済ませていなかった。不敬だと責め立てられてもおかしくない状況に、面目なさと焦りの感情がない交ぜとなる。

正しい挨拶の作法はまだ習っていないが、緊急事態なので仕方がない。花祝の儀に備えて頭に叩《たた》き込んだ知識を引っ張り出すと、エリスはぎこちなく行動を起こした。

「お、お初にお目にかかります。わたくしは、エリス・ファラーと申します。えっと、その……よろしく、お願い致します……」

ドレスの裾を摘まんで頭を下げ、名乗るまでの流れはよしとしよう。問題はその後だ。話題に困ったエリスは激しく戸惑い、自己紹介は蚊の鳴くような声で終わりを迎えた。クリストファーやギーゼラだけでなく、背後に控えているジュダまで呆《あき》れているのが気配で伝わってくる。

急上昇した羞恥心によって、頭を下げているエリスの頬が真っ赤に色づく。「もう、消えてなくなりたい……」と胸中で嘆くも、更なる悲劇が彼女の身に降りかかった。

感情の昂《たかぶ》りに呼応した幻想花が、ボフンと盛大に暴発してしまったのだ。

(私のばかぁぁ――ツッツ!!)

最悪なタイミングで、絶望的な量の幻想花を咲かせてしまった。

勢いよくもとの姿勢に戻ったエリスは、自分の頬と同じ薔薇《ばら》色の花を消そうと躍起になる。バタバタと忙《せわ》しなく両手を動かし、空中を浮遊する幻想花を霧散させていると、あからさまなため息を鼓膜が拾った。咄嗟《とっさ》に見遣《みや》った先には、不機嫌丸出しのクリストファーがおり――、

「これが、第一王子の婚約者たる者の挨拶か」

彼は目の前に飛んできた幻想花を掴むと、苛立《いらだ》たしげにぐしゃりと握り潰《つぶ》した。花を形成していた幻の残滓《ざんし》が、光の粒子となって拳《こぶし》の隙間《すきま》から零れ落ちる。その光景を目の当たりにしたエリスは、恐怖のあまりヒュッと息を呑《の》んだ。

「無作法な挨拶をされただけでも不愉快極まりないが、僕に与えられた色と同じ奇怪な花まで咲かせるとは……どこまで人をこけにすれば気が済むんだ？」

険しく柳眉《りゅうび》を顰《ひそ》めたクリストファーから、射殺すような眼光で睨《にら》まれる。

耳の奥で血の気が引く音が聞こえ、昂っていたエリスの感情は一瞬でどん底まで落ちた。すると、辺り一帯に浮かんでいた幻想花も、瞬く間に大気へ溶け消えてゆく。

「も、申し訳ありません！　あの花は私の体質が原因で、勝手に咲いてしまうものでして……」

「喚《わめ》くな。下賤《げせん》な輩《やから》の言い訳など聞きたくもない」

エリスの謝罪をばっさりと切り捨て、クリストファーは緩く腕組みをする。

「一度は魔女として投獄までされた身だ。今回は無罪放免となったようだが、普段から怪しまれるような行動を取っていたのだろう？　貴様のような不審者を、王族の一員に迎え入れるわけにはいかない。即刻、兄上との婚約を辞退して王城から立ち去れ。二度と僕の視界にその卑《いや》しい姿を映すな」

「お待ちください、クリストファー殿下」

赤の王子の度を越えた横暴な命令に、控えめながらもジュダが反論の声を上げた。

「ウィラード殿下とエリス様のご婚約は、国王陛下がお許しになられております。魔女疑惑の件につきましても、すべてが教会側の落ち度であると、教皇様を始め六花枢機卿《すうききょう》全員がお認めになられました。ですから――……」

「黙れ、駄犬。三ヵ月後には次期国王が決定する。〝解決する見込みのない問題〟を抱えた兄上に、この僕が負けるなど断じてありえない。貴様は大人しく新たな飼い主でも探しておけ」

あくまで冷静に事実のみ主張するジュダを、クリストファーが口汚く罵った。ウィラードが抱える「解決する見込みのない問題」とは、十中八九、箝口令《かんこうれい》が敷かれている呪いについてだろう。お前の主は呪いのせいで国王になれない。だから、次の職探しをしろ――という、最低な侮辱である。

自分がなにを言っても、クリストファーの怒りに油を注ぐだけだ。そう察したジュダは、「失礼致しました」と感情を押し殺して引き下がった。すると、今度はギーゼラが唐突に口を開く。

「クリストファー殿下。恐れながら、弟子との対話をお許しくださいませんか？」

「……まぁ、いいだろう」

わずかな逡巡《しゅんじゅん》を経て、クリストファーはギーゼラの申し出を許可する。

「お前は日頃、よく尽くしてくれているからな。特別に願いを聞き入れてやる。だが、早急に用件を済ませて紅の宮殿へ戻るぞ。これ以上、下等生物と同じ空気を吸うのは我慢ならない」

「承知致しました。寛大なご配慮を賜《たまわ》り、誠にありがとうございます」

現在の雇い主であるクリストファーに恭《うやうや》しく首を垂れ、ギーゼラは静々とエリスの前へ歩み出た。

会えなかった期間はほんの数日なのに、まるで、数年越しの再会に感じてしまう。最初こそ、「久しぶりに師匠と話せる！」と気分が高揚したが――すぐに自身が仕出《しで》かした事の重大さを思い出し、エリスはひどくいたたまれない気持ちに陥った。

(師匠、怒ってるよね……？)

未だに、エリスの潔白は世間に公表されていないので、工房リデルの評判は下降の一途を辿《たど》っているだろう。事件を引き起こしたのは、ウィラードの呪殺を企てた魔女だ。けれど、その魔女に利用されて恩師が掲げる工房の看板に泥を塗ったのは、他の誰でもない門下生の自分である。

激しい罪悪感に突き動かされたエリスは、ギーゼラが喋り出す前に勢いよく頭を下げた。

「師匠、この度はご迷惑をおかけしてすみませんでした！　私が魔女として捕らえられたせいで、工房の評価を落としてしまって――……」

「そんなことより、今は貴女《あなた》が受けた依頼の方が問題だわ。解呪の福音は、制作の手がかりすら存在しない幻の代物《しろもの》よ。それを一から作りだそうだなんて、本気で考えているの？」

思わぬギーゼラの問いかけに、エリスは虚を突かれて顔を上げる。

真っ直ぐこちらを見据えるギーゼラは、珍しく険しい表情をしていた。いつも穏やかな笑顔ばかり向けられていたので、この変化にエリスの心臓が嫌な音を立て始める。

「師匠、その話をどこで……？」

「私は貴女の身を預かる工房主だもの。クリストファー殿下にお願いして、国王陛下から近況を伺っていたのよ。それで、エリス――私の質問に答えてもらえるかしら？」

若干裏返った声で「はい！」と返事をしたエリスは、ギーゼラの顔を真っ向から見つめ返す。

師匠は誰もが認める素晴らしい聖花術師で、弟子の自分を一番に理解してくれる。今回だって依頼を受けた理由を正直に打ち明ければ、必ず納得してくれるに違いない。心の底からギーゼラを信じているからこそ、エリスは己の覚悟をはっきりと宣言した。

「確かに私は、解呪の福音を制作する依頼を受けました。だって、それがないと困る人がいるんです。助けを求めている依頼人には、迷わず救いの手を差し伸べる。師匠もこれまで、そうやって活動してきましたよね？　だから私も同じ道を選んだんです」

「それが、貴女の考えなのね……」

スッと目線を外したギーゼラが、細く長いため息をつく。

予想と違う反応にエリスが混乱していると、深刻な面持ちでギーゼラが言葉を続ける。

「聖花術で人助けをするのは素晴らしい心がけだと思うわ。でもね、今回の依頼主は高貴な身分の御方でしょう？　どうにかして力になりたい気持ちはわかるけど、今のエリスが側にいては、逆に多大なご迷惑をおかけしてしまうのよ」

「……どういう意味ですか？」

「だって貴女は、幻想花のコントロールを習得していないじゃない」

普段のギーゼラなら決して触れない話題に、エリスの肩が怯《おび》えたようにビクリと跳ねた。

「貴女はもう、聖花術師として依頼をこなすだけの存在ではないの。いずれは第一王子の婚約者として、政治の表舞台に立つ必要が生じるのよ。大勢の人々から注目されるようになれば、気分の変動も激しくなるでしょうし――そうなった時、花を咲かさずにいられるのかしら？」

「そ、それは……ムリだと、思います……」

先ほど、クリストファーの前で幻想花を暴発させたばかりだ。見栄《みえ》を張って「できます」と言ったところで、説得力など皆無である。

「教会が名誉回復を行ったとしても、失った信頼は完全に取り戻せないわ。陰で魔女の疑いを囁《ささや》かれ続け、無自覚に幻想花を咲かせてしまう貴女の評価は、工房の看板だけでなく、ウィラード殿下の名声にも傷をつけてしまうのよ」

ギーゼラの指摘は胸に刺さるが、もっともな内容なので反論の余地がない。

「解呪の福音作りの件も甘く見すぎているわ。第一王子の婚約者の務めを果たしながら、片手間で作り出せるようなものではないと、貴女もプロの聖花術師なのだから理解できるでしょう？　悪いことは言わないわ。クリストファー殿下の仰《おっしゃ》る通り、婚約を辞退してすぐにでも工房へ戻りなさい」

容赦なく突きつけられた厳しい現実に、自分の落ちこぼれ具合を再認識させられ、情けなさが津波のように押し寄せてくる。国儀への招待状が初めて届き、憧れの師匠とようやく肩を並べられたと思ったのに――実際は、足手まといにしかなっていないではないか。

少しでも気を抜けば涙が溢《あふ》れそうで、エリスはきつく唇を噛《か》み締める。

(私だって、本当はもとの生活に戻りたい)

昔から頭を悩ませている花咲き体質や、魔女の罪をなすりつけられた影響は、ギーゼラの言う通りウィラードの邪魔にしかならないだろう。だけど自分には、新たに発覚した解呪の能力がある。半獣化の呪いに蝕《むしば》まれたウィラードを、一時的でも人間の姿へ戻せる者は他にいない。

——と、その時。エリスは一つの可能性に気がついた。

(もし、解呪の福音が完成してウィラード様の呪いが解けたら……解呪の口づけをする私の存在は必要なくなるよね?)

普通の人間に戻ったウィラードが、わざわざ庶民の小娘との婚約を続けるメリットはない。

今、自分が生きていられるのはウィラードのおかげだ。彼が魔女ではないと信じてくれたから、己の無実を証明して、処刑の運命から逃れることができた。

(私は今回の魔女騒動で、師匠やイレーネにたくさん迷惑をかけた。その償いもできていないのに、ウィラード様の足まで引っ張りたくない!)

だけど、逃げ出すのは自分の役目を終えてからだ。

「すみません、師匠。どうしても私は解呪の福音作りを諦めたくないんです」

「そう、残念だわ。私の説得を聞き入れるつもりはないのね」

「それは違います! 解呪の福音が完成したら、婚約を辞退して身の丈に合った生活に戻ります。だから……一日でも早く依頼を達成させるために、師匠の力も貸してもらえませんか? 二人で力を合わせたら、きっと不可能も可能にできると思うんです!」

解呪の福音を最短で完成させ、婚約破棄をするにはどうしたらいいか? 自分一人では圧倒的に力不足である。そこで、数多《あまた》の知識を有する経験豊富なギーゼラに協力を仰いだが——、

「貴女が『どうしても』と引き受けた依頼でしょう。他人を頼らず自力で解決してみせなさい」

低いトーンで素気《そっけ》なく突き放され、目の前が暗くなるほどの絶望感に支配される。

おかしい。弟子の自分が行き詰まっている時、ギーゼラは必ず「遠慮なく頼りなさい」と、笑顔で救いの手を差し伸べてくれていたのに……今回はあっけなく断られた。

(やっぱり……師匠、怒ってた……？)

会話を始める直前にも、ギーゼラが怒っている可能性を考えた。事実、彼女は辛辣《しんらつ》な意見ばかり述べていたが――それは偏《ひとえ》に、弟子の将来を想ってのものである。

けれど、決定的な違和感はあった。エリスの花咲き体質について話題に挙げた点だ。ギーゼラは新参者のイレーネと違い、エリスの身に起きた過去のできごとを知っている。だからこそ、普段は幻想花を咲かせても優しくフォローをしてくれるのだ。

それなのに今日は、「幻想花のコントロールを習得していない」と非難されてしまった。

(……師匠が怒るのも、当然だよね……)

創設者から譲り受けた大切な工房や、何年もかけて築き上げた自身の経歴を、弟子の不祥事で台なしにされたのだ。いくら温厚なギーゼラでも、到底許せるものではないだろう。

それでも彼女は、怒りに蓋をしてエリスへ忠告の言葉を送ってくれた。

(私は師匠の思いやりを、踏みにじっちゃったんだ……)

途方もない後悔の念に苛《さいな》まれるが、前言を撤回することはできない。解呪の福音作りを諦めないという宣言は、嘘偽りのない正直な自分の気持ちなのだから。

「今の私は、クリストファー殿下にお仕えする身。たとえ弟子であったとしても、第一王子の婚約者に力添えすることはできないわ」

俯いて黙り込んでしまったエリスに、ギーゼラは背を向けて歩き出す。

彼女が目指す先には、仏頂面で腕組みをしているクリストファーが待っていた。

「どうかこれ以上、私を失望させないでちょうだい」

最後に告げられたギーゼラの言葉に、エリスの心は深く抉《えぐ》られ哀切の血を流した。


蒼の宮殿の中庭の一角には、不格好な花壇がぽつんと存在する。

福音に使用する聖花を育てるため、急遽《きゅうきょ》、地面のタイルを叩き割って作ったものだ。園芸用の土と入れ替えられた地面に、短い畝《うね》が四列並んでいる。この花壇はウィラードの執務室のすぐ側にあり、解呪が必要になった際、エリスをすぐ呼び出せるようになっていた。

(即席の花壇だからうまく育つか心配だったけど、昨日のうちに蒔《ま》いた種は、どれも問題なく花が咲いたみたいね。これで今日から、解呪の福音の研究を開始できるわ)

新生活二日目の朝。花壇の中でしゃがみ込んだエリスは、じっくりと花の様子を確かめる。

彼女が身に纏っているのは、レースとフリルがふんだんにあしらわれた、豪奢《ごうしゃ》な作りの青いエプロンドレスだ。造花とリボンで飾られたボンネットをかぶり、蒼の宮殿で働く庭師に扮《ふん》していた。

(どう考えてもこの服って、作業に不向きな作業着だよね。やたらゴテゴテしてるから動きにくいし、

生地もしっかりしてるから重たいんだもん。スカートの裾も大きく広がってるから、うっかり花を傷めないように気をつけないと)

でも、まぁ……城仕えをしている庭師の作業風景は、いやでも王侯貴族の目に触れてしまう。見苦しくないよう視覚的な配慮がなされた結果、この華やかなデザインの作業着が誕生したわけだ。男性の庭師は燕尾服《えんびふく》に近い作業着が支給されているので、それはそれで動きにくそうだと思う。

ちなみに、庭師の仕事は男女で役割が異なる。樹木を男性、花を女性が手入れする決まりだ。国教神が花を司《つかさど》る女神なので、聖花術師以外でも花を取り扱う職業は女性に限定されていた。

「庭師の作業着って、どこもかしこもフリフリで可愛《かわい》らしいわよねぇ〜」

ジャブジャブ――と。水が跳ねる涼やかな音が近づいてきたかと思えば、ジョウロを持ったマリオンが花壇の脇に現れる。魔女に狙《ねら》われ続けているエリスとウィラードの側には、ジュダかマリオンが常に護衛として付き添っている。現在、ジュダは執務中のウィラードの護衛を務めているので、エリスの護衛は必然的にマリオンが引き受けていた。

少し離れた場所にある噴水が一番近い水場だ。花壇の近くで暇を持て余していた彼は、「力仕事なら任せなさい！」と、率先して水汲《く》みを請け負ってくれた。水が入ったジョウロを運ぶのは一苦労なので、マリオンの気遣いは非常にありがたい。

「ここにジョウロを置いておくから、足を引っかけて転ばないようにね。あと、水が足りなくなったら遠慮せず言うのよ？　これでも腕っぷしには自信があるんだから、どんどん頼ってちょうだい」

「はい、ありがとうございます」

立ち上がって礼儀正しく頭を下げると、オネェ枢機卿は「ふふっ」と笑い声を零す。

「お礼を言うのはあたしの方よ。エリスが蒼の宮殿にきてから毎日が楽しくて仕方がないの。色んなドレスや装飾品を日替わりで見られるなんて眼福だわ。あんたも磨けば光る逸材だから、着飾ると可《か》憐《れん》なお人形さんみたいで素敵よ」

「私がお人形さんだなんて、お世辞でも照れちゃいますよ……っ」

「やーねぇ、あたしは出世と無関係な話題でおべっかは使わないわよ。だーかーら、褒められたら素直に喜びなさい。過度な謙遜は時として嫌味にもなるんだから。わかった？」

頬に片手を当てたマリオンから、にっこりと微笑まれる。

天使のような美青年の笑顔に気圧され、エリスはとりあえずコクコクと何度も頷《うなず》く。そんな、小動物を思わせるエリスの必死な動作に、マリオンは小さく噴き出した。

「あんたって、ジュダと同じくらい反応が面白いわよねぇ。からかいすぎて、ウィルから叱られないように気をつけないと」

ぜひ、そうしてもらいたい。心の中で激しく同意しながら、エリスは作業の続きに戻る。

再びその場へしゃがみ込んだ彼女は、雑草をブチブチと根っこから抜いてゆく。神力で花の成長速度を上げているため、周囲に生える雑草も同じ速さで育つのだ。

「こうして花を眺めてると、なんだか昔を思い出すわね」

作業中のエリスを花壇の外から見守りつつ、マリオンがしみじみとした口調で呟く。ちょうど、草取りを終えて一息ついたエリスは、なんとはなしに尋ねる。

「昔って、子供の頃とかですか？」

「そうよ。あたしには姉が三人いてね。両親はどちらも多忙だったから、末っ子の弟が寂しい思いをしないように、いつも遊び相手になってくれていたの。あんたの育てた花を見ていたら、お姉様達と花冠を作ったのを思い出しちゃって……本当に、懐かしいわぁ」

「素敵なお姉様達ですね」

「えぇ、美人で優しい自慢のお姉様達よ」

さやさやと下草を撫《な》でた風が、マリオンの長い髪を揺らす。頬に落ちた横髪を耳の裏にかけながら、彼は伏し目がちに過去の記憶を丁寧になぞる。

「おままごとや、ぬいぐるみ遊び。本格的なお茶会ごっこを開催して、ご婦人方の真似《まね》っこで盛り上がったこともあったわ。あたしにとっては、どれも大切なお姉様達との想い出よ」

でもねぇ――と続けたマリオンは、麗しい顔に少しの苦味を混ぜた。

「ごっこ遊びの影響で、いつの間にか女口調が抜けなくなっちゃったの。そのうえ、普通の男の子が憧れるカッコいいものより、可愛いものや綺麗《きれい》なものに惹《ひ》かれ始めて……同年代の子供達からは『男のクセに女みたいで気持ち悪い！』って、陰でいじめられるようになったのよ」

「そんな……っ！」

「両親があたしの異変に気づいた時には、口調の矯正はお手上げ状態だったみたい。異質だったのはあたしなんだから、今では仕方がないって割り切ってるわ。だけど、幼いあたしは子供達から意地悪される理由がわからなくて、それはもう深く傷ついたものよ」

マリオンの口から語られた暗い過去に、エリスの胸がツキンと痛む。

世間は〝普通〟からズレた人間を排除したがる。幼い頃の自分もその他大勢と比べられ、異質だと判断されたから捨てられた。当時、浴びせかけられた暴言の数々は、今でも耳にこびりついて忘れられない。似たような心の傷を負っているからこそ、エリスはマリオンの気持ちが理解できた。

「ねぇ、エリス。正直に答えて欲しいんだけど……あたしの口調、イヤじゃない？　教会の地下牢で初めてあんたと会った時、ウィルの呪いのことで頭がいっぱいだったから、気づいた時には素のまま話し始めちゃってたのよ。もし、不快だったら改めるわ」

いつも自信満々なオネェ枢機卿が、珍しく気弱そうに表情を曇らせている。

表情を見れば、マリオンが真剣なのは一目瞭然だ。それなら下手《へた》に誤魔化したりしないで、こちらも真っ直ぐな想いを伝えるべきだろうと、エリスは軽く深呼吸をして腹を括《くく》った。

「確かに最初は驚きましたよ？　でも、すぐに聞き慣れちゃいました。今となっては、この前の花比べで使っていた畏《かしこ》まった口調の方が、他人行儀でなんだか壁を感じますし――こうして自然体で話している時が、一番マリオンさんらしいと思います」

「エリス……っ！　あんたって、本当にいい子ねぇ～」

「そんなことありませんよ。私はただ、正直な気持ちをお伝えしただけです」

「だとしても！　等身大の自分を受け入れられるのって、あたしからしてみれば、ものすごーく嬉《うれ》しいことなんだから！　本当に、ありがとうね」

上機嫌な笑顔に戻ったマリオンは、「あぁ、そうそう」と話を巻き戻す。

「子供の頃のいじめはすぐに収まったわよ。あたしがめそめそ泣いてると、いつもウィルが飛んできてね。『男も女も関係ない。自分に正直に生きてなにが悪いんだ』って、いじめっ子達を叱りつけてくれたの。あの時のウィル、とってもカッコよかったわ」

「品行方正なウィラード様らしいですね。正義の味方って感じで素敵です」

「でしょ？　泣き虫なあたしも心を打たれて、ウィルみたいに強くなるって決意したの」

普段のおちゃらけた雰囲気はどこへやら。眩《まばゆ》い日差しの下で微笑む蒼の枢機卿は、清らかで静謐《せいひつ》な空気を纏っている。従兄だからか、彼の眼差しはほんの少しウィラードのそれと重なって見えた。

「次期教皇を目標に掲げたのは、恩人のウィルが国王になった時の布石でもあるけど――あたしみたいな人間じゃないと、果たせない役目を見つけたからなの。この国から差別をなくして、人々がもっと自由に生きられるようにする。この夢を叶《かな》えるためなら、あたしはなんだって頑張れるわ」

他の枢機卿の面々も口に出さないだけで、次期教皇の座を狙っているだろう。しかし、マリオンの出世に対する情熱は、あまりに度が過ぎているように感じていた。そもそも、大貴族プロイツ公爵家の人間なのだから、なにがなんでも権力にしがみつく必要はないはずだ。

けれど、マリオンの目的を知ったエリスは、彼の異様なまでの貪欲さに得心がいった。

「ちなみに、いじめっ子達には正攻法で仕返しをしてやったわよ。いつまでも、やられっぱなしじゃいられないもの。このあたしを泣かせたんだから、三倍返しは当然よね！」

「さ、三倍返し……って。強くなりすぎじゃありませんか？」

「なに言ってんの。人生観を一新してくれたウィルへの恩返しや、自分自身の願いを実現させるためにも、あたしはまだまだ強くなる予定よ。――譲れない信念があるだけで、人はこんなにも変われるんだから。どんな時も、前向きに努力を続けることが、後悔のない生き方の秘訣よ」

ちゃめっ気たっぷりに片目を閉じて、マリオンは「うふふっ」と晴れやかに笑う。つられて笑顔になったエリスは、彼の夢が叶うように心の中で祈りを捧《ささ》げた。

「マリオンさん、大事な思い出を聞かせてくれてありがとうございました」

「どういたしまして。それじゃ、お喋りはこの辺にして作業に戻りましょうか。なにか問題があったらすぐに知らせるのよ？　たとえば、花壇の広さはどうかしら？　急ごしらえだから狭かったりしない？　タイルをぶち割ればいくらでも大きくできるわよ」

花壇全体を見渡したエリスは、一拍の思案を経て「だったら……」と続ける。

「同じ大きさの花壇を隣にもう一つ作っていただけると助かります。土を休ませてあげることも大事なので。あと、研究に使いたい花の種も用意してもらえませんか？」

「どちらもお安い御用よ。花壇は明日までに追加で作っておくわね。種の方はあたしが持ってくるから、後で品種名をメモにまとめておいてくれる？」

「あっ、それならもう準備してあります」

ごそごそとエプロンのポケットを漁《あさ》り、小さく折りたたんだ羊皮紙を取り出す。エリスから手渡されたメモを開いたマリオンは、素早く内容に目を走らせる。

「ふむふむ。今回は、南方の花を使いたいのね。教会の倉庫に在庫があったはずだから、折を見てちゃちゃっと取ってくるわ。このマリオン様に安心して任せなさい！」

「お手数をおかけしますがよろしくお願いします。でも、教会が保管している種を持ち出して大丈夫なんですか？　これから結構な量を使うと思うんですけど、教皇様に許可を取ったりは……」

「するわけないでしょ。理由を説明できないんだから」

「？　ウィラード様の呪いを解く研究用では、納得してもらえないんですか？」

エリスが小首を傾げて尋ねると、マリオンは呆れ混じりのため息をついた。

「まったく、少しは自分の立場を考えて発言しなさいよねぇ。あんたに解呪の力があるって知られたら、教会は王家に身柄の引き渡しを要請するわ。なんたって、初めて見つけた完全な解呪への手がかりだもの。生かさず殺さず、モルモットみたいに扱われるのがオチよ」

「ひっ！　私、実験動物にされるんですか⁉」

「そうさせないために、あたしが手を尽くしてるの。深く感謝して一生恩に着なさいよね？」

第一王子の婚約者にされた時、王家はなんて強引なんだと心の中で憤ったものだ。しかし、人として丁重に扱われている分、教会で受ける対応よりも遥《はる》かにマシだったとは……。

いくら解呪の研究が重要だとしても、この国の聖職者に慈悲の心はないのだろうか？

「私の力を教会に黙っていてくださって、本当にありがとうございます！　今日も人間らしい一日が送れるのは、すべてマリオンさんのおかげです！」

全身全霊を込めてお礼を告げたエリスに、マリオンが「ふふん」と得意げに胸を反らす。

「いい？　解呪の福音の制作方法が判明したら、出し惜しみしないで、国中の聖花術師へ大々的に広めるわよ。呪いが脅威でなくなったら、教会連中もそこまであんたに固執しないはずだもの」

「！　その通りですね。名案だと思います！」

「でしょー？　そしてあたしは、解呪法の発見に一役買った功労者として国中に名を轟《とどろ》かせるの！　民衆の人気を独り占めにしたら、次期教皇の座は手に入れたも同然よ！　そんな輝かしい未来を実現させるためなら、花の種くらいいくらでも用意するわ」

途中までいい話だったのに、最後の最後で聖職者らしからぬ出世欲が顔を出す。上層部の枢機卿がこのありさまでは、冗談抜きで教会の未来が不安になってくる。

（でも、マリオンさんならどれだけ強欲でも心配ないよね）

『差別のない国作り』を目指すマリオンなら、欲に溺れるなんてありえないだろう。

彼とウィラードが力を合わせたら、国家と教会の垣根を越えて、歴史に名を残す偉業を成し遂げるに違いない。そのためにも、自分は解呪の福音を一日でも早く完成させなければ。呪われた姿のままでは、ウィラードが次期国王に選ばれる可能性は限りなく低い。

それに……と、エリスは昨日のギーゼラとのやり取りを思い出す。

（私が解呪の福音を完成させれば、工房の評価も以前より高くなるはず。そうしたら、師匠の信頼だって取り戻せるよね。私もマリオンさんを見習って、どんなことも前向きに頑張らないと！）

命の恩人のウィラードを呪いから解放して、憧れの師匠とも仲直りをする。二つの願いを同時に実現させるべく、エリスは頬をピシャリと叩いて気合いを入れた。

やる気をみなぎらせたエリスが、聖花の手入れに戻ろうとした時だ。執務室のフレンチドアが開く音が聞こえて振り向くと、テラスに出てきたジュダから小さく手招きをされる。その表情はどこか気まずそうに見えた。

「エリス、お呼び出しよー。ほら、そこの水で手を洗っていきなさい」

事前に汲んでおいてくれたのだろう。マリオンが水の入った木桶《きおけ》を指で示す。

短く感謝の言葉を告げて、エリスは急いで汚れた手を洗う。濡《ぬ》れた手をエプロンで拭《ぬぐ》いつつ、ジュダの脇をすり抜けて執務室へと駆け込むと、室内ではすでにウィラードが待ち受けていた。

まろぶように駆けつけたエリスを見て、彼は申し訳なさそうに眉尻と獣耳を垂らす。

「仕事中に呼び出してごめん。急な会合に呼ばれてしまったんだけど、解呪を頼めるかな？」

「は、はいっ！」

本日のウィラードは淡い水色のベストの上に、裾が長い濃紺の上着を纏っている。襟や袖口などに金糸で細やかな刺繍が施され、カフスボタンやタイピンでは、純度の高いサファイヤがきらめきを放つ。極めつけは、内面の高潔さが滲み出る凛然《りんぜん》とした面立《おもだ》ちだ。

今日も今日とて、青の王子は目が眩《くら》まんばかりの美しさである。

「……失礼します」

ぎこちない仕草でウィラードの右手を取り、その甲へ静かに口づけを落とす。

ここ数日で何度も経験した行為だが、数をこなしても一向に慣れる気配はない。頬を赤らめて口づけをするエリスは、無意識にぽぽんと桃色の幻想花を咲かせる。

唇を介して解呪の力を分け与えているので、皮膚に触れている時間が短ければ、一瞬で効果が切れてしまう。今のところ、十秒間の口づけで一時間の解呪が最長記録である。それより長く口づけをしても、一時間経てば解呪の効果は切れてしまうのだ。

（お願い、早く終わって！　心臓が破裂して死んじゃいそう……っ）

手の甲へのキスは敬愛を意味するので、唇同士よりも抵抗感はかなり薄れた。それでも、相手がとんでもなく爽やかな美貌の王子様なのだから、意識するなと言う方が土台無理な話だ。

ウィラードの手のひらに触れている指先から、彼の体温がじんわりと伝わってくる。剣を扱う手のひらは硬いのに、唇を当てている手の甲の皮膚は滑らかだ。恋愛未経験のエリスは、バクバクと激しい己の鼓動を聞きながら、永遠とも思える十秒が経過するのを待った。

「ありがとう。もう、大丈夫だよ」

柔和な声が頭上から降ってくる。暴走する心臓を宥《なだ》めつつエリスが顔を上げると、ウィラードは人間の姿に戻っていた。

穏やかな微笑を湛《たた》えた彼は、それまで口づけされていた右手を伸ばし、エリスのまろい頬を優しく撫でる。その手つきは壊れものを扱うかのごとく繊細で、エリスの顔が一瞬で真っ赤に染め上げられた。追加でぽぽんと咲いた桃色の幻想花が、室内を甘やかな香気で満たす。

「それじゃあ、行ってくるね」

天上界の花に囲まれたまま、石のように硬直するエリスへそう告げると、口づけのために外していた手袋をはめ直し、ウィラードはジュダを伴って執務室から出て行く。

撫でられた頬を手で押さえ、エリスはパクパクと口を開閉させる。恥ずかしさのあまり声が出てこない。それでも彼女は部屋の扉が閉まる前に、「行ってらっしゃいませ」とか細い声を絞り出した。

（このタイミングで親密なボディタッチとか、ウィラード様は私を殺すつもりなの⁉）

ドッドッドッ――と、心臓の音がうるさい。今にも胸を突き破って外に飛び出しそうだ。

ウィラードは「お飾りの婚約者にしない」と宣言した通り、エリスとの仲を深めるべく、さり気ないスキンシップをしかけてくるようになった。手段やタイミングは特に決まっていない。心の準備をする暇も与えられない不意打ちばかりで、その都度《つど》エリスは羞恥心を爆発させていた。

（うぅ～、恥ずかしい……けど……）

なぜだろう？　激しく掻き乱された心には少しの不快感も残らない。

こんなにも容易《たやす》く乙女心をときめかせてしまうのだ。きっとウィラードには、親しく交流しているご令嬢が大勢いるのだろう……と、思ったのだが。実際のところ、彼が心を許した女性はこれまで一人も存在していないのだとか。こっそり実情を教えてくれたマリオン曰《いわ》く、

『ウィルの実直な性格は長所だけど、時と場合によっては短所にもなり得るのよ。特に恋愛面では融通が利かないったりゃありゃしない！　社交の場でダンスくらいは踊るけど、それ以上は結婚前提の関係になってからだって、昔っから言い分を曲げないんだから』

――とのこと。なんとウィラードは、次期国王の選定がされていない都合上、「婚約は己の立場が定まってからだ」と、舞い込む縁談をすべて断っていたらしい。

（私なんか、適当に利用すればいいのに……）

事実、ウィラードはそれが可能な立場にある。けれど、彼が権力を振りかざしたのは異例の婚約を成立させた時だけで、それ以降はエリスに歩み寄ろうと懸命に努力していた。

（どうしよう。こんなことされ続けたら困るわ）

湯気が出そうなほど赤面したまま、痛いくらいに脈打つ胸を服の上から押さえる。

初恋すら未経験の自分は、仕事のカウンセリングでしか色恋話に触れてこなかった。依頼人が語る恋愛の悲喜こもごもには共感できるのだが……自分が実際に求婚されてみると、恋心とはどういった感情を示すのか、ちっともわからなくて混乱してしまう。

今はまだ、「異性と縁遠い生活を送っていたので、軽い触れ合いでも過剰反応してしまう」と冷静な答えを出せる。しかし、いつかこの胸の高鳴りを恋心だと勘違いしてしまいそうで――……。

珍しく夢見がちな想像をしたエリスは、より一層頬を赤らめてぽんっと幻想花を咲かせた。

（！　私ったら、また無意識に花を咲かせるなんて……っ！）

ひらりと目の前を横切った薄紅色の花弁に、エリスはようやく我に返る。

それまで、解呪の口づけやウィラードとのスキンシップに意識が向いていたので、ぽんぽん咲かせていた幻想花の存在に気づかなかった。聖花術師としての未熟さの表れが、空中を揺蕩う花々なのだと思うと――胸を満たしていた甘酸っぱい気分と共に、幻の花々が音もなく溶け消えてゆく。

完全に幻想花が消失した執務室で、独り佇《たたず》むエリスはギュッと拳を握り締める。

（解呪の福音作りも重要だけど、この花咲き体質もどうにかしなくちゃ！）

努力の果てに解呪の福音が完成しても、制作者が幻想花のコントロールもできなければ、きっと周囲の人々から呆れられてしまう。最悪、解呪の福音の効果を疑われる可能性だってある。それほど、世間一般の〝普通〟から外れた者に対して、他者の評価は恐ろしく冷たいのだから……。

「幻想花を制御する修業も頑張らないと」

小さな唇から零れ落ちる悲壮な決意は、誰の耳にも届かず虚しく消えた。

✤……✤……✤

「花の女神フロス・ブルーメよ。汝《なんじ》が司りし彩花の恩寵《おんちょう》を、ウィラード・ルネ・ランドルリーベに授け賜《たま》え」

本日何度目かの祝詞《のりと》が厳《おごそ》かに唱えられ、花や緑が美しく配置されたガラス瓶の中に、コポッと神聖なオイルが湧き出す。コルク栓が閉められた瓶の内部が完全にオイルで満たされると、エリスの瞳に虹色の女神の紋章が浮かび上がり、新たな福音の完成を報《しら》せた。

(やった！　今回の組み合わせも成功したわ)

作業台代わりに使っている食卓の端には、すでに六つの福音が置かれている。どれも、今日一日のうちにエリスが作り出した福音で、一切の妥協が見られない商品価値のある品々ばかりだ。

(ヒントがない状況なんだから、色んな花の組み合わせをどんどん試さないと。私みたいな落ちこぼれは、数で勝負するくらいしかできないんだから……)

解呪の効果を引き出せそうな花言葉を、手探りで何通りも組み立てる。願いに添ったデザインも一から考え、ピンセットを用いた繊細な作業を長時間続けていた。消費した神力の量は膨大で、かなりの疲労が溜《た》まっているはずなのだが、エリスは休憩する素振りすら見せない。

七つ目の福音を机の端に置き、新たな調合を始めようとした時だ。

「エリス、そろそろ夕食の時間だよ……って、まだ仕事をしていたんだね」

執務室側から軽いノックの音が響き、扉を開けてウィラードが私室へやってきた。

彼の言葉にハッとして、エリスは重厚な置き時計を見遣る。室内で作業を開始したのは午後二時頃だったが、今や時計の針は文字盤の七を指し示そうとしていた。

（ウソ！　もう、夜になってたの!?）

いくら庭師に変装していたとしても、王子の私室で福音の調合をしている光景を、巡回の騎士に目撃されるわけにはいかない。そのため、窓のカーテンは最初から閉め切られていたが——その向こう側ではとっくの昔に太陽は沈み、夜の帳《とばり》が世界を覆っているだろう。

解呪の研究に集中しすぎて、すっかり時間が経《た》つのも忘れていた。

「机の上はあたしが片づけるから、エリスはウィルと一緒にソファで休んでなさい」

部屋の片隅に置かれたティーテーブルで、書類仕事をしながら護衛を務めていたマリオンが、カツカツと靴の踵《かかと》を鳴らしてエリスの隣に立つ。即座に「自分でやります」と申し出たが、「却下よ」と間髪入れずに断られてしまう。

テキパキと卓上を整頓するマリオンは、呆れ混じりのため息をつく。

「あんた、少しは自分の身体を大切にしなさいよね。あたしが休憩に誘っても『後で』とか言って、ずっと作業しっ放しだったんだから」

「そ、そうだったんですか？」

「……その分だと、あたしが燭台《しょくだい》の蝋燭《ろうそく》を交換したことにも気づいてないわね？　まったく。本気でお説教されたくなきゃ、必要なものだけ持ってさっさとソファへ行くように。わかった？」

威圧感丸出しの笑みをマリオンから向けられ、エリスは「はいぃっ！」と慌てて行動を開始する。

参考資料や走り書きのメモを急いで掻き集めていると、

「私も運ぶのを手伝うよ。エリスだけでは大変だろうし、二人なら早く終わるからね」

ウィラードまでやってきて、エリスが積み上げた大量の書籍を軽々と持ち上げた。

いくらなんでも自国の王子に雑用は任せられない。咄嗟に「大丈夫です」と止めようとしたのだが、すかさずマリオンが先手を打ち、「こっちの福音も半分持ってあげて」と、ウィラードに指示を出されてしまう。結局ウィラードは、ソファと食卓の間を二往復もしてくれた。

「荷物を運んでくださって、ありがとうございました」

先にソファに座ったウィラードへ、感謝の言葉と共に頭を下げる。

次の瞬間、ポンポンという音が聞こえてきた。エリスが戸惑いがちに顔を上げると、柔和に微笑む青の王子が、自分の隣の席を片手で叩いていた。暗に「座れ」と促されてしまえば、逆らうことなどできない。短く「失礼します」と告げたエリスは、大人しくウィラードの隣に腰を下ろした。

半獣化中の王子様は、それだけで嬉しそうに尻尾をブンブンと大きく振る。獣耳もぺたんと寝かされており、心を許されているのだと一目でわかった。

「わざわざお礼なんていいんだよ。私が好きでしたことなんだから。それより——今日だけで、こんなにたくさんの福音を作ったのかい？　大変だっただろう？」

「いえ、それほどでもありませんよ。今は時間が許す限り、一つでも多く福音を作りたいんです。解呪の福音を完成させるためには、数で攻めるしか方法がありませんので」

「そこまで真剣に、私の依頼に取り組んでくれているんだね。とても嬉しいよ」

足元では相変わらず尻尾が左右に揺れているし、頭頂部に生えた獣耳も機嫌よくぴこぴこと動き出す。しかし、どちらの動きもすぐに停止した。それどころか、あれだけご満悦な反応を見せていた獣耳が、ぺたんと力なく垂れてしまったではないか。

いったい何事だ？　エリスが激しく狼狽《うろた》えていると、ウィラードが静かに腕を伸ばしてきた。大きな手のひらが髪を梳《す》くように頭を撫でる。その慈しむような触れ方に胸の奥が甘く疼き、心地よい温《ぬく》もりがじんわりと全身へ広がってゆく。

「依頼人の私がこんなことを言うのはおかしいと思う。それでも……どうか、無理だけはしないでおくれ。エリスは頑張り屋さんだから心配だよ」

「そ、そんなことありません。私は自分にできることをしているだけです。それに、聖花術師は普段から庭仕事をしているので、意外と体力があるんですよ？　今回は聖花を材料に使っているので、神力の消費量も最小限で済んでいますし、時間さえあればまだまだ福音は作れます！」

「エリスは実に頼もしいね。だけど、今日の調合はおしまいだよ。身体を休めるのも仕事のうちだから、食後はゆっくりと英気を養うように」

ウィラードから「いいね？」と、真摯な面差しで念を押されてしまう。

半ば反射的に「はい」と頷いてしまったが、頭の中では相反する考えが芽生える。

（ウィラード様の呪いを解いて、師匠との関係も修復する。そのためには、私にのんびりしている暇なんてないのに……）

頭を撫でていたウィラードの手が離れると、温かい気持ちで満たされていた胸の中が、暗く重たいモヤで覆われてしまう。このままでは気持ちが沈み込むばかりだ。無理やりにでも気分を一新させるべく、エリスは咄嗟に話題の転換を図った。

「そうです！　ウィラード様さえよろしければ、食事の前に、今回作った福音を実際に使用していただけませんか？　どれも自信作なので、早く効果を知りたいんですけど……いかがでしょう？」

キラキラと輝く期待の眼差しを向けられ、ウィラードの垂れていた獣耳がピンッと立つ。しんなりしていた尻尾も元気を取り戻し、そわそわと左右に揺れ始めた。

どうやら彼も、福音の効果が気になっているらしい。

「それもそうだね。せっかくエリスが作ってくれたんだし、今ここで試させてもらおうか」

ソファの前に設置されたローテーブルの上には、食卓から運んできた書物やメモの山と一緒に、七つの色とりどりな福音が並んでいる。コルク栓を開けて閉めるだけの作業なので、すべて試してもさほど時間はかからないだろう。そうと決まれば、エリスの頭は仕事モードへ切り替わる。

使用した花の名前や、花言葉の組み合わせで発現する効果など。シンプルかつ丁寧な説明を心がけて行えば、ウィラードは一言も聞き漏らさないよう、真剣に耳を傾けてくれた。説明の内容に納得したウィラードが、福音を手に取って栓の開閉をすること七回――……。

（……全部、なにも起こらなかった……）

残酷な現実に打ちのめされ、エリスは蒼白《そうはく》の顔色で項垂《うなだ》れる。

福音から巻き起こる花弁を孕《はら》んだ風に、何度も全身を包み込まれたウィラードは、乱れた髪と衣服を手早く整え、すっかり落ち込んでしまったエリスに優しく声をかけた。

「まだ、研究を始めたばかりじゃないか。失敗は成功の母と言うだろう？　解呪の福音作りは未知への挑戦なのだから、焦らず実験を繰り返して成功を目指せばいいんだよ」

福音が失敗作だと判明したら、もっともショックを受ける立場のはずなのに。そんな素振りなど欠片《かけら》も見せず、ウィラードは懸命に励ましてくれる。

（依頼人に気を遣わせるなんて……私、なにやってるんだろう……）

こんな醜態をさらしていては、師匠に見限られるのも当然じゃないか。

「不甲斐《ふがい》ない姿をお見せして申し訳ありません！　調合のヒントが一つも得られなかったので、少し動揺してしまいました。でも、大丈夫です！」

俯けていた顔を上げ、口元に無理やり笑みを刻む。

「ウィラード様の仰る通り、一度の失敗で挫《くじ》けていたらいけませんよね。花の種類や花言葉は星の数ほどあるので、明日からも色々な組み合わせを試してみます。ご安心ください。私は解呪の福音を必ず作り出します。絶対に、途中で諦めたりしません」

心機一転。明るく決意表明をしたつもりだったが、最後の方は、ほとんど自分へ言い聞かせる形で言葉を紡《つむ》いでいた。「情けないなぁ」と、エリスが心の中でぼやいた時である。

不意に、外からガンガンと鈍い音が聞こえてきた。

「あぁ、驚かせてしまったね。心配はいらないよ。ジュダがタイルを割っているだけだから」

不安そうに窓辺を見つめるエリスへ、ウィラードが柔らかな口調で告げる。

そういえば——と、今更ながらに気づく。先ほどから、ウィラードの護衛を務めていたジュダの姿が見当たらない。どこへ行ったのかと思えば、暗くなった屋外で作業をしているようだ。

「花壇を増やしたいんだろう？　マリオンから聞いているよ。夜中に大きな音は出せないから、今のうちに作ってもらっているんだ」

「！　でしたら、私もお手伝いに——……」

「よい心がけだと思うけど……んー、それはやめておいた方がいいと思うよ」

腕まくりをしてソファから立ち上がろうとするエリスを、ウィラードがやんわりと制する。彼は器用に獣耳を後ろへ傾け、背後から聞こえる音に苦笑を漏らしていた。

なにがそんなに面白いのだろう？　気になったエリスが目を向けた先では、笑顔のマリオンが腕組みをして立っていた。おまけに、彼の背後では凶悪な面構《つらがま》えの悪魔までせせら笑っている。恐怖心が見せる幻覚だとわかっていても、「ひぇっ！」と小さな悲鳴を上げてしまう。

「片づけが終わって様子を見にきてみたら……エリス。あんたって子は、こんな時間にどこへ行くつもりなのかしら？　あたしは『ソファで休んでなさい』って言ったはずよ。それなのに、花壇作りを手伝いに行くとか……そんな笑えない冗談、言ったりしないわよねぇ？」

ねっとりと絡みつくような口調で問われ、冷や汗を掻きながら返事に窮する。

エリスが首を竦《すく》めて黙り込むと、マリオンの顔からスッと笑みが消えた。

「まったく、とんだおてんば娘なんだから！　もし、タイルの破片で指を傷つけたらどうするの！　土を掘り返す作業も、腕を痛める可能性があるんだからね!?　〝適材適所〟って言葉を、よーく頭に叩き込んでおきなさい！　返事は『はい』しか認めないわよ!?」

本気で怒られた上に、異論を唱える権利まで封じられてしまった。

カタカタと小刻みに震えるエリスは、マリオンの望み通りに「はい」とか細い声で答える。満足な回答を得たオネェ枢機卿は、何事もなかったかのようにパッと笑顔に戻った。

「ジュダは護衛任務続きで体力が有り余ってるのよ。身体を動かす機会ができて喜んでるはずだから、エリスが引け目を感じる必要なんてないの。今度こそ、わかったかしら？」

「ハイ。ワカリマシタ」

「百点満点のいいお返事ね。それじゃあ、あたしは夕食の準備をするから」

ウィル、見張りを頼んだわよ――と言い残し、マリオンは法衣の裾を翻《ひるがえ》して部屋から出ていく。

扉が閉まると室内がしんと静まり返る。なんとなくウィラードの様子を窺《うかが》うと、穏やかに細められた瑠璃《るり》色の瞳と目が合った。彼は吐息のような笑いを零すと、エリスの小さな手を己の大きな手で包み込む。途端、エリスの頬がボッと赤く染まる。

「あの……ウィラード様、どうして手を繋ぐのですか？」

「どうやら私は君の見張り番のようだからね。こうしていたら、エリスはどこにも行けないだろう？　マリオンが戻ってくるまでの間、このまま二人でゆったりしていよう」

手のひらから伝わってくるウィラードの体温に、心臓がトクトクと熱く脈打ち出す。

羞恥心を煽られたエリスがなにも言えずにいると、繋いだ手と手の指が絡み合う。さり気なく〝恋人繋ぎ〟をしたウィラードは、どこか愛《いと》おしそうに目を眇めて微笑む。

「仕事で疲れた日は、食事がいつもより美味《おい》しく感じられるよね。うーん、今夜のメニューはなんだろう？　エリスの好きなものが出るといいんだけど」

「ご、ご心配には及びません。お城の料理は初めて食べるものばかりですけど、どれもほっぺたが落ちそうになります。特に、毎食デザートが出るのには驚きました。甘党なので嬉しいです」

「そうか、エリスは甘いものが好物なんだね。おかわりもできるからたくさん食べておくれ。お腹《なか》が満たされたら、幸せな気分になれるだろう？　私は君に、いつでも幸福でいてもらいたいんだ」

絡み合った指がすりっと動き、エリスの頬が朱を帯びる。細やかな気遣いは純粋にありがたい。しかし、甘い台詞と意味深なスキンシップはどうにかならないものか？　羞恥心の上昇が止まらない。

「要人との会食を除けば、誰かと食卓を囲むのは何年ぶりかな。宮廷調理師が作る料理はどれも絶品だが、独りで食べるのはどうにも味気なくてね。エリスと食事を共にできることが、自分でもおかしく思うほど楽しみでならないんだよ。昨日は政務で時間が合わなかったから尚更だ」

今にも幻想花を咲かせそうになっていたエリスは、ぶんぶんと尻尾を振るウィラードを見つめて、ぱちくりと大きな瞳を瞬かせる。思いがけない発言内容に、花咲き衝動など吹き飛んだ。

「もしかして、王族は家族と一緒に食事をしないんですか？」

「あぁ、そうだよ。普段から自分の宮殿で各自済ませているんだ。さすがに、子供の頃は母上と暮らしていたけど、食事中に会話をするのはマナー違反だからね。正直なところ、黙って料理を口に運ぶだけの時間は、今でも退屈でほんの少し苦手なんだよ」

「えぇっ!? ど、どうしましょう? 私、工房で食事をしていた時は、師匠と色んなお話をしていたんです。今日あったできごとや、仕事の情報交換をしたり……料理とお喋りを楽しんでいました」

妹弟子のイレーネは食事中も寡黙だったが、自分は師匠のギーゼラと他愛《たわい》もない会話に花を咲かせていた。賑《にぎ》やかな食卓に慣れているので、うっかり喋ってマナーを破りそうで怖い。なにより自分は、ウィラード以上に無言の食卓が大の苦手なのだ。

幼少期は周囲の視線が恐ろしくて、存在を消すように黙ってパンをかじっていた。スープを啜《すす》る音や、フォークが皿に当たる微かな音でも、聞きとがめられたら最後である。「自分の食い扶持《ぶち》も稼げない落ちこぼれのクセに」となじられ、誰もがそれに同調するのだから。

(昔を思い出して嫌な気分になるけど、黙って食べるのがマナーなら我慢するしかないよね……)

エリスが目前に迫る夕食を憂鬱《ゆううつ》に感じている横で、ウィラードは「ふむ」と何事か思案している。

「雑談を交わしながらの食事か。いいね、それ。視察先で見た、下町の料理店みたいな雰囲気で面白そうだ。蒼の宮殿で一緒に食事をする際は、これからずっとエリスの方式にしてみようか」

「でも、マナー違反になっちゃいますよ? いいんですか?」

「ここは私の宮殿だからね。公の場でなければ、食事の作法くらい変えても問題はないよ。それに、エリスばかり私の生活基準に合わせてくれているだろう? だから、食事時くらいは君の日常を取り入れたいんだ。そっちの方が緊張せず、美味しい料理を堪能できると思うし」

それは、エリスにとって素晴らしい提案だった。

「ウィラード様、ありがとうございます。私、とっても嬉しいです！」

「私もなんだかワクワクしているよ。昼間はお互いに仕事をしているからね。二人でくつろげる時間を大切にしていこう。まずは、そうだな……エリスについて、色々と聞かせてもらいたいな。いつか君と幸せな家庭を作るために、知っておきたいことが山ほどあるんだ」

会話の途中からウィラードの声音が艶《つや》を帯び、しまいには色っぽい流し目まで送られてしまう。

しまった。予期せず、求愛モードに突入してしまったらしい。そう気づいた時には、うるさいくらいに鼓動が高鳴り始め、エリスは真っ赤な顔色で大いに焦った。

(ど、どうしよう⁉　早く落ち着かないと、また花を咲かせちゃう！)

かと言って、自国の王子の手を振り払うわけにもいかない。

もうダメだ……と、諦めかけた時。エリスの脳裏で唐突に良案がひらめいた。

(そうだわ！　この状況は、幻想花をコントロールする修業にもってこいじゃない)

今こそ、ピンチをチャンスに変えるのだ！

(カタバミ、マーガレット、ソリダスター……シラン、スカビオサ、シャリンバイ……)

甘い感情に揺らぐ心を鎮めるべく、頭の中で花の名前を延々と唱え続ける。

時折、ウィラードの指先が動く感触に、うっかり意識が持っていかれそうになるも、花言葉やその由来などを追加して懸命に耐え忍ぶ。そんな涙ぐましい努力も、生来の根強い体質には勝てず——。

「……ウィラード様、ごめんなさい……」

「？　どうしたんだい、エリス。急に謝ったりして」

ウィラードは空いている方の腕を伸ばして、エリスの火照《ほて》った頬に触れる。親指の腹で労《いた》わるように肌を撫でられた瞬間、全力で押し殺していた羞恥心が一気に臨界点を突破した。

「私、もう……限界です……っ!」

心臓がバクンと大きく跳ね、我慢に我慢を重ねた幻想花がボフンと大量に咲き乱れる。

その後。夕食を載せたワゴンを押して戻ってきたマリオンを、鮮やかなピンク色の幻想花で埋め尽くされた部屋が出迎えたのは、言うまでもないことであった。


夕食を終えると、エリスは再び食卓を占拠した。

分厚い植物図鑑を広げて、羊皮紙に細かくメモを取っていく。どうやら、明日の調合で作る福音のイメージを固めているらしい。何度か休むように説得を試みたのだが、眠ったらアイディアを忘れてしまうと言われては、それ以上強く止めることはできなかった。

それでも、襲いくる睡魔には抗《あらが》えなかったのだろう。羽根ペンを走らせる音が途絶えたかと思えば、エリスは図鑑に顔を埋めるようにして、すやすやと安らかな寝息を立て始めた。

(今日一日で、かなり疲れさせてしまったようだな)

ウィラードは眠っているエリスを抱き上げ、寝室のベッドへ慎重に運ぶ。途中で起こしてしまわないか不安だったが、マットレスに横たえ毛布をかけても彼女は眠り続けていた。

出会った当初から小柄だと思っていたが、実際に抱き上げた少女の身体は予想以上に軽くて――正直、大いに驚かされた。魔女の烙印《らくいん》を押されて尚《なお》、自らの無実を証明したひた向きさから、勝手にエリスを〝強い人だ〟と思い込んでいたのかもしれない。

実際に触れてみて、こんなにも脆《もろ》く儚い存在だったのかと初めて知った。

(少しの弾みで壊れてしまいそうだ。こんな少女を、私は頼ってしまっているのか……)

不甲斐ないな――と、胸の奥から罪悪感が込み上げ、自ずと眉間に力が入ってしまう。

エリスにプロポーズした際、生涯を懸けて護《まも》り抜くと誓ったが……覚悟が足りていなかったと深く反省する。解呪の面で多大な負担をかけてしまう分、他の役割で自分が彼女の支えとならなければ。義務感や誠意など関係ない。今この瞬間、自然とそのような考えが頭に浮かんだ。

「どうか、よい夢を……」

そっと前髪を横に払い、滑らかな額へ口づけを落とす。

目が覚めている時なら頬を熟《う》れたリンゴのような色に染め、美しい天上界の花を咲かせてくれただろうに。眠りの世界へ旅立ったエリスは、ただ静かに規則正しい呼吸を繰り返すだけだった。

「お疲れ様、ウィル。こっちでお茶でもしましょうよ」

足音を忍ばせて私室へ戻ると、マリオンがティーテーブルでお茶を淹《い》れていた。眠るにはまだ早い時間帯だが、カフェインが含まれている紅茶を避け、リラックス効果のあるハーブティーを淹れてくれたらしい。わざわざ尋ねずともお茶の銘柄程度なら、鋭い獣の嗅覚ですぐに判別ができてしまう。

頭頂部に生えた獣の耳も、微かな音すら逃さずに拾う。今だって、執務室からフレンチドアの開閉音が鮮明に聞こえた。足音の重さからして、花壇作りを終えたジュダが入室したのだろう。

そんな予想の通り、数秒後には執務室から忠実な部下が現れた。

「殿下、任務完了致しました」

「夜間で視界が悪い中、一人で重労働をさせてすまない。ジュダの働きにはいつも感謝しているよ」

「過分なお言葉痛み入ります。……あの娘の姿が見えませんが、いかがなされましたか？」

「エリスなら寝室で休んでるわよ」

うるさくしないようにね——と、自分に代わってマリオンがジュダへ注意を促す。自由奔放な一面が目立つ従兄だが、誰よりも気遣い上手な点は昔から変わらない。

「ちょうど、全員で話したいことがあったのよ。ジュダもこっちにきてもらえるかしら？」

「大方、あの娘のことだろう？」

ウィラードが椅子《いす》に腰を下ろすと、その斜め後ろでジュダが待機の姿勢を取る。いつもと変わらない立ち番だが、エリスが眠っている寝室も気にかけているようだ。ジュダらしい無言の思いやりに、ウィラードは密《ひそ》かに胸を撫で下ろす。

一時期、ジュダはエリスを敵視していたが、あれから無事に打ち解けられたようだ。

「ジュダにしては察しがいいわね。まったくもってその通りよ」

軽く嘆息したマリオンは、「単刀直入に言わせてもらうわね」と話を切り出す。

「エリスの仕事量は明らかに異常だわ。今日一日、護衛と並行して作業工程の観察もしてたけど、午後からの数時間で七つも福音を作るなんて、神力不足に陥らなかったのが驚きよ。いくら根《こん》を詰めすぎないように注意しても、『大丈夫です』しか返ってこないんだから……ホント、参ったわ」

「その件に関しては私も気になっていたんだ。彼女が無理をしているのは、誰の目から見ても明らかだろう。なにやら、強い焦燥感に追い立てられている様子だったな」

「原因は十中八九、昨日ジュダから報告があったお師匠様との対立でしょうよ」

「やはり、それしか考えられないか」

白い湯気を立てるカップを手に取り、淹れたての温かいハーブティーに口をつける。表面上は平静を装っているウィラードだが、腹の底では重苦しい感情が渦巻いていた。

(バッツドルフ殿にエリスとの婚約を反対されたのは、完全に私の落ち度だ)

自分は教会の調合室で二度もエリスの唇を奪ってしまった。嫁入り前の無垢《むく》な少女に無体を働いたのだ。当然、しかるべき責任は取らねばならない。だからこそ、彼女と婚約する許可を父王からもらい――その時点で、当面の問題に一区切りがついたと安堵《あんど》してしまった。

エリスの関係者に婚約の報告もせず、よくもそんな風に思えたものだ。

(誠実であろうと気ばかりが急《せ》いて、大切なものを見落としていては本末転倒じゃないか)

親代わりである工房主の意見も聞かず、己の独断で婚約を推し進めた結果、エリスは相当きつい言葉を恩師から浴びせかけられたらしい。本来、すべての責めは自分が負うはずなのに……生涯を懸けて守ると誓った少女を、最悪の形で傷つけてしまった。

(早急に、正式な挨拶の場を設けるべきだろうが……今のバッツドルフ殿は、第二王子に仕える呪い専門の護衛だ。彼女との面会を希望したところで、クリスに撥《は》ね除《の》けられて終わるだろう)

エリスの家族にも挨拶をしなければならないが、現在は次期国王の発表が予告され、派閥争いが激化の一途を辿っている。暗殺未遂事件を引き起こした魔女も逃走中なのだ。大切な婚約者の身内だからこそ、数多の危険が潜んでいる城内に招くことはできない。

そもそも自分は、エリスについてなにも知らない。――いや。溜まった政務の処理にかまけて、知ろうとする努力を怠っていた。家族構成や、生まれ育った場所。趣味嗜好《しこう》など……簡単な質問にも答えられず、いたたまれない思いが津波のように押し寄せてくる。

エリスは花嫁修業に通って社交界の勉強をしてくれているのに、自分ときたら彼女と触れ合う機会を増やし、安直な愛情を育もうとしているだけではないか。

(なにもかも、このままではいけないな……)

自身の行いを深く反省しながら、ウィラードは持っていたカップをソーサーへ戻す。

「申し訳ありません、殿下。私が護衛としてついていながら、エリスをクリストファー殿下と接触させてしまいました。此度の問題の全責任は私にあります」

その時、眼前へ歩み出たジュダが深々と頭を下げてきた。

同じ師匠のもとで剣術を学んだ幼馴染《おさななじみ》の謝罪に、ウィラードは形のよい眉を曇らせる。

「頭を上げてくれ、ジュダ。すっかり捻《ひね》くれてしまったクリスのことだ。間接的に私を貶めるため、偶然を装ってエリスのもとへ足を運んだのだろう。待ち伏せをされていたのだから、お前に落ち度などありはしない。むしろ、弟の理不尽な振る舞いによく耐えてくれた」

「……っ！　ありがたきお言葉、恐悦至極に存じます」

素早く姿勢を正したジュダは、湧き上がる感激を瞳に滲ませ、軽く握った右の拳を左胸へ当てた。

このポーズは聖リュミエール王国において、騎士が主に忠誠の意を示す礼の一種だ。

忠義に厚い部下の存在を心強く感じながら、ウィラードは目下の難問へ焦点を移す。

「今は起きてしまった過去を嘆くよりも、エリスの負担を減らす方法を探すべきだ」

「そうは言ってもねぇ。あの子、どんな忠告にも耳を貸さないと思うわよ？　今日のあたしみたいに、全部『大丈夫です』で流されるのがオチだわ」

「恐れながら、私もマリオンと同意見です」

優雅にハーブティーを啜るマリオンに、待機の姿勢へ戻ったジュダが同調する。

「師と仰ぐ存在に解呪の福音作りを反対されて尚も、あの娘は最後まで諦めないと言い張っておりました。我々が制止したところで素直に聞き入れるとは思えません。そのうえ、辛く当たられている最中であるにもかかわらず、呪いでお困りになられている殿下を救いたい一心から、ギーゼラ・バッツドルフへ助力を求めたほどです。並大抵の覚悟ではありますまい」

「でも、バッツドルフ殿は第二王子側の人間だから、ウィルの婚約者になったエリスに力は貸せないでしょ？　仕方がないとはいえ、信頼していたお師匠様から突き放されたんだもの。きっと、あの子は大きなショックを受けたでしょうね」

おまけに、今回の冤罪《えんざい》騒ぎが厄介《やっかい》な確執の種を蒔き散らした。エリスが魔女疑惑をかけられたせいで、ギーゼラ自身や、彼女が営む工房の評価まで落ちてしまったのだ。真に憎むべきは卑劣な犯行に及んだ魔女だが――こればかりは、そう簡単に割り切れる問題ではないだろう。

（私とクリスも相当だが、エリスとバッツドルフ殿の関係修復もなかなかに厳しいものだな……）

やりきれない思いを抱え、ウィラードはひっそりとため息をつく。

「あたしとしては、しばらく様子見をするのが一番だと思うの」

そう提案したマリオンは、頬杖《ほおづえ》を突いてクルクルと指先で毛先を弄《もてあそ》んでいる。

「強引に福音作りをやめさせるのは簡単だけど、エリスってやけに劣等感が強いでしょ？　どれだけ懇切丁寧に説明しても、『自分の力不足で依頼を取り下げられた』って勘違いするわよ」

「確かに。そのような事態に陥れば、余計に彼女を精神的に追い詰めてしまうな」

「心の傷が癒《いや》されたら、少しは気持ちも落ち着くんじゃないかしら？　だからと言って、完全に放置するワケにはいかないから、みんなで声かけをする必要はあるでしょうけど」

「いわゆる、〝時間薬〟というものか」

マリオンは頼れる参謀で、彼の立てる作戦は失敗したためしがない。自分なりに他の案も考えてみたが、どれもマリオンが提示した策には及ばず――ウィラードはついに、最終的な決断を下す。

「では、明日からエリスの行動を全員で見守るとしよう。度を超した行為が見られた場合は、各自の判断で注意を促すように」

今後の方針を明確に提示すると、ジュダとマリオンはすぐに了承してくれた。

（最初は口づけの責任を取る、自分なりの〝けじめ〟だったのにな……）

ウィラードの瑠璃色の瞳が寝室の扉へと向けられる。一足先に眠りについている少女の姿を思い浮かべると、胸の奥が微かに締めつけられた。生まれて初めて体験する感覚に次いで、名前も知らない感情が心の底でじわりと滲み出す。

エリスは恩師と対立しても、解呪の福音作りを諦めないと宣言してくれた。その理由が、「呪われた自分が困っているから救いたい」だなんて――裏表のない真っ直ぐな想いに心が震える。

（私の婚約者がエリスでよかった）

たとえ解呪の能力を持っていなかったとしても、こんなにも温かな気持ちにさせてくれる女性は、彼女以外に存在しないだろう。もし、エリスが他者の助けを必要とする日が訪れた時は、誰よりも早く手を差し伸べてみせる。そんな誓いを、ウィラードは深く胸に刻み込んだ。


蒼の宮殿で暮らし始めてから早一週間。

大きなベッドの上で、エリスは背を丸めて縮こまっていた。時計を確認したわけではないが、日付けはとっくに変わっているだろう。

（今日作った福音も、全部失敗だった）

背中を向けて床《とこ》についているウィラード。微かな寝息を立てている彼は、未だに半獣の姿をしている。エリスの口づけでは人間の姿へ戻るのに、心血注いで作った福音では少しの変化もみられない。

（やっぱり私は、どうしようもない落ちこぼれなんだ）

完全な解呪への道のりは深い謎に包まれている。どうにか突破口を開こうと、花言葉の組み合わせや花自体を変えて、数えきれないほどの福音を作ってきたのに――闇雲にもがけばもがくほど、依頼の達成というゴールから遠ざかっている気がしてならない。

幻想花のコントロールも一向に上達せず、ウィラードと触れ合うだけで花を咲かせてしまう。こうして落ち込んでいる今も、萎《しお》れた幻想花が頭のてっぺんに生えてしまい、苛立《いらだ》ち混じりの乱暴な動作でブチッとむしる。くすんだ色の花弁は、握り拳の中で燐光《りんこう》を散らして儚く消えた。

その光景を眺めていた視界が、次第に水彩画のごとく滲んでゆく。瞬《まばた》きをした弾みで最初の雫《しずく》が頬を伝い落ちると、涙腺が決壊して涙が止まらなくなってしまった。

「……どうして、なにもかもうまくいかないの……？」

小さく掠《かす》れた呟きが、唇から勝手に転がり出てしまう。

頭の中では、「出来損ない」「不良品」――と、遠い昔にぶつけられた幻聴がこだまする。心臓が握り潰されるような痛みを感じながらも、エリスは「その通りだ」と頭の片隅で同意した。

解呪の福音を完成させて師匠の信頼を取り戻す？　この調子では、何年経っても自分の願いは叶わない。依頼の完了が長引けば、心優しいウィラードも無能な自分に愛想を尽かすはずだ。

(また、『お前は必要ない』って捨てられるのかな？　そうなったら私はどこへ帰ればいいの？)

師匠とイレーネに多大な迷惑をかけた手前、工房に戻るなんて選択はできない。かと言って、世間に広まった魔女疑惑が消えなければ、故郷に帰ったところで食い扶持に困るだけだ。

(……独りぼっちになんて、なりたくないよ……)

喉が震えてしゃくり上げそうになり、咄嗟に口を両手で塞ぐ。それでも、指の隙間から微かな嗚咽《おえつ》が漏れてしまい、隣で眠っているウィラードが起きないか不安になった。

早く泣きやまなければと気ばかりが急き、翡翠《ひすい》の瞳からはボロボロと涙が溢れ続ける。

（もうイヤだ！　師匠やグレアム様と一緒に、楽しくお茶会をしていた頃に戻りたい……っ！）

四季折々の花が咲き誇る工房の庭先には、真っ白なガーデンテーブルが置かれている。そこで不定期に開かれるお茶会を、エリスはいつだって心待ちにしていた。

紅花枢機卿のグレアムとギーゼラは、同時期に聖職者となった友人同士だ。グレアムが持参したお茶菓子を堪能しながら、二人の昔話を聞かせてもらっていた時間が恋しくて、「時計の針が巻き戻ればいいのに」と、夢みたいな願望を抱いてしまう。

だって、そうしたら……なんのわだかまりもなく師匠と笑い合える。

『――……でも、本当にそれでいいの……――？』

幸せしか詰まっていない記憶の海に沈んでいると、自分自身からの問いかけが投げ込まれた。ぽちゃんと落とされた一言は、心の水面に大きな波紋と罪悪感を広げてゆく。

（私……今、なんてことを考えたの……）

一瞬でも依頼を投げ出して逃げようとした事実に、エリスは呼吸が止まるほどの衝撃を受ける。

自分が目指しているのは、困っている人に迷わず手を差し伸べる聖花術師だ。解呪の福音の制作を引き受けたのだって、純粋に、呪われたウィラードを助けたいと思ったからである。決して、ギーゼラに見直してもらうためではない。

（当初の目的を忘れかけるなんて、私はどこまで愚かなの……）

その時、足に柔らかな毛並みが触れて、エリスは泣き濡れた双眸を大きく見開いた。

ウィラードの尻尾が足首の辺りに当たっている。泣き声がうるさくて、目を覚ましたのかもしれない。身を硬くして背中越しの気配を窺うが、予想に反して穏やかな寝息が聞こえるばかりだった。

安堵したエリスは身体から力を抜いて、涙が浮かぶ目元を寝間着の袖口で乱暴に拭う。

(本当に辛い思いをしているのは、呪われたままのウィラード様よ。依頼を受けたからには完全な解呪を実現させないと!)

改めて、己の魂を奮い立たせるように誓いを立てる。

「……私は絶対に、諦めない……っ!」

蓄積された疲労のせいで意識が茫洋《ぼうよう》としていたせいだろう。心の中で宣言したはずの言葉は、無意識のうちに声として紡がれる。その事実に、エリスは最後まで気づかなかった。


午前中の花壇の手入れを終えると、エリスは急いで作業着からドレスに着替える。

本日のドレスも実に豪華だ。純白の絹がティアード状に広がり、その上を薄藍色のドレープが波打つように流れる。髪を彩る花飾りに、ネックレスやイヤリングなどの装身具も、青を基調とした最高級の品で揃えられていた。

「ねぇ、エリス。本当に花嫁修業へ行くのかい?」

身支度を整えて執務室へ姿を見せたエリスに、ウィラードがすかさず声をかける。その表情は不安そうに曇っており、立派な獣耳までへにょりと垂れていた。傍《かたわ》らに控えているジュダも、いたたまれない様子で眉を顰めている。

そんな二人に反して、エリスは明るい笑顔を満面に湛えて頷く。

「ナターシャ様のお心遣いに応えるため、今日もしっかりと淑女のマナーを教わってきます！」

「お前、鏡を見ても同じ台詞が言えるのか？　ひどい顔だぞ」

苦虫を噛み潰したような渋面で、珍しくジュダから突っ込みが入る。

結局、昨夜はほとんど眠れなかった。明け方に一時間ほど微睡《まどろ》んだ程度なので、頭の中はうすぼんやりとモヤがかかっている。不幸中の幸いは、あれだけ泣いたのに瞼の腫れが目立たないことだ。それでも、睡眠不足で隈《くま》ができてしまったので、ひどい顔をしているのは事実だった。

（本当は少し体調が悪いけど、花嫁修業を休んだらナターシャ様に申し訳ないし、解呪の福音作りまで中止にされちゃう。そんなの絶対にダメ！　花壇の花が全部使いものにならなくなるし、始めから育て直すにしても、その期間中に新しい調合ができなくなるのは困るもん）

その時、エリスに続いてマリオンも執務室へ現れた。

「ちょっと、ジュダ。あんたの部下と違って乙女《おとめ》心は繊細で傷つきやすいのよ？　もう少し言い方に気を配らないと、将来、誰もお嫁さんにきてくれなくて泣きをみるんだからね」

「なっ！　今は俺の嫁取りは関係ないだろう⁉」

「それもそうね。あたしって正直者だからつい本音が零れちゃった。ごめんなさいねぇ」

軽い謝罪でジュダとのじゃれ合いを切り上げ、マリオンは真正面からエリスの顔を見つめる。あまりに熱心な視線を注がれたエリスは、居心地悪そうにもじもじと身を揺らした。

「あの、マリオンさん。どうかしました？」

「お化粧の最終チェックよ。直球な物言いはさておき、ジュダの指摘は間違いじゃないもの。青白い顔色で濃い隈なんか浮かべちゃって……こんなの、どんなに厚化粧をしても隠せないわ」

「す、すみません。でも、私は元気ですよ！」

「こーら、強がらないの。寝不足なのが丸わかりよ。今日のところは広い心で見逃してあげるけど、次からは問答無用でベッドへ放り込むから覚悟なさい」

凄《すご》みのある微笑で「わかったわね？」と問われ、反射的に「はいっ！」と返事をする。

蒼の宮殿での暮らしには慣れつつあるが、オネェ枢機卿の笑顔の圧力には慣れそうにない。げんなりと項垂れるエリスの隣では、「言質《げんち》が取れたわ」とマリオンがホクホクしている。

(叱られちゃったけど、花嫁修業や福音作りはとめられなかった)

よかった――と、エリスは胸を撫で下ろす。

しかし、明日以降も寝不足だとベッドの住人にされてしまう。寝室から抜け出して作業をしように も、ジュダかマリオンが監視をしているはずなので、今夜は意地でも眠りにつかねばと心に決める。

「さぁ、白の宮殿へ向かう準備をしなさい。そろそろ時間でしょ？」

マリオンの指摘を受けて時計を見ると、本当に花嫁修業の開始時刻が迫っていた。

高いヒールの靴を履いているので、足を捻って転ばないように注意しながら、ウィラードのもとへ急ごうとするも……それまで執務机で書類をさばいていた彼が、いつの間にか目の前に佇んでいた。

わざわざ足を運んでくれた青の王子は、手袋を外した右手を差し出してくる。

「エリス、今日も頼むよ」

花嫁修業は毎日、午後に一時間だけ行われる決まりだ。

どうしてたったの一時間なのか？　答えは、エリスが蒼の宮殿を離れる際にかけている、ウィラードの解呪効果が切れてしまうからだ。この解呪の口づけは、急を要する来訪者の対応や、第一王子自ら出向かなければならない案件などに備えた、いわゆる〝保険〟のようなものだった。

（どんなに回数を重ねても、こればっかりは絶対に慣れっこないよぉ……っ）

異性と縁遠い生活を送っていたエリスである。自ら承諾した人助けとはいえ、容姿も性格も抜群によい王子様の手の甲へ、日に何度も口づけをするなんて——毎回、ドキドキさせられっぱなしだ。

幻想花を咲かせてしまう前にと、エリスはウィラードの手の甲へ唇を落とす。

「ありがとう、エリス。これで君の留守中も安心して政務に励めるよ」

「お役に立ててなによりです」

十秒間の口づけを終えると、人間の姿に戻ったウィラードが静かに立ち上がった。

綺麗に結われたハーフアップを崩さないよう、丁寧な手つきでウィラードから頭を撫でられる。すると、エリスの血色の悪い頬が微かに朱を帯びた。どうやら、いつものスキンシップが始まったようだ。

頭を撫でていた手が離れたかと思えば、左目の下に親指が添えられて驚きに目を瞠《みは》った。これくらいの触れ合いなら花は咲かないだろうと、エリスが楽観的に考えていた時である。

「絶対に、無理をしてはいけないよ？　体調が悪くなったらすぐに帰っておいで」

目元から、目尻へと――。化粧が落ちない絶妙な力加減で親指の腹が一撫でする。

頭を撫でられるのは〝子供扱い〟だと思い込み、どうにか胸の高鳴りを抑えられた。けれど、この唐突なボディタッチはいけない。そっと掠めるようになぞられた涙袋が燃えるような熱を持つ。真っ直ぐ見据えてくる瑠璃色の真摯な瞳も、鼓動をより一層煽って心拍数を急上昇させた。

「えっと、その……い、いってきます！」

これ以上長居をしたら、せっかく我慢した幻想花が咲いてしまう。花嫁修業も急がなければ間に合わないので、エリスは最低限の挨拶だけを残して執務室から飛び出す。そんな彼女の後を、送迎担当のジュダが「おいっ、待て！」と慌てて追いかける。

バタンと扉が閉まった執務室では、密かに咲いていた幻想花がひらりと宙を舞った。

✖…………✖…………✖

エリスを白の宮殿まで送り届けたジュダが戻ってくると、今度はウィラードが彼を伴い蒼の宮殿を後にした。父王から任された書類が完成したので提出するためである。数ヵ所、最終確認が必要な項目があったので、解呪効果が切れないうちに――と、自ら出向いたわけだ。

（短時間とはいえ、呪いを気にせず宮殿の外を歩き回れるのはありがたい。エリスが快く解呪の口づけをしてくれるから、半獣化した私でも普通の人間として振る舞える）

無事に書類を渡し終えたウィラードは、視線だけ動かして廊下の様子を窺う。

大理石の床に、見上げるほど高いアーチ状の天井。中庭に面するいくつもの大窓からは、午後の穏やかな日差しが差し込んでいる。幼い頃から見慣れているありきたりな風景だが、呪われた今では特別な景色に感じられた。

なにせ自分は、半獣の姿になってしまったのだ。このような化け物じみた姿を大衆の前には晒《さら》せない。冥界の怪物だと恐れられ、庇護《ひご》すべき国民達の不安を煽るのが目に見えている。

(私が第一王子としての務めを果たせるのは、解呪の力を持つエリスのおかげだ。本来であれば、彼女を大切に労わりたいところだが……どうにも、上手くいかないものだな)

丁重に扱いたいと思ったところで、エリスは誰にも頼ろうとしない。その反面、解呪の福音作りに注がれる熱量は増す一方で――彼女はここ一週間、明らかな無理を重ね続けていた。

(時が経てば落ち着くどころか、日に日に憔悴《しょうすい》していくばかりじゃないか。さすがに、これ以上は黙って見ていられない。早急に手を打たなければエリスの心と身体が壊れてしまう)

――とは言え、いったい自分になにができるのか？

そんなことを考えながら、窓の外に広がる壮麗な中庭を眺めていると、視界の端で黄色い物体がふわりと揺れた。この時期に満開を迎える花が風に乗って飛んできたようだ。

(この花は、確か――……)

記憶の奥底に眠る知識を探り出そうとしていた時。周囲を警戒しながら半歩先を行くジュダから、「殿下」と抑えた声で呼ばれ、即座に意識を現実へと引き戻した。

静寂に包まれた廊下の奥から、自分達のものではない靴音が聞こえる。窓の外に向けていた視線を正面へ戻すと、赤色を纏った二人組がこちらへ足を進めていた。腹違いの弟クリストファーと、彼の母方の叔父である紅花枢機卿のグレアムだ。

(そういえば、呪われてからクリスと会うのは初めてだったな)

現状、弟から一方的に嫌われてしまっているが、兄の自分まで態度を変える必要はない。

せっかくなので、軽い挨拶を交わそうと思ったウィラードは、廊下の端に寄って立ち止まる。クリストファー達もこちらの存在に気がつくと、数歩距離を空けてゆったりと歩みを止めた。てっきり、脇を素通りされると予想していたので、久しぶりに兄弟で会話ができると心が弾む。

しかし、偶然の再会を喜んでいるのは自分だけらしい。弟は憎々しげに表情を歪《ゆが》めると、凍《い》てついた氷のような眼差しで睨んでくる。

「兄上、穢《けが》れた身であまり城内をうろつかないでいただきたい。大人しく蒼の宮殿に引きこもっていればよいものを……貴方《あなた》の姿が視界に入るだけで、心底不愉快な気分になるのですよ」

「悪いが、そうはいかない。梅雨入りまでに国内全域で堤の調査を実施すると決まってな。治水に関する協議書をまとめ、父上のもとへ届けてきたんだ。私はどのような状態に陥ったとしても、己が責務を投げ出すような真似はしないぞ」

「まったく、呆れたものですね。いくら父上に取り入ろうとも、兄上は国を破滅へ導く存在となり果てたのです。穢れを祓《はら》う手段など存在しないのですから、早々に政治から手を引いてください。これ以上の悪足掻きはみっともないだけですよ。——次期国王は、僕に決まったも同然なのですから」

片側の口端だけ吊り上げ、クリストファーは皮肉たっぷりにせせら笑う。

箝口令が敷かれている影響だろう。「呪い」を「穢れ」に変換して、人の弱みを容赦なく攻撃してくる。少し前の弟であれば、意図して他人を貶めたりはしなかったのに……。

(反抗的な態度は相変わらずか)

もはや慣れつつある反応だが、物心ついた時からつい最近まで、兄想いの心優しいクリストファーしか知らずにいたのだ。心にぽっかりとあいた穴を、〝寂しさ〟という名の風が吹き抜けては、弟との大切な記憶から温もりを奪ってゆく。

「クリス。半年前から、お前はすっかり変わってしまったな。そんな他人行儀な話し方、以前はしていなかっただろう？　私が気に障《さわ》るようなことをしたのであれば教えて欲しい。行動を改めてきちんと謝罪をする。だから、兄弟同士でいがみ合うのは終わりにしないか？」

「なにを仰られているのかわかりかねます。僕はもとからこの性格ですし、兄上と親しく接する必要性も感じられません。幼稚な兄弟ごっこをお求めでしたら他の者を当たってください」

「お前こそなにを言っているんだ。母親は違えども、私達が兄弟である事実は変わらない。これまでも、これからも、私の弟はクリスだけだ。家族だから親しくしたいと思うのは間違っているか？」

「……あぁ、鬱陶《うっとう》しい」

口元に刻んだ笑みを消して、クリストファーがぽつりと呟く。

彼は自身の前髪を乱暴に鷲掴《わしづか》みにすると、湧き上がる苛立ちからギリッと奥歯を噛み締める。真紅の瞳は荒れ狂う怒気を孕み、射殺すような眼光でウィラードを睨《ね》めつけた。

「ここまで言っても、まだお気づきにならないのですね。僕はずっと、『兄を支える献身的な弟』を演じていたのですよ。おかげで周囲の好感を集めるのは簡単でした」

「つまり、父上が次期国王を選定なされた今、私を利用する必要がなくなった――と？」

「平和ボケしているその頭で、ようやく理解されましたか」

大きく息を吐き出して心を落ち着けると、クリストファーは掴んでいた前髪から手を放す。金糸を思わせる髪にはクセなどつかず、さらりと額へ落ちた。

「三ヵ月後、次期国王として名を呼ばれるのは僕です。国の凶兆となりかねない兄上を、わざわざ王位に据えるわけがない。哀れですね。穢れた兄上は国からお払い箱にされるのですよ」

いい気味です――と、クリストファーは再び悪意がむき出しの嘲笑を浮かべる。

長年、弟に騙《だま》されていた。その真実はすでに風穴があいている心を深々と抉り、苦しみや悲しみといった感情を血のように滴《した》らせる。どんなに時間がかかっても、すれ違った関係はもとに戻せると信じていたのに……わずかな希望すら粉々に打ち砕かれ、ウィラードはきつく拳を握り締めた。

「いい加減にしないか、クリス。ウィラード殿下になんたるご無礼を……っ」

甥《おい》っ子の目に余る発言を聞いて、ついに黙っていられなくなったのだろう。グレアムの低く深みのある声が、剣呑《けんのん》な空気に包まれた廊下に響く。

年配の血縁者から諫《いさ》められても尚、クリストファーの口撃は止まらない。

「叔父上、なぜ僕が責められなければならないのですか？　物わかりが悪い兄上でも理解できるよう、事実を端的に述べたまでのこと。すべて、己の立場を弁《わきま》えていない兄上が悪いのですよ」

「クリス！　お前は、また……っ！」

「例の芋臭い婚約者の件もそうです。常に高潔であらねばならない王族が、どこの馬の骨か知れない庶民の小娘を城内に引き入れるとは――心の底から呆れ果てました」

話題の中心がエリスへと移り変わり、困惑に揺れていたウィラードの瞳が強い意志を取り戻した。

明確な反応を見せた兄に気をよくして、クリストファーの唇は更なる毒を吐き散らす。

「普通の聖花術師であれば、幻想花のコントロールなど容易いはず。しかし、あの小娘は僕の目の前で真紅の花を咲かせました。国教神様から授かりし聖なる御業《みわざ》で、第二王子を象徴する色を冒涜《ぼうとく》するとは、魔女疑惑をかけられたのも頷ける性悪さですよ」

普段のウィラードであれば、見え透いた挑発は右から左へ聞き流していただろう。けれど、愉悦混じりに笑う弟からエリスを手酷《てひど》く罵倒され、熱く燃え盛る感情が腹の奥底で首をもたげる。

それを〝怒り〟だと自覚するよりも早く、ウィラードは「違う！」と反論の声を上げた。

「エリスは国教神様から授かった御業を、他者の救済に役立てる素晴らしい聖花術師だ。真紅の花を咲かせてしまったのも、決して、お前の色だから貶めようとしたわけではない。彼女は生まれ持った体質のせいで、無意識に幻想花を咲かせてしまうんだ」

「なるほど、兄上はすっかり田舎娘に篭絡《ろうらく》されたようですね。実に情けない。あの礼儀知らずの庶民が素晴らしい聖花術師？　寝言は寝てから仰ってください。己の未熟さを体質のせいにして逃げる、この上なく役立たずな卑怯者《ひきょうもの》ではありませんか」

「――ッ、黙れ！」

吼《ほ》えるように叫んだウィラードの怒声が、広々とした廊下で反響する。

「二度と、私の大切な婚約者を侮辱するな。いくらお前でもこればかりは許さない」

猛獣の唸り声のような低い声で、初めて弟を脅しつけた。痛いくらいに拳を握り締めていなければ、腹の中でとぐろを巻く怒気に突き動かされ、その頬を力任せに殴り飛ばしていたかもしれない。

それだけ、エリスを悪く言われるのが我慢ならなかった。

(私はただの、ちっぽけな人間だ)

ウィラードは第一王子という立場に恥じぬよう、誠実な人間であろうと努力を重ね続けてきた。剣技を磨き、勉学に励み――成人してからは精力的に政治へ参加した。そんな彼を知る多くの者は、口を揃えて「第一王子は強いお方だ」と褒め称《たた》える。

周囲からの賞賛は王族の誇りだ。されど、ウィラードという一個人からしてみれば、とてつもない重荷になる時もある。特に辛かったのは呪われた直後だ。両親や、従兄のマリオン。側近を務める幼馴染のジュダまでもが、「ウィラードなら大丈夫だろう」と無条件に信じきっていたからだ。

(得体の知れない呪いに侵され、本当はずっと恐ろしくて堪らなかった。未来を悲嘆した私が、夜も眠れないほどの不安に苛まれていたなんて……誰も、想像すらしていないだろうな)

呪いで半獣化したまま、この先の人生を過ごすのは嫌だ。すべての自由を奪われ、死ぬまで存在を隠されるかもしれない。こんなことになるのなら、王子になんて生まれるんじゃなかった……と、弱い自分は本気でそんなことを考えた。あの時は、それくらい冷静さを欠いていたのだ。

表面上は気丈に振る舞っていても、弱音と自己嫌悪が渦巻く心はボロボロで、いつ折れてもおかしくはなかった。悲しくて、苦しいのに、自ら助けを求めることは許されない。そうして、いきなり閉ざされた将来に絶望していた時——エリスという、眩い希望の星と巡り合った。

（誰も知らない私の苦悩を、彼女がすべて晴らしてくれた）

こうして人間の姿に戻れるのも、呪いを無効化する体質の彼女が口づけをしてくれるおかげだ。この世に存在しない解呪の福音の制作依頼も、彼女が迷わず引き受けてくれたので、ようやく自分は平常心を取り戻せた。実際に福音が完成するかどうかは関係ない。全力で呪いを解こうと奮闘するエリスの姿が、後ろ向きになりかける自分をいつも救ってくれるのだ。

「なにを一人で熱くなっているのやら。単なる軽口を本気にするとは兄上の頭は単純ですね」

クリストファーは一切動じた素振りも見せず、「やれやれ」と芝居じみた仕草で肩を竦めた。

「ともかく、低俗な庶民の小娘が視界に入るのは不愉快です。早急に関係を清算して、さっさと城外へ放り出してくださいませんか？」

「クリス。お前はまだ、そのようなことを……っ」

先ほどの忠告を無視して、エリスを軽んじる発言を続ける弟に、怒りの炎で理性が焼き切れそうになる。だが、考えなしに怒鳴りつけても意味がない。どうにか落ち着いて話し合わなければと、更に強く拳を握り締め、ウィラードが込み上がる激情を堪えていた時である。

一歩前へ歩み出たグレアムが、折り目正しく頭を下げてきたのだ。

「ウィラード殿下。場所も弁えず騒ぎ立ててしまい、誠に申し訳ございません。クリスには私からきつく言って聞かせますので、平にご容赦ください。ただ……古くからエリスを知る者として、僭越《せんえつ》ながら申し上げます」

ゆっくりと姿勢を戻した紅の枢機卿は、ずれた片眼鏡《めがね》の位置を直して己が意を示す。

「王侯貴族の生きる世界は甘くありません。庶民出身のあの子にとっては、非常に生きづらい場所となるでしょう。どうかエリスが傷つく前に、彼女との婚約を白紙に戻してはいただけませんか？」

マリオンから事前に聞いた話によると、紅花枢機卿グレアム・エイボリーは、工房リデルの主ギーゼラ・バッツドルフと同期の友人らしい。頻繁に工房へ通っていたグレアムからしてみれば、長きにわたって親愛の情を育んできたエリスは、実の姪《めい》のような存在になっているのかもしれない。

グレアムが自分達の婚約に反対する理由は、難癖をつけたいだけのクリストファーとは違う。分別のある大人の真っ当な意見だ。しかし、こちらにも譲れない一線がある。

「申し訳ありませんが、エイボリー殿の要望は承服致しかねます。私の婚約者はエリス・ファラーでなければ意味がないのですよ」

「宮廷聖花術師を頼れない今、あの子が解呪の福音の制作を受諾したからでしょうか？　依頼の件でしたらご心配なく。エリスがもとの暮らしに戻れるのであれば、ギーゼラが正式に研究を引き継ぐと申しておりました。弟子の将来を案ずる工房主の気持ちをどうかご理解ください」

「お心遣いに感謝致します。しかし、私が依頼を任せられる聖花術師も、エリス・ファラー以外は認められません。そもそも、福音作りと婚約は無関係です」

昨夜、ふと目を覚ませば――同じベッドで横になっているエリスが、声を殺して泣いていた。

思い通りにならない現状への小さな嘆き。懸命に止めようとしているくぐもったしゃくり声。涙を拭う衣擦《きぬず》れの音や、マットレス越しに伝わる身体の震えなど。眠っているふりをしながら感じ取ったすべてに、胸が引き裂かれて呼吸の仕方を忘れた。

(寝不足でできた隈も、泣いて赤みが残った目元も……全部、私の責任だ)

呪いを無効化する特殊体質のエリスであれば、もしかしたら解呪の福音が作れるかもしれない。

そんな安易な考えのもと、自分は彼女に解呪の福音作りの依頼をしてしまった。当初は最善策だと信じて疑わなかったが、日を追うごとに衰弱するエリスの姿を見て、己の判断は間違いだったと遅すぎる後悔が胸中を蝕む。なんでも願いを叶えてくれる彼女に、我知らず依存していたのだ。

(これ以上、エリスが苦しむ姿は見たくない。彼女が泣きやんでくれるのなら、自分は一生呪われた姿のままでいよう……と、思ったんだけどな)

居ても立ってもいられず、飛び起きて「もういいんだ」と伝えようとした。その直前に、エリスは確かに呟いたのだ。「絶対に、諦めない」と。その言葉を聞いた途端、心臓が痛いくらいに締めつけられ、なぜか自分まで涙が零れそうになった。

(エリスが解呪の福音作りを諦めずにいてくれるから、私も人間に戻る夢を捨てずにいられる)

困難に直面して深い絶望へ突き落とされても、自力でどん底から這《は》い上がり、人助けという目標へ向かって真っ直ぐに駆けてゆく。出会った当初から変わらない、他者を慮るひたむきな行動力は、なによりも強く輝いて見えて——気がつけば、どうしようもなくエリスに惹かれている自分がいた。

だが、彼女の献身に甘えてばかりはいられない。今度は自分が大切な婚約者の支えとなるのだ。

「この際なので、はっきりさせておきましょう。私には無垢な少女を弄ぶ下卑《げび》た趣味はありません。

これから先の人生を共に歩みたいと思った。故に、エリスへ婚約を申し込んだのです」

グレアムの緋色《ひ》の双眸を真っ向から見据え、ウィラードは真摯な口調で告げる。

「つまり、ウィラード殿下は今後もエリスを手放す気はないと？」

「エイボリー殿は私達の婚約を、遊びかなにかと勘違いされているのでしょうか？　もし、そうであるのならば……あまり見くびらないでいただきたい。エリス・ファラーは優秀な聖花術師であり、私が愛してやまない最高の女性です。彼女を幸せにする役目は、他の誰にも譲るつもりはありません」

毅然《きぜん》と言い放たれた言葉に、グレアムは狼狽《ろうばい》した様子で息を吞む。

堂々たる宣言を終えたウィラードは、「話は以上です」と強制的に会話を打ち切った。

「では、お先に失礼します。花嫁修業に励む健気《けなげ》な婚約者を迎えに行かねばなりませんので」

上着の裾を悠然と翻し、ウィラードは軍靴の重い音を響かせて歩き出す。彼の後ろには黙して護衛に徹するジュダが続く。去り行く二人の背中を、クリストファーは何事か言いたげに睨んでいたが
——……結局、赤の王子はなにも言わずにギリッと奥歯を嚙み締めた。

✿…………✿…………✿

寝不足のよく回らない頭で、エリスはどうにかこうにか花嫁修業を終えた。講師役を務める第二王妃のナターシャへ別れの挨拶を済ませ、控えの間で迎えがくるのを待っていると——驚くべきことに、ひょっこりとウィラードが姿を現した。

青の王子曰く、「君に見せたいものがあるんだ」とのこと。本来なら、速攻で蒼の宮殿に戻って調合を開始する予定だった。けれど、珍しく強引なウィラードから、「きっと気に入るはずだから」と押し切られてしまい……エリスは渋々ながらも、突然の寄り道に付き合うことにした。

(私に見せたいものってなんだろう?)

普段は通らない外回廊を、ウィラードと共にゆったりと歩く。

白の宮殿を出る前に口づけを済ませたので、途中で解呪の効果が切れる心配はない。少し離れた後方にはジュダの姿もあるので、身の安全も確保されている。

(こうしていると……まるで、デートみたい)

身につけているのは、豪奢なドレスときらびやかな宝飾品の数々。亜麻《あま》色の長い癖毛をハーフアップにして、春らしいピンク系のメイクが施されたエリスは、すっかり垢抜《あかぬ》けた風貌をしている。見た目だけなら、貴族のご令嬢と比べても遜色はないだろう。

そんなお姫様のような格好で、ウィラードと軽く腕を組みエスコートをされている。

高いヒールの靴は慣れていないので、歩調を合わせてくれる気遣いが嬉しい。よろけそうになってもすかさず支えてくれる力が逞《たくま》しくて、いつもの自分だったら込み上がる羞恥心に耐え切れず、大量の幻想花を咲かせていただろう。

(不思議。ウィラード様とくっついているのに、全然ドキドキしない)

花嫁修業に出かける前は、睡眠不足のせいで予定をキャンセルされないように、普段通りの自分を懸命に演じていた。しかし、空元気《から》を出す気力も尽きてしまったらしい。先ほどから眠気と疲労が脳を浸食して、ふわふわと雲の上を歩いているような感覚に陥っている。

それでも、解呪の研究を休むつもりはない。陽が高いうちに、新しく用意してもらった種を花壇に蒔かなければ。土の栄養を保つために肥料を配合する必要もある。福音で使用する花を摘んだり、デザインの細部を修正したり——と、やるべき仕事は山積みだ。

「結構歩いているけど、足は痛まないかい？」

エリスが脳内で今後の予定を整理していると、頭一つ分高い位置から、ほどよく低い声が降ってきた。ビクッと微かに肩を震わせると同時に、思考の海に沈んでいた意識が急浮上する。

（……私、最低だ）

ウィラードは「君のために」と、この寄り道を計画してくれた。それなのに自分ときたら、さっきから「早く帰りたい」としか考えていない。誘いを受け入れてついてきた以上、とてつもない失礼にあたる行為だ。白紙に落ちたインクのように、どす黒い自己嫌悪が心をじわじわと蝕む。

その間にも、ウィラードは穏やかな声音で話しかけてくる。

「エリスは羽のように軽いのだから、もっと私に寄りかかっても大丈夫だよ」

「お気遣いありがとうございます。足はまだ問題ありませんので、痛みが出始めたらお言葉に甘えさせていただきますね」

「君は本当に謙虚な子だね。では、今回は私が甘えさせてもらおうかな」

えっ……と、思った刹那《せつな》。少々強引に腕を引かれ、完全にウィラードと密着してしまう。

「この時期の外回廊は少し寒いからね。体調を崩して政務が滞ると困るから、エリスさえ嫌でなければ、そのまま私に寄り添っていてくれないかな？　君の体温はとても心地がいいんだ」

確かに、歴史を感じさせる石造りの外回廊は冷気が溜まりやすい。しかし、柔らかな春陽が降り注ぐ日中は、日陰にいてもぽかぽかと暖かかった。更に言えば、現在のウィラードは普段着の上に、大きなフードつきの白いローブを羽織っている。

ローブと言っても野暮ったいデザインではない。青い裏地が爽やかな印象を与える、優美な金糸の刺繍が細部まで施された、正装に値する立派な代物だ。人前で解呪の効果が切れた際、取り急ぎ耳と尻尾を隠す保険として、ウィラードが外出時のみ着用している品である。

（私より厚着をしているのに、寒いなんて嘘だよね）

だけど、今更距離を取って雰囲気をぶち壊しにするのは気が咎める。「早く帰りたい」と思った贖《しょく》罪《ざい》の気持ちも手伝って、エリスはなにも言わずされるがままになった。

しばらく二人で寄り添って歩いていると、不意にウィラードが足を止めた。

「着いたよ」

柔らかく告げられた一言に、我知らず俯けていた顔を上げると、

「うわぁ……っ！」

思わず、感嘆の声を漏らしてしまった。

眼前に広がっているのは、王城の中央に位置する広大な中庭だ。春特有の低木と芝生の淡い緑が目に優しい。凝った彫刻が施されている花壇では、色とりどりの花が咲いている。どの位置から眺めて

も絵になる美しさは、並大抵の庭師の腕では作り出せないだろう。

中でも目を惹かれたのは、中庭のあちらこちらに植えられている木だ。蒼穹《そうきゅう》を背景に大きく枝垂《しだ》れて咲いているのは、小さな綿毛を思わせる愛らしいミモザ。満開の黄色が春風に揺れる光景は、呼吸すら忘れるほどの圧倒的な美しさだった。

「段差があるから足元に気をつけて」

夢心地のままウィラードにエスコートされて、エリスは回廊から中庭の遊歩道へと降り立つ。

護衛のジュダは回廊に留《とど》まり、中庭の奥まではついてこなかった。もしかしたら、事前にウィラードから待機命令が出ていたのかもしれない。それでも見晴らしのよい場所に立ち、中庭全体へ鋭い視線を巡らせて警戒に励む姿は、己の職務に忠実なジュダらしいと感じた。

「いつも通っている回廊からは、あまり中庭の景色が見えないだろう？　だから、今日は少し遠回りをして、この場所にエリスを連れてきたんだ」

白いタイルが敷かれた遊歩道を進めば、一際大きなミモザの木の下へと辿り着く。

さやさやと風が吹く度に立派な枝葉が揺れて、黄色の花がふわりと軽やかに宙を舞う。ゆっくりと空から降ってくるミモザに目を細めつつ、ウィラードは密着していたエリスの身体を解放した。

「懐かしいな。久しぶりに訪れたけど、昔見た風景のままだ」

「ここに、なにか特別な想い出があるんですか？」

傍らに立つウィラードを仰ぎ見て尋ねると、彼は温和な笑顔で首肯する。

「幼い頃は気分が落ち込むと、この木の下でぼんやり過ごしていたんだ」

「少し意外です。ウィラード様なら、どんな悩みも一人で解決してしまいそうですけど……」

「そんなことはないよ。王族といえども一人の人間だからね。嫌なことがあれば逃げたくもなるし、弱音だって吐きたくもなるさ。当時は『自分だけの憩いの場』って決めていたから、誰かをこの場所に連れてきたのはエリスが初めてなんだよ」

穏やかな口調で昔語りをするウィラードは、木の幹を愛おしそうに撫でている。その優しい手つきを見ているだけで、この場所が彼にとって大切な宝物なのだとわかった。

——と、同時に。心の中で奇妙な疑問が湧き起こる。

「どうしてウィラード様は、私をここに連れてきてくださったのですか？」

従兄のマリオンでもなければ、幼馴染のジュダでもない。出会って間もない庶民の小娘が、青の王子の秘密のオアシスに初めて足を踏み入れるなんて、恐れ多くて震えが走りそうだ。

おずおずと質問をすれば、「ふふっ」と吐息混じりに微笑まれる。

「深い意味はないよ。私の大好きな場所を、エリスに紹介したくなったんだ」

ほら、見てごらんよ——と、ウィラードはエリスの肩に腕を回すと、小柄な身体を自身の胸元へ抱き寄せた。再びの急接近に驚いて目を瞠るエリスをよそに、青の王子は真っ直ぐ上空を指し示す。

「ここから見上げた空は、どこまでも高く澄んでいると思わないかい？」

反射的にウィラードの指先を辿ると、晴れ渡った空が視界に映し出される。

途端、エリスは小さく感嘆の息を漏らした。

（空って、こんなに青かったんだ……）

何気なく頭に浮かんだ感想にハッとする。

最近の自分は俯いてばかりで、味気ない地面しか見ていなかった。だからだろうか？　久方ぶりに抜けるような青空を目にして、胸の奥から温かな感動がとめどなく溢れ出した。

心を強く揺さぶられ、数輪の幻想花が空中で花開く。空の美しさに魅入っているエリスは、無意識に花を咲かせたことにも気づかず――喜色に満ちたパステルカラーの花弁はそよ風に乗って、可憐なミモザと共にひらりはらりと宙を舞う。

「どうだろう。気に入ってもらえたかな？」

不意にウィラードから耳元で囁かれ、エリスはビクリと身を震わせた。

未だに肩を抱かれている状態なので、ウィラードの吐息が甘く耳朶《みみたぶ》をくすぐる。先ほどは、彼と寄り添っていてもなにも感じなかったのに……なぜだか急に羞恥心が込み上がってきた。

（この変化はなんだろう？）

頬を微かに赤らめながらも、エリスはウィラードの問いに何度も頷く。

「すごいです！　本当に空がどこまでも澄み渡っていて、私の気持ちも晴れやかになりました」

事実、心を覆っていたモヤが消えてなくなった。ずっしりと重怠《おもだる》かった身体は軽くなり、喉に感じていた閊《つか》えのようなものも取れ、胸いっぱいに吸い込んだ新鮮な空気が美味しい。

「幼い頃のウィラード様が、ここを憩いの場に選んだ理由にも納得です。花と緑に囲まれた、空がとても綺麗に見える場所ですもん。今の時期は満開のミモザも楽しめて、私もすっかり癒されてしまいました。大切な想い出の場所を教えてくださってありがとうございます」

心からの感謝を述べたエリスは、花の蕾《つぼみ》が綻ぶようにふわりと微笑む。

婚約者が零した可憐な笑顔につられて、ウィラードも涼やかな目元を優しく眇めた。

「やっぱり、エリスには笑顔が似合うね」

「え？」

「気分が落ち込むと目線まで下を向きがちになる。そんな時は、こうして空を見上げるのが一番なんだよ。狭くなっていた視野が広がると、自ずと気持ちも上向いて、勝手に悩みが解決することだってある。なんの根拠もない私の持論だけど、あながち間違いではないと思うんだ」

ぱちくりと翡翠の瞳を瞬かせたエリスは、「もしかして」と一つの可能性を導き出す。中庭へ連れ出した理由に、深い意味はないと言っていたけれど——あれやこれやと苦悩を抱え、俯いて暗い日々を過ごす自分を、ウィラードはずっと見守ってくれていたのかもしれない。

この美しい光景は、無言の〝励まし〟なのだろう。

あえて直接的な言葉にはせず、心にそっと訴えかけてくる手法からは、ウィラードらしい思いやりが感じられる。喜びの波が緩やかに全身へ広がり、「幸せだなぁ」と胸の中でぽつりと呟く。

「ところで……」

不意に、エリスの肩を抱いていた腕が離れる。

見ればウィラードは、ミモザが咲いている細い枝を手折っていた。

「エリスは国の南東に位置する、エマニュエル領独自の習慣を知っているかい？」

これまた、随分と唐突な質問だ。

エリスは若干訝《いぶか》しみながらも、該当する知識を記憶の中から引っ張り出す。

「確か、愛の告白をする際にミモザの花束を贈るんですよね？　ミモザの代表的な花言葉が【秘密の恋】なので、これまで身の内に秘め続けていた想いを相手に受け取ってもらい、正式なお付き合いへ昇華させる、とてもロマンチックな伝統だと書物で読んだことがあります」

「正解。それじゃあ、少し動かないでいてくれるかな」

「？　はい、わかりました」

少しだけ強い風が吹き抜けて、ドレスの裾と髪の毛先がふわりと揺れる。

まるで黄色い雪のように、ふわふわとミモザの花が舞い散る中。困惑に揺らぐ眼差しでウィラードの整った顔を見上げていると、徐に彼の腕が伸びてきて、摘んだばかりのミモザの花を左耳の上へ丁寧に差し込まれた。エリスの明るい亜麻色の髪に、ミモザの愛らしい黄色がよく映える。

「うん、思った通りだ。とても似合っているよ」

「あ、ありがとう……ございます……」

率直な褒め言葉に、頬がじんわりと熱くなった。

花に囲まれて日々の生活を送る聖花術師。そのため、贈り物は意識して他の物品が選ばれる。師匠のギーゼラは、あえて記念日を福音で祝ってくれるが――エリスが異性から花をプレゼントされたのは、ウィラードが生まれて初めての相手だった。

思いがけない最高の贈り物に、喜びの感情が炭酸水のように胸の内側で弾《はじ》ける。

「これは、私の決意の証《あかし》なんだ。今は小さな髪飾りだけど、いつかエリスの心に私への恋心が芽生え

たら……もう一度この木の下で、今度はミモザの花束を贈らせて欲しい」

「――っ！」

「改めて宣言するけど、私は君をお飾りの婚約者にするつもりはない。ちゃんと恋愛をして、世界で一番幸せな花嫁にしてみせる。無論、そのための努力は惜しんだりしないよ。変なこだわりだと笑ってくれて構わないが、迷惑だろうか？」

ウィラードの予想外な告白に、エリスの心臓がバクンと一際大きく跳ねた。

あっと思った時には堪える間もなく、茜色《あかね》の幻想花が空中で次々と開花してゆく。

また、花を咲かせてしまった……なんて、考える余裕などなかった。宙を漂う幻想花よりも鮮やかな赤に頬を上気させ、エリスは喘《あえ》ぐようにはくはくと唇を戦慄《わなな》かせる。底知れぬ羞恥心に耐え切れず、ついに小さな両手で顔を覆った彼女は、しばらくしてか細い声を喉の奥から絞り出す。

「……め、迷惑だなんて……そんなこと、ありません……」

いくら口づけの責任を取ると言っても、天と地ほどの身分差がある婚約だ。

自分のような庶民の小娘を婚約者にして、ウィラードは本当に後悔していないのだろうか？　そんな疑問が、ずっと心の片隅に引っかかっていた。

（ウィラード様は、私との未来を真剣に考えてくださっているんだ）

そう実感すると鼓動が熱く脈打ち出す。ただ単に、見目麗しい異性から甘い言葉を囁かれ、場の雰囲気で心臓が高鳴っているのか？　それとも、相手がウィラードだからときめいてしまうのか？

恋愛経験が皆無なエリスには、さっぱり判断がつかなかった。

（だけど、いつまでも曖昧《あいまい》な態度を取るのはダメだよね）

疲弊しきった自分を気遣い、こんなにも素敵な寄り道に誘ってくれた、どこまでも心根の優しい青の王子様。そんな彼との行く末を、成りゆき任せにだけはしたくない。

これから彼と、どのような関係を築いていきたいのか？　本気で考える時が訪れたようだ。

（あれ？）

不意に、エリスは小さな違和感に気づく。

（ウィラード様がミモザの花束をくれるのは、私に恋心が芽生えた時なんだよね？）

花束をくれる時点で、二人は両想いになっていなければおかしい。では、ウィラードの恋心はいつ芽生えるのだろう？　もし、恋心の芽生えを待たなくてよいのだとしたら、彼はすでに——と、あと少しでエリスが核心に触れかけた時だ。

「きゃっ！」

顔を覆っていた手をウィラードに掴まれ、強い力で彼の胸元へ抱き寄せられる。ウィラードらしからぬ強引さに驚いて、エリスが目を白黒させていると、近くの低木がガサガサと大きく揺れ……次の瞬間、綺麗に整えられた枝葉を勢いよく突き破り、黒装束を纏う三人の男達が現れた。

全員がフードを目深にかぶり、口元をマスクで覆っている。手にしているのは昼下がりの中庭に似つかわしくない、刀身が大きく反った特徴的な剣。一目で暗殺者だとわかる物騒な出《い》で立《た》ちに、エリスの全身にゾクリと怖気《おぞけ》が走った。

急激に恐怖心が膨らんだせいで、辺りを漂っていた幻想花も一斉に萎んで消えてゆく。

「危ないから、私の背中に隠れているんだよ」

白昼の襲撃者に怯えるエリスを背後へ庇い、ウィラードが自身のローブの裾を払う。流れるような所作で剣帯から剣を引き抜いた彼は、無言で襲いかかってきた男と激しく斬り結ぶ。

「殿下、参上が遅れて申し訳ありません！」

回廊で待機していたジュダも駆けつけ、主に迫る二人の男を同時に相手取る。目にもとまらぬ速さで使い込まれた長剣を真横に薙《な》ぐと、男達は軽い身のこなしで刃を避け、今度は同時に三日月刀を突き出す。眼前に迫る二本の剣先を返す刀で弾き飛ばし、ジュダは素早く刀身を振り下ろしたが、その斬撃も服を掠めるだけに留まり、暗殺者達は無傷で回避してしまう。

二対一で不利な戦いかと思われたが、蒼華騎士団を束ねる長の力は伊達《だて》ではなかった。幾度も繰り出される重く鋭い攻撃が、確実に暗殺者達を追い詰めてゆく。ウィラードの方も危なげない剣捌《さば》きで、手練《てだ》れの暗殺者と互角に渡り合っている。

しかし、危険な状態が続いている事実は変わらない。

(ど、どうしよう⁉)

ウィラードの背中に守られているエリスは、蒼白の顔色で小刻みに震えていた。

城内は常に、当番の騎士が何組も巡回している。衛兵も至るところに配置されているため、不審者に遭遇したら迷わず逃げて、彼らへ助けを求めるのが最善策だ――と、蒼の宮殿で暮らし始めた当初に、ジュダから緊急時の対処法を教わっていた。

けれど、暗殺者に襲撃された恐怖で足が竦み、助けを呼びに行くことができそうにない。口を開いても喉の奥で声が詰まり、悲鳴を上げることすら叶わなかった。

（……誰か、助けて……っ！）

エリスの胸中で悲痛な叫びが響いた——次の刹那、急に殺気を向けられて呼吸が止まる。大きく見開かれた視線の先では、暗殺者の一人が懐から取り出したナイフを投げていた。標的が自分に切り替わったのだと理解した途端、頭の中に【死】の一文字が浮かび上がる。

為す術《すべ》もなくエリスが立ち尽くしていると、眼前で白刃がひらめいて甲高《かんだか》い金属音が耳を打つ。

ウィラードの神がかった剣筋が、エリス目がけて投擲《とうてき》されたナイフを弾き飛ばしたのだ。

「どうした？　私はまだ倒れていないぞ」

エリスを狙った暗殺者を、ウィラードが凍てついた眼差しで睥睨《へいげい》する。

「私が生きている限り、彼女に指一本たりとも触れさせはしない」

即座に強く地面を蹴ったウィラードは、ナイフを投げた暗殺者に猛攻をしかけた。

先ほどよりも激しい剣戟《けんげき》の音が、麗らかな昼下がりの中庭に反響する。ウィラードの怒りを買った暗殺者は防戦一方となり、ジュダと戦っている二名も洗練された騎士の剣技に圧倒され——やがて、後方へ大きく飛びすさった三人の暗殺者は、素早く目配せをして逃走を選択した。

「ジュダ、急いで奴《やつ》らを追ってくれ！」

ウィラードから鋭く命じられたジュダは、「はっ！」と応じて疾風のごとく駆け出す。

剣を鞘《さや》に収めたウィラードは、振り向くと同時にエリスを強く抱き締める。

「怖い目に遭わせてしまったね。怪我《けが》はないかい？」

戦闘中の殺気立った姿が嘘のようだ。眉をハの字に垂らしたウィラードは、エリスのまろい頬へ右手を添える。獣耳が生えている状態なら、ぺたりと後ろへ倒れているだろう。

エリスは咄嗟に「平気です」と答えようとしたが、命を狙われた恐怖はそう簡単に拭い去れない。血色が悪くなった唇をはくはくと動かし、浅く速い呼吸をするだけで精一杯だった。そんなエリスの痛ましげな状態を見て、更にしっかりと、ウィラードは彼女の小さな身体を抱き締める。

「もう大丈夫だよ、エリス。私が側にいるから安心して」

鼓膜を震わせたのは、普段と変わらない落ち着いたテノールボイス。

広い胸元に抱き込まれ、震えが止まらない背中を優しく撫でられる。ウィラードの体温に包まれながら、服越しに彼の鼓動を聞いていると、恐怖で凍りついた心がじんわりと溶け始めた。

やがて、騒ぎを聞きつけた巡回の騎士が、あちらこちらから駆けつけてくる。

彼らに現状の説明をしている最中も、ウィラードは腕の中のエリスを決して離さなかった。

✖……………✖……………✖

宵闇に包まれた第一王子の寝室。

柔らかな布団の中で、エリスは身を丸めてカタカタと震えていた。

(どうしよう。今夜も、眠れない……)

昼間に自分とウィラードを襲撃した暗殺者は、ジュダの追跡を振り切って姿を消したそうだ。現在も蒼華騎士団が中心となり、夜通しの捜索が続けられているが、未だ捕縛の報告は齎《もたら》されていない。

(手がかりは、ウィラード様が弾き飛ばしたナイフだけだもんね)

城下町まで捜査の手は伸びているが、ジュダが見失うほど逃げ足が速いのだ。すでに王都を出奔している可能性もあるため、暗殺者達が捕らわれる確率は低いだろう。

蒼の宮殿は主の命が狙われたとあって、厳戒態勢が敷かれている。今だって、ジュダが鍛え上げた蒼華の騎士が夜警にあたっているが、それでもエリスは恐ろしい想像をしてしまうのだ。警備の隙を突いて、再び暗殺者達が目の前に現れるのではないか——と。

(……っ!)

目を閉じると、自分目がけて飛んでくるナイフを思い出してしまう。ウィラードの反応が一瞬でも遅ければ、研ぎ澄まされた白刃の餌食《えじき》となり、今頃はこの世にいなかったかもしれない。

魔女として教会の地下牢に捕らえられた際は、処刑を待つ身であっても悲観せずにいられた。むしろ、「絶対に生き残ってやる!」とやる気をみなぎらせていたほどである。なぜなら、〝無実の証明〟という切り札を持っていたからだ。

けれど、今回は違う。処刑と暗殺。同じ命の危機であったとしても、純粋な武力を前にすれば自分など無力でしかない。対処法がなに一つ存在しないからこそ、魔女疑惑をかけられた時とは比べものにならない恐怖が、いつまでも胸の奥深くで渦巻いているのだ。

(……もう、いやだ。怖いよ……!)

エリスが耐え切れず、心の中で弱音を漏らした時だった。

「昼間、あんなことがあったから眠れないよね」

吐息混じりの小さな声が聞こえて、ビクッと大袈裟《おおげさ》なほど肩が跳ねる。

もぞもぞと右側に寝返りを打てば、暗闇に慣れた瞳がウィラードの姿を捉えた。

いつもはベッドに入ると、お互い端に寄って背中を向けて寝入っている。エリスは今夜も左端に寄っているが、ウィラードはベッドの真ん中で横になり、静かに彼女の様子を見守っていた。

「こっちへおいで。眠たくなるまで、なにか話でもしよう」

「で、ですが……」

「安心して。エリスの嫌がることはしないと国教神様に誓うよ。だから、ね？　せっかく一緒にいるのだから、こんな時くらい私を頼って欲しいな」

布団を捲《まく》ったウィラードは、自分の隣をポンポンと手のひらで叩く。

(同じベッドを使ってる時点で、女性らしい慎みとか考えてもムダ……だよね)

せっかくの好意を無下にするのも失礼だ。一人で恐怖心と戦うのも限界だったので、エリスはシーツの海を這ってウィラードの隣へと移動した。

「手を貸してごらん。恐怖は身体を冷やすから、ちゃんと温めないと眠気も訪れないよ」

返事をする前に両の手を取られ、男らしい大きな手のひらに包まれる。

恐怖に凍えていたのは心だけではなかったようだ。ウィラードの指摘通り、肉体も芯まで冷え切っていた。彼の手から分け与えられる温もりに、エリスは我知らずほうっと安堵の息をつく。

「思った以上に冷えているね。……ごめん。こんなことなら、もっと早く声をかけるべきだったよ。

半獣の体温は人間よりも高いから、湯たんぽ代わりになれるだろう？」

そこでわずかに逡巡《しゅんじゅん》する間を置いて、ウィラードが「少し失礼するよ」と告げる。

エリスが怪訝に思っていると、足にふさふさの尻尾が巻きついてきた。爪先まで冷たくなっていたので、嬉しい心遣いだったが――どうしても〝例の件〟が気になってしまう。

「ウィラード様、色々とご配慮いただきありがとうございます。でも、尻尾になにかが触れるのはくすぐったいんですよね？　私なんかのためにムリはしないでください」

「自分の意思で動かす分には問題ないよ。それより、『私なんか』とは聞き捨てならないな。出会った当初から感じていたけど、エリスは自分という存在を過小評価しすぎているよ」

「そ、そんなことありませんよ。私が落ちこぼれの聖花術師なのは事実ですから。むしろ、私に対するウィラード様の評価が高すぎると思うんですけど……」

「いいや、適正な評価だ。エリスは花祝の儀に参加するだけの実力がある。本当に君が落ちこぼれだとしたら、そもそも教会から招待状は届いていないはずだろう。違うかい？」

ぐずる幼子を諭すように問われ、エリスは「うぐっ」と言葉に詰まる。

「一つだけ聞かせてくれないかな。君を落ちこぼれと呼ぶのはどこの誰なんだ？」

エリスの小さな手を優しくさすりながら、ウィラードが率直に切り出した。

宵闇に包まれた寝台の中。半獣化の影響だろう。ウィラードの瑠璃色の瞳が、淡く光っているように見える。彼と目を合わせたら最後、その神秘的な眼差しに魅入ってしまい――気がつけばエリスは、思い出したくもない苦々しい昔語りを始めていた。

「私は工房ラーシェルの主、デニス・マイフェルトの娘でした」

「！　教会が唯一、男性の工房主を許可している有名な工房じゃないか。優秀な聖花術師との間に子を儲《もう》け、娘のみ引き取って家族経営をしているようだけど……そうか、エリスはマイフェルト家の血を引いているのか。だけど、どうして過去形なんだい？」

「無意識に幻想花を咲かせてしまう体質のせいで、五歳の誕生日を迎えたその日に、父親から『不気味だ』と言われて捨てられたんです」

あまりに衝撃的なエリスの過去に、彼女の手の甲を熱心に撫でさすっていたウィラードの手が、ぴたりと動きを止める。彼の動揺がありありと伝わってくるが、一度動き出したエリスの唇は、堰《せ》き止めていた記憶を吐き出し続けた。

「正確に言えば、母親のもとへ送り返されたんですけど――顔も知らない母親はすでに亡くなっていて、母方の祖父が私を引き取って育ててくれました。〝ファラー〟の姓も祖父のものです」

「……そうだったのか……」

「祖父と一緒に暮らしていたのは小さな村で、畑を耕して細々と暮らしていました。ですが、五年前に流行《はや》り病で祖父が亡くなり、私も生死の境を彷徨《さまよ》いまして……。もうダメかと思った時、現在お世話になっている師匠に命を助けてもらったんです」

二人の王子を取り巻く派閥争いの関係で、最近は疎遠になってしまったギーゼラ。

五年前のあの日。旅の途中だった彼女が偶然村に立ち寄らなければ、自分は今頃、母親や祖父と同じ冷たい土の下にいただろう。

「師匠は村の人達に無償で治癒の福音を作ってくださいました。みんな、本物の女神様が降臨したのかと思って、とてもビックリしていたんですよ。だって、それまで苦しんでいた病人が次々に回復したんですから。あの時、師匠が使った福音以上の奇跡を、私は未だに見たことがありません」

多くの聖花術師は人命に関係する福音を作りたがらない。天に御座《おわ》す最高神が定めし命数の尽きた者は、どれだけ素晴らしい福音を使っても救えないからだ。

大抵の場合、依頼人は大切な者の死を運命だと受け入れられず、福音を作った聖花術師の能力を非難する。人殺し扱いを受けた聖花術師の名声は下がり、それだけ依頼の件数も落ち込むのだが――ギーゼラは工房の評判など気にせず、縁も所縁《ゆかり》もない村のために、たった一人で尽力してくれた。

中には失われた命もある。しかし、ギーゼラの献身を間近で見ていた村人は、誰も彼女を責めたりはしなかった。逆に、村の大恩人だと崇《あが》め奉る勢いで感謝したくらいだ。

「先ほどの質問にお答えしますね。私を落ちこぼれと呼んでいたのは、工房ラーシェルに関係するすべての人間です。父親に、腹違いの姉妹。工房に出入りする使用人にも馬鹿にされて――……当時の私は、聖花術師なんて仕事が大嫌いになりました」

父親の工房で暮らしていた時に浴びせかけられた言葉の暴力は、大人になった今でも、ふとした瞬間に思い出して辛くなる。毎日が地獄のようで、「どうして私を産んだりしたの？」と、記憶にすら存在しない母親を怨《うら》んだりもした。

「だけど……たとえ落ちこぼれだと後ろ指を差されても、聖花術師の道を歩みたいと思わせてくれる人と巡り合いました。それが、私や村の人達の命を救ってくれた師匠です」

「なるほど。バッツドルフ殿は私の命の恩人でもあるけれど、以前から率先して人助けをする人格者だったんだね。実に、素晴らしい巡り合わせだ」

「はい。困っている人に迷わず救いの手を差し伸べる、師匠のような聖花術師になるのが私の夢なんです。……いえ、夢だったと言うべきですね。今の私はウィラード様の婚約者なので、聖花術師の仕事は続けられなくなりますし」

「？　確かにエリスは私の婚約者だけど、夢を諦める必要がどこにあるんだい？」

予想外なウィラードの台詞に、エリスは「えっ？」と翡翠の瞳を瞬かせる。

「花の女神を信仰する国の第一王子が、聖花術師と婚約してもなんら不自然ではないだろう。立場上慈善活動になってしまうけど、公務を疎《おろそ》かにしなければ、聖花術師の仕事は問題なく続けられるよ」

「そうなんですか？　私はてっきり、聖花術師を辞めなくてはいけないと思っていました」

恐怖でかじかんでいた手はすっかり温かくなった。

大切に包んでいたエリスの両手を解放したウィラードは、彼女の背後へ徐《おもむろ》に腕を回す。正面から抱き込む形で、子供を寝かしつけるようにぽんぽんと背中を叩かれ、エリスは急速に頬を赤らめた。

その拍子で幻想花が咲いたのか、寝室内にほのかな花の香りが広がる。

「婚約者である私が、聖花術師としてのエリスを誰よりも頼っているのに、『仕事を辞めてくれ』なんて口が裂けても言えやしない。君の素晴らしい技術を独占しては、強欲の罪で天罰が下ってしまう」

「……そ、そんな。大袈裟です……っ」

「いいや、紛れもない事実だよ。依頼人の寄る辺となり、度重なる失敗にも挫けず、求められた福音が完成するまで努力を続ける。そんなエリスの存在に、私がどれほど救われているかわかるかい？」

旋毛《つむじ》の辺りに顔を埋められ、裏返った悲鳴を上げそうになった。しかし、小さな違和感に気づいたエリスは息を呑む。ウィラードの身体が微かに震えているのだ。

気遣い上手《じょうず》で、責任感もある。真面目《まじめ》すぎるが故にちょっぴり頑固だけれど、それ以上に優しくて慈悲深い。まるで、絵に描いたような王子様だと思っていたのに——今のウィラードからは、不用意に触れたら簡単に壊れてしまいそうな、脆く儚い雰囲気が漂っていた。

「ある日突然、人とも獣とも判断がつかない生き物に成り果て、私はひどく落ち込んだよ。だから、人間に戻る手がかりを求めて、独房に囚《とら》われていたエリスのもとを訪ねたんだ。濡れ衣を着せられた君なら、魔女に通じる情報を持っているかもしれない。そんな、わずかな可能性に賭けたんだ」

「すみません。なにも、お役に立てなくて……」

「それは違うよ。君は『解呪の福音を作って欲しい』という、この上なく難しい私の依頼を受けてくれた。更には、呪われた現状を隠し通すため、必要に応じて解呪の口づけまでしてくれる。今の私が以前と変わらずに振る舞えているのは、こうしてエリスが傍にいてくれるからなんだよ」

穏やかなリズムでエリスの背中を叩いていた手が、今度は彼女の長い髪を緩やかに梳く。

「君はどうして、そんなに優しいのかな？　いくら私の立場が一国の王子だとしても、こちらの要求をすんなりと受けすぎじゃないかい？　たまには、わがままを言ってもいいんだよ？」

「私が優しいなんて、勘違いですよ。花咲き体質というハンデがあるので、常に他人の顔色を窺って生きている、どうしようもない臆病者……それが、本当の私です。役立たずだと思われて、ゴミのように捨てられるのは……もう、嫌なんです」

「だったら、余計に本心を打ち明けてもらいたいな。私はなにがあっても、エリスを役立たずなんて思ったりしない。独特な花咲き体質だって、素晴らしい才能の一種だと私は考えているんだよ」

そこで一つ深呼吸をしたウィラードは、心底幸せそうに表情を綻ばせた。

「君の香りは私の心に安らぎを与えてくれる。いつも幻想花に囲まれているから、きっと、その残り香なんじゃないかな？　温かみのある甘さが胸に染み入る、とても優しい香りだ」

「私、そんな香りがしてるんですか？　改めて言われると、ちょっと恥ずかしいです」

「獣の嗅覚になった、私にしかわからない香りかもしれないけどね。……ここだけの話。呪われてからまともに眠れていなかったんだけど、エリスと夜を共にするようになってから、自分でも驚くほど寝つきがよくなったんだよ。普通は緊張して、余計に目が冴えるはずなのにね」

自嘲気味な言葉の響きに、エリスの胸が切なく締めつけられる。

勝手にウィラードを強い人だと思い込んでいたけれど、なんの前触れもなく奇妙な呪いに侵され、平然としていられる人間がどこにいる？　彼がどれほど心細い想いをしていたのか、ほんの少し想像力を働かせれば、簡単にわかったはずなのに……浅慮な自分が情けない。

「無意識に幻想花を咲かせてしまうのは、エリスの欠点ではなく個性だと思うんだ。現に私は幻想花の香りによって安眠を享受している。他の聖花術師と同じく、君から幻想花の香りが一切しなければ、私は今でも不眠の症状に悩まされていただろう。自覚はないだろうけど――私はずっと、エリスに救われ続けていたんだよ」

頭上から「ありがとう」と、慈雨のような声が降ってくる。たった一言の感謝が心の奥深くまで浸透したら――どうしようもなく、堪らない気持ちになった。喉がヒクリと震え、目頭が急激に熱くなる。最初の雫が頬を伝い落ちると、もう、溢れ出した涙を止められなくなった。

「ご、ごめん……なさ……っ」

急に泣き出したから、ウィラードを困らせてしまっただろう。そう思って、激しくしゃくり上げながら謝罪をすると、大きな手が背中を上下にさすってくれる。

呼吸がほんの少しだけ楽になると、ウィラードが耳元で柔らかく囁いた。

「今度は私がエリスの支えになる。辛いこと、悲しいこと――すべて、受け止めるから。独りで苦しまずに、目いっぱい泣いていいんだよ。私はどんな君でも絶対に捨てたりしない。……エリスのいない生活なんて、私の方が耐えられないんだ」

「……～っ！」

エリスがこれまでの人生で欲した言葉を、ウィラードは当然のように与えてくれる。

身も心も丸ごと包み込まれたような安心感から、余計に大粒の涙がボロボロと零れ――長年溜め込み続けていた苦悩まで、エリスはウィラードに吐露してしまう。

「わ、私……どんなに頑張っても、花を咲かせるのを我慢できなくて……。このままお傍にい続けたら、工房の評価を下げてしまった時のように、ウィラード様の立場まで悪くしてしまいます。だから、早く解呪の福音を完成させて……婚約を解消してもらおうと、考えていました……っ」

「うん」

「か……解呪の福音を作り出せたら、工房の名声も元通りになるはずです。そうしたら、師匠の信頼も取り戻せると思ったんですけど……でも、研究がうまくいかなくて……っ！　私が落ちこぼれなせいで、師匠と仲直りできないのは……絶対に、イヤです……っ」

途中で何度もつっかえながら、それでもエリスはひた隠しにしてきた本音を明かす。最低限の相槌《あいづち》だけ打っていたウィラードは、最後に「苦しかったね」と頬を流れる涙を指先で拭ってくれた。その手つきがあまりにも優しくて、すぐに新たな雫がぽろりと零れる。

泣き止まないエリスを胸に抱き込むと、今度はウィラードが静かに語り出す。

「ねぇ、エリス。無意識に花を咲かせてしまうのは、別に悪いことではないんだよ。私なりに教会法を調べてみたけど、該当する罪状は制定されていなかった。それもそうだよね。幻想花は天上界の花の幻影で、国教神様の寵愛《ちょうあい》を受けている証なんだから」

「でも……聖花術師なら、みんな幻想花のコントロールができます。私は普通じゃないから……不気味だって、お父さんに捨てられて……っ」

「それはあくまで、教会関係者の〝普通〟なんじゃないかな？　落ち着いて思い出してごらん。これまで出会った多くの依頼人は、君が突然花を咲かせても気にしなかったはずだよ。違うかい？」

ウィラードから優しく問われ、彼の胸元に顔を押しつけたままエリスは首を左右に振る。

指摘されて初めて気づく。只人《ただびと》である依頼人は、自分がいきなり幻想花を咲かせても、純粋に驚くだけで悪感情を抱いたりはしなかった。それどころか、子供達は宙を舞う花を見て大いにはしゃいでいたし、大人達の中には「これが天上界の花なのか」と感心する者もいた。

「聖花術師にとって、幻想花の制御はできて当たり前の技術なのかもしれない。だけど、一般人の感覚からしてみれば、幻想花を咲かせられる時点で〝特別〟なんだ。実際、地上では見られない天上界の花を目にしたら、ありがたく感じる人がほとんどだと思うよ」

それにね――と、柔らかな声音が宵闇に響く。

「特殊な体質であっても、エリスは花祝の儀に招待されたじゃないか。たくさん努力を重ねて、教会から功績を認められるほど、大勢の人々を福音で幸せに導いたんだね。私は他者の幸福のために力を尽くせる人間を、落ちこぼれだなんて思わない。誰がなんと言おうと君は一流の聖花術師だよ」

「……っ！」

「婚約の件だって白紙に戻すつもりはないからね。三ヵ月後に次期国王の発表を控えているけど、結果がどうであれ私はエリスを手放さないよ。だから、逃げようとしないでおくれ。私が生涯を共にしたいと乞い願ったのは、飾らないありのままの君なのだから」

エリスの肩口に顔を埋めたウィラードは、あたかも祈るように言葉を紡ぐ。

次第に、冷たい負の感情に浸《つ》かっていた心臓が温かく脈打ち出す。ウィラード・ルネ・ランドルリーベという人物は、その場しのぎの慰めは決して口にしない。今告げられているのは、すべて彼の本音だと実感できるからこそ、心に深く響いて素直に受け入れられる。

「バッツドルフ殿とは、改めて話し合いの場を設けよう。今は魔女騒動が起きて間もないからね。時間を置いて冷静になれば、彼女もエリスが被害者だとわかるだろう」

「それでも、師匠が許してくれなかったら……私はどうすればいいんでしょう？」

冷ややかな態度を取るギーゼラを思い出して、エリスは堪らずウィラードの胸に縋《すが》りつく。

怖い、こわい、コワイ。せっかく温もりを取り戻しかけた心が、再び絶望に閉ざされた闇へ沈みかける。けれど、縮こまって震えているエリスを、ウィラードは真綿のような優しさで包み込む。

「大丈夫。エリスが諦めない限り、関係修復の道は閉ざされたりしないよ」

「……なんで、そう言い切れるんですか？」

「私も弟とすれ違っているからね。どんなに嫌われたとしても、クリスはかけがえのない家族だ。また、以前のように二人で笑い合いたいから、仲直りの可能性を信じたいんだよ」

ウィラードの肩口に埋めていた顔を上げると、彼は眉尻を垂らして控えめに笑う。

（そっか。第二王子のクリストファー殿下は、一方的にウィラード様を嫌っているんだっけ。確か、次期国王を発表する時期が決まってから……だったよね？）

嫌われているとわかっていても、仲良くなりたいと思う気持ちはエリスにもよくわかる。

初めてできた妹弟子は、入門した当初から自分にだけ冷淡な言動を貫いていた。これまで、親しくなろうとあれこれ試行錯誤してきたが、すべて空振りに終わっている。

（それでも、私はイレーネと仲よくなりたい）

同じ工房に所属する仲間なのだ。円滑な人間関係を望むのは普通だろう。それに、自分は幼い頃から仕事一辺倒で、同年代の友達を作る機会がなかった。だから、夢を見てしまったのだ。花を愛《め》でる者同士、純粋に友情を育んでみたい——と。

こちらから歩み寄るのをやめなければ、いつの日かイレーネに気持ちが届く。多分、ウィラードも同じような想いで、弟のクリストファーと接し続けているのだろう。

「ウィラード様。私も、仲直りの可能性を信じたいです」

目尻に浮かんだ雫を手の甲で拭い、エリスは泣き腫らした顔でくしゃりと不格好に笑う。

イレーネとの仲を深める試みなど、全戦全敗の記録を更新し続けているのだ。ギーゼラとの関係修復も、何回失敗したって構わないじゃないか。自分達の絆《きずな》がもとに戻るのであれば、何度だって諦めずに、心の距離を縮める努力を重ねるしかない。

(そもそも、問題を解決する方法が間違ってたよね)

自分が解呪の福音作りに励んでいるのは、ウィラードから正式に依頼を受けたからだ。

呪われて困っている彼を救いたい。それが、最初に抱いた研究の動機だったはず。それなのに、途中からギーゼラに見直してもらう手段として、解呪の福音を利用しようとした。こんなどっちつかずな気持ちで、神聖な福音作りを行うなんて――……。

ウィラードとギーゼラ。二人共に、ひどく失礼なことをしてしまった。

(『聖花術師は依頼人のために、唯一無二の福音を作らなければならない』って、師匠が真っ先に教えてくれた。だから、解呪の福音はウィラード様だけを想って、誠心誠意作らないといけないんだ。……私って、本当に馬鹿だなぁ。依頼品を別の用途に利用したら、余計に師匠を失望させちゃうよ)

解呪の福音はウィラードのためだけに作る。もう、よそ見をして悩んだりはしない。完成を迎えるその日まで、この新たな決意を貫いてみせる。

それが、ギーゼラから伝授された聖花術師の正しい在り方でもあった。

(師匠はいつだって、真心を込めて私を導いてくれた。今度は私が心を砕いて、師匠の気持ちを動かす番だ。もう、仲直りの方法を間違えたりしないわ)

ウィラードが指し示してくれた和解の道は、確実にわだかまりを解消させるものではないが――この一週間、エリスが独りで抱えていた苦しみや悲しみを、希望という温もりで溶かしてくれた。荒ぶっていた気持ちが凪《な》ぐと、安心感から更に頬が緩んで笑みが深まる。

「やっと、エリスらしい笑顔が見られた」

その時。乱れた前髪をサラリと横に流され、ウィラードの両手が頬に添えられた。

瑠璃色の瞳に至近距離から見つめられ、じわじわと顔に熱が集まり出す。急にどうしたのだろう？戸惑ったエリスが疑問を口にする前に、青の王子はとろけんばかりの笑みを満面に湛えた。

「最近の君は作り笑いばかりしていただろう？　私はエリスから本当の笑顔を奪ってまで、呪いから解放されたいとは思わない。たとえ普通の人間に戻れたとしても、その過程で君の心が壊れてしまったら、私も二度と笑えなくなってしまうからね」

「ウィラード様……」

「バッツドルフ殿の件も同じだ。自身を蔑《ないがし》ろにしてまで事を急いてはいけないよ。いつか元通りの関係に戻れたとしても、ボロボロになったエリスを見たら、君の師匠は心を痛めてしまうだろう。だから、今後は無理をする前に相談をしておくれ。――これは、私からのお願いだ」

有無を言わさぬ〝命令〟ではなく、選択の余地を残した〝お願い〟という点がウィラードらしい。

彼の柔らかな思いやりに触れる度、不思議と満ち足りた気分になる。

「私は楽しい時間だけ、エリスと過ごしたいわけではないんだよ。悲しい時や、辛い時……どんな状況でも君の隣で寄り添っていたい。二人一緒なら乗り越えられない困難はないし、幸せな気持ちは二倍になるはずだからね」

泣き腫らした目元を、親指の腹でそろりと撫でられる。泣いたばかりでひどい顔をしているはずなのに、真っ直ぐこちらを見つめるウィラードからは、わずかな嫌悪も見受けられない。

彼はただひたすらに、自分の虚《うつ》ろだった心へ慈愛の気持ちを注いでくれる。

「私は、エリスの花咲くような笑顔が大好きだ」

大好きという単語に反応して、心臓がバクンと大きく跳ねる。褒められたのは笑顔だけなのに、存在のすべてを好かれていると錯覚してしまう。それほど、ウィラードの唇から音をなす言葉は、蜂蜜と似た甘美な響きを宿していた。

羞恥心が高まりぽぽぽんっと花が咲く。寝台の周囲は、あっという間に空中を浮遊する幻想花で埋め尽くされ、ウィラードは「やっぱり」と切れ長の双眸を眇めた。

「幻想花を咲かせるエリスは、とても綺麗だよ」

「あ、ぅ……。そ、そんなことを言われたら……お世辞でも、照れてしまいます……っ」

「それじゃあ、思う存分照れてもらおうかな。紛《まご》うことなき本音だからね。君の笑顔と色とりどりの幻想花は、どちらも私に日々の活力を与えてくれるんだ」

甘い胸の疼きと共に、追加で数輪の花がぽんっと咲き乱れる。

真っ赤な顔になったエリスは、どこか気まずそうに視線を彷徨わせた。さっきから心臓がバクバクとうるさくて、今にも爆発するんじゃないかと焦る。それでも、恥ずかしさからだんまりを決め込んで、この特別な夜を終わらせたくはない。

やがて、これでもかと勇気を振り絞ったエリスは、深く息を吸い込んで小さな口を開く。

「私が本当に、ウィラード様の力になれているのなら……これから先も全力で尽くします。暗殺者は無理ですけど、魔女が相手なら絶対に負けません。私でよろしければ弱音も聞かせてください」

おずおずと両腕を伸ばし、控えめにウィラードを抱き締め返すと——うっすら光る獣特有の瞳が、ゆっくりと驚きに見開かれた。

「……それは、婚約者としての務め？」

「えっ？　あ、すみません。そこまで深く考えていませんでした。でも、頼ってばかりはイヤなんです。ウィラード様が辛い時、今度は私が支えたいと思ってしまって……。えっと、その……こんなの、烏滸《おこ》がましいですよね？　私よりも、ジュダさんやマリオンさんの方が適任でしょうし……」

「嫌だ。エリスがいい」

随分と子供っぽい口調で力強く即断され、エリスは翡翠色の瞳をぱちくりと瞬かせた。

茫然《ぼうぜん》としているエリスの頰に両手を添え、ウィラードは彼女の顔をそっと上向かせる。星の光すら届かない闇夜の中で、半獣の王子様は、どこか眩《まぶ》しそうに目を細めて無邪気に笑った。

「エリスは本当に不思議な子だね。いつだって私の欲しいものを与えてくれる、最高の聖花術師であり大切な婚約者だ。——君と出会えて本当によかった」

軽いリップ音が響いて、額に口づけが落とされたのだと遅れて知った。

額へのキスは祝福を意味する。鼓動がトクントクンと心地よい速度で脈打ち、大きな安心感が全身を優しく包み込む。ウィラードが温めてくれたおかげで、身体の震えは少し前から治まっており、行方をくらませていた眠気も静かに訪れる。瞼を閉ざせば、すぐにでも眠りの世界へ落ちていけそうだ。

(ウィラード様。私もあなたから、ずっと欲しかった言葉をたくさんもらったんですよ)

本当は声に出して告げたかったが、口から零れたのは小さな欠伸《あくび》だった。

クスっと微笑んだウィラードは、「そろそろ休もう」とエリスを促す。眠気が限界に達していたエリスはこくりと頷き、ウィラードと抱き合った状態で眠りについた。そんな彼女からふわりと漂う幻想花の香りに、ウィラードの意識も薄らいでゆく。


この日を境に、エリスがウィラードの尻尾を抱き枕にすることはなくなった――……が。エリスがウィラードの抱き枕にされるようになり、相変わらず心臓に悪い目覚めは続くのだった。

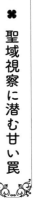

第五章 ✖ 聖域視察に潜む甘い罠

王家の紋章が燦然《さんぜん》ときらめく馬車が、美しく整備された街道を進んでいる。

馬車の周囲で警備に当たっているのは、蒼《あお》い軍服を纏《まと》う第一王子専属騎士団・蒼華《そうか》の面々だ。

「こんな形で、エリスにつき添いを頼むなんて……本当にごめんよ」

普段着よりも格段に華やかな、蒼と白を基調とした清涼感のある盛装姿のウィラードが、馬車の座席に座った状態で頭を下げる。彼の正面の席では、小柄な騎士が居心地悪そうに身を縮めていた。

童顔のせいで少女のように見える騎士は、ふわりと波打つ亜麻《あま》色の癖毛を、頭の高い位置で一つに結い上げている。分厚い丸眼鏡《めがね》の奥に隠された翡翠《ひすい》の瞳《ひとみ》に、柔らかそうな頬《ほお》にうっすらと散るそばかす。真新しい軍服を纏っているが、完全に〝着られている〟状態だ。

この地味な顔立ちの騎士は、新米書記官のファラーという。

――言わずもがな、正体は男装中のエリスだ。

「ウィラード様、謝らないでください！　私は視察に同行させていただけて嬉《うれ》しいです」

聖リュミエール王国には、花の女神フロス・ブルーメの神力の影響を強く受けた土地が、東西南北に四ヵ所存在している。それらの特別な土地は【聖域】と呼ばれ、神力を潤沢に宿した土壌にて、福音に使用される多くの植物が培《つちか》われていた。

実のところ、聖花術師にも育てられない花がある。それは樹木に分類されてしまう花木だ。故に聖域では花木の花を中心として、木の葉や木の実なども高値で取引されていた。

「視察先のマクニース領は、国内で最初に発見された【東の聖域】です。土壌に含まれる神力の成分は弱まる気配を見せませんし、最高品質の商品を良心的な価格で販売してくださるので、聖花術師業界では一番人気の聖域なんですよ」

他三ヵ所の聖域を有する領主は『土地の維持費』と称し、商品の値段を十パーセントほど吊《つ》り上げて販売している。聖域ごとに地質と馴染《なじ》みやすい花木が違うので、マクニース産以外の素材が欲しければ、高くても他の領地の品を購入する必要があった。

抜け目ない商法だと愚痴《ぐち》りたくなるが、高価な商品だからこその利点もある。

聖域で育った植物は、誰《だれ》にでも馴染む濃密な神力が最初から浸透している。摘み取った後も半月は瑞々《みずみず》しさを保つので、出費の部分にさえ目を瞑《つぶ》れば、福音作りに大変重宝する素材だった。

「マクニース領の地質は、極東の国に生える花木に適しているんです。特に竹林が素晴らしいんですけど、福音の材料にする以外では、今の時期だとタケノコという食材が旬ですね。土から頭を出したばかりの竹ですが、これがまた絶品でして――……」

三年前。ギーゼラのお供でマクニース領を訪れたことがあるエリスは、当時の記憶を思い出しながら珍しく饒舌《じょうぜつ》に語る。しかし、途中で我に返った彼女は慌てて口を噤《つぐ》んだ。

向かいの席に座っているウィラードが、先ほどからずっと黙っている。解呪《かいじゅ》役として同行しているのに、立場を忘れてはしゃいでしまったので、「呆《あき》れられたのでは？」と不安に駆られた。

暫《しば》しの沈黙が流れた後、ウィラードの表情をそろりと窺《うかが》えば……、

「どうしたんだい？　疲れたのかな？」

なぜか彼は席を立ち、エリスの隣へ腰を下ろした。

「もう少しで到着するから、それまで私の肩に寄りかかっているといい。マクニース領の視察は一日で済むけど、今から無理をしていたら途中で体調を崩してしまうからね」

「い、いえ！　馬車での移動には慣れているので大丈夫です。それより、私ったら自分ばっかり喋《しゃべ》るのに夢中で……すみません……」

「？　エリスの話はとても勉強になっているよ。なにぶん、今回の視察先は特殊だからね。書物だけの知識では心許《こころもと》ないと思っていたから大助かりだ」

「でしたら、いくらでも話します！　少しでもウィラード様の力になりたいので」

殊勝な宣言をしてはにかんだエリスに、ウィラードが驚いたように瞠目《どうもく》する。

彼がぱちくりと目を瞬《また》かせている間に、エリスは上着のポケットをごそごそと探り始めた。

「こちらも、今のうちに渡しておきますね」

そう言ってエリスが取り出したのは、コルクで栓をされた試験管だった。細長いガラス容器の中では、青い花が透明なオイルに浸《つ》かって可憐《かれん》に咲いている。

「視察中は、普段よりも魔女に狙《ねら》われやすいと思いまして。出立前に呪《のろ》いを防ぐ福音を使用しましたが、念のため、持ち歩きに便利な予備も用意したんです。いつもの作品と比べたら小さいですけど、

効果は変わらないので安心してください」

「ありがとう、エリス。これは最高のお守りだよ」

手渡された小型の福音を、ウィラードは大事そうにジャケットの内ポケットへしまう。無事に福音を受け取ってもらえたエリスは、心から嬉しそうに笑った。

彼女の喜びに触発され、黄色やオレンジの幻想花までぽんっと咲く。その光景を目の当たりにして、ウィラードは再び黙り込んでしまう。馬車に酔ったのだろうかと心配して、エリスが彼の顔を覗《のぞ》き込もうとすると、即座に伸びてきた片手で両目を覆われてしまった。

突然暗くなった視界に、エリスは思わず「ひゃっ!?」と裏返った声を上げる。

「ウィラード様、これではなにも見えません！」

「うん、そうだね。見せないようにしているから」

「？　馬車の中は二人きりですよ。私に見られて困るようなものはないはずですよね？」

「たった今、見られて困るものができたんだ。悪いけど、もう少しこのままでいてくれるかな？」

突然、どうしたのだろう？　脳内に大量の疑問符が浮かんだが、エリスは大人《おとな》しく目隠し状態を受け入れた。「ウィラード様の手は大きいなぁ～」と、呑気《のんき》な感想を抱く彼女は知らない。

隣に座っている婚約者の頬が微《かす》かに赤らみ、心臓がトコトコ駆け足になり始めたことを――。

少し前からウィラードは、左肩にわずかな重みを感じていた。

チラリと視線だけ動かして様子を窺えば、無防備なエリスの寝顔が間近にある。

（よく眠っているな）

男装をして書記官に扮《ふん》しているので、正体がバレないように振る舞うのはもちろんのこと。自分の解呪状態を保つため、口づけをする時間の確認も細かく行っているので、無自覚に気疲れしていたのだろう。馬車がガタンと大きく揺れても、エリスが目覚める気配は微塵《みじん》もなかった。

野暮ったいデザインの眼鏡をかけて、地味な印象を与えるそばかすを化粧で描いている。身に纏っているのも蒼華騎士団の制服で、ジュダとマリオンは「田舎《いなか》から出てきたばかりの少年」と称し、エリスの変装を完璧だと褒めていた。しかし、ウィラードは内心で首を捻《ひね》る。

（おかしいな。どんな格好をしていても、エリスは愛らしい少女にしか見えないぞ。……もしや、私の感覚が世間一般とズレているのか？）

またしても馬車が揺れ、その弾みで熟睡中のエリスは反対側に倒れかけた。咄嗟《とっさ》に片手で支えて胸に抱き込むと、身体《からだ》が安定して気持ちが安らいだのだろう。淡く色づいた唇が小さく笑みを象《かたど》り、暖を求めて胸元へ擦り寄ってくる。

まるで猫のようだと思いつつ、「マズいな」と心の声が零《こぼ》れ出てしまう。

頭の高い位置で束ねられた髪から香る花のような芳香。伏せられた瞼《まぶた》から伸びる睫毛《まつげ》が、頬に淡く影を落としている光景。轍《わだち》の音に紛れて微かに聞こえる寝息まで――やはり、男装をしているエリスのすべてが、魅力的な少女のものにしか思えない。

その証拠に、滅多なことでは動じないはずの自分が、胸の高鳴りを抑えられずにいる。

（私の心音がうるさいせいで、エリスが起きてしまわなければよいのだが）

つい先ほども、赤くなった顔を隠すのに苦労した。けれど、あれは仕方がないだろう。「ウィラード様の力になりたい」と健気《けなげ》なことを言われ、心の底から嬉しそうに微笑《ほほえ》まれたのだ。そのうえ、魔女の襲撃に備えた予備の福音まで手渡されたら……もう、色々と限界だった。

心のど真ん中を撃ち抜かれ、エリスへの熱い想いがとめどなく溢《あふ》れ出したのだ。

(しかし、これらはエリスの〝普通〟なんだろうな)

エリスが目指しているのは、人助けに邁進《まいしん》する聖花術師である。困難に直面している者がいたら、どんな相手でも迷わず救いの手を差し伸べるだろう。有益な情報とて、マリオンやジュダが欲していると知れば、偉ぶりもせず即座に提供するはずだ。

己の脳内で展開された妄想に、胸の奥がチリッと痛む。

(私が隣に座っている状況で、ここまで深く眠りにつくのは……)

心から信頼されている証《あかし》だと信じたい。

そうでなければ、異性として意識されていない証明になってしまう。

「どうしたら、君の想いを独占できるのだろう？」

天から降る雨粒のごとく、ポツリと落ちた呟《つぶや》きに自分自身で驚いた。

反射的に口元を手で覆い、胸中で「今のは違う」と誰にともなく言い訳をする。だが、頭の片隅でもう一人の自分が囁《ささや》く。嘲笑するような響きで、「いったいなにが違うのか？」——と。自分はエリスの婚約者だ。特別扱いをされたい。その他大勢と同じ待遇では嫌だと確かに思ったではないか。

(……こんな考えは、狂っている)

静かに深呼吸をして、混線した思考を緩やかに解《ほど》いてゆく。

（誰に対しても優しく接する姿勢や、人助けに並々ならぬ情熱を注いでいるところも、すべてが今のエリスを形作る美徳だ。そんな彼女だからこそ、私は惹《ひ》かれたというのに……）

愚かな想像をしてしまったと、ウィラードは海よりも深く反省する。

「私は、本来のエリスを壊したくない。自然体の君を愛したいんだ」

亜麻色の髪を指先でそろりと梳《す》きながら、自らへ言い聞かせるように独《ひと》り言《ご》ちる。痛いくらいの切実さを孕《はら》んだウィラードの声は、馬車の車輪の音にかき消され――……、
その間も、エリスは呑気に夢の世界を堪能していた。


第一王子一行が東の聖域マクニースに到着したのは、王都を発《た》った当日の夕暮れ時だった。

マクニース侯爵邸に到着すると、ウィラードは宿泊用の離宮に案内された。

聖域で育つ植物にあやかっているのだろう。領内の街並みや侯爵邸の意匠には、極東の建築技術がさり気なく取り入れられている。現在、本邸で開かれている晩餐《ばんさん》会でも、豪勢な東の国の料理が振る舞われており――純白のテーブルクロスで覆われた円卓の下には、エリスがこっそりと潜んでいた。

（視察中は解呪の状態を保つ必要があるって、出発前にジュダさんから厳しく言われたけど……まさか食事の席でも、口づけをさせられるなんて思わなかったわ）

視察先で開かれる晩餐会は、客人を歓待するだけに留《とど》まらない。山海の珍味に舌鼓《したつづみ》を打ちながら、政《まつりごと》に関わる重要な密談も行われるのだ。「私が聞いても大丈夫なのかな？」と不安になるが、食事中に解呪効果が切れて、ウィラードが半獣化したら大事件になってしまう。

『マクニース侯爵は、あたしの出世に欠かせない人材なのよ。ウィル繋《つな》がりで親しくなる予定だから、下手《へた》なボロを出さないように安全策を取りなさいよね？』

エリスにそう告げてきた強欲オネェ枢機卿《すうききょう》は、影のある笑みを浮かべていた。鈍器――もとい、ロッドを手のひらでバシバシ弄《もてあそ》んでいたので、マクニース侯爵に第一王子が呪われているとバレでもしたら、頭を真っ二つにかち割られるかもしれない。

（羞恥心《しゅうちしん》より命が大事よ。念には念を入れて、三十分……いや、十五分置きくらいの間隔で、ウィラード様の手の甲に口づけをしないと！）

ちなみに、今回の視察はマリオンだけが不参加だ。婚約者の立場でエリスが視察に同行するのは、とてつもなく非常識な行為に当たるらしい。そのため、エリスは男装をして別人を装う必要があり、マリオンは彼女の不在を誤魔化《ごまか》すべく、蒼の宮殿に残ったのだった。

「ウィラード殿下。我が領地特有の料理はお口に合いますでしょうか？」

深みのある男性の声が、円卓の天板越しに聞こえる。声の主はマクニース領の現当主、リヒター・マクニース侯爵だ。大らかな心根が表情に表れている、見るからに優しそうな壮年の紳士だ。

食事の手を止めたウィラードは、普段と変わらぬ温和な声で答える。

「どれも素材の味を活《い》かした優しい風味がします。花を模した野菜は、東国発祥の飾り切りではありませんか？　口にするのがもったいなく感じられる、とても繊細で美しい芸術作品のようです。目と舌を同時に楽しませる、素晴らしい料理の数々ですね」

「お気に召していただけたようでなによりです。それにしても、飾り切りをご存知でしたか。殿下はお若いながらも異国の文化に造詣《ぞうけい》が深いのですね」

「ありがとうございます。私はこの聖リュミエール王国に、新たな風を吹かせたいと考えておりまして。未《いま》だ勉強中の身でありますが、いずれは各国の尊敬すべき文化を取り入れ、更なる国家の繁栄を願っているのです」

ウィラードは淀《よど》みない口調で、料理から政治へとスムーズに話題を切り替えた。マクニース侯爵はよほど興味を惹かれたのか、「ほう」と感嘆を含んだ相槌《あいづち》を打つ。

テーブルの下に隠れているエリスも、初めて聞くウィラードの政治方針が気になり、はしたないと思いつつも耳をそばだてる。政治の話は複雑で苦手だが、ウィラードがどのような国を作りたいのか、自分でも意外なほど「知りたい」と強く思ったのだ。

「マクニース領は聖域の特性に合わせて、食文化のみならず、東国風の建築物や工芸品を意欲的に取り入れておられる。貿易が盛んな港町や、他国と国境を接する商業都市であれば、異国の情報や物品を入手しやすいでしょう。しかし、マクニース領はそのどちらにも当てはまりません」

飲み物で軽く口を湿したのか、わずかな間を置いてウィラードは言葉を続ける。

「王家の書庫で過去の記録を見せていただきました。なんでも、信頼する家臣を実際に極東へ遣わせ、地道に領地改革を行われたのだとか」

「えぇ。船舶や船員の確保など、港町の領主と幾度も交渉の席を設けたと聞きます。いざ大海原へ漕《こ》ぎ出したとしても、二度と戻らぬ船も数多くありました。それでも、聖域の特性と領民の暮らしを調和させることが、我が祖先の譲れない悲願だったのです」

「女神の力が宿る植物が、東国由来の品種に限られているからこそ、領内の景観や文化にこだわられたのですね。数多《あまた》の困難を乗り越え、長い年月をかけて培われた独自の文化は、今や【東の聖域】における唯一無二の宝でしょう。マクニース侯爵家のご先祖様方には頭が下がる思いです」

「殿下の誠実なお言葉に、我が祖先も空の上でさぞ喜んでいることでしょう。私もマクニース領の現当主として、今後も気を引き締めて聖域の守護に努めます」

盗み聞きをしているエリスは、マクニース領の成り立ちまでは知らなかった。

異国情緒溢れる街並みや、物珍しい食べ物に土産物《みやげ》など。先人達が海の向こうから持ち帰った情報をもとに、自国の文化とうまく融合させたのだろう。恐らく、東国を発祥とする多くの花木や苔《こけ》の類も、マクニース侯爵家が長い航海を経て持ち帰ったものだ。

(聖リュミエール王国で入手が可能だった東国の花って、昔は本当に少なかったんだよね)

けれど東の聖域を中心に、極東の植物は年々種類を増していったと教本に記されていた。おかげで福音の効果やデザインの幅が広がったので、マクニース侯爵家が積み重ねた努力の成果は、様々な分野で現在も活かされていると実感する。

「マクニース侯爵は信頼のおける高潔な御方です。今後も東の聖域に宿る女神の力は護《まも》られ、領地は更なる発展を遂げてゆくでしょう。そこで、私から一つ提案があります。マクニース領が誇る独自の文化を国内へ発信してみませんか？」

　次の瞬間、マクニース侯爵が大きく息を呑《の》んだ。

「東の聖域が生み出した貴重な文化こそ、我が国に吹く最初の変革の風にしたいのです。さりとて、人は急激な変化を恐れます。ですから、ほんの少しずつ――マクニース侯爵家のご先祖様方が、東国の文化を地道に集められたように、国民が受け入れやすい形を共に模索できたらと思うのです」

　ウィラードが発言を終えた途端、突如として耳に痛い沈黙が落ちた。

　テーブルの下に潜んでいるエリスからは、外部の様子を窺い知ることはできない。ウィラードの申し出に、どのような返答がされるのか？　独りハラハラしながら待っていると、深く息を吸い込んだマクニース侯爵が、落ち着いた声音で静かに語り出した。

「ウィラード殿下。大変お恥ずかしい話ですが、東の聖域はごく一部の者から、陰で【不信心者の領域】と囁かれております。見慣れぬ異国の植物にのみ女神の力が宿ることから、愛国心と信仰心を持ち合わせていないのだと、独断と偏見で決めつけられているのでしょう」

「聖域は国教神様の降臨を如実に示す奇跡の地。只人《ただびと》の身でおとがいを叩《たた》くなど言語道断です。私は以前から、粛清の厳罰化を教会に打診しているのですが、未だ法案の成立には至らず……己の不甲斐《ふがい》なさを痛感しております」

「いいえ。殿下は東の聖域を思い、実際に行動を起こしてくださいました。マクニース領の当主として感謝の念に堪《た》えません。先ほどご提案いただいた件も謹んでお受けいたします。祖先が紡《つむ》いだ独自の文化が国内に浸透すれば、東の聖域に対する不信の目も徐々になくなるでしょう」

再び新鮮な空気で肺腑《はいふ》を満たすと、マクニース侯爵は隠しきれない歓喜を言の葉に乗せる。

「真に国を愛し、常に信仰深くあれ。さすれば道は開かれん――と、幼き頃《ころ》より祖父から言い聞かされて育ちました。これまで私は『道を開く者』は『神』であると信じておりましたが、どうやらそれは誤った認識のようです」

東の聖域の番人から、聡明《そうめい》なる青の王子へ――固い契《ちぎ》りが告げられる。

「マクニース領の未来を切り開く救い手こそ、ウィラード・ルネ・ランドルリーベ殿下に他なりません。我が一族は貴方《あなた》様に永遠の忠節を尽くすと誓います」


交渉成立後の和《なご》やかな空気が流れる中、エリスはホッと胸を撫《な》で下ろす。

（この様子だと、視察の初日は大成功で終わりそうね）

フィオーレ教団の熱心な信者であれば、教会と縁が深い第二王子の派閥に属する者がほとんどだ。しかし、マクニース侯爵は第一王子を次期国王に後押しする、青の派閥に身を置いていた。

聖域の番人を蔑《ないがし》ろにして、国教神を冒涜《ぼうとく》していると見做《みな》されでもしたら、第一王子陣営と教会の関係悪化は避けられないだろう。故に、呪いが解けていない不安定な状況にもかかわらず、ウィラードは此度《こたび》の視察を強行したのだ。

（あとは、解呪の効果が途中で切れないように注意するだけ。うぅ、責任重大だなぁ……）

移動時間を含め、視察の日程は丸二日。本来は四日間の予定だったが、呪われた当初のウィラードは急病で臥《ふ》せっていることになっていたので、病み上がりを理由に日程をギリギリまで短縮した。

長居をすればするほど、周囲に半獣化の呪いを知られる危険性が高まるからだ。

（それにしても……私、色々と勘違いしてたみたい）

出立前にマリオンから、視察の目的を「派閥争いの現状維持」と聞いていた。

これまで通りの関係を続けるなら、領地を訪問するだけで完結すると思い込み、「初めて同行する公務が簡単でよかった」と安堵《あんど》したが——実際は、そんなことなど一ミリもなかった。

（王族の公務も聖花術師の仕事と同じで、〝特別〟なんて存在しないんだ。どれも国民の生活を左右する重要な務めだから、きっと、常に全力で臨む必要があるんだよね）

魔女や暗殺者に命を狙われる非日常にありながら、ウィラードは普段の政務と並行して、視察先の綿密な下調べを行っていたのだろう。今し方、マクニース侯爵と交わしていた会話の内容を聞けば、彼が情報収集に膨大な時間と労力を割《さ》いたのは明白である。

（ウィラード様は打算で動くような人じゃない。今回の視察も最初から派閥争いなんて関係なく、東の聖域を活気づかせるために決行したんだ）

これが青の王子の執《と》る〝いつも通り〟の公務だとしたら、自分も民の生活に寄り添った血の通う政治に携わりたいと、エリスの胸に温かな決意の炎が灯《とも》る。

第一王子の婚約者であり続ける限り、いずれはウィラードと結ばれ、自分も公務を行う立場になるだろう。そんな未来が訪れた際、「政治はややこしくて意味不明だ」なんて言っていられない。夫として隣に並び立つウィラードはもちろん、庇護《ひご》すべき国民にも恥じない人間にならなければ。

（私の過去・現在・未来と、ウィラード様は真剣に向き合ってくださる。だったら私も、ウィラード

様と共に歩く将来をもっと真面目《まじめ》に考えよう）

その時、ウィラードが密《ひそ》かにテーブルクロスをめくり上げた。解呪の口づけを求められているのだと察したエリスは、音を立てないよう慎重に彼の節くれだった手を取る。

今の自分がウィラードをどう思っているのか？　そこまではよくわからない。人としては迷いなく好きだと言えるが、恋愛感情でも同じかと聞かれたら――正直、答えに困ってしまう。

求愛されると胸が甘く高鳴るし、羞恥心が昂まって桃色の幻想花を咲かせるのが常だ。果たして、これが恋なのか？　それとも、慣れない異性との接触に身体が過剰反応を示しているだけなのか？　恋愛未経験の立場では戸惑いが増すばかりで、未だに結論から程遠い場所で足踏みをしている。

（……だけど、約束したんだ）

暗殺者に襲われた日の夜、これから先もウィラードの力になると宣言した。自らの発言を反故《ほご》にはしたくないし、ウィラードを支えたいと思う気持ちは本物だと、これだけは胸を張って言い切れる。

（ウィラード様の足を引っ張らないように、まずは、たくさん政治の勉強をして同じ視点に立たないと！　だから、もう少しだけ待っていてください）

必ず追いついてみせますから――と、心の中で呟いたエリスは、ウィラードの滑らかな手の甲へ口づけを落とす。その光景はあたかも、神聖な誓いの儀式のようであった。

（つ、疲れた……）

無事に晩餐会を乗り切ったエリスは、重怠《おもだる》い身体を大きなベッドへ横たえる。もぞもぞと毛布へ潜り込むと、張り詰めていた緊張の糸がようやく緩み、途方もない安堵感からため息が零れてしまう。場所は当然、離宮にあるウィラード用の客室だ。有事に備えて彼と共寝をするのは、視察中であっても変わらない。

（晩餐会が開かれた大広間に出入りする時もそうだったけど、客室へ忍び込む時まで、ジュダさんが見張りの気を引いてくれて助かったわ）

ウィラードの部屋に新米書記官が入室して、朝まで出てこなかった――なんて、騎士団内で話題になったら悲惨だ。第一王子に男色の趣味があると誤解をされては堪《たま》らないので、誰にも目撃されず客室に入った直後は、扉に背を預けてその場にへたり込んでしまった。

（自分の役目を軽く考えていたわけじゃないけど、視察がこんなに大変だなんて想定外だよ。今日だけで寿命が何年縮んだことやら……）

マクニース領での滞在期間は二日。明日になれば王城へ戻れるが、「到着は夜更《よふ》けになる」とジュダが教えてくれた。帰路につく夕刻までびっしりと予定が詰まっているため、もしかしたら、二日目の方が神経をゴリゴリ削られるかもしれない。

（それでも、私の解呪の力が視察に役立つなら、最後まで頑張らないと！）

どんな時もウィラードの力になると決めたのだ。視察の補佐程度の役割で弱音を吐いていたら、いつまで経《た》っても彼の隣に立つことは叶《かな》わないだろう。まずは、与えられた解呪役の任を完璧にこなして、明日の視察も成功へ導かなければならない。

そうと決まれば、少しでも疲労を回復させなければ――と、エリスが考え込んでいた時だ。

「大丈夫……とは、聞かない方がよさそうだね」

ベッドのスプリングが軽く軋《きし》み、先に横になっていたウィラードが、エリスの方へ身体の向きを変える。すでに解呪の効果が切れているため、光源のない真っ暗な室内では、瑠璃《るり》色の瞳が淡い光を灯していた。頭の上にも獣耳が生えており、へにょりと力なく垂れている。

「いくら掃除が行き届いていたとしても、テーブルの下なんかに隠れさせてごめん。だけど、エリスのおかげで恙《つつが》なく晩餐会を乗り切れたよ」

「いえ、ウィラード様のお役に立てたようでなによりです」

「役に立つなんて次元の話ではないよ。エリスが快く傍《そば》にいてくれるから、呪われた私でも自らの責務を果たすことができる。いくら感謝をしても足りないくらいだ」

本当にありがとう――と。

柔和な笑みと共にわずかな掠《かす》れ声でお礼を言われ、心臓がバクンと大きく跳ねた。

(今のって、ウィラード様の声……だよね？)

エリスの体調を気遣うウィラードも、普段と異なる環境で疲れているのだろう。気怠《けだる》さを隠し切れていない声音は、意図せず濃密な色気を孕み、エリスの羞恥心を一気に臨界点まで到達させた。

「ん……幻想花が咲いたみたいだね。相変わらず、自然と肩の力が抜ける心地よい香りだ。でも、いつもより花の量が多くないかな？」

もとの声色に戻ったウィラードが大きく深呼吸する。夜目が利く獣の瞳には、宵闇の中を浮遊する花の形が鮮明に映し出されているのだろう。不思議そうに辺りを見回すウィラードに、平静を装ったエリスが「気にしないでください」と短く告げる。

幻想花を咲かせた理由を問われたら一巻の終わりだ。「貴方の声が色っぽいせいですよ！」とは、口が裂けても言えない――ので、エリスは速やかに話題を切り替える。

「明日はマクニース侯爵に、湿原と竹林を案内してもらうんですよね？　竹林も素晴らしいのですが、湿原も神聖な雰囲気があって素敵なんですよ。珍しい水生植物の宝庫で、『水草を扱うならマクニース産以外ありえない』と言われるほどですから」

「驚いたな。水草も福音に使うのかい？」

「作品のイメージと合うのであれば、飾りの植物はなんでも使用しますよ。東国の花をメインにする際は、瓶の底に適量の苔を敷いてあげると、静かな美が引き出される気がします。向こうの言葉では〝侘《わ》び寂《さ》び〟と言うみたいですよ」

「侘び寂び……か。異国の言語は実に興味深いね。いずれ身辺が落ち着いた時にでも、じっくりと勉強をしてみよう。それに、東国の話題はマクニース侯爵が喜ばれる。エリスのおかげで、明日の散策時の話の種が増えたよ」

ウィラードの腕が伸びてきたかと思えば、髪を梳くように頭を優しく撫でられた。

子供扱いをされているような気分になるが、決して嫌ではない。猫のように目を細めてされるがままになっていると、今度は足に柔らかな物体が巻きついてきた。極上のモフモフ加減がクセになるウィラードの尻尾《しっぽ》だ。

尻尾が足に巻きつくのは、これから抱き寄せるという無言の合図である。

未婚の男女が抱き合って眠るのは、無分別も甚《はなは》だしい行為だ。しかし、暗殺者は未だ逃走中で、エリスの心に巣食う恐怖は消えていない。ウィラードも密着していた方が深く眠れるそうなので、お互いの良質な睡眠を確保すべく、今でも合意の上で抱き合って眠っているのだ。

「さて。もう少し話をしていたいけど、明日に備えて早めに休もうか」

「あ、あの……ウィラード様、今夜は離れて眠りませんか？」

「……なぜ？」

ウィラード用の客室に到着すると、エリス用に夜食と湯浴みのお湯が準備されていた。聞けばジュダが運んでくれたらしい。湯浴みができるのは助かったが、いつもと違って、すぐ近くにウィラードがいる状況だ。ササッと汗を流したエリスはすぐに着替えを済ませた。

今日はたくさん汗をかいた自覚があるので、あんな烏《からす》の行水《ぎょうずい》で完全に匂いが取れたとは思えない。五感まで獣に近くなっているウィラードに、汗臭いと思われるのだけは絶対に嫌だ。

「えっと、その……に、匂いが……ですね……」

目線を左右に泳がせながら、乙女《おとめ》が抱える繊細な問題をぼそぼそと説明する。そんなエリスの話を最後まで聞かず、ウィラードは彼女の腰を引き寄せ、小さな身体を胸元へすっぽりと抱き込む。

逞《たくま》しい胸板に顔を押しつけられていなければ、絶叫の一つでも上げていただろう。

ウィラードの腕の中から抜け出そうと、エリスがささやかな抵抗を試みようとした時だ。旋毛《つむじ》の辺りに鼻先を埋められ、深く息を吸われる。「ひいぃぃっ！」と、胸中で金切り声を上げるエリスに反して、半獣の王子様はとろけんばかりの微笑を湛える。

「太陽と、土と、花……いつもと変わらない、温かいエリスの匂いだ」

安心する――と、甘えるような声で告げられ、不意にウィラードの腕の力が緩む。「どうしたんだろう？」と顔を上げたエリスは、翡翠の瞳を大きく見開いた。余程、疲れていたのだろう。普段は自分より先に眠らないウィラードが、スヤスヤと安らかな寝息を立てているではないか。

初めて見るウィラードの寝顔を、物珍しそうに観察していたエリスだったが……やがて彼女は、微かに愁《うれ》いを帯びた表情になる。

(解呪の効果がいつ切れるかわからないのに、今日はずっと人間の姿ですごしてたもんね。最近は、東の聖域やマクニース領の歴史とか、寝る間も惜しんで調べていたみたいだし……私が想像していた以上に、気を張ってムリをしてたんだろうなぁ)

心の中で「お疲れ様です」と労《いた》わりの言葉をかけ、捲《めく》れていた布団をウィラードの肩まで引き上げる。体臭を気にする必要がなくなったので、エリスも眠りにつくためにそっと瞼を閉ざす。

(匂いをかがれるのはかなり照れるけど、私の香りで安心してもらえるなら……嬉しいかも)

それはきっと、ウィラードに心を開いてもらえている証だろうから――……。

翌日は晴天に恵まれ、絶好の散策日和《びより》になった。

午前中に政治関係の会談を済ませ、昼食をとった一行は湿地帯へと向かう。

木製の遊歩道から望む景色は、雨が降った後のような潤った大地。小規模な浅い池のような場所がいくつもあり、水分をたっぷり含んだ泥の上へ転落すれば、抜け出すのに相当な苦労を強《し》いられるだろう。案内役のマクニース侯爵も、遊歩道から足を踏み外さないよう事前に注意を促していた。

（うわぁっ！　一年中水で覆われた大地に、異国の植物がたくさん生えてる！）

ウィラードと侯爵は、和やかに談笑しながら遊歩道を進んでいる。一方、二人の後をジュダと共につき従うエリスは、珍しい湿地帯の植物を前に、目を一等星のごとくキラキラと輝かせていた。

（アヤメにミズバショウ、水面に浮かぶハスも綺麗《きれい》！　あっちの茶色い棒みたいなのはガマだっけ？　ソーセージみたいって言ったら、師匠が珍しく涙を浮かべて大笑いしてたなぁ）

そういえば――と、カキツバタを眺《なが》めていたエリスは、とある少女のことを思い出す。

（師匠の用事が終わるのを待ってた時、聖花術師を目指してる女の子と出会ったんだよね）

希望していた工房への弟子入りを断られた直後だったらしく、名前も知らない少女は道端にうずくまって泣いていた。どうしても放っておくことができず、即席でカキツバタの福音を作り、エリスなりに精一杯励まして……最終的に少女は「ありがとう」と笑ってくれた。

自分が勝手にしたお節介だし、依頼料だってもらっていない。

けれど、あれが聖花術師としての初仕事だったとエリスは断言できる。

（あの子の願い、叶ってるといいなぁ……）

懐かしい思い出に浸っていると、不意に右袖を指先で軽く引っ張られた。

弾《はじ》かれたように顔を上げると、呆れ顔のジュダと目が合う。彼から小声で「真面目に仕事しろ」と注意を受け、エリスも声量を落として「すみません」と頭を下げた。

(いけない、いけないい！　今の私は聖花術師じゃなくて書記官なんだ。蒼華騎士団の名に傷をつけないよう、立派に職務を全《まっと》うしなくちゃ！)

気持ちを切り替えたエリスは、ズボンのポケットから懐中時計を取り出す。

解呪効果が切れる一時間を計るために持たされた、見るからに高価そうな純銀製の代物《しろもの》だ。

(さっき口づけをしてから、もう三十分経ってる)

人間の状態を保つために、本日もエリスは頻繁にウィラードへ口づけをしていた。

これまでは手の甲であっても、羞恥心が疼《うず》いてどうしようもなかったが、今となってはもはや流れ作業と化している。慣れとは実に恐ろしいものだ。

(残り三十分もあれば湿地帯を抜けられるよね。遊歩道の終点に到着したら、まずは休憩を挟んでもらわないと。その間に、こっそり口づけを済ませて竹林へ出発……って感じかな)

頭の中で淡々と予定を立てるエリスだったが、彼女の計画は大幅に狂い始めた。

マクニース侯爵は噂《うわさ》通り、花の女神フロス・ブルーメを心から信仰する聖人だった。東国の植物についての知識など聖花術師でも舌を巻くレベルで、ウィラードが少しでも興味を示すと侯爵はわかりやすく説明をした。それはもう、懇切丁寧《ていねい》に情熱と時間をかけて——……。

「殿下、そろそろお薬の時間です」

無事に湿地帯を踏破すると、書記官に変装中のエリスがそっとウィラードに告げる。表面上は平静を装っているが、内心の動揺は計り知れないものだった。

(どうしよう!? 最後の方でジュダさんがやんわり急《せ》かしてくれたけど、あと三分もしないうちに解呪効果が切れちゃう! 急いで口づけしないと大変なことになるわ!)

つい最近まで、病に臥せっていた設定のウィラードは、服薬を理由に口づけのタイミングを確保していた。薬の時間と耳にした侯爵は、「どうぞごゆっくり」とにこやかに送り出してくれる。

侯爵が他者を慮《おもんぱか》る穏やかな気性の人物で助かった。事前に習得した騎士流の礼をすると、エリスはすぐ近くにある休憩所の方へ、何食わぬ顔でウィラードを先導する。侯爵達の死角に入ると、すぐさまエリスはウィラードを急き立て、休憩所の奥に広がる雑木林を目指して走った。

この辺りは観光名所のため、休憩所の他にも飲食店や土産物屋《みやげもの》が立ち並んでいる。第一王子が視察をしている最中は一般客の入場は制限されており、エリスとウィラードは誰の目に留まることなく、木々が雑多に生い茂る林の中へ飛び込んだ。次の瞬間、ウィラードの頭部に獣耳がピンッと生える。ジャケットの長い裾からも、尻尾の先端がチラチラと覗いていた。

(林の中には……よかった、誰もいないみたい)

素早く周囲へ視線を巡らせたエリスは、人っ子ひとりいない静けさに胸を撫で下ろす。迷わず林の中へ飛び込んだのは正解だった。少しでも身を隠す場所に迷いが生じていたら、ウィラードは人前で半獣の姿に戻っていただろう。

早く役目をこなして侯爵達と合流しなければ——と、エリスが思考を働かせていた時だ。

「……うっ、ぐ……っ！」

「ウィラード様⁉」

突然ウィラードが小さく呻《うめ》き、胸の辺りを押さえてよろめいた。

咄嗟に支えた彼の身体は驚くほど熱く火照《ほて》っており、エリスは瞳が零れ落ちんばかりに目を瞠《みは》る。

振り仰いだ先にある整った顔は赤く上気し、呼吸も浅く速いものへと変わっていた。

「……甘い、香りがする……。幻想花とは違う、強い香りだ……」

どろりと溶けたように潤む瞳で、一心にエリスを見つめながら、ウィラードは熱い吐息混じりに苦しげな声を絞り出す。即座にエリスが鼻の頭をひくつかせると、確かに甘い香りがした。

常人のエリスでも嗅ぎ取れるのだ。解呪の効果が切れて獣の嗅覚に戻ってしまったウィラードは、何倍も強くこの香りを知覚しているに違いない。

（――っ！　この香りはマズいわ！）

辺りに漂う甘い香気は、香木として有名な白檀《びゃくだん》だろう。

香炉で焚《た》いて使用すると、荒立つ心を鎮めたり、集中力を高める効果を発揮する。他にも、肌や免疫力によい効能を齎《もたら》すのだが……ウィラードに現れているのは、間違いなく催淫作用だ。

「ウィラード様、もう少しだけ我慢してください。口づけをすれば人間の嗅覚に戻るので、そうしたら身体も楽になるはずです」

「……口、づけ……？」

「はい、解呪の口づけです。手袋は私が外しますので手を貸してください」

「嫌、だ……。身体が熱くて、喉が渇いて死んでしまう……。もう、待てない……ッ！」

「きゃっ⁉」

獲物を狩る猛獣のごとく、ウィラードの瞳孔《どうこう》が縦長に細くなる。

彼は自分を支えているエリスの両肩を掴《つか》むと、近くの木の幹へ身体を強く押しつけた。

条件反射でウィラードを突き飛ばそうとしたが、押し返した胸板はビクともしない。そうこうしている内に顎《あご》をすくい上げられたエリスは、噛みつくような荒々しいキスをされた。

「ん、う……ッ⁉」

ファーストキスもセカンドキスも、唇同士の軽い触れ合いだったのに――こんなに深い口づけは生まれて初めてだ。淫靡《いんび》な水音と共に口内を蹂躙《じゅうりん》され、陸にいるはずなのに、あたかも溺れているような錯覚に陥る。呼吸が苦しい。頭がクラクラして全身から力が抜けてゆく。

エリスの身体が完全に弛緩《しかん》すると、今の口づけで人間に戻ったウィラードが、ようやく正気を取り戻した。彼は勢いよくエリスから離れると、赤面した顔を隠すように深く頭を下げる。

「ご、ごめん！　私はなんてことをしてしまったんだ……っ！」

謝罪の言葉をぼんやりと聞きながら、エリスはずるずるとその場にへたり込む。

無意識に咲かせてしまった幻想花が大量に空中を浮遊している。顔が燃えるように熱くて、バクバクと脈打つ心臓が壊れそうだ。瞬《まばた》きをしたら生理的な涙が頬を伝い落ち、恐るおそる顔を上げたウィラードが、運悪くそれを目撃して更に取り乱す。

「エリス、本当にごめん！　怖い思いをさせてしまったね。肉体のみならず、心まで獣に成り下がる

とは……私は自分が許せない！　どうしたらこの罪を償えるだろうか？」

地面に膝をついて、ウィラードはエリスと目線を合わせた。理性を失って蕩《とろ》けていた双眸が、今では辛そうにきつく眇められている。

指先で涙を拭《ぬぐ》ったエリスは、ウィラードの哀切な問いかけにゆるゆると頭を振った。

「ウィラード様はなにも悪くありません。先ほどの現象は白檀という香木の影響なので、聖花術師であるにもかかわらず、逸早《いちはや》く異変に気づけなかった私の責任です。それよりも、早くマクニース侯爵様のもとへ戻りましょう。あまり遅くなると、皆さんに心配をかけてしまいます。……私なら、大丈夫ですよ。なにも気にしてませんから」

本当は、なに一つ大丈夫ではない。

ウィラードを異性として意識しまくっているが、無理やり笑顔を作ってしれっと嘘をつく。

今ここで、悠長に話し合いをしている暇はない。一時間ごとに飲む薬は、「免疫力を高める特別な生薬」と言い訳をしていた。マクニース侯爵も「此度の視察で病がぶり返しては一大事ですからな」と、快く服薬の時間を取ってくれているが、あまり悠長にしていては不審に思われてしまう。

(第一王子の重病説が流れでもしたら、どんな恐ろしい仕打ちが待っているやら……)

脳裏に思い浮かんだのは、腹黒い笑顔でロッドをぶん回すオネェ枢機卿の姿だ。

エリスは気持ちを落ち着かせるため、何度も深呼吸を繰り返して周囲に浮かぶ幻想花を消す。心臓はトコトコ駆け足を続けているが、これでもだいぶ大人しくなった方だ。火照っていた頬も熱が引いたので、人前に出ても問題ない顔色に戻っているだろう。

気合いを入れて立ち上がり、服についた汚れを手早く叩《はた》き落とす。そしてエリスは、「行きましょう」とウィラードを促したのだが——彼はひどく傷ついたような面持《おもも》ちで、未だ地面にしゃがみ込んでいる。小首を傾《かし》げたエリスが名前を呼ぶと、彼はハッと息を呑んで立ち上がった。

「そうだね、早く行こうか。次は竹林でタケノコを見せてもらう予定なんだ。エリスも余裕があれば、こっそり景色を楽しむといいよ。くれぐれも、ジュダにバレないようにね」

先ほどの表情は見間違いだったのだろうか？　切なげに眉根《まゆね》を寄せて、今にも泣き出しそうなのを堪えるように、口をきつく引き結んでいた。それなのに、エリスの呼びかけに応じたウィラードは、いつも通りの朗らかな笑みを湛え、穏やかな口調で何気ない話題を振ってくる。

途端、モヤッとした気持ちが胸中を満たす。

この感情がなんなのか正体を探ろうとしたが、腐葉土の地面を踏み締めて、ウィラードが先に立って歩き出した。慌てて彼の後を追いかけるエリスは、今度こそはっきりとした違和感を抱く。

(どうして、手を繋いでくれないの？)

こっそり隠れて口づけをした後、人目につかない間は毎回手を引いてくれたのに……。

空っぽの右手を見下ろすと、如何《いかん》ともしがたい寂しさが込み上げてくる。

(事故みたいなものだけど、あんな大人の口づけをした直後だし……仕方ないよね)

時間が経てば解決する問題だろうと、この時のエリスは楽観視していた。しかし、視察を無事に終えて王城へ戻ってからも、ウィラードとの間に空いた微妙な溝は一向に埋まらず——……。

関係改善を図る前に、第二王子クリストファーの誕生祭を迎えたのだった。

第六章 ✽ 花香る、月夜の舞踏会

柔らかな新緑が徐々に色濃くなり始め、春も終盤に足を踏み入れる頃《ころ》。本日は、第二王子クリストファー・ロス・ランドルリーベの誕生祭が、国を挙げて華々しく執り行われている――……のだが、大切な弟の誕生日にもかかわらず、兄であるウィラードは暗い顔で執務机に向かっていた。

(日が暮れてきたな。夜会はもうすぐか)

内容確認を済ませた書面から顔を上げ、チラリと横目で窓の外を見遣《みや》る。西に傾いた太陽が世界を茜《あかね》色に染め上げ、あまりの眩《まぶ》しさにきつく目を眇《すが》めた。完全に陽《ひ》が沈んで夜の帳《とばり》が下りたら、自分も王族の一員として夜会に参加しなければならない。

解呪《かいじゅ》の口づけは部屋を出る直前にするので、未《いま》だに獣耳と尻尾《しっぽ》が生えた状態だが、先に着替えだけは済ませている。纏《まと》っているのは新たに仕立てた豪華な盛装だ。書類仕事をしている最中、無意識に緩めてしまったタイを直しながら、今度は視線を私室に続く扉へと向ける。

(そろそろ、エリスも着替え終わる頃合いだな)

第一王子の婚約者となったエリスだが、正式にその存在が公表されていないため、今回の誕生祭は裏方に徹してもらう予定だ。視察の時と同じく、解呪役として会場に待機してもらう手筈《てはず》となっており、今は来賓客に紛れ込むべくドレスアップ中である。

「視察、か……」

ポツリと呟《つぶや》いたウィラードは、肺腑《はいふ》を空にするほど深くため息をついた。

東の聖域マクニース領の視察から、早くも数日が経過しようとしている。マクニース侯爵との繫《つな》がりはより強固となり、長年温めてきた新たな文化発信も順調に進みそうだ。呪《のろ》われた状態での強行軍だったが、得られた成果は予想以上のものとなった。

それもこれも、解呪役として同行してくれたエリスの助力の賜物《たまもの》である。

（……私は、どうしようもない愚か者だ）

自《おの》ずと脳裏に思い浮かぶのは、木の幹に押しつけられた小柄な婚約者の姿。

白檀《びゃくだん》の香りに酔って理性のタガが外れた自分は、ひどい飢餓状態の獣となり果てた。異様に火照《ほて》った身体《からだ》は猛烈な飢えと渇きを訴える。そんな中、心配して駆け寄ってきてくれたエリスの唇が、瑞々《みずみず》しい果実のように見えてしまい――淫靡《いんび》な熱に浮かされた思考回路が「喰《く》ろうてしまえ」と囁《ささや》いた。

正気に戻った時には、なにもかもが手遅れで――……。

何者からも守ると誓った愛《いと》おしい少女を、自分自身が手酷《てひど》く傷つけ泣かせてしまった。

（エリスは香木の香りが原因だから、気にしていないと言ってくれた）

でも、そうじゃないんだ――と、心の奥で仄暗《ほのぐら》いモヤが湧き立つ。

怯《おび》えて逃げようとする少女を力でねじ伏せ、噛《か》みつくような激しい口づけをした。取り返しのつかない蛮行だと理解しているし、後悔や反省も数えきれないほど繰り返している。けれど、ふとした瞬間に深い口づけの感覚が蘇《よみがえ》り、「もう一度味わいたい」という醜い欲求が生じるのだ。

（……本当に、最低だ……）

深い自己嫌悪に陥ったウィラードは、執務机に肘をついて頭を抱える。

夜会が始まるギリギリまで政務に励んでいたのも、常に頭を働かせていなければ、醜悪な欲望が首をもたげるからだ。素面《しらふ》の状態でもこの体たらくである。もしかしたら、ふとした弾みで自制の糸がぷつりと切れ、再びエリスに襲いかかってしまうかもしれない。

（情けないな。この歳にもなって、己の感情に振り回されるとは……）

これ以上、無垢《むく》なエリスを傷つけたくない。だから、臆病な自分は距離を取る。彼女から徹底的に嫌われでもしたら……と想像するだけで、身が震えるほど恐ろしくなるのだ。

「殿下、お身体の具合が悪いのですか？」

完全に書類仕事が手につかなくなると、影のように護衛に徹していたジュダが、躊躇《ためら》いがちに声をかけてくる。どうやら自分が悶々《もんもん》と思い悩んでいる間に、太陽は完全に沈んでしまったようだ。

暗くなった室内を順繰りに回って、忠実な部下は燭台《しょくだい》の蝋燭《ろうそく》へ灯《あか》りをともしてゆく。その後ろ姿をぼんやり眺《なが》めていると、口が勝手に動き出した。

「ジュダ、頼みがある。今すぐ私を捕らえてくれないか？」

「……――は？」

「お前は蒼華《そうか》騎士団を束ねる長だろう。罪人を野放しにしてはいけない」

「し、心臓に悪い冗談はおやめください！　誰《だれ》よりも高潔であらせられる殿下が、万が一にも罪を犯すなどありえません。お困りごとがございましたら、僭越《せんえつ》ながら私がお聞き致します」

実直な部下から寄せられる厚い信頼に、良心がギリギリと激しく痛む。

別の悩みごとであれば、とっくの昔にジュダとマリオンへ相談していただろう。しかし、固い絆《きずな》で結ばれた旧知の仲だからこそ、エリスとの間に生じた問題は打ち明けられずにいた。このような経験は初めてで、仲間に秘密を作っている自分自身に嫌気が差す。

(私はいつから、これほど浅ましい存在になってしまったのだろう？)

胸中に渦巻く苦悩を嘲笑《あざわら》うかのように、本日何度目かのため息が前髪を揺らす。ともかく、自分を案じてくれるジュダに、なにかしら言葉をかけようとした……刹那《せつな》。

「お待たせしました」

私室の扉が静かに開かれ、身支度を済ませたエリスが姿を現した。

夜会のドレスコードである赤を纏った婚約者に、ウィラードは思わず目が釘《くぎ》づけとなる。気の利いた賛辞を述べようとしても、頭がうまく働いてくれない。それでも必死に台詞《セリフ》を組み立てたが、喉の奥で言葉が詰まり……結局は、一言も声に出すことは叶わなかった。

「ウィラード様。こんなに素敵なドレスを用意してくださって、本当にありがとうございます」

「──っ！　あ、あぁ……」

ドレスの裾を摘まんだエリスから、優雅なお辞儀と共に感謝の言葉を告げられる。頭を上げた彼女がふわりと微笑《ほほえ》むと、辛うじてウィラードは短く相槌《あいづち》を打ったが──ぎこちなく視線を逸《そ》らすと、またしても不自然なだんまり状態に戻ってしまう。

明らかに挙動不審なウィラードに、エリスはどこか寂しげに眉根《まゆね》を寄せる。珍しく、二人の間に流れる微妙な空気を察知したジュダまで、居心地が悪そうにわずかに身じろいだ。

「ちょっと、エリス。戻ってきてくれるー？　仕上げの香水をつけ忘れてたわ。お洒落《しゃれ》をするからには、香りまでバッチリ決めないとね」

気まずい沈黙を破ったのは、底抜けに明るいマリオンの声だった。即座に「はーい！」と返したエリスは、ドレスの裾を大きくはためかせ、逃げるように私室の奥へ引っ込んでしまう。

残されたウィラードは、傍《かたわ》らに佇《たたず》むジュダへ尋ねる。

「お前はエリスの衣装をどう思った？」

「？　殿下がお選びになられた品です。よく似合っておりました」

「そうか。そう、だよな……」

確かに、ジュダの言う通りだ。オーダーメイドは時間的に無理があったので、仕方なく既製品の中からドレスを選んだが、エリスの魅力を最大限に引き出していた。

その事実に、ウィラードの胸が鈍く軋《きし》む。

(私の色ではないのに、どうして似合ってしまうんだ？)

見慣れない赤色のドレスに身を包んだエリス。可憐《かれん》で愛らしいと本心から思っているのに、ドロリと湧き出た仄暗い劣情が吼《ほ》えるのだ。

自分以外の色のドレスなど、今すぐにでも脱がしてしまいたい——と。

(馬鹿なことを考えるな！　嫉妬《しっと》深いにもほどがある！)

卓上で組んだ両手に額を打ちつけ、今日一日でもっとも大きなため息をつく。

「なぁ、ジュダ。やはり、私を捕らえてくれないだろうか？」

「――っ!? 殿下。また、そのようなご冗談を……。私の心臓を止めるおつもりですか？」

「いや。本気なんだが」

ドレスのみならず、身も心も自分色に染め上げたい。そんな重たい独占欲が、いつの日か理性の糸を焼き切って、エリスをおぞましい毒牙にかけてしまう前に――……。

（心までケダモノに成り下がった私は、檻《おり》の中に閉じ込めてしまうのが一番だ）

胸中で吐き出した呟きは鋭い棘《とげ》となり、いつまでもウィラードを責め苦しめるのだった。


きらびやかなシャンデリアの灯りが降り注ぐ、ウィンズレット城の大広間。ホールの中央では楽団の演奏に合わせて、すでに何組かの男女が優雅にワルツを踊っている。立食スペースは更に賑々しく、軽食を楽しみながら上品に談笑するグループの輪が散見された。

大広間のどこを見渡しても、第二王子を象徴する真紅の装飾が目に入る。招待客のドレスコードも当然ながら赤だ。女性は濃淡に差はあれども、赤系統のドレスに身を包んでいる。男性は全身を赤で統一するのが難しいため、ネクタイやタイピンなど小物の色に赤を選んでいた。

（クリストファー殿下以外の王族と、彼らを守護する専属騎士は、それぞれの色を纏っているのね）

会場全体を見渡せる壇上には王族が勢揃《せいぞろ》いしており――右には国王と第一王妃、左には第二王妃と第一王子が。そして、中央に置かれた白銀の豪奢《ごうしゃ》な椅子《いす》に、本日の主役であるクリストファーが悠然と座している。どうやら赤の王子の花祝の儀は、恙《つつが》なく終えられたようだ。

（それにしても、クリストファー殿下って二重人格なのかな？　初めて会った時は、怖い顔で嫌味ばかり言ってきたのに、今日は誰が相手でもにこやかに対応してる……）

二階へ続く階段を上りながら、エリスは横目で壇上の様子を窺《うかが》っていた。

儀式やパレードで疲れているはずなのに、クリストファーは眩《まばゆ》い笑顔を崩さず、入れ代わり立ち代わり訪れる貴族の挨拶《あいさつ》に快く応じている。兄であるウィラードの関係者にだけ反抗的なのか、それとも、今だけ猫を何重にも被っているのか――なんとなく気になった。

（ウィラード様まで色んな人に挨拶されてるのは、自分の誕生祭の夜会に参加できなかったせいだよね。あの日は急病ってことにして、本人不在のまま夜会を開催したみたいだし）

クリストファーに挨拶を済ませた貴族が、そのままウィラードの方へ流れてゆく。

賓客の対応をするウィラードは、好青年らしい爽《さわ》やかな笑顔を浮かべていた。

（……私にはもう、あんな風に笑いかけてくれないのかな？）

視察先で深い口づけを交わしてからというもの、ウィラードの様子がおかしくなった。

以前はあからさまなスキンシップを仕かけてきたのに、今ではそれが嘘《うそ》のようにやんだ。顔を合わせても表情はぎこちないし、会話をする機会もめっきりと減ってしまった。夜だって、お互いがベッドの端に寄って眠る形へ戻ったのだが――なぜか毎朝、ウィラードの胸の中で目覚めるのだ。起床したウィラードが慌てて謝罪をしてくるので、彼が無意識に自分を抱き枕にしているのだろう。

この唐突な関係の変化に、日々、戸惑いと寂しさが募るばかりだ。

「おい。よそ見をしていると転ぶぞ」

壇上のウィラードを見つめて階段を上っていると、斜め後ろをついてくるジュダに注意される。

マリオンはプロイツ公爵令息と蒼花枢機卿《すうききょう》という、二つの立場で夜会へ参加せざるをえないため、今宵はジュダがエリスの護衛を務めていた。ウィラードの方は、蒼華騎士団の副団長が護衛についているので、警護の面はいつもと変わらず問題ないそうだ。

夜会の終了時刻は三時間後だが、王族が全員揃うのは最初の三十分だけらしい。なんでも、残りの二時間半は主役だけを残し、他の面々は退席するのが古くからの習わしなのだとか。

解呪の口づけをしたのは蒼《あお》の宮殿を出る直前だ。呪いが解けた状態は一時間しか持たない——とはいえ、会場への移動時間と夜会が開始されるまでの待機時間を差し引いても、ウィラードの退席後には十五分の余裕がある。エリスが会場で待機するのは、不測の事態が発生した場合の保険だった。

(今のウィラード様と口づけするのは、どうしても気まずいなぁ……)

ジュダにバレないよう、こっそりとため息をついた時だ。

「おや？　そこにいるのはエリスじゃないか」

深みのある穏やかな声に名前を呼ばれ、何気なく背後を振り返ると——長い階段の数段下に、紅花枢機卿グレアムの姿があった。

大貴族エイボリー公爵家の嫡男であるため、今宵の彼は純白の法衣ではなく、クラシカルな盛装に身を包んでいる。小粒だが、確かな存在感を放つルビーのタイピン。袖口を飾るカフスボタンには、エイボリー公爵家の紋章が刻まれており、細部まで洗練された出《い》で立《た》ちだ。

親交が深いグレアムとの再会に、エリスの表情がパッと明るくなる。

「グレアム様、ごきげんよう」

貴族の令嬢に扮《ふん》しているエリスは、花嫁修業で習った淑女らしい挨拶を実践した。ドレスの裾を軽く摘まみ、ちょこんと膝を折って頭を下げた少女の振る舞いに、グレアムは軽く目を見開く。だが、それも一瞬のことで……彼はすぐに朗らかな笑顔を浮かべた。

「私としたことが、肝心の挨拶を忘れていたよ。改めて――ごきげんよう、エリス。それにしても、少し会わないうちに随分と魅力的なレディになったものだ。すっかり驚かされてしまったよ」

「本当ですか？」

「私はエリスに嘘をついたりしないさ。そのドレスもよく似合っている。赤くてヒラヒラしているところが、まるで金魚のように愛らしいじゃないか。……ウィラード殿下からの贈り物かな？」

第一王子の婚約は未公表のため、グレアムはドレスの贈り主について、声を最小限まで落として尋ねてくる。悩みの種であるウィラードの名前が耳に入ると、それまで嬉《うれ》しそうに笑っていたエリスは、胸中の動揺をうっかり表に出してしまった。

不格好な笑顔で固まったエリスに、グレアムが何事か声をかけようとする――が、しかし。

「ご歓談の最中に失礼致します。エリス様、待ち合わせのご予定が迫っております。差し出がましいようですが、お急ぎになられた方がよろしいかと」

護衛役を務めるジュダが、話の流れを無理やりぶった切った。

チラリとジュダの様子を窺えば、「予定外の行動を取るんじゃない」と、顔にデカデカと書いてある。確かに、和気あいあいとお喋《しゃべ》りを楽しんでいる真《ま》っ只中《ただなか》で、急な解呪要請が入ったら抜け出すのも一苦労だ。そんなわけで、ジュダの無言の圧力にエリスは大人《おとな》しく従った。

「申し訳ありません、グレアム様。私、もう行かなくてはならなくて……」

「それは残念だ。せっかくの機会だから、ダンスを一曲申し込もうと思っていたのだがね。先約があるのなら仕方がない。カトレアの君が、素敵な時間をすごせるよう祈っているよ」

心底名残《なごり》惜しそうにしながらも、グレアムは紳士らしい言葉を残して階下へ去ってゆく。その後ろ姿をギロリと睨《ね》めつけ、ジュダが「キザったらしい」と小声で毒づいた。

その一言に、エリスはムッと眉根を寄せる。

「グレアム様のことを悪く言わないでください。大人の余裕がある、優しくて素晴らしい方じゃないですか。私のこともカトレアにたとえてくれたんですよ？　お世辞でも嬉しくなっちゃいます」

他者を花にたとえるのは、聖リュミエール王国の伝統的な習わしだ。カトレアには【優美な貴婦人】や【成熟した大人の魅力】という花言葉があり、大貴族エイボリー公爵家のグレアムから立派な淑女と認められたようで、エリスは純粋に喜んでいた。

しかし、堅物騎士団長は「浮かれるな」と、弾む乙女《おとめ》心を一刀両断する。

「お前は警戒心を持て。この会場に集まっているのは、第二王子を次期国王に望む連中ばかりだ。ウィラード殿下が婚約を公表していなくとも、刺客の警戒は怠るんじゃない。第二王子の祭事を担当する紅花枢機卿の誘いに乗るなど、もってのほかだぞ」

ひそひそと耳打ちされる内容を聞いて、エリスは思わず心の声を零す。

「そんなにグレアム様を敵視するなんて……今日のジュダさん、なんだかマリオンさんみたい」

「下らない冗談を言っている暇があるのなら、さっさと先に進め」

本音なんだけどなぁ――と喉元まで出かかったが、いつまでも階段の途中で立ち止まっていては、他の来賓客の邪魔になってしまう。無作法で悪目立ちするわけにもいかず、エリスはジュダとの軽い口論を切り上げ、彼の指示通りに止めていた足を動かし始めた。

「殿下が退場なされるまで、お前はここで楽にしていろ」

階段を上りきった二人は一番手前のサロンに入った。

壁や卓上に設置された燭台の炎が、室内を淡く照らし出している。家具は飴《あめ》色に艶《つや》めくマホガニー製で統一され、憩いの空間にぴったりの気品ある装飾が施されていた。

猫脚の寝椅子に腰を下ろしたエリスが一息つくと、ジュダもわずかに表情を緩める。

「なんだ、もう疲れたのか?」

「はい、クタクタですよ。ずっと森の中で生活していたせいか、人混みはどうにも苦手なんです。ドレスも多少は着慣れましたけど、それでも窮屈なのは変わりませんし……」

「それだけ着飾っていたら当然だな。生地の重さだけで何キロあるんだ？　おまけに踵《かかと》の高い靴まで履いているのだろう？　俺からしたら新手の拷問《ごうもん》だぞ」

エリスの傍らで待機の姿勢を取ったジュダが、彼女の身なりを一瞥《いちべつ》して嘆息した。

普段は青の王子の婚約者として彼の色を纏っているエリスも、今夜ばかりはドレスコードを遵守して、薄紅色のドレスに身を包んでいる。耳飾りとネックレスには純度の高いルビーがあしらわれ、編み込んでハーフアップにした髪にも、光沢のある茜色のリボンが蝶《ちょう》のように留まっていた。

夜会用にしては若干控えめだが、清楚《せいそ》かつ可憐な装いだ。会場入りした時点で年若い男性から声をかけられ、ジュダが追い払うという珍事が発生したほどである。化粧ノリも抜群のようだ。

「今日もマリオンが着付けをしたのか？」

それとないジュダの問いに、エリスは髪型を崩さぬよう小さく首肯する。

「ドレスなんて一人じゃ着られませんから。私はもともとお洒落に疎《うと》いので、ヘアメイクもマリオンさん頼みですよ。髪型やお化粧が流行遅れにならないように、情報収集まで徹底してるんです」

正体不明の魔女がメイドに変装しないとも限らない。故に、ウィラードとエリスの周囲には、女性の使用人を近づけない特別な措置が取られていた。

『メイドの手を借りられない。そんな時はあたしの出番ね！』

長い袖をグイッと捲《まく》り上げ、妙にイキイキとエリスの着替えの手伝いを買って出たのは、権力を愛してやまないオネエ枢機卿だった。いくら中性的な容姿のマリオンが相手でも、異性に着替えを見られるのは抵抗がある。当然、エリスは年頃の乙女らしく恥じらったのだが、

『あたしがウィルの婚約者に襲いかかるわけないでしょ？　一時の欲に身を任せて友情と出世をぶち壊すのは、後先考えないバカのすることよ。それに、エリスみたいなちんちくりんは、あたしの好みから完全に外れてるのよねぇ。どう頑張っても恋愛対象にはならないわ』

——と、断言されてしまった。これでは抵抗するだけ虚《むな》しさが増す。事実、着替えを手伝うマリオンは終始楽しそうで、エリスは着せ替え人形のように扱われていた。慣れとは恐ろしいもので、今や彼に着替えを手伝ってもらう行為は、日常の一コマに組み込まれている。

ちなみに、マリオンに好みの相手を尋ねてみたが、「内緒♡」とウインクつきで誤魔化《ごまか》された。果たして、彼の恋愛対象は男性なのか女性なのか——謎は深まるばかりだ。

「知っての通り、あいつは一方的に紅花枢機卿を敵視しているだろう？　最近では赤色を見るだけで蕁麻疹《じんましん》が出そうになるらしいぞ。そのドレスをお前に着せるのも、かなり渋ったんじゃないか？」

「そうですね。『青が一番似合うのに』って、ものすごく怖い顔でずっと言ってましたよ」

「マリオンらしいな。まぁ、俺もお前には青の方が似合っていると思うぞ」

「……まさか、蒼華騎士団も紅華騎士団と仲が悪いんですか？」

「言っておくが、関係を悪化させているのは向こうだからな。事あるごとに難癖をつけられ、ほとほと手を焼いている。俺も部下達も良識ある行動を心がけているが、降りかかる火の粉は払わねばならん」

本当に仲が悪かったのかと、エリスは呆《あき》れ混じりの半眼になる。彼女のじっとりとした視線に居心地が悪くなったのか、「そういえば……」と、ジュダが速やかに話題を切り替えた。

「教会法の無実の証明で、俺がお前に癒《いや》しの福音を依頼しただろう？　あれを使用した後、己の生き様を冷静に見つめ直したんだ。その結果、少しずつ肩の力を抜けるようになってきた……と、思う。今はまだ騎士団の軽作業だけだが、部下に手伝いを頼む機会を少しずつ増やし始めたんだ」

唐突な告白の内容に、エリスは翡翠《ひすい》色のどんぐり眼《まなこ》を瞬《またた》かせる。

何気なく振り仰いだ先では、珍しくジュダが微《かす》かに笑っていた。眉間《みけん》の皺《しわ》が消えただけで、普段よりも三歳は若返って見え――余計にエリスは大きく目を瞠《みは》る。

「騎士の家系に生まれ育った俺は、幼い頃から甘えを許されなかった。しかし、辛い時は仲間に助けを求めてもよいのだと、お前は福音を通して想いを伝えてくれただろう？　なにもかも一人で抱え込み、強がることしかできずにいた俺にとって、目から鱗《うろこ》が落ちる衝撃的なメッセージだったぞ」

「すみません！　癒しを目的とした福音だったのに、大きなショックを与えてしまうなんて……」

自身の福音が想定と真逆の効果を発揮していたと知り、エリスは眉尻を垂らして謝罪をする。どんな苦情でも受け止める覚悟を決めていると、ジュダが「ふはっ」と笑いを噴き出した。

「早合点《はやがてん》をして謝るんじゃない。お前が花言葉から紡《つむ》いだ想いは、いい意味で俺の心を突き動かしたんだ。おかげで定期的に使用していた癒しの福音も、今後は頼る必要がなくなった。かなり遅くなってしまったが――期待を遥《はる》かに上回る福音の制作、深く感謝している」

「そんな、感謝するのは私の方です！　ジュダさんが依頼人を引き受けてくれたので、教会法の権利を行使できたんですよ。魔女疑惑を晴らす機会を与えてくれて、本当にありがとうございました！」

穏やかに微笑むジュダにつられて、エリスも久方ぶりに心からの笑顔を見せた。

「やはりお前は、そうして笑っている方が似合っているぞ」

「えっ？」

ぽつりと落とされたジュダの呟きに、「どういう意味だろう？」とエリスは小首を傾《かし》げる。

その直後、不意に階下から聞こえる弦楽器の音色がふつりと途絶えた。ポケットに忍ばせていた懐中時計を取り出して確認すると、クリストファー以外の王族が退席する時刻になっていた。

(また、ウィラード様と口づけをしなくちゃ……)

忘れていた気まずさが胸中で首をもたげ、無意識に「逃げ出したい」と思ってしまう。

ウィラードとの関係がギクシャクし始めた頃から、虚しさが雪のように降り積もり、どんどん心が冷え切ってゆくのを感じている。寂しくて、悲しくて……今にも凍えてしまいそうだ。

エリスが憂鬱《ゆううつ》な気分をため息に変えて吐き出すと、見慣れた渋面に戻ったジュダまで嘆息した。

「いずれ時が解決すると思っていたが見ていられん。お前、ウィラード殿下となにがあった？」

単刀直入に問われたエリスは、切なげに眉根を寄せて頭を左右に振る。

「わかりません。視察の後から、ウィラード様の態度が急によそよそしくなったんです。ダメですね、私。婚約者として好かれないといけない立場なのに、逆に嫌われるなんて……」

「ちょっと待て、結論を早まるな。殿下がお前を嫌っているなど断じてありえん。ここだけの話だが、その赤いドレスを身につけたお前を見て、あの殿下が明確に気分を損ねておられたのだぞ？　この意味をよく考えてみろ。嫌われているどころか、むしろ――……」

ジュダが話の核心に触れようとした刹那《せつな》。サロンの扉がいきなり乱暴に叩《たた》かれて、「あたしよ、早く開けてちょうだい！」とマリオンの声が響く。

ぴたりと口を噤《つぐ》んだジュダが足早に扉へ近づいて内鍵を開けると、貴族の盛装をしたマリオンが室内に飛び込んできた。いつもの法衣姿ではなかったので、「誰？」と素で固まったエリスだったが、そんな彼女にお構いなしで、マリオンは怒涛《どとう》のごとく捲《まく》し立てる。

「緊急事態発生よ！　退場したウィルをここに連れてこようとしたんだけど、色気づいた小娘達が群がって、身動きが取れなくなっちゃったの！」

「身の程を弁《わきま》えぬ無礼者など、お前が無理やり引き剥《は》がせばいいだろう」

「このおバカ！　相手は貴族のご令嬢なんだから、乱暴に扱ったらあたしの出世に響くでしょうが！というか、あたしも散々言い寄られて大変だったのよ⁉　公爵令息な上に最年少枢機卿だもの。これで、モテないはずがないでしょう？　ダンスを申し込まれたり、飲み物を勧められたり……あの場所から逃げ出せただけでも奇跡よ！　本当に、ウィルまで助けてる余裕なんてなかったんだから！」

マリオンのすさまじい剣幕に、途中で口を挟んだジュダが目に見えて怯《ひる》む。

そんなわけで――と続けた蒼の枢機卿は、つかつかと部屋の奥へ歩みを進め、寝椅子に座って狼狽《うろた》えているエリスの手を取った。

「出番よ、エリス。ウィルの解呪効果が解ける前に、なにがなんでも口づけするの！」


マリオンに連れて行かれたのは、大広間前の外回廊だった。

篝火《かがりび》に照らし出される回廊の一角では、華美に着飾った五人の令嬢が誰かを取り囲み、しきりに黄色い声を上げている。無論、彼女達の中心にいる人物はウィラードだ。彼もその場から脱出を試みているようだが、穏便な対応が裏目に出て、まさに令嬢達の独壇場と化していた。

小柄なエリスは令嬢達の陰に隠れてしまい、ウィラードからは見えていないようだ。一瞬、飛び跳ねて存在を主張しようとも考えたが、普通にはしたない行為なのでやめた。

（こんな状況で、どうやって口づけすればいいの!?）

マリオンやジュダに助言を求めようにも、彼らは少し離れた場所にある柱の裏で待機している。乱闘にでもなったら駆けつけてくれるだろうが、まずは一人でどうにかしなければならない。しかも、早急に手を打たねば解呪の効果が切れてしまう。

一度大きく深呼吸をしたエリスは、覚悟を決めて歩き出した。

だって、約束したのだ。自分がウィラードを全力で守る――と。今の彼にどう思われていようとも、一度交わした誓いを反故《ほご》にするのは己《おの》が主義に反する。

「あ、あの！　すみません。そこを通してくださいませんか？」

勇気を振り絞って令嬢の一人に声をかけるが、完全に無視された。別の令嬢に狙《ねら》いを変えても、彼女達はエリス以上の声量で、盛んにウィラードを褒めそやす。

誰も彼もが「自分こそウィラードの婚約者に相応《ふさわ》しい！」と主張し、美しい笑顔で他の令嬢を牽制《けんせい》する。その壮絶ともいえる光景に――エリスの胸中で、ムカッと怒りの感情が刺激された。

（どうしてウィラード様は、なにも言い返さないの？　貴方《あなた》の婚約者は私じゃない！）

お飾りの婚約者にはしない、生涯をかけて幸せにすると言ってくれたのに！　ウィラードはなぜ、「すでに婚約者がいる」と公言しないのだろう？　まさか、婚約者だと思いたくもないほど、彼に嫌われてしまったのだとしたら――……。

そこまで考えたエリスは、一気に悲しみの海へ突き落された。

（やっぱり、平民の私が王子様の婚約者になるなんて……おかしいよね……）

気を抜くと零れ落ちそうになる涙を、目尻に力を込めて必死に堪《こら》える。

次の瞬間、第一王子争奪戦の輪に勝気そうな令嬢が強引に割り込んだ。その際、ぼんやりと突っ立っていたエリスは、「邪魔よ！」と肘で小突かれバランスを崩し――、

「きゃ……っ！」

咄嗟《とっさ》に受け身も取れず、冷たい石畳の上へ倒れてしまう。

強《したた》かに打った臀部《でんぶ》がジンジンと痛む。せっかくウィラードから贈られたドレスも、繊細なレースの部分が床で擦れ、見るも無残に破けてしまった。幸いにも怪我《けが》はしなかったが、空虚な心に惨《みじ》めさが募ってゆく。本格的に涙腺が緩み、じんわりと視界が滲《にじ》み始めた時だった。

「君達、そこをどいてくれないだろうか？」

静かだが芯のあるウィラードの声が外回廊に反響する。しかし、彼を取り巻く令嬢達は殊更《ことさら》華やかに微笑むばかりで、その場から動く気配すら見せない。

なにも聞こえなかったように振る舞う令嬢達へ、再度ウィラードが告げる。

「次はない。今すぐ、そこをどいてくれ」

鋭い眼光と共に放たれたのは、温厚な青の王子が発したとは思えない、低く威圧感のある空恐ろしい音声《おんじょう》だった。刹那、「ひっ！」と恐怖に引き攣《つ》った声がいくつも上がり、それまで我を通し続けて

いた令嬢達が、泡を食ってウィラードから距離を取る。

肩を寄せ合って震え出した令嬢達など気にも留めず、床に倒れているエリスを見つけると、ウィラードは急いで彼女のもとへ駆け寄った。

「やっぱり、エリスの声だった。すぐに気づけなくてごめん。どこか痛むところは？　打ちどころが悪ければ取り返しのつかないことになる。少しの異変でも我慢してはいけないよ」

「わ、私は大丈夫ですが……」

解呪の方は大丈夫ではなさそうだ。

中庭にある時計台の鐘が鳴り始め、エリスの全身から冷や汗が噴き出す。自分の記憶が正しければ、蒼の宮殿を出る直前に口づけをした時も、時計台の鐘の音が聞こえていた。

いつもは、朝から夕方までの間しか時計台の鐘は鳴らされない。本日は第二王子の誕生祭なので、特別に夜が更《ふ》けても時計台の鐘は鳴り響く。時計台の鐘は一時間ごとに鳴らされるので、今のウィラードはいつ半獣の姿に戻ってもおかしくはない。

(手の甲は……ダメだわ、手袋を外してる余裕なんてない。こうなったら……っ！)

エリスの身体を心配するウィラードは、床に片膝をついている。そんなウィラードの両肩を掴《つか》んだエリスは、彼の身体を力任せに引き寄せると、無防備な頬《ほお》へ自身の唇を押し当てた。

手の甲よりも柔らかな感触に、心臓がトクンと高鳴る。

「……嫌では、ありませんでしたか……？」

静かに唇を離したエリスは、面食らった様子のウィラードへ儚《はかな》げに問う。

「なぜ、そんなことを聞くんだい？　エリスの口づけを私が嫌がるわけないだろう」

——あぁ、ダメだ。転んだら必要以上に心配してくれるし、突拍子もない質問を繰り出しても、真っ直ぐ目を見て実直な答えをくれる。まるで、視察へ出発する前のウィラードに戻ったようで、エリスはここ数日の間に溜《た》め込んでいた疑問を、堪らずにぶちまけてしまう。

「それならどうして、最近のウィラード様は私によそよそしい態度を取るんですか？　まともに会話もできなくなって……き、嫌われて……しまったのだと、思って……っ」

くしゃりと顔を歪《ゆが》めたエリスの頬を、ついに一筋の涙が零れ落ちる。一度決壊した涙腺は制御不能となり、小さな嗚咽《おえつ》混じりに泣いていると——突然、ウィラードに横抱きにされてしまう。

急な浮遊感に驚いたエリスは、咄嗟にウィラードの首元へしがみつく。泣いているエリスに、「そのまま掴まっていて」と優しく囁いたウィラードは、彼にしては珍しく乱雑な足取りで歩き出した。


蚊帳《かや》の外に放り出されていた令嬢達は、尚も執念深く、去り行くウィラードを呼び止めようとしたが……とある女性の登場により、またしても恐怖に震え上がった。

「真の淑女ならば、引き際こそ美しくあるべきですよ」

いつからそこにいたのだろう？　純白のドレスを纏った第二王妃のナターシャが、射干玉《ぬばたま》の髪を夜風になびかせ、硬直している令嬢達の前へ楚々《そそ》と歩み出る。

白の王妃は口元を扇で隠し、ふわりと優雅に微笑する。

「あの少女はわたくしが手ずから育てている〝花〟です。今はまだ蕾《つぼみ》ですが、遠からず美しく咲き誇るでしょう。無粋な邪魔立てなど企てようものなら——……わかっておりますね？　わたくし、記憶力には自信がありますの。もちろん、貴女方《あなた》のお顔は覚えましたよ」

ナターシャの菫《すみれ》色の双眸《そうぼう》が剣呑《けんのん》な光を宿し、令嬢達を真正面から射抜く。

「今宵、貴女方はなにも見聞きしていない。……そうですね？」

穏やかな声音で紡がれたはずなのに、その言葉には有無を言わせぬ迫力があった。

化粧の上からでもわかるほど青白い顔色になった令嬢達は、決して他言はしないと誓うや否や、全員揃って夜会が続く大広間の中へ戻って行く。

「近頃、花嫁修業に訪れるエリスさんが随分と落ち込んでいるから、なにかおかしいと思っていたのよ。念のため、目を光らせておいて正解だったわ。大方、ウィルが原因なのでしょう？」

扇を閉じて短く息を吐いたナターシャは、柱の陰から出てきた息子の護衛騎士と蒼花枢機卿へ的確な指示を出す。

「あの子達の周囲は白華騎士団に警戒させているので、貴方達は少し離れた場所で待機しているように。いつまでもすれ違ったままでは可哀想《かわいそう》だもの。今夜は二人きりにしてあげましょう」

息子とその婚約者を、ナターシャは心の底から気遣っている。白の王妃の母性に満ちた思いやりに触れ、マリオンとジュダは「御意」と折り目正しく礼をした。

黙々と歩き続けていたウィラードが立ち止まったのは、大広間の近くにある広大な薔薇《ばら》園だった。横抱きにされていたエリスは、ウィラードに支えられながら、柔らかな下草の上にゆっくりと降り立つ。篝火が焚《た》かれているので周囲はうっすらと明るい。道中、警備の騎士を何人も見かけたが、この場所の近くには誰もいないようだ。

「強引に連れ出してごめん。だけど、蒼の宮殿へ戻るまで待てなかったんだ。一刻も早く真実を打ち明けないと、私の方がエリスに嫌われてしまいそうで……とても、恐ろしかった」

「え……」

ひどく苦しげに胸中の想いを語るウィラードに、エリスは涙で濡《ぬ》れた睫毛《まつげ》を上下させる。

「視察の二日目。湿地帯を抜けた先の林の中で、香木の香りにあてられた私は、エリスの唇を無理やり奪ってしまった。あの時、君から告げられた『気にしてません』の一言が、どうしても頭から離れてくれないんだ」

「――っ！」

「心が千々《ちぢ》に乱れているのは自分だけなのだと知り、目の前が暗くなるほどの衝撃を受けた。君に愛されようと努力し続けて、少しは心を開いてもらえたと自負していたのに……すべて、私の自惚《うぬぼ》れだったと気づいた時には、比喩ではなく心臓が止まったかと思ったよ」

ウィラードは前髪をくしゃりと乱暴に掴み、顔を伏せて口元を吊《つ》り上げる。それは、笑みと呼ぶにはあまりに不格好で、見ているだけでも痛々しい。

「我ながら幼稚だと自覚している。それでも、エリスに男として意識されていないのだと思い知り、遣る瀬なさから拗ねていたんだ。その結果、君を泣かせるまで追い詰めてしまったのだから……私は救いようのない大馬鹿者だ」

「ち、違います！　ウィラード様はなにも悪くありません！」

力なく微笑むウィラードが、今にも夜の闇に溶け消えてしまいそうで――そんな彼を繋ぎ留めるように、エリスは必死の様相《ようそう》で広い胸元へ縋《すが》りつく。

「私は自分の役目を果たすことで頭がいっぱいでした。マクニース侯爵をお待たせしていたので、急いで合流しなければと切羽詰《せっぱつ》まって……咄嗟に、嘘をついてしまったんです。自分が取り乱して視察が失敗したら、取り返しのつかない大問題になりますから」

「！　まさか、君がついた嘘というのは……」

エリスの説明を聞いてすべてを察したのだろう。俯《うつむ》けていた顔を勢いよく上げたウィラードは、期待と少しの不安が入り混じった眼差《まなざ》しをしていた。彼の実直な瞳《ひとみ》に見つめられると、急激に羞恥心《しゅうちしん》が込み上げてきて、エリスは耐え切れず身体ごと後ろを向いてしまう。

「あんな大人の口づけ、生まれて初めてしたんですよ!?　気にしないわけありません！　私だって本当は、心臓が破裂しそうなくらいドキドキしてたんですからね！」

ぽん、ぽん――と。色鮮やかな幻想花に包まれながら、頬を朱に染めたエリスは、背後に佇んでいるウィラードへ向けて思いの丈をぶつける。

次の瞬間、背中からウィラードに抱き締められた。

目を丸めて戸惑うエリスをよそに、ウィラードは彼女の肩口へ顔を埋めて問う。

「今度は、嘘じゃない？」

「こ、こんな恥ずかしい嘘なんかつけませんよ！」

「それじゃあエリスは、私を恋愛対象として意識してくれていたのかい？」

「うぅ……。もうっ、知りません……っ！」

　恥ずかしさの限界はとっくに超えていた。懸命にもがいて逃げ出そうとするエリスだったが、くるりと身体を反転させられる。

　瞳の色は凪《な》いだ海を彷彿《ほうふつ》とさせる瑠璃《るり》色なのに、エリスを見つめるウィラードの双眸は、白檀の香りにあてられた時と同じく蠱惑《こわく》的な熱を孕《はら》んでいた。違いがあるとすれば、ここは薔薇園で白檀はどこにも生えておらず、ウィラードも人間の姿のまま理性を保っている点だ。

「――では、確かめさせてもらおうか」

　しっとりと囁くようなウィラードの声は、心なしかいつもより低く、わずかに掠《かす》れて甘美な色香を含んでいる。エリスの背筋を寒気とは別物の甘い痺《しび》れが駆け抜けたかと思えば、彼女は節くれだった指先に顎《あご》をすくわれ――……月光が降り注ぐ夜空の下で、優しくウィラードに唇を奪われた。

　果たして、どのくらいの間そうしていたのだろうか？　重ね合わせた唇を離したウィラードは、酔いしれたような表情で立ち尽くすエリスへ、甘く蕩《とろ》けんばかりの微笑で尋ねる。

「ねぇ、エリス。今の君は私を異性として意識してくれているだろうか？」

「～～～っ！　今日のウィラード様は意地悪です！」

「明日からとびっきり優しくする。だから、今夜は意地悪な私のわがままにつき合っておくれ。さぁ、その愛らしい唇で答えを教えて？」

エリスの緩く波打つ亜麻《あま》色の髪を一房手に取り、瑠璃色の眼差しで翡翠色の瞳を射抜いたまま、ウィラードは柔らかな毛先へそっと口づけを落とす。ボッと燃え立つように赤面したエリスは、小さな両手で顔を覆い、口から飛び出しかけた奇声を必死に呑《の》み込む。

（なに、これ……恥ずかしくて、死んじゃいそう……っ！）

だけど、ウィラードの質問にはちゃんと答えたい。すれ違いはなにがきっかけで起こるかわからないのだ。彼に避けられ続けた日常はひどく虚《うつ》ろで、逆戻りするのは二度とごめんだ。

勇気を振り絞って顔を覆う両手を外したエリスは、震えそうになる声で懸命に訴える。

「……意識しないなんてムリですよ。心臓がドキドキしすぎて、今にも壊れそうです……」

「それはよかった。私もエリスを意識しているよ。少なくとも、自分以外の色を纏っている姿を見て、醜く嫉妬するくらいには――ね」

「！　これは、夜会に紛れ込むための変装の一環で……」

「それはわかっているけど、蒼の宮殿に戻ったらすぐに着替えてもらうよ」

でも、その前に――と。ウィラードが完璧な立ち居振る舞いで、白い手袋に包まれた右手を差し出してきた。王族が退場する際はやんでいた楽団の演奏が、いつの間にか再開されていたようだ。大広間のある方角から、ゆったりとしたテンポの曲が聞こえてくる。

「ブルースターのように可憐なレディ。一曲、私と踊ってくださいますか？」

意中の女性をダンスに誘う際、男性は相手を花にたとえなければならない。たとえに出された花の花言葉が女性へ向けられた想いとなる、花の女神を信仰する聖リュミエール王国らしい作法だ。

（私が、ブルースター……）

一輪の花でも、複数の花言葉を有している場合がほとんどだ。

ブルースターは「信じあう心」と「幸福な愛」の二種類がある。

（ウィラード様は、どっちの意味を選んだのかな？）

非常に気になる問題だが、直接本人から聞き出すのは無粋というもので――頬を薔薇色に染めたままのエリスはふわりと微笑み、「喜んで」と差し出された手を取った。

色とりどりの幻想花が空中に咲き乱れる夜の薔薇園。

夢のような神秘的な空間で、エリスとウィラードは二人だけの舞踏会に興ずるのだった。

第七章 ✿ 隠されたメッセージと明かされた真相

第二王子クリストファーの誕生祭から、すでに三日が経《た》とうとしていた。

ウィラードとの関係がすっかりもとに戻り、目先の憂いが消えたエリスは、本日も元気に解呪《かいじゅ》の福音の研究に励んでいる。現在は【再生】の花言葉を持つユーカリを中心に、【幸福】を齎《もたら》す花言葉をかけ合わせているのだが……依然として、解呪の効果は発現していなかった。

（失敗続きでも、少しは前進してるはず。花言葉の組み合わせは花の数だけあるんだし、前向きにどんどん試すぞーっ！　でも、根《こん》を詰めすぎないようにしないと。みんなに心配かけちゃうもんね）

執務室の隣にあるウィラードの私室は、今やエリスの研究室と化している。食事に使用するテーブルは作業台代わりにされて、食器ではなく調合器具がずらりと並ぶ。部屋の隅に置かれた木箱の中には、効果が現れなかった使用済みの福音が、数えきれないほど入っていた。

調合中は頻繁に花壇を行き来するので、花嫁修業の時間以外、エリスは庭師の豪奢《ごうしゃ》な作業着で生活している。当初は若干の動き難《にく》さを感じていたが、本物のドレスを毎日着ているので感覚が麻痺《まひ》したのだろう。今ではなんの不自由もなく着こなしていた。

（今回はユーカリの【再生】と、カラーの【清浄】を組み合わせてみよう。あっ、これにカモミール

も加えたらいい感じかも。花言葉は【あなたを癒《いや》す】と【逆境で生まれる力】の両方を使おうかな)

福音に込める願いは、「あなたを癒す清浄な力は、逆境の中で生まれ再生へと導く」だ。

あまり花言葉を欲張りすぎると、調合に失敗する確率が高くなる。その反面、成功した場合は得られる効果が抜群なので、試す価値は大いにあった。

アルコール消毒を済ませた瓶の中に、ピンセットで花や緑を慎重に置いてゆく。実験段階とはいえ福音の見栄《みば》えも効能に作用するため、花弁の色合いや葉の形などにもこだわっている。すべての素材を理想通りに配置し終えると、コルク栓を閉めて両手で瓶を優しく包む。

「花の女神フロス・ブルーメよ。汝《なんじ》が司《つかさど》りし彩花の恩寵《おんちょう》を、ウィラード・ルネ・ランドルリーベに授け賜《たま》え」

厳《おごそ》かに祝詞《のりと》を唱えた途端、金色に輝く神力のオイルが瓶の底からコポッと湧き出す。完全にオイルが瓶の中を満たすと、エリスの瞳《ひとみ》に女神の紋章が浮かび上がり虹色の光を放つ。

「……できた！」

福音が完成すると、瞳に浮かんでいた女神の紋章は消え入り、オイルの発光も緩やかに収まった。

集中して作業をしていたエリスは、一仕事終えて小さく息をつく。

(次はどんな組み合わせにしようかな？　もともとは死を望む呪《のろ》いだったから、健康祈願や長寿の花言葉も効きそうだよね。『呪いに打ち勝つ』って意味で【勝利】とかも使えそうだし……)

頭の中に様々な花が思い浮かび、どれを優先して福音に使うか迷う。

分厚い植物図鑑を開き、新たな作品で扱う花をどれにするか悩んでいる時だった。コンコンと軽いノック音が響き、執務室側から扉が開かれる。

「エリス、今日も調合お疲れ様。そろそろ一緒にお茶でもどうかな？」

現れたのは、ウィラードと護衛役のジュダだった。

栞《しおり》を挟んで図鑑を閉じたエリスは、二人に向かって「お疲れ様です」と会釈する。ちなみにマリオンは、最初からエリスの護衛で私室の方にいた。

マリオンの存在感が薄いのには理由がある。緻密な作業をするエリスの集中力が途切れないように、窓辺に置かれたティーテーブルで、自分の書類仕事を黙々と処理していたからだ。「普段もこれくらい静かなら……」とはジュダの言である。

「それでは、お茶の用意をしますね。みなさんはソファに座ってゆっくりしていてください」

「ありがとう。エリスの花茶は格別に美味《おい》しいから、最近はティータイムが待ち遠しくてね。――っと、肝心なものを忘れるところだった。王都に新しくできた焼き菓子専門店の商品を、お茶菓子用にいくつか取り寄せてみたんだ。甘いものは疲れを取ってくれるし、みんなで食べよう」

「うわぁ～、楽しみです！　せっかくなので、甘味が少ないさっぱりした味のお茶にしますね」

ウィラードの私室には、簡易キッチンが備えつけられている。

ティーセットの準備をしたり、お湯を沸かしたり……と、エリスは慣れた様子で動き回る。トレイに並べたカップに香り高い紅茶を注ぐと、彼女は調合で余ったカモミールの花を浮かべた。花弁が紅茶の表面に触れると淡い金色の波紋が広がる。聖花に宿る神力がお茶に浸透した証《あかし》だ。

聖花を使用したお茶は総じて〝花茶〟と呼ばれている。福音ほどではないにしろ、花言葉に応じて、飲めば多少の効能が肉体に現れる。カモミールの場合は、疲労回復やリフレッシュが主な効果だ。

花茶用に毒性のない聖花を育てて、独自に販売している聖花術師もそれなりに存在する。愛飲者は貴族が多いので、ちょっとしたお小遣い稼ぎに打ってつけなのだ。

「お待たせしました。本日は、カモミールを使った花茶ですよ」

ソファの前に置かれたローテーブルに、エリスが人数分のカップを手際よく並べる。お茶を淹《い》れている間に、マリオンが焼き菓子を小皿に取り分けてくれたようだ。最早《もはや》定位置となったウィラードの隣にエリスが腰を下ろすと、昼下がりのお茶会は和《なご》やかに始まった。

お茶会の最中も、ジュダとマリオンは交代で立ち番をする。今日はマリオンが先に休憩を取るらしく、一人がけのソファに座っている彼は、温かい花茶を啜《すす》ってほうっと感嘆の息を漏らした。

「摘み立ての聖花で淹れた花茶が飲めるって、改めて考えるとかなりの贅沢《ぜいたく》よねぇ。市販品よりも疲れが取れる気がするんだけど、これってやっぱり花自体が新鮮だからなの？」

「はい。販売されている花茶は、保存性を高めるために乾燥させるので、内包する神力の量が少ないんです。神力と比例して聖花の力も減少するので、新鮮な花の方が高い効果を発揮するんですよ」

「なるほどね。あ～……休憩時間に日替わりの花茶が飲めるって、ほんっっっとうに最高よぉ～。エリスのおかげでお茶菓子のグレードも上がってるし、まさに至れり尽くせりだわぁ～」

「？　お茶菓子と私は関係ないと思うんですけど……」

どんぐり眼《まなこ》を瞬《またた》かせて小首を傾《かし》げたエリスに、マリオンは「関係大ありよ」と断言して小皿のマカロンを摘まむ。角度を変えながらマカロンを眺《なが》める彼は、にんまりと猫のように笑う。

「最近のウィルってば、政務の合間に王都中のお菓子屋さんの情報をチェックしたり、料理長に新作スイーツの開発を依頼してるのよ？　自分はそれほど甘いものが好きじゃないのに、少しでもあんたを喜ばせようと必死なんだから。――そうよねぇ、ウィル？」

ウィラードに話題を丸投げすると、マリオンはマカロンを口の中へ放り込んだ。

エリスが首を傾けて隣を見ると、ウィラードもこちらを見つめていた。目が合った瞬間、彼は頬《ほお》を微《かす》かな朱に染めてふにゃりとはにかむ。

「参ったな。ついにバラされたか」

「それじゃあ……ウィラード様はいつも、私のためにお茶菓子を用意してくれてたんですか？」

「そうだよ。全部、マリオンの言った通りだ。エリスはとても幸せそうにお菓子を食べるから、その可愛《かわい》らしい表情をもっと見たくなってね。いつも花茶でもてなしてくれるお礼も兼ねているから、気に入ったものがあったらいつでも用意するよ」

頭頂部に生えた獣耳はピクピクと動き、ローテーブルの下では、モフモフの尻尾《しっぽ》が忙《せわ》しなく揺れている。最近は人間の姿を目にする機会が多かったので、久しぶりにじっくりと観察した半獣姿に、エリスの心臓が見事に撃ち抜かれた。

（か、可愛らしいのは貴方《あなた》の方です……っ！）

不謹慎は承知の上だが、半獣特有のちょっとした仕草に、エリスの庇護《ひご》欲がこれでもかとくすぐられる。母親譲りと思われるウィラードの穏やかな笑顔も、人懐《ひとなつ》っこい大型犬のように見えてしまい、うっかり頭を撫《な》で回さないように気を引き締めた。

「マリオンとジュダは子供の頃《ころ》からの付き合いになるけど、こんな風に休憩時間を共にすることはなかったな。エリスが婚約者になってから、蒼《あお》の宮殿の居心地が日増しによくなって、ふとした瞬間に幸せを感じるんだ。――おかしいよね。呪われた後の生活に幸福を見出すだなんて」

そう語ったウィラードは、獣耳を垂らして苦笑を零《こぼ》す。その表情が、これまたエリスの胸をキュンと締めつけ、気がつけば彼女は「そんなことありません！」と叫んでいた。

「私は特別なことをした覚えはないんですけど……それでも、ウィラード様が幸せを感じてくださるのであれば、これからもお傍《そば》にいさせてください。花茶でよろしければ毎日淹れますし、お好みのブレンドを探しましょう！　茶葉やジャムの種類をこだわるのも面白そうですよ」

エリスの発言を聞いたウィラードは、驚いた様子で目を見開く。

「私が望めば、この先もずっと花茶を淹れてくれる。それは本当かい？」

「？　嘘《うそ》じゃありませんよ。もしかして、ご迷惑でしたか？」

芳《かんば》しくない反応にエリスが眉《まゆ》を曇らせると、すぐさまウィラードは首を左右に振った。

「そんなわけないじゃないか！　思いがけず最高の言葉をもらえて、少し動揺してしまったんだ。ありがとう。本当に、とても嬉《うれ》しいよ。エリスの花茶を一生飲み続けられるように、政務にばかりかまけていないで、温かな家庭作りも学ばないといけないな」

もしかしなくても、自分は意図せず大胆な発言をしたのでは？　エリスは遅れて気づく。花茶を毎日淹れるだなんて、そんなの、この先の人生も共に歩むと宣言しているようなものだ。

けれど、ウィラードは純粋に喜んでくれているし、自分も悪い気はしていない。少し前まで婚約破棄を目指していたのに、この心境の変化はなんだろう？　――と、エリスが考え込んでいた時だ。

「おい。これはなんだ？」

不機嫌そうなジュダの声が聞こえたかと思えば、ローテーブルの上に〝あるモノ〟が置かれる。それは、雫《しずく》型のガラス瓶で……花比べの際にイレーネが捨てて帰った福音だった。

「お前が作った福音以外は危険だから処分しろと、俺は何度も言い聞かせたはずだぞ。しかもこの福音は、お前の妹弟子の作品だろう？　魔女ではないにしろ、赤の陣営に属する人間が作り出したものを、蒼の宮殿内にそう易々と持ち込むな」

「でも、その福音の安全性は六花枢機卿《すうききょう》全員が認めたんですよ？　開栓も済ませた後ですし、インテリアとして飾る分には、なんの問題もないはずですけど……」

「駄目だ。問題が起きてからではなにもかもが遅い。万が一を考えて、我々騎士は慎重に行動しているのであって――……もがっ⁉」

長引くと思われたジュダのお説教だったが、マリオンが彼の口にマドレーヌを突っ込み、「うるさいわよ」と強制的に黙らせる。

「あんたねぇ、少しは空気を読みなさいよ。せっかくいい雰囲気だったのに台無しだわ。あと、使用済みの福音を飾るくらい許してあげなさいよ。他の枢機卿ならいざ知らず、このあたしが検品して、危険物を見逃すとかありえないもの」

自信たっぷりに断言した蒼の枢機卿は、優雅に足を組んで花茶を啜った。

暫《しば》し無言でモグモグと口を動かしていたジュダは、やっとの思いでマドレーヌを嚥下《えんげ》すると、「この大馬鹿者が！　菓子を喉に詰まらせて死んだらどうする⁉」とマリオンに噛《か》みつく。

二人の言い争いは日常茶飯事なので、エリスは「また始まった」と内心で苦笑する。放っておいても勝手に収まる――というよりも、ジュダがマリオンに言い負かされるので、エリスは気にせず自分の皿のフィナンシェを頬張った。

「そういえば、夜会で初めて第一王妃様のお姿を拝見したんですけど……イレーネが作った福音から受ける印象と、だいぶかけ離れていて驚きました」

花茶で口の中をさっぱりさせたエリスは、なんとはなしにウィラードへ語りかけた。「どんな御方だと思っていたんだい？」と興味深げに問われ、福音から得たイメージを率直に伝える。

「国王陛下を一途《いちず》に愛されている、とても情熱的な女性を想像していました。福音に込められた願いが、『愛し愛され真実の愛を育みたい』という内容でしたから」

「……それは本当に、シルヴィア様が依頼された福音なのかな？　シルヴィア様は『国のために生き、国のために死ぬ』と公言されるほど、愛国心に溢《あふ》れた崇高な精神をお持ちだ。国と教会を橋渡しする重責を自ら背負い、国務にも精力的に携わっておられる。私が言うのもおかしな話だが、誰《だれ》よりも国母に相応《ふさわ》しい女性だよ」

ウィラードの説明に耳を傾けていると、夜会に列席していた第一王妃シルヴィアの姿が、自然と脳内に浮かび上がる。頭の高い位置で結われた銀糸のような髪に、燃え立つ炎を思わせる紅の瞳。凛然《りんぜん》とした艶《あで》やかな顔立ちをしており、その堂々たる居住まいは女傑と呼ぶに相応しい貫禄である。

ナターシャを〝柔〟と表現するのであれば、シルヴィアはまさに〝剛〟の女性だ。とても恋愛に現《うつつ》を抜かすような人物には見えず、故にエリスは、妹弟子の福音に奇妙な違和感を抱いたのだった。

「私の両親は好き合った者同士だが、シルヴィア様は国と教会の親睦を深める政略結婚でね。嫁いできた日の晩に『私からの愛情は期待するな』と、夫となった父上へ宣言なされたらしい」

「聞けば聞くほど、福音のイメージから遠ざかりますね。使われている花も、シルヴィア様を象徴する黄色ではありませんし……」

何気なく口にした自分の言葉に、エリスは妙な引っかかりを覚えた。

(どうしてイレーネは、福音を赤で統一したんだろう?)

エリスが花比べで制作した福音は、依頼人を務めたナターシャを象徴する白で纏めた。けれどイレーネは、依頼人であるシルヴィアを示す黄色ではなく、第二王子クリストファーの赤で福音を彩った。――いや、一種類だけ完全な赤でない花が存在する。

中心部分のみ、わずかに黄色みがかっているチグリジアだ。

(チューリップと薔薇《ばら》の赤を引き立てる、差し色で選ばれたと思っていたけど……もしかして、この福音の主役はチグリジアだったの?)

そう思い至ると同時に、エリスは脳天を鈍器で殴られたような衝撃を受けた。チグリジアにまつわる花言葉の中に、【私を助けて】というものがあるからだ。

(そんな、まさか！　私の思い過ごし……だよね？)

現在イレーネは、ギーゼラの補佐を務めている。

彼女が本当に救いを求めているのであれば、こんな回りくどい手法を取る必要はない。すぐ側《そば》にいる、偉大な師匠へ相談すれば済む話だ。しかし、嫌な予感が脳内で囁《ささや》く。ギーゼラを頼れない状況に、イレーネが置かれていたらどうするのだ――と。

「ウィラード様、確認したいことができました！　今すぐ工房へ帰らせてください！」

エリスは蒼白《そうはく》な顔色で、傍《かたわ》らのウィラードに縋《すが》りついて懇願する。一瞬、面食らったように瞠目《どうもく》したウィラードだったが、彼はすぐさま真顔へ戻り冷静に問う。

「その様子だと、余程の事情がありそうだね。詳しい理由を聞かせてもらえるかい？」

神妙な面差《おもざ》しで頷《うなず》いたエリスは、イレーネの福音に隠された意味を説明する。

イレーネとの関係は極めて短く浅いものだ。そのうえ、お世辞にも仲がいいとは言いがたい。それでも彼女は自分の妹弟子だ。福音の意味を深読みして解釈違いを起こしたのなら、その時は自分のうっかりで片づけられる。しかし、このまま放置して取り返しのつかない事態が起きたら――自分は一生後悔するだろう。今はなにをおいても、イレーネの安全を確認するのが最優先だ。

(だって私は困っている人の力になりたくて、聖花術師になったんだから)

✥……………✥……………✥

エリスから事情を聞いたウィラードは、即座に外出を許可してくれた。

直接、紅の宮殿にいるイレーネのもとを訪ねなかったのは、彼女が福音という手段を用いて救援を求めていたからだ。保護者代わりのギーゼラにも、相談できない問題を抱えているとしたら――エリスがのこのこ会いに行けば、逆に彼女を危険な目に遭わせかねない。

イレーネが秘密裏に動いている以上、こちらも密《ひそ》やかに行動するべきだ。

（花比べの会場で福音を捨てたのも、私が拾うのを見越していたとしたら……きっと、工房でなにか見つかるはず。私達の接点は同門の門下生ってだけだし、花比べが終わった後、イレーネは『工房へ帰れ』って言ってたもの）

工房へ急行するエリスは、ウィラードが操る馬の背に同乗していた。どんな危険が潜んでいるか未知数なので、どうか城に残って欲しいと説得を試みたのだが、『そんな場所に、エリスを一人で行かせるわけがないだろう』――と、強引についてきてしまったのだ。

ウィラードの護衛を務めるジュダも同行しており、彼は少し後方で馬を疾駆させている。一人だけ別行動を取っているマリオンは、自身の屋敷へ立ち寄り、信頼の置ける部下を連れて合流予定だ。

『仮に工房でなにか見つかった場合、証拠保全が重要になるでしょ？　あたし個人に仕えてる私兵なら口が堅いわ。現段階では教会騎士団を動かさないで、内々に事を済ませた方が得策よ』

普段の言動はハチャメチャだが、ここぞという時のマリオンは頭の回転が速い。彼の思惑がどこにあるのかは不明だが、大事にならなければ今はそれで十分だ。

（イレーネ、もう少しだけ待っていて！）

森の奥に建つ瀟洒《しょうしゃ》な造りの工房が、木々の隙間《すきま》から見えた。

チグリジアの花言葉は、自分の思い違いでありますように……と、切に祈りつつ。それでもエリスは万が一に備え、なにがあっても妹弟子を救い出すと改めて決意を固くした。

工房リデルに到着した第一王子一行は、少し荒れた庭先で馬を降りる。ジュダには玄関先で周囲の警戒をしてもらい、もっとも重要な工房内の探索は、エリスとウィラードで行うことになった。

「工房の中に人の気配は感じられないな。だけど、危ないから私の傍を離れないようにね」

道中は解呪状態にあったウィラードだが、今は一時間が経過して半獣の姿に戻っている。獣の五感は気配の察知に長《た》けており、エリスが合鍵を使って室内に入ると、ウィラードの言う通り人の気配はなかった。長く留守にしていたので、床にはうっすらと埃《ほこり》が積もっているが、こちらも踏み荒らされた形跡は見当たらない。

出かけた時の工房のままだと安堵《あんど》したエリスは、ウィラードと共にさっそく家探しを開始した。

「な、なにも見つからない……」

一階にあるイレーネ専用の調合室や、二階にある彼女の私室の捜索は、十分も経たずに終わりを迎えた。理由は単純で、異様なほど私物が少なかったからだ。発見したのは必要最低限の着替えと、調合に使う道具や聖花術関連の書籍のみで、チグリジアのメッセージに繋《つな》がる手がかりは一切ない。

よかった、自分の取り越し苦労だったのか——と、エリスが胸を撫で下ろしかけた時。何事か思案していたウィラードが徐《おもむろ》に口を開いた。

「工房を出立する際、最後まで中に残っていた人物を覚えているかい？」

「えっと……多分、イレーネだったと思います。あの日は師匠が呼んでいると、私を部屋まで呼びにきてくれました。その後は、出かける直前まで二階から降りてこなかったはずです」

「それじゃあ、エリスの部屋の様子も見てみようか。君の妹弟子は師匠であるバッツドルフ殿を頼っていない。もしも、その状況が城に滞在する前から続いていたとしたら、手がかりは誰にも気づかれないタイミングで残すはずだ」

思わぬ指摘にエリスは息を呑《の》む。チグリジアの花言葉に込められた、「私を助けて」というイレーネの願いが本物なら、彼女はいつから救いを求めていたのだろう？　ギーゼラを頼れないような悩みであれば、工房にいた頃から独《ひと》りで苦しんでいたかもしれない。

（イレーネ……あなたはいったい、なにを抱え込んでいるの？）

危うく思考の海に沈みかけたエリスは、首を左右に振って気を取り直す。考えたところで答えが出ない問題に時間を割《さ》くよりも、まずはウィラードが提示した可能性を潰《つぶ》さなければ。

しゃんと背筋を伸ばしたエリスは、「こちらです」とウィラードを自分の部屋に案内する。

約一ヵ月ぶりに自室の扉を開けると、〝それ〟は真っ先に目に飛び込んできた。

「これって……っ！」

窓辺に置かれた勉強用の机の上に、雫型のガラス瓶が置かれている。

まろぶように駆け寄って手に取ると、瓶を満たすオイルの中でチグリジアが微かに揺れた。紛《まご》うことなき福音だが、それはエリス自身の作品ではない。瓶の形状と使用された花が一致しているので、イレーネが残した福音で間違いないだろう。

「ウィラード様、ありました！　これが私に宛てられたイレーネからの手がかりです！」

「今回も福音に想いを託したのか。ちなみに、君の妹弟子を疑いたくないんだけど……その福音は安全なんだろうね？」

「使用されているのは聖花ですし、オイルにも清らかな神力が浸透しているので、間違っても呪いの類ではありません。作品に込められた願いは――……」

チグリジア以外の二種類の花は、花比べの福音とはまったく違う。

気品ある青紫のアイリスは、【メッセージ】と【信頼】。淡い紫のシオンは【追憶】。花言葉を慎重に取捨選択すると、パズルが完成するように福音の効果が判明した。

「イレーネは私を信頼して、自分の記憶をメッセージという形で見せるつもりです。ウィラード様、念のため私から離れていてください。今すぐ蓋を開けて内容を確かめてみます」

「しかし……」

獣耳を力なく垂らしたウィラードは、胸中の不安を表情に滲《にじ》ませる。自分を心配してくれる彼の気持ちは嬉しいが、今回ばかりはエリスも引き下がることはできない。

「この福音に細工が施されていても、私に呪いは効きません。それに、後輩から頼られたのは初めてなんです。イレーネの期待を裏切りたくないので、どうか私のわがままを許してください」

「………わかった」

暫《しば》しの葛藤を経て、ウィラードは数歩後方へ下がった。尚も気遣わしげな面差しで「くれぐれも慎重にね」と告げられ、エリスは明るい笑顔を湛《たた》えて「はい」と首肯する。そして彼女はウィラードに背を向けると、福音のコルク栓をゆっくり引き抜いた。

次の瞬間、紫と黄色の花弁を孕《はら》んだ風が瓶の中から巻き起こる。

下から上へ螺旋《らせん》状に吹き抜ける風に包まれると、様々な光景が脳内に浮かんでは消えてゆく。「これがイレーネの追憶なのか」と認識すると同時に、エリスの心臓がドクリと嫌な音を立てる。

(……な、なにがどうなってるの……？)

追体験の内容は初めから衝撃的だった。何者かに捕らわれた家族と思われる人々から、イレーネだけが引き離される。泣いて嫌がる彼女は馬車に放り込まれると、そのままどこかへ連れ攫《さら》われた。

次の記憶では場面が工房に移り変わる。調合室でギーゼラに見守られながら、どことなく具合が悪そうなイレーネが、きつく唇を噛み締めて福音作りに励んでいるところだ。

完成した福音を検分したギーゼラは、深いため息をつくと瓶を床に叩《たた》きつけて破壊した。仄暗《ほのぐら》い冷酷さを宿した銀朱の瞳が、怯《おび》えて縮こまるイレーネを憎々しげに睨《にら》む。床に散らばったガラスの破片を靴底で踏み躙《にじ》り、ギーゼラは苛立《いらだ》たし気に命ずる。

『全体のバランスが美しくない。こんな不出来な福音はたとえ偽りであろうと、断じて私の作品とは呼べないわ。今すぐ作り直しなさい』

『ですが……今日は、三回も調合をしました。私は人よりも神力が少ないので、これ以上作業を続けたら倒れてしまいます。何卒《なにとぞ》お許しを……』

『あら、私に反抗してもいいのかしら？　貴女《あなた》の家族の命を誰が握っているのか、忘れたとは言わせないわよ。わかったら作業を再開しなさい。私が今後も聖花術師で在り続けるためには、貴女が代わりに依頼品を作らなければならないの』

脳に直接流れ込む幻聴に、エリスの身体《からだ》が急速に冷えてゆく。

(この人は、誰？　本当に私の知ってる師匠なの？)

ギーゼラの弟子になってから早五年。出会った時からずっと、少女のように微笑《ほほえ》む穏やかな人だと思っていた。軽く叱られた経験は数あれど、本気で怒られたことは一度もない。それなのに、なぜ？

イレーネの記憶に刻み込まれたギーゼラは、顔色一つ変えず残忍な言動ばかり取る。

自分が受けた依頼の福音を、イレーネに作らせている意味もわからない。……いや。本当はその可能性に気づいている。けれど、真実を認めたくないと心が激しく拒むのだ。

『……先輩……』

記憶の再生が終わると、目の前にイレーネの幻影が現れる。

普段は氷のような無表情で、痛烈な毒を吐いてくるのに——目の前に佇む幻のイレーネは、見た者の心を抉《えぐ》る切ない表情をしており、鳶《とび》色の瞳からはらはらと涙を零している。

『私は家族を人質に取られて、無理やりこの工房へ連れてこられました。福音が作れなくなった師匠の代わりに、依頼品を用意する傀儡《かいらい》が必要だったんです。少しでも命令に逆らったり、誰かに告げ口をしたら、両親や兄弟が殺されてしまう。そんなの、私には耐えられません……ッ！』

（イレーネ……）

『先輩だけは巻き込みたくなくて、ずっと冷たく接していました。だけど、もう限界なんです。私だけでは捕らわれている家族を救い出せないし、堕《お》ちてゆく師匠も止められません。だから、お願いです……私を、助けてください……』

幼子のようにくしゃりと顔を歪《ゆが》ませて、イレーネの幻影は最後まで泣き続けていた。

妹弟子の姿が煙のように掻《か》き消えると、エリスの意識が現実へ引き戻される。宙を舞う紫と黄色の花弁を茫然《ぼうぜん》と見つめていた彼女は、瞬《まばた》き一つで我を取り戻した。手にしていた福音の蓋を閉めて机の上に置くと、踵《きびす》を返して勢いよく廊下へ飛び出す。

「エリス、どこへ行くんだ！」

背後から慌てた様子のウィラードが追いかけてくる。「待つんだ！」と制止されるが、無視して階段を駆け下り、ギーゼラの研究室まで脇目も振らずに走った。

研究室の扉を押し開けようとすると、ガチッと鈍い金属の音が響く。鍵がかかっていると認識するや否や、エリスは扉に思いきり体当たりをする。しかし、扉は軽く軋《きし》んだ程度で、逆にエリスの身体が後方へ大きく仰《の》け反《ぞ》った。倒れると思った刹那《せつな》、ウィラードの逞《たくま》しい胸に抱き込まれる。

「なにをしているんだ、危ないだろう!?　怪我をしたら大変じゃないか！」

強い語気で窘《たしな》められたエリスは、ビクッと肩を揺らし、そのまま脱力して動かなくなった。

「……ウィラード様、魔女の正体がわかったかもしれません」

「！　それは、本当かい？」

「イレーネの福音がすべて教えてくれました。憶測を確信に変えるため、この扉の先を調べたいんですけど、鍵がかかっていて開かないんです」

「だから扉に体当たりをしていたのか。あのね、エリス。そういう時は私を頼りなさい。ジュダほどではないが、これでも身体は鍛えているからね。――さぁ、今度は君が少し離れている番だよ」

エリスが一人で立てることを確かめ、ウィラードは抱き留めていた身体から手を離す。

鍵のかかった扉と対峙《たいじ》した彼は、フッと鋭く息を吐き出すと同時に、程よく引き締まった長い足で強烈な蹴りを繰り出した。軍靴の靴底がめり込んだかと思えば、鍵の金具と蝶番《ちょうつがい》が壊れたらしく、すさまじい勢いで扉が室内に吹っ飛ぶ。

その光景を唖然《あぜん》と眺めていたエリスは、室内から溢れ出した禍々《まがまが》しい気配に背筋を震わす。獣の嗅覚も異様な臭気を嗅ぎ取ったようで、ウィラードも険しく柳眉《りゅうび》を顰《ひそ》めて鼻と口を片手で覆った。

「ぐ……っ！　この饐《す》えたような臭気はなんだ？」

「私は臭いまで感じ取れませんが、恐らく、呪いに使われる花から放出されているものでしょう。室内には濃密な瘴気《しょうき》も漂っていますから、間違いなくこの部屋のどこかで呪花が咲いています」

「つまり、魔女の正体は――……」

エリスは肩越しにウィラードを振り返ると、深い悲しみが浮かぶ眼を伏せて答える。

「工房リデルの主、ギーゼラ・バッツドルフです」

ウィラードの嗅覚を頼りに研究室内を捜索すると、カーペットの下に地下へと続く扉が隠されていた。こちらも厳重に施錠されていたが、瘴気の影響で金属の腐食が進んだのだろう。剣帯から小剣を鞘《さや》ごと引き抜いたウィラードが、その先端で数度突いただけで難なく壊れた。

扉を開けると更に瘴気が濃くなる。

（うっ……気持ち悪い……っ）

呪いに加工しなければ人体に害はないとしても、体内の神力と反発しているのか、エリスは込み上げる吐き気を懸命に堪《こら》えた。今は無理をしてでも、この先に進まなければならない。

室内にあったカンテラに火を灯《とも》し、土を踏み固めただけの階段を下りる。

最後の段から剥《む》き出しの地面に降り立つと、目を覆いたくなるような惨状が広がっていた。

（これが、呪花！）

いくつも運び込まれたプランターの中で、瘴気の根源である呪いの花が咲いている。

花祝の儀で使用されたスノードロップ以外にも、黒百合やトリカブトなど、恐ろしい花言葉を持つ花が見受けられた。中でもエリスの気を惹《ひ》いたのは大輪のスイートピーだ。

（師匠が私に贈ってくれたものと一緒だ……）

祝花として髪を飾った花が呪花だったなんて、傷だらけの心が更に手酷《てひど》く抉られる。

ここで育てられているスイートピーは縁がうっすらと赤い。ギーゼラから贈られた花の中で、同じ色合いをしていたのは一輪のみだった。完全な紫色のスイートピーは、イレーネを脅して神力で育てさせたのだろう。聖花に紛れ込ませた呪花は瘴気が浄化され、存在を感知できなくなる。

（スイートピーの花言葉には【別離】もあったよね。呪花として渡してくるほど、師匠は私と縁を切りたかったの？　なんでそこまで嫌われたのか……全然、わからないよ）

土壁を掘って作られた棚には、試作品と思われる呪いが大量に飾られている。誤って蓋を開けてしまったら――と想像するだけで、途方もない恐怖心に襲われ目の前が暗くなりかけた。

「エリス、ひどい顔色をしているよ。これ以上、無理はしない方がいい。後の処理はマリオンに任せて、倒れる前に外へ出よう」

共に地下へ降りてきていたウィラードに、ふらついた身体を支えられる。その弾みで、入り口付近にある目立たない棚が目に入った。

そこに並んでいるのは、分厚い日記帳と見覚えのある使用済みの福音だ。

ウィラードがなにか言っているけれど、もはや耳に入ってこない。服が汚れるのも構わず地面に座り込むと、エリスは恐るおそる福音を手に取った。

(やっぱり、これ……私が入門した時に、師匠が作ってくれたものだ)

福音に使用された聖花は、どんなに時が流れても枯れることはない。エリスが手にしているガラス瓶の中でも、五年前に摘まれたはずの花が、オイルの海で色褪《いろあ》せずに咲いている。

当時の自分は使用済みの福音を、「大事にするから記念に欲しい」と強請《ねだ》った。けれど、ギーゼラは困ったように微笑んで、「これは私のお守りでもあるの」と譲ってくれなかった。あれから福音の存在自体を忘れていたが、こんな場所で発見するとは数奇な巡り合わせだ。

五年前は知識不足でわからなかった福音の意味も、今なら正しく読み解ける。

夏から秋にかけて、草原を可憐《かれん》に彩る紫と白のノコンギク。花言葉から導き出した願いの内容は、「幸福に長生きができるよう守護する」だった。

(魔女になった師匠は、その罪を私になすりつけようとした。でも、魔女になる前の師匠は私の幸せを祈り、身の安全まで願ってくれていた――……)

聖花術師だった頃と、魔女になってから。

エリスに対するギーゼラの行動は、まったくの正反対だった。

一つ屋根の下で暮らしているうちに、知らず知らず、恩師を追い詰めるような言動を取っていたの

だろうか？　何度も過去を振り返ってみるが、怨《うら》まれる心当たりはなに一つ見当たらない。

（そうだ！　日記にヒントが書かれてないかな？）

福音をもとの位置に戻したエリスは、隣に立てかけられている日記帳へ手を伸ばす。

劣化したページを破かないように表紙を開く。最初に記されていたのは、ギーゼラの師匠である工房リデルの創始者、マルグレート・リデルについてだった――が、エリスは初っ端《しょっぱな》から雷に打たれたような、すさまじい衝撃に襲われた。


『〇月×日　今日、マルグレート師匠が魔女として処刑された。

師匠の作る福音は本当に素敵で、弟子になれた時は飛び上がるほど嬉しかった。それなのに、なぜ？　いつの間にか作られた地下室で、師匠は多くの呪花を密かに育てていた。その光景を目撃した私は、師匠に襲いかかられて――「お前の才能が妬ましい！」と、狂ったように叫ぶ声だけを聞いていた。

魔女に身を堕とすくらいなら、適当な理由をつけて私を破門すればよかったのに。同期が偶然工房を訪ねてこなければ、私の命は師匠に奪われていただろう。

聖花術師を続けるのが怖い。目標だった師匠がいなくなってしまったのだから、もう辞めてしまおうか？　あぁ、首を絞められた痕が消えてくれない――……』

（う、嘘……）

マルグレートは聖花術師を引退して、実家に戻ったはずではなかったのか？　しかし、日記に記された彼女は魔女と成り果て、教会法のもと火刑に処されていた。マルグレートが魔女化した原因もひどい。弟子の才能に嫉妬《しっと》して、最終的にはギーゼラを本気で殺しかけているではないか。

ギーゼラはどんな時も、幅広のチョーカーを身につけている。もしかしたら今でも、首を絞められた痕が残っているのかもしれない。

（……今は、ショックを受けてる場合じゃないわ）

めげずに日記を読み進めていると、自分が入門した日のページに行きつく。


『△月○×日　聖花術師を廃業して、実家に帰ろうとしていたはずなのに……気がつけば、身寄りのない少女を弟子に取ってしまった。師匠を魔女に堕とした私の福音を、「女神様の福音みたい」と褒めてくれた、純粋で穢《けが》れを知らない明るい子だ。名前は、エリス・ファラーという。

一度は聖花術師という職業を嫌ったらしいが、私に憧れを抱いて、再び聖花術師を目指す決意を固めたようだ。そんなエリスの真っ直ぐな想いが、たまらなく嬉しい。だから私はいつまでも、彼女に誇れる立派な聖花術師でいよう。師匠のように弟子を妬んで、魔女に堕ちたりは絶対にしない。

それでも、自分が道を踏み外した時の保険を用意した。ノコンギクの福音はエリスを災いから護《まも》り、幸せな未来へと導くはず。使用済みの瓶は私が持っていることにした。師匠と同じ運命を辿《たど》らないためのの、自戒を込めたお守りでもあるのだから』

初めてギーゼラと出会った時の記憶が蘇《よみがえ》り、心臓がギュッと締めつけられるように痛む。

(師匠は諦めようとしていた聖花術師の道を、私のために歩み続けてくれたんだ)

――五年前の自分は、確かに師匠から愛されていた――。

そう実感した途端、自《おの》ずと目頭が熱くなる。だが、泣いている暇などない。尊敬する師匠が魔女になった原因を突き止めるべく、エリスは涙腺に力を込めて更に日記のページをめくる。

そこから先は日付けが飛び飛びだったが、日常の些細《ささい》なできごとが記録されていた。異変が現れたのは一年前。自分とエリスの才能を比べたギーゼラの、苦悩を吐露する記述が増え始めたのだ。

『□月△日　私の実力が弟子に劣っていると、聖花術師の間で噂《うわさ》になっているらしい。あの子はまだ、幻想花のコントロールができない。そのせいで、教会まで工房主の指導力を疑っていると聞いた。なぜなの？　私はエリスの花咲き体質と向き合って、根気強く改善策を模索してきた。この努力を、どうして誰も理解してくれないのだろう。

事態を教えてくれた同期からは、「あまり落ち込むな」と励まされたが……無理そうだ』

(なに、これ……)

文面から滲み出るギーゼラの心痛に、エリスは激しく狼狽《うろた》えた。

原因不明の花咲き体質のせいで、敬愛する師匠をここまで追い詰めていたなんて……今の今まで知らずにいた。自責の念で胸が押し潰されそうになるも、「自分を責めるのは後でもできる」と己を叱《しっ》咤《た》して、エリスは日記の続きを集中して読み込む。

『私は立派な師匠でありたいのに、仕事の評価もエリスを下回っている。近頃、教会の窓口へ苦情が入るようになり、今日は警告文が届いてしまった。最初のクレームが入った時から、普段よりも丁寧《ていねい》な福音作りを心がけているのに、事態は悪化するばかりで悩みが尽きない。

逆に、エリスの福音は依頼人から好評を得ている。私を贔屓《ひいき》にしてくれている依頼人も、あの子が作った福音を見る機会があったようだ。今回の作品は気に入ってもらえず、「お弟子さんのデザインを取り入れられないだろうか？」と言われてしまった。とても悔しい。エリスのせいで私の評価は下がるのに、あの子は順調に名声をあげてゆく。――そんな事実は、断じて認めない。

警告文を届けてくれた同期だけが、「なにかの間違いだ」と私を信じてくれる。そう、私を否定する人間がすべて間違っているのだ。師匠より優れた弟子なんていない。馬鹿げた噂が真実になる日も訪れない。でないと、私は……価値のない空っぽな存在になってしまう』

この日を境に、似たような記述ばかりが日記に書き込まれ、日を追うごとに内容はドロリとした悪意を孕んでゆく。最後のページに至っては「憎い」の文字で埋め尽くされていた。ギーゼラの荒《すさ》んだ心境を表すように、達筆だった文字も歪《いびつ》に形を崩し――……、

それ以上は直視することができず、エリスは静かに日記を閉ざした。

（私が師匠に嫌われたのは、魔女疑惑をかけられる前からだったんだ……）

自分の存在が敬愛する師匠を思い悩ませ、ついには魔女へと堕としてしまった。

全身から血の気が引き、喉のつかえ感から自然と呼吸が浅くなる。気がつけば手足の感覚もなくなり、茫洋《ぼうよう》とした思考はずぶずぶと冷たい闇に沈んでゆく。

（師匠が命を救ってくれたから、私は聖花術師の仕事に夢と希望を持てた。だけど、私が原因で師匠が魔女になったのなら……弟子入りなんてしちゃいけなかったんだ）

流行《はや》り病が蔓延《まんえん》していた故郷の村を、福音の力で救済したギーゼラのように、自分もいつか聖花術を人助けに役立てたいと願い続けてきた。しかし、実際はどうだ？　誰かの力になりたいと息巻いておきながら、ギーゼラから受けた恩を仇《あだ》で返してしまった。

後悔の念に苛《さいな》まれて視線を逸《そ》らすと、偶然、ノコンギクの福音が視界に入る。

（『幸福に長生きができるよう守護する』……そうだ、私は師匠から愛されていたんだ）

己を戒める福音を傍に置き、必ず弟子を護るとギーゼラは決意していた。自身が魔女化した際の保険までかけた彼女のことだ。その愛情は本物だとエリスは迷わず信じられた。

（あー、もうっ！　今は後ろ向きになってる場合じゃないでしょ!?　師匠は自分から魔女になったりしない。ノコンギクの福音がなによりの証拠よ。だから私も、師匠に弟子入りした自分の選択は正しかったと信じる！　しっかりしなさい、エリス・ファラー！）

心の中で自分自身に活を入れると、深呼吸をして乱れた呼吸を落ち着ける。気持ちが冷静さを取り戻すと、感覚が抜け落ちていた手足に力が戻り、とっ散らかっていた頭も冴《さ》え渡った。

（そもそも、師匠を批判する噂ってなんなの？　いきなり増えた苦情もおかしいわ）

改めて状況を整理したエリスは、その不自然さに眉根をひそめる。

聖花術師の工房には、門外不出の技術や独自改良した花の種など、代々受け継がれているものが多い。秘密厳守な職業だからこそ、横の繋がりが異様に希薄なのだ。故に、同業者の間で噂が広まるのはおかしい。聖花術師に関係する噂の類は、依頼人が起点となり一般人の間で流れるのが普通だ。

(私は師匠が気にしている噂自体、一度も聞いたことがないんだけど……)

仕事の新規開拓が目的で、エリスは教会に足しげく通っていた。その度に数名の聖花術師を見かけていたので、噂を聞く機会は何度もあったはずだ。むしろ、教会が問題視するレベルの風聞であれば、嫌でも耳に入ってくるだろう。

噂の原因が花咲き体質であれば、ギーゼラだけ非難されるのも妙である。実際に花を咲かせる自分の方が、槍玉《やりだま》にあげる対象としてはもってこいのはずだが……。

(よく考えてみると警告文が届いた時点で、国儀に参加する資格は失われるよね？　素行に問題がある聖花術師を、教会が催し事の代表者に選ぶわけがないもの)

しかし、ギーゼラは第一王子の誕生祭に招かれた。大聖堂の門前で招待状の確認を行ったジュダも、「問題なし」と判断を下している。招待状が本物なら、怪しむべきは警告文だろう。

(まさか、師匠に届けられた警告文は偽物だったとか？　噂も全部、他人からの又聞きだし、こっちも限りなく信憑性《しんぴょう》が薄い気が――……って、ん？)

頭をフル回転させて推理を進めていたエリスは、そこで大きな引っかかりを覚えた。

閉ざしたばかりの日記を開き、一年前からの記録を重点的に読み返す。すると、点と点が線で結ばれ、想像を絶する真相が浮き彫りとなった。

（そうか……そうだったのね……）

スカートの土汚れを軽く払い、エリスは徐に立ち上がる。そして彼女は、すぐ近くで自分を見守ってくれていたウィラードを、強い決意が宿る眼差《まなざ》しで見据えた。

ギーゼラが魔女であると告発するだけなら、この地下室をマリオンに見せれば万事解決だ。けれど、それではイレーネと彼女の家族を救えない。福音のメッセージで知らせてくれなかった以上、イレーネ自身も、人質に取られた家族の居場所までは知らないのだろう。

イレーネを家族共々救い出すには、諸悪の根源を表舞台へ引きずり出す必要がある。その役目は、他の誰かでは成り立たない。エリスでなければ成立しない〝賭け〟なのだ。

「ウィラード様、お願いがあります。私と師匠を花比べで対決させてください」

冷静な口調でとんでもないことを言い出したエリスに、さすがのウィラードも愕然《がくぜん》と目を瞠《みは》る。

「馬鹿なことを言うんじゃない！　到底受け入れがたいだろうが、ギーゼラ・バッツドルフは紛うことなき魔女だ。そんな危険人物との直接対決なんて、私が許可するわけがないだろう！」

「ですが、事件の全容を明らかにする方法が他に見つからないんです。それに、情けない話なんですけど……私一人の力だけでは問題を解決できません。ウィラード様はもちろんのこと、ジュダさんやマリオンさんにも協力してもらいたいんです。どうか、私に力を貸してください！」

「エリス……。どうやら君は、重大な事実を突き止めたようだね」

取り乱した気持ちを落ち着けるように、ウィラードはゆっくりと深呼吸をする。そして彼は、深々と頭を下げているエリスに、「顔を上げておくれ」と揺るぎない声音で告げた。

「詳しい話は王城に戻ってからにしよう。私達が協力するかどうかの結論は、君の考えを聞いてからでも遅くはない。今ここで話し合うよりも、ジュダとマリオンの二人が揃《そろ》っていた方が、それぞれの専門的な意見も聞けるはずだからね。――どうだろう、納得してもらえたかな？」

ウィラードが提示した条件に、エリスは素直に「わかりました」と頷く。

隠された真実を知れば、ウィラード達は必ず協力してくれる。そんな絶対の確信があるからこそ、エリスは静かに戦火の火蓋が切られるのを待つのだった。

第八章 ✤ 最高の幸せを勝ち取るために

春も半ばを過ぎ、夏の足音が遠くから聞こえ始めていた。

宮廷聖花術師専用の広々とした調合室では、今月二度目となる花比べが行われようとしている。工房リデルの門下生エリス・ファラーが独立を希望し、工房主であるギーゼラ・バッツドルフへ卒業試験を申し込んだ――……というのは、赤の陣営を誘《おび》き出す口実だった。

(ついに、この日が訪れたんだ)

先に調合室で待機していたエリスは、静々と入室してきたギーゼラの姿を認め、ごくりと生唾を呑《の》み込む。ギーゼラの後に続いて室内へ足を踏み入れたのは、此度《このたび》の花比べにて、彼女の後見人を担う紅花枢機卿《すうききょう》グレアム・エイボリーだ。

ギーゼラと顔を合わせるのは、花嫁修業の初日以来だった。赤銅《しゃくどう》色の髪を上品に結い上げ、工房にいた時よりも華美な衣装を纏《まと》っている。首元のチョーカーから足元を彩る靴まで、身につけているのはすべて紅色だ。赤の王子の護衛を務めている立場上、相変わらず彼の色に染まっていた。

対するエリスも、第一王子の婚約者を名乗るに相応《ふさわ》しい装いをしている。普段着ている庭師の衣装も豪華な作りだが、より繊細な意匠が施された蒼《あお》のドレスが本日の戦装束だ。長い癖毛は作業の邪魔になるので、一つに編んで背中に垂らしている。

（私一人だったら、こんなとんとん拍子に事は運ばなかった）

ギーゼラが魔女だと判明した日。蒼の宮殿へ戻ったエリスは、ウィラード達に事件の全容を洗いざらいぶちまけた。真相を知った三人は、危険を承知で協力を約束してくれたうえに、穴だらけだったエリスの提案を、各々《おのおの》が知恵を出し合って完璧な作戦に仕上げた。

孤独な闘いではないとわかっているから、魔女に堕《お》ちたギーゼラを前にしても、エリスは怖気《おじけ》づかず堂々と立っていられるのだ。

「師匠。事前に相談もせず、花比べを申し込んですみませんでした」

「あらあら、別に気にしなくていいのよ？　これからエリスは私のもとを離れて、ウィラード殿下と生涯を共にしなければならないのだから。独立を宣言される日は近いと覚悟していたもの」

非礼を詫《わ》びる一番弟子に、ギーゼラは以前と変わらぬ美しい笑みで応じた。

「バッツドルフ殿の寛大さには、誠、感謝の念に堪《た》えない。新たな工房を立ち上げるよう、エリスに独《ひと》り立ちを促したのは私だ。第一王子の婚約者として聖花術師の活動を続けさせるには、その方がなにかと好都合だからな。教会からの覚えもめでたいだろう」

エリスに寄り添って肩を抱き寄せたのは、人間の姿に戻っているウィラードだ。

今回の花比べは、師弟で行われる極めて私的な勝負である。第二王子のクリストファーが姿を現さないのも、彼には関係のない事柄なので当然だ。では、弟と同じ立場にあるはずのウィラードが、どうしてこの場に平然と顔を出しているのか？

——それは、彼が作戦の決行に必要不可欠な〝餌〟だからだ。

『前にも言ったと思うけど、花比べ自体に強制力はないわ。普通に勝負を挑んでも、相手に拒否されたらそれまでよ。だから、どうしても断れない状況を意図的に作り出すの』

エリスとウィラードは、今も尚命を狙《ねら》われ続けている。特にウィラードは、呪《のろ》いを用いた暗殺を企てられるほど、以前から確実な死を望まれていた。

『調合室に集まるのは、当事者と後見人の計四名。そこに、エリスの独立を内々に推し進めるウィルが、婚約者可愛《かわい》さで立ち会いを求めたら……必ず食いつくでしょうね。人目につかない密室という絶好のシチュエーションで、邪魔者を一気に排除するまたとない機会だもの』

呪殺は魔女にしかできない犯行手段だ。ギーゼラは花祝の儀にて、第一王子を呪いの脅威から護《まも》った功労者なので、疑いの目が向けられることはまずないだろう。呪殺を完遂した後で第一発見者を装い、逃走中の魔女の犯行に仕立て上げれば、簡単に第一王子一行を始末できる。

斯《か》くして、マリオンが練った渾身《こんしん》の策は見事に成功した。

今、目の前にギーゼラとグレアムの二人がいる。それこそがなによりの証拠だ。

(命懸けの勝負なんだから、いつも以上に気を引き締めないと!)

ここから先は、相手の出方に合わせた咄嗟《とっさ》の行動が肝《きも》となる。

「グレアム殿もお忙しい中、御足労いただきありがとうございます。バッツドルフ殿の準備が整い次第、花比べを開始したいと思うのですが、なにか異論はございますでしょうか?」

猫を何重にもかぶったマリオンが、よそ行きの口調でグレアムに尋ねると、壮年の紳士は鷹揚《おうよう》に

「構いませんよ」と頷《うなず》いた――が、控えめに挙手をしたギーゼラが口を挟む。

「花比べを始める前に、ウィラード殿下へ福音をお贈りさせてくださいませんか？　誕生祭の当日は不完全な形でしたので、改めて生誕二十年目を奉祝させていただきたいのです」

「バッツドルフ殿の福音は、事前に私が安全性を確認致しました。長年、聖職者として数多くの福音を目にしてきましたが、近年稀《まれ》に見る素晴らしい作品でございます。どうか彼女の願いをお聞き届けくださいませんでしょうか？」

グレアムは物腰穏やかに、さり気なくギーゼラを支持した。

二人から揃《そろ》って頭を下げられたウィラードは、しばしの沈黙を経て顔を上げるように告げる。

「命の恩人であるバッツドルフ殿の頼みだ。特別に許可しよう」

「ありがたき幸せに存じます」

ドレスの裾を摘まんで優雅に一礼したギーゼラは、銀朱の眼差《まなざ》しをグレアムへ向ける。

グレアムは法衣の懐から取り出したガラス瓶を、黙ってギーゼラに手渡す。中身は前回と同じく、首を垂れるようにして咲くスノードロップだ。明るい花言葉も併せ持つ花だが、瓶の中から瘴気《しょうき》が漏れ出している時点で、選ばれた願いは【あなたの死を望みます】以外にありえない。

誰かが止めに入る間もなく、無情にも呪いの蓋が開かれる。瓶の中から瘴気を孕《はら》んだ黒い風が吹き荒れ、大きく顎《あご》を開いた大蛇のごとくウィラードを呑み込んだ――かと思われた、刹那《せつな》。キンッと澄んだ音が鳴り響くと同時に、ウィラードを取り巻く黒い風は跡形もなく霧散した。

「今のが、私の誕生を祝う福音か。花祝の儀で使用された呪いとなにが違う？」

邪悪な風が消失すると、無傷のウィラードが現れる。

呪いの蓋を開ける際は、口元に歪《いびつ》な笑みを浮かべていたのに。今や血の気の失せた顔色で愕然《がくぜん》と立ち竦《すく》むギーゼラを、青の王子は氷塊を思わせる冷たい眼差しで睨《にら》んだ。

「お前達の本来の目的は祝福などではなく、私を亡き者にする呪殺ではないか！」

ウィラードから鋭い声音で糾弾され、ギーゼラは力なくその場にへたり込む。

ついに罪を暴《あば》かれたギーゼラだが、彼女は動揺した様子でゆるゆると首を左右に振った。

「こ、これはなにかの間違いです。私はクリストファー殿下に認められ、魔女の脅威から御身を守護する聖花術師に選ばれました。誓って、おぞましい呪いなど作れません」

「では、先ほどの呪いはどう説明する？　そなた以外の誰が制作したと言うのだ？」

「恐らく、私の弟子であるイレーネ・ベーレントでしょう。エリスとの花比べに負けた彼女は、日に日に不審な言動が増え始め、ちょうど魔女化を危惧しておりました。まさか、福音と呪いのすり替えを図るとは夢にも思わず……申し開きのしようもございません」

「……私の次は、イレーネに罪をなすりつけるんですね」

憂いを帯びた表情で、呪いの出どころをウィラードに弁明するギーゼラだったが――そんな彼女の前へ、悲しげに眉《まゆ》を曇らせたエリスが静かに歩み出る。

「もう、師匠が魔女だってことはわかっているんです。誘拐したイレーネを脅して、自分の依頼品を作らせていたんですよね？　師匠の研究室の地下から、呪花と呪いのサンプルも発見しました。ですから、これ以上罪を重ねるのはやめてください」

沈痛な面持《おもも》ちで自分を見下ろす弟子の姿に、殊勝な被害者を演じていたギーゼラの容貌が崩れた。

理性の光が消えた銀朱の双眸《そうぼう》は、濃密な殺意を宿してエリスを睨《ね》めつける。冷酷な素顔をあらわにしたギーゼラは、ギリッと奥歯を噛《か》み締めると、高く振り上げた拳《こぶし》を床に叩《たた》きつけて憎悪を叫ぶ。

「エリス……ッ！　私の邪魔ばかりする目障《めざわ》りな小娘が！　お前など魔女の汚名を着て、大人《おとな》しく処刑されていればよかったものを……！」

ギーゼラが負の感情を爆発させると、調合室の床が棘《とげ》まみれの蔓《つる》で覆われ、異様な形状をした暗黒色の花が咲き始める。これは天上界の花の幻影である、神聖な幻想花ではない。遥《はる》か地の底、闇に閉ざされた冥界に咲くと伝え聞く——魔女だけが見せる幻の花だ。

マリオンはこの現象を知っていたようで、「これは幻覚の花よ」と、今にも抜刀しそうなウィラードを冷静に諭す。その間もエリスは、魔女の本性を現したギーゼラと真っ向から対峙《たいじ》していた。

「第一王子との婚約に加え、解呪《かいじゅ》の福音まで依頼されるなんて……幻想花の制御もできない貴女《あなた》が、どうして私より高く評価されるの⁉　落ちこぼれの可哀想《かわいそう》なエリスは、ずっと、私が導いていかなければならないのに！　貴女も世間と同じく、私を『弟子に劣る出来損ない』と貶《おとし》めるのでしょう⁉」

「それは違います！　師匠が聞いた噂《うわさ》話には裏があって——……」

「うるさい！　今更、言い訳なんて聞きたくもない！」

必死の様相《ようそう》で説得を試みるエリスの言葉を、ギーゼラの甲高《かんだか》い絶叫が遮った。

術者の感情の昂《たかぶ》りに触発されたのだろう。太い蔓がものすごい勢いで真横に薙《な》がれ、エリスは思わず身を強張《こわば》らせて目を瞑《つぶ》る。無論、幻影の蔓はエリスの身体《からだ》をすり抜けたが——次に彼女が目を開けた時、ギーゼラの手には細長いガラス瓶が握られていた。

中に見える白い花弁は、先ほども見た死を招く呪いのスノードロップだ。

「二度と、耳障りな声を出せないように……私がその口を永遠に塞《ふさ》いであげるわ！」

赤いルージュの引かれた唇を吊《つ》り上げ、狂気に満ちた嘲笑と共にギーゼラは呪いの瓶を開ける。先ほど、ウィラードを襲った呪いと同様に、黒い風がエリスの身体を瞬《また》く間に包み込む。

呪いを無効化する特殊体質のエリスだが、強烈な瘴気を浴びればただでは済まない。体内の神力が大幅に削《そ》がれ、全身から急速に力が抜け始めた。けれど、まだ倒れるわけにはいかない。伸《の》るか反《そ》るかの大勝負はこれから始まるのだ。

呪いの旋風が収まると、疲労が色濃く滲《にじ》んだ顔に、エリスはうっすらと笑みを浮かべる。

「師匠が私を呪い殺すのは、ムリですよ」

「ど、どうして？　第一王子も、貴女も……なんで、呪殺できないのよ……！」

「ウィラード様とマリオンさんには、呪いを防ぐ守護の福音を使っています。そして、私に呪いが効かない理由は、他の誰でもない師匠のおかげなんですよ。――この福音を覚えていませんか？」

解呪に特化した、摩訶《まか》不思議な体質の件は伏せたまま。エリスは大容量に改造を施したポケットの中から、工房の地下室で発見した思い出の福音を取り出す。五年前に弟子入りを祝福されたその日から、紫と白のノコンギクは、オイルの中で色褪《いろあ》せずに咲いている。

大きく目を見開いたギーゼラは、自身が作った福音をただただ茫然《ぼうぜん》と見つめた。

「自分が魔女になっても私を傷つけないように、師匠はこの福音を作ったんですよね？　私の幸福と長寿を願い、ずっと護ってくれていたなんて……もっと早く知りたかったです。そうしたら、私だって師匠を護れたかもしれないのに……」

「ふざけないで！　私よりも優秀な聖花術師だからといって、自惚《うぬぼ》れはよしてちょうだい！」

「私が師匠より評価されていると本気で信じているんですか？　だとしたら、それは完全に間違っています。マリオンさんに教会の記録を調べてもらいましたが、師匠の方が圧倒的に好成績を残していました。聖花術師界隈《かいわい》でも、私達に関係する噂は一切流れていません」

悲しみや辛さを押し殺した声で、エリスが淡々と事実を述べる。「えっ」と小さく呟《つぶや》いたギーゼラの瞳《ひとみ》には、わずかながらも理性の光が戻り、調合室全体を覆い隠す冥界の花も薄れ始めた。

今が攻め時だと、エリスは畳みかけるように言葉を続ける。

「すみません。師匠の日記を、勝手に読んでしまったんですけど……噂はいつも同じ人から聞いてましたよね？　日記には〝頻繁に工房を訪れる同期〟と書かれていましたが、そんな人、グレアム様以外に心当たりがありません」

「そ、そうよ！　すべて、グレアムに教えてもらったの。魔女化した師匠に殺されかけた時、颯爽《さっそう》と現れて助けてくれたように――今回だって、周囲の人々から力量を蔑《さげす》まれる中、彼だけが私を信じて支えてくれたのよ！　グレアムはいつだって、私の救世主なんだから！」

「グレアム様が師匠の命の恩人である事実は否定しません。ですが、ありもしない噂をでっち上げて師匠に吹き込んだり、教会からの警告文を偽造したのはグレアム様なんです。イレーネの家族を人質に取って、あの子を無理やり工房へ連れてきた犯人も、グレアム様だってわかってるんですよ」

イレーネの福音が見せた記憶の中で、彼女と家族を引き離していたのは、声や背格好からして明らかに男性だった。嫌がるイレーネを引きずって歩く場面では、男の袖口が視界に入り、真紅のカフスボタンが見えたのだが——なんとそこには、エイボリー家の紋章が刻まれていたのだ。

胸の内から溢《あふ》れた激情が喉を塞ぎ、エリスが次の言葉を続けられずにいると、いつものオネェ口調に戻ったマリオンが、「少し休んでなさい」と追及役を代わってくれた。

「バッツドルフ殿はご存知かしら？　六花枢機卿の中でも、次期教皇に選ばれやすい立場が存在するの。それが、次期国王と同じ色を持つ祭事担当の枢機卿よ。つまるところ、現段階でもっとも教皇の座に近いとされているのが、あたしとグレアム・エイボリーなの」

「まさか、グレアムが次期教皇の座を狙って、今回の暗殺を企てたと言いたいの？　そんなはずないわ！　私に第一王子の呪殺を命じたのはクリストファー殿下よ。グレアムは殿下に脅されて、指示通りに動いていているだけの被害者だわ！」

「それじゃあ、グレアム・エイボリーがあたし達に助けを求めないのはなぜかしら？」

マリオンの紺碧《こんぺき》の瞳がスッと動き、これまで沈黙を貫いているグレアムを捉える。

彼は調合室内で起きた一連の騒動に臆した様子もない。それどころか、普段の紳士然とした態度を崩さずに、場違いな微笑まで浮かべている。その傍観者じみた振る舞いはいっそ不気味で、マリオンは端整な顔立ちを険しくしかめた。

「落ち着いて考えてごらんなさいよ。この場にクリストファー殿下はいらっしゃらないし、特に監視もつけられてないわよね？　あたしが同じ立場だったら、こんな千載一遇《せんざいいちぐう》のチャンスを逃したりしないわ。敵対している派閥の人間だろうと、真っ先に助けを乞うのが普通じゃないかしら？」

「そ、それは……」

ギーゼラの銀朱の瞳が不安げに揺らぐ。彼女は少し離れた位置に立つ同期を見遣《みや》ると、隠しきれない焦燥感が滲む不格好な笑顔で尋ねる。

「ねぇ、グレアム。蒼花枢機卿の言っていることはデタラメでしょう？　あなたはクリストファー殿下の命令に、やむを得ず従っているだけ。そうなのよね？」

「………」

「ど、どうして黙っているの？　答えてよ、グレアム！」

縋《すが》るようなギーゼラの叫びにも、紅の枢機卿はだんまりを決め込む。彼の口元は笑みを象《かたど》っているが、その眼差しはゾッとするほど冷ややかで……これにはギーゼラも絶望に打ちひしがれた。

「もう、およしなさい。グレアム・エイボリーは継続的に偽りの噂を聞かせることで、あんたの心理操作を行い、意図的に魔女へ堕としたのよ。花の女神に仕える六花の一片が、忌《い》むべき魔女を生み出すなんて――……決して許されない背任行為だわ」

自分よりも能力が劣る人間を、わざわざライバル視する者はいないだろう。グレアムの実力を認めて研鑽《けんさん》を重ねてきたマリオンも、彼に裏切られた人間の一人である。同僚が犯した禁忌を暴くマリオンの声は、怒りや失望が綯《な》い交《ま》ぜとなり微《かす》かに震えていた。

真相を打ち明けられたギーゼラは、混乱のあまり髪をぐちゃぐちゃに掻《か》き乱す。なにが正しくて、誰を信じたらよいのか？　闇を抱えた魔女の心では答えが出せないのだろう。

「師匠は五年前、私を護る福音を作ってくださいました。だから私も、師匠にお礼の福音を作ってきたんですよ。――ほら、見てください」

すっかり戦意を喪失したギーゼラの前に片膝をつくと、エリスは手にしていた思い出の福音をしまい、逆側のポケットから丸いガラス瓶を取り出す。

神聖なオイルの中心には、長い茎に葉を多く残した青色のヒソップが三本、寄り添うように立っている。その周囲にちりばめられているのは、放射状に細い花弁を広げる白いユーカリと、茎の部分を取り除いた白いヒヤシンスだ。

ヒソップは【浄化】、ユーカリは【再生】。白のヒヤシンスは【あなたのために祈ります】を、福音に込める願いの花言葉に選んでいた。

「師匠は自ら望んで魔女に堕ちたわけではありません。だから、偽りで形作られた悪しき感情を浄化して、魔女になる前の心優しい師匠に戻りましょう？」

「……そんなの、不可能よ……」

エリスの問いかけに応《こた》えたギーゼラは、今にも泣き出しそうな顔で微笑《ほほえ》む。

魔女が発する瘴気が薄まり、狂気が渦巻いていた双眸には淡い理性の光が戻っていた。

「私だってもとの自分に戻りたい。だけど、堕ちた魔女を救う方法なんて存在しないの。これは、幼い子供でも知っている常識だし……昔、エリスにも教えたはずよ。忘れてしまったの？」

「だけど、奇跡は起こると歴史が証明しています。初代聖女セラフィーナ様の祈りを、国教神様がお聞き届けになられたように」

きっぱりと断言したエリスはコルクの栓を掴《つか》む。ギーゼラ自身も、本心では魔女化を解きたがっているると知った今、胸に刻んだ決意はより固いものとなる。

「この福音に私の想いをすべて詰め込みました。どうか、受け取ってください」

開栓されると同時に、瓶の中から金色に輝く温かい風が巻き起こった。

青と白の花弁を振り撒《ま》きながら、エリスの祈りが込められた聖なる風が、ギーゼラの身体を柔らかく包み込む。すると、風の色がじわじわと漆黒に染まり始めた。

（いけない、瘴気が神力を蝕《むしば》んでる！）

今の状態が続けば、願いが成就する前に福音の効力が失われてしまう。

（師匠は聖花術師が大嫌いだった空っぽの私に、夢と希望を与えてくれた大切な人だもの。憎しみに囚《とら》われた魔女のまま、人生を終わらせたりしない。絶対、もとの優しい師匠に戻すんだ……っ！）

まだ、福音の力は掻き消されていない。瘴気に押し負けるのは時間の問題だが、失われた神力を補えば状況を打破できる。しかし、開栓後の福音に神力を注ぐ方法なんて知らない。

諦めるな、考えろ――と、エリスが己を鼓舞していた時だ。福音から生じた風と共に舞い踊る、青と白の花弁に視線が吸い寄せられる。瘴気で黒く染め上げられ、ほろほろと灰のように朽ちてゆく様を目の当たりにして、眦《まなじり》が裂けんばかりに大きく目を瞠《みは》った。

（そうだ、幻想花があるじゃない！）

術者の神力を源にして咲き誇る幻想花。いわば、神力の塊と称しても過言ではないだろう。

大量の幻想花を咲かせて、瘴気に浸食されている福音の風へ溶け込ませたら、削がれた神力が回復するのではないか？　成功する確証はどこにもないが、窮地でひらめいた唯一の打開策なのだ。選択肢は「やるしかない」の一択だった。

(花の女神フロス・ブルーメ様。お願いです、師匠を魔女の呪縛から解放してください！)

神力不足で今にも倒れそうな中、福音の瓶を両手で強く握り締め、エリスは一心に国教神へ祈りを捧《ささ》げる。すると、彼女の周囲で金色に輝く幻想花が静かに咲き始めた。空中に発現した数多《あまた》の幻想花を取り込むと、黒く変色していた風は、内側から弾《はじ》けるように鮮烈な金色の光を放つ。

神聖な輝きを取り戻した風は、慈《いつく》しむようにギーゼラの全身を螺旋《らせん》状に吹き上がり――役目を終えると音もなく四散した。

「…………」

青と白の花弁に混じって、金色にきらめく光の粒子が降り注ぐ。そんな幻想的な光景を、床に座り込んでいるギーゼラは、銀朱の瞳を見開いてジッと眺《なが》めている。

緊張の面持ちでエリスが様子を窺《うかが》っていると、不意にギーゼラの目尻が柔らかく下がった。

「……綺麗《きれい》な、福音ね……」

ギーゼラは眩《まぶ》しそうに目を細めると、蕾《つぼみ》が綻ぶようにおっとりと微笑んだ。

「頭の中で響いていた怨嗟《えんさ》の声も、心に溜《た》まって溢れ返っていた澱《おり》も……全部、溶け消えてしまったわ。……私、もう……魔女じゃないのね……」

理性の光が蘇《よみがえ》った銀朱の瞳の表面に、じわりと涙の膜が張る。

瞼《まぶた》が緩やかに閉ざされると、透明な雫が頬《ほお》を伝い落ち――ふらりと傾《かし》いだギーゼラの身体を、マリオンがすかさず抱き留めた。

「マリオンさん、師匠は……?」

「大丈夫、気を失っているだけよ。正確な結論は詳しい詮議をしないと出せないけど……見た限りでは、奇跡が起きたようね」

倒れたギーゼラを軽々と抱き上げ、マリオンは彼女を調合室の奥へ運んでいく。「よかった」と胸を撫《な》で下ろしたエリスだったが――次の瞬間、金属同士がぶつかる鋭い音が響いた。

跪《ひざまず》いていた床から慌てて立ち上がったエリスは、反射的に音の聞こえた方を振り返る。すると、目と鼻の先にウィラードの大きな背中が広がった。彼は腰に佩《は》いた剣を抜き放っており、数歩先で右腕を押さえて苦しげに呻《うめ》くグレアムを、射殺すような冷たい眼光で睨んでいる。

「次、私の婚約者に危害を加える素振りを見せてみろ。容赦なくその両腕を切り落とす」

真冬の吹雪《ふぶき》よりも凍《い》てついた声色で、ウィラードが最初で最後の警告を発する。

よく見ると、グレアムの足元には短剣が落ちていた。彼がエリス目がけて振り下ろそうとした刃《やいば》を、間髪を入れずにウィラードが剣で防ぎ、先ほどの凄《すさ》まじい金属音が発生したのだろう。

(ウィラード様が護ってくれなかったら、私は今頃《いまごろ》――……)

血塗《ちまみ》れで倒れ伏す己の姿を想像して、肌がぞわりと粟立《あわだ》つ。しかも、床に転がったグレアムのナイフには見覚えがあった。中庭で襲撃を受けた際、暗殺者が唯一残した証拠品と同じ代物《しろもの》ではないか。

「どうやら私は、味方に引き込む人間を間違えたようだ。よもや、花を撒き散らすしか能がない落ちこぼれの小娘が、魔女化を解く偉才の聖花術師だったとは……逸早《いちはや》く気づけていたら、聖女の血族として丁重に保護したのだがね。実に残念だよ」

グレアムが厭味《いやみ》ったらしく笑った途端、ウィラードを取り巻く空気がズンと重くなった。

静かに怒る青の王子が抗議の声を上げようとした時だ。痛めた右腕を身体の脇に垂らし、グレアムは自由が利く左手で、法衣の懐から銀色の物体を取り出す。細長い棒状の金属は犬笛に似ており、彼はそれを口に銜《くわ》えると鋭く息を吹き込む。

耳に痛い高音域の音が響き渡ると、調合室の窓を蹴破って黒装束の男達が現れた。中庭で襲撃してきた暗殺者と同じく、フードを目深にかぶり口元をマスクで覆っている。手にしている武器も刀身が大きく反った特徴的な剣だ。

「グレアム様、お願いです！　これ以上、罪を重ねるのはやめてください！」

暗殺者を警戒するウィラードに抱き寄せられながら、エリスは堪《たま》らず哀切な声で訴える。

脳裏に思い起こされるのは、ギーゼラとグレアムの三人で楽しく過ごした、昼下がりの和《なご》やかなお茶会の場面だ。三ヵ月に一度は「面白いものが手に入ったよ」と、当時のグレアムは、珍しいお菓子や花の種をプレゼントしてくれた。

家格の高い大貴族でありながら、平民にも分け隔てなく接してくれる、心優しい聖職者の鑑《かがみ》だと思っていたのに……いつから彼は、血も涙もない非道な人間になってしまったのだろう？

「これだから田舎《いなか》娘は理解力に乏しくて困る。よく聞くがいい。聖リュミエール王国を、真の政教一致の大国へ生まれ変わらせる――革命こそが私の目的であり、断じて罪などではない」

「王座に据えたクリスを傀儡《かいらい》にして、次代の教皇となった貴様が国の実権を握るつもりか。……ふざけるのも大概にしろ」

怒気が滲むウィラードの言葉に、グレアムは「おや?」と器用に片眉を上げる。

「お忘れですかな? クリストファーは私の甥《おい》ですよ。最初から私の計画に加担していると、お疑いにならないのですか?」

「クリスはここ半年近く、顔を合わせる度に『王座を諦めろ』と言っていた。私の婚約者となったエリスにも、王城から立ち去るようきつく当たっていたが……事の真相を知った今だからこそわかる。貴様はクリスをイレーネ嬢と同じ手段で脅し、強引な形で支配下に置いているのだろう?」

「はて、仰《おっしゃ》っている意味がわかりかねます」

わざとらしく肩を竦めたグレアムに、ウィラードは眉間《みけん》の皺《しわ》を深くした。

「この期《ご》に及んでしらを切るな。私が王位継承権を放棄すれば、暗殺を実行する理由がなくなる。エリスを城から追い出そうとしたのも、彼女を安全な場所に逃がすためだ。意図的に冷酷な人格を演じることで、貴様の監視の目を欺き——クリスなりの方法で我々を護ろうとしていたんだ」

「ご冗談を。私ごときが第二王子のクリスを、言いなりにさせる方法などございません」

「いい加減、見苦しいぞ。クリスの人質となり得る人物は一人しかいない。第一王妃のシルヴィア妃殿下だ。よもや、実の姉の命をも利用していたとは……貴様に人の心はないのか?」

「ほぉ、そこまでお気づきでしたか」

ようやく観念したのか、「お見事です」とグレアムは醜悪に笑む。

「生憎《あいにく》と使えるものは肉親でも利用する性質《たち》でして。この国の頂点に君臨すると決めた日に、無駄な感情は根こそぎ捨てました。さて、当初の予定よりも犠牲者は増えますが、私の計画を阻む者は生かしておけません。――お前達、後は任せたぞ」

法衣の裾を悠々と翻し、グレアムは調合室を後にする。

命令が下された暗殺者達は即座に武器を構え、じりじりと距離を詰め始めた。人数は前回の襲撃時と同じく三名だが、今回は戦力特化のジュダが不在だ。

厳しい戦いになりそうだと、エリスの背筋を冷や汗が伝った刹那。

「待ちなさい！　あんた達の相手はこのあたしよ！」

暗殺者達の前に躍り出たマリオンが、勢いよくロッドを真横に振り抜いた。女性と見紛《みまが》う麗《うるわ》しい容姿から、戦力外だと判断されていたのだろう。暗殺者達は予想外の人物から奇襲を受け、ほんのわずかではあったが確かに怯《ひる》んだ。その隙《すき》に乗じて、マリオンは更なる猛攻を仕かける。

ローブの中から手のひら大の球体を取り出すと、暗殺者達の足元へ投げつける。ボフッと広がった煙が視界を閉ざすと同時に、追加で取り出した球体も素早く投じた。今度の中身はドロリとした粘着質な液体で、更に四つも同じものが床にぶちまけられる。

なにも見えない煙の中から抜け出そうとした暗殺者達は、謎の粘液で足を滑らせ体勢を崩す。

「こいつら程度なら、あたし一人でどうにかなるわね」

マリオンは暗殺者達から視線を逸《そ》らさず、ウィラードとエリスを口早に急《せ》かす。

「エリス、あんたの師匠には傷一つつけさせやしないわ。だから安心して、さっさと妹弟子を助けに行きなさい。ウィルもクリス様を助け出して、いつもの仲良し兄弟に戻りなさいよね。失敗なんかしたら承知しないんだから！」

「わかっている。お前も気をつけるんだぞ」

抜き放っていた剣を鞘《さや》へしまい、ウィラードは速やかにエリスを横抱きにした。

急な浮遊感に驚いたエリスが、咄嗟にウィラードの首元へ縋りつくと、「そのまま掴まっていて」と耳元で囁《ささや》かれる。次の瞬間、煙が晴れてきた室内を彼は一気に駆け抜けた。

「……さーてと」

一人調合室に残ったマリオンは、それなりに重量のあるロッドを肩へ担ぎ上げる。

「どれだけ依頼料を積まれたか知らないけど、完全に受ける仕事を間違えたわね。中庭での襲撃と、今回の襲撃で、二回もあたしの大事な人達に手を出したんだもの。当然、覚悟はできてるわよね？」

体勢を立て直した暗殺者達が使い込まれた得物《えもの》を構えるも、対峙するマリオンは紺碧の瞳に剣呑《けんのん》な光を灯《とも》す。珍しく表情を引き締めた彼は、低くどすの利いた声で告げる。

「てめぇら、楽に死ねると思うんじゃねぇぞ」


外回廊に出たウィラードはエリスを抱え直し、一段と速度を上げて先を急ぐ。

「ウィラード様。マリオンさん一人で、本当に大丈夫なんですか？」

横抱きで運ばれている最中。舌を噛まないように注意しながら、不安を隠せない声色でエリスが尋ねると、ウィラードは足を緩めずに語り出す。

「あいつは私以上に敵が多いから、襲撃される度に一人で返り討ちにしているんだ。型にはまった戦い方をさせなければ、マリオンは間違いなく誰よりも強い。私としては、力加減を誤って暗殺者を撲殺するんじゃないかと、そちらの方が心配でならないよ」

「ええっ⁉」

味方よりも敵の命を案ずるウィラードに、エリスはギョッと目を剥《む》く。

そういえば――と、思い出す。エリスの護衛につくことが多いマリオンは、「これでもあたし、とーっても強いのよ」と自慢することが幾度もあった。中性的な容姿やオネェ口調の影響で、戦いとは縁遠い存在だろうと勝手に思い込み、「また冗談を言ってる」と話半分に聞いていたが……人は見かけによらないとは、よく言ったものである。

今後もマリオンだけは怒らせないようにしようと、エリスは心の中で密《ひそ》かに誓った。

「襲撃者達の対処はマリオンに任せるとして、私達はグレアム・エイボリーの捕縛に集中しよう。奴《やつ》を野放しにすれば今回と同様の手口で、新たな魔女を生み出しかねない」

「……そう、ですよね……」

善良な人柄で、聖花術師としても優秀だったギーゼラ。

彼女の弱みにつけ込んだグレアムは、作為的に、聖なる存在を忌むべき魔女へと堕とした。

(グレアム様はどうして、こんなむごい方法に手を染めてしまったの？)

いつだったか、お茶会の席でグレアムは言っていた。

『私は姉上を心の底から尊敬しているんだよ。教会と王家の繋《つな》がりをより盤石にすべく、昼も夜も切れ目なく公務に励んでいらっしゃる。もし、姉上が男児として生まれていたら、次期教皇になられていたかもしれないな』

あの時の自分は国の情勢よりも、目の前のお茶菓子に夢中で――深く考えもせず、頭に浮かんだ言葉を率直に口に出していた。

『グレアム様は紅花枢機卿と公爵、二つの重要な責務を両立させてますよね？　それって、とてもすごいことだと思うんです。だからきっと、次期教皇に選ばれますよ』

『そうだと嬉《うれ》しいな。よし！　私が教皇の座についたら、この国を真の政教一致の大国にしてみせようじゃないか。こればかりは、どう足掻《あが》いても姉上では成し得ない偉業だ。――しかし、困ったな。私一人の力では叶《かな》えられそうにない望みだ』

『だったら、姉弟の力を合わせてみたらどうでしょう？　二人で協力したら、不可能も可能になる気がしませんか？』

『そうだね。エリスの言う通り、時がきたら姉上に協力してもらうとしよう』

その前に、頑張って教皇の座を勝ち取らなければ――と、当時のグレアムは晴れやかに笑っていた。少なくとも、今回のような惨劇を引き起こす予兆は見られなかったはずだ。

いつから純粋な【目標】が、凄惨《せいさん》な【野望】へ変化したのか？

その疑問は、直接本人にぶつけなければ解消されないだろう。

「エリス、そろそろ紅の宮殿だ。今なら安全な場所へ避難させられるけど……」

物思いに耽《ふけ》っていたエリスは、頭上から降ってきた声でハッと我に返る。殊更《ことさら》強くウィラードにしがみついた彼女は、駄々をこねるように「イヤです！」と頭を振った。

「妹弟子を危険にさらしたまま、先輩の私だけ逃げるなんてありえません！　置いていっても無駄ですよ。自力でこっそりついて行きますからね！」

「参ったな。それだと、いざという時に護れなくて困るよ」

ふっと吐息混じりに微笑んだウィラードは、エリスを抱く腕に力を込める。

「ここから先はなにが起こるか未知数だ。決して私の傍から離れてはいけないよ。どれほど危険な事態に陥ったとしても、エリスだけはこの身に代えても必ず護り抜くから」

ウィラードの誠実で勇敢な宣言は、怖気づきそうになるエリスの心を熱い勇気で満たした。

「私だって、ウィラード様が傷つく姿は見たくありません」

エリスはほんの少しだけ首を伸ばし、ウィラードの頬に口づけをする。解呪効果が切れる頃合いでもあったが、自然と「そうしたい」と思っての行動だった。

驚いた表情で見下ろしてきたウィラードに、エリスはふわりと柔らかく微笑みかける。

「紅の宮殿から出る時は、二人共無事じゃないとダメですからね」

約束ですよ――と続ければ、ウィラードもわずかに口元を緩めて頷いてくれた。


紅の宮殿の周囲は、紅華騎士団が総出で警固をしていた。

恐らく、母親を人質に取られているクリストファーが、グレアムに逆らえず指示を出したのだろう。

正面突破を試みて捕らえられたら最後。その場で始末されることはないだろうが、紅華騎士団に拘束された後、グレアムがなにも行動を起こさないわけがない。

事故か事件をでっち上げ、ウィラードとエリスの命を奪うに決まっている。

ゆえに二人は、紅の宮殿の内部へ続く地下の隠し通路を走っていた。

「ウィラード様、ここはいったい……？」

「非常用の逃走経路の一つだよ。子供の頃、クリスに教えてもらったんだ。『時間がある時に会いにきて欲しい』とお願いされてね。最近は使ってなかったけど、潰《つぶ》されていなくて本当によかった」

通路は人がすれ違えないほど狭い。上下左右を煉瓦《れんが》で固められており、古びていても崩落の危険はなさそうだ。

昨夜、通路の入り口にカンテラを用意しておいたので、今はその灯《あか》りを頼りに先を急いでいる。

（私が知らないだけで、蒼の宮殿にも秘密の通路がいっぱいあるんだろうなぁ……）

エリスが胸中で独り言《ご》ちている間に、終着点へ辿《たど》り着いたらしい。

少し錆《さ》びた鉄の梯子《はしご》をウィラードが先に上り、天井の扉を押し開ける。周囲に人気《ひとけ》がないことを確認した彼は、小声で「おいで」とエリスを呼んだ。

梯子を上りきった先は、生活感が一切感じられない石造りの小部屋だった。

「ここは、クリスの私室にある隠し部屋だ。とても大きな絵画の裏に扉があるんだよ」

火がついたままのカンテラを床に置き、ウィラードは内鍵つきの鉄扉《てっぴ》へ近づく。

エリスも足音を立てないように注意してついて行くと、耳を澄ましているわけでもないのに、私室内の会話が漏れ聞こえてきた。

「エイボリー猊下《げいか》、先輩と師匠を殺したって本当なんですか⁉」

怒りと悲しみが混ざり合った悲痛な叫びは、間違いなくイレーネのものだ。

彼女の問いに答えるのは、落ち着き払ったグレアムの声だった。

「あぁ、そうだとも。私の従順な部下が処理をしたのだ。今頃は骨すら遺さず、師弟揃って冥府を彷徨《さまよ》っているだろう」

「そ、そんな……」

「多少予定は狂ったが、第一王子とマリオン・プロイツもこの世を去った。私の計画を阻《はば》む者が完全に消えた今、イレーネ――すべてを知る、お前の存在が唯一の脅威なのだよ。独りで歩む黄泉路《よみじ》は心細いだろう？　すぐにお前の家族も同じ場所へ送ってやるから、安心するがよい」

「待て、グレアム！　なにもイレーネまで殺さずともよいだろう」

今にも凶行に及びそうな発言をするグレアムを、切羽詰《せっぱつ》まった声でクリストファーが止める。

「新たな人材を外部から引き入れるのは危険性が高い。それに加えて、聖花術師の協力者はこれから先もなにかと役立つ。だから、この子は生かしておくべきだ。これまで通り家族を人質にしておけば、逃げ出す心配もないだろう？」

慇懃無礼《いんぎんぶれい》な敬語が取れた素のクリストファーは、新たな悪事を働こうとする叔父を必死に説得する。

しかし、グレアムはくつくつと嘲《あざけ》るように喉の奥で笑う。

「クリス、お前が私に意見するとは珍しいではないか。腹違いの第一王子と似て、泥臭い田舎娘に懸《け》想《そう》でもしたか？」

「な……っ！」

「まったく、実に趣味の悪い兄弟だ。この娘は多くを知りすぎた。こやつの家族の監視に割《さ》く人員もタダではない。大事を成すには無駄を省かねばならんのだよ」

「無駄……だと……？　ふざけるのも大概にしろ！　この世に無駄な命は一つも存在しない。兄上やこの子の師匠と姉弟子だって、誰もが価値のある人生を歩んでいた！」

ついに我慢の限界に達したクリストファーが、血を吐くような苦しみと共に怒声を上げた。正義感に溢れたその行為が、グレアムの逆鱗《げきりん》に触れるとも知らずに――……。

「ふざけているのはどちらだ？　私に歯向かえば、お前の母親がどうなるか理解しているだろう。大事な人質だ。お前が王位を継承し、私に国の全権を委ねるまでは生かしておくが……お前が私に逆らうのであれば、死なない程度に痛めつけるとするか」

「や、やめろ！　母上には手を出すな！」

「では、お前がこの娘を始末してみせろ。拒否すれば、黄の宮殿に潜り込ませた私の部下に命じ、お前の母親の食事へ毒物を混入させる。――さぁ、クリス。お前は実母と田舎娘、どちらの命を選ぶ？」

最低な二択を迫るグレアムに、聞き耳を立てていたエリスの目の前が怒りで赤く染まる。

（今すぐ、イレーネとクリストファー殿下を助けないと！）

沸々と込み上げる激情に任せて、エリスが鉄扉を開けようとした時だ。

ヒュッと空《くう》を切る音が聞こえたかと思えば、ウィラードの長い足が硬い鉄扉を蹴破った。その衝撃で、扉を隠していた巨大な絵画が勢いよく吹っ飛ぶ。

「クリス、そんな馬鹿げた挑発に乗るんじゃない」

「兄上!? 生きておられたのですね……!」

「逆賊に虐《しいた》げられる弟を残して死ねるわけがないだろう。随分と長い期間、辛い思いをさせてしまったな。暗愚な兄を許しておくれ」

隠し扉から私室内へ歩み出たウィラードに、クリストファーが驚嘆の声を上げる。

続いて現れたエリスの姿を見つけ、イレーネまで驚きに目を瞠った。やがて、感極まって泣き出した彼女は、「先輩!」と叫んでエリスのもとへ駆け寄ろうとした――……が、

「おっと。どこへ行くつもりだ?」

「きゃっ!?」

イレーネのおさげ髪を片側だけ掴み、グレアムは彼女の身体を力任せに引き寄せた。

執念深い紅の枢機卿は、調合室で痛めた右手を無理やり動かし、法衣の懐から小型のナイフを取り出す。鞘が乱暴に振り飛ばされ、少女の細い首筋に研ぎ澄まされた白刃が突きつけられる。

「クリス。この娘の命が惜しくば、死にぞこないの第一王子を殺せ」

「……ッ!?」

淡々と残酷な命令を下すグレアムを、クリストファーは絶望一色の眼差しで見返す。

「呪いも効かず、暗殺者も退ける。これほど私の手を煩わせるとは、今にも腸《はらわた》が煮えくり返りそうだ。早く剣を抜け。怒りで私の手元が狂わぬうちに、お前が敬愛する兄をその手で始末しろ」

鋭利な刃先が首筋に食い込み、イレーネはカタカタと恐怖に打ち震えていた。

血が滲むほどきつく唇を噛みしめたクリストファーは、乱暴に腰の剣帯から剣を引き抜く。剣先を兄に向けたクリストファーの真紅の瞳には、うっすらと涙の膜が張り不安定に揺らいでいる。

「う、あああぁぁぁ——ッ！」

心が締めつけられる絶叫と共に、クリストファーは兄に斬りかかった——が、目にも留まらぬ早業で抜刀したウィラードは、躊躇《ためら》いのある弟の攻撃を容易に防ぐ。

鈍い剣筋を何度も弾き返しながら、ウィラードは凪《な》いだ声音でクリストファーに尋ねる。

「クリス。お前は私よりも、イレーネ嬢の命を取るのか？」

「申し訳ありません、兄上！　自分も辛い目に遭っているはずなのに、ここに連れてこられた彼女は、いつだって僕を気遣ってくれました。心の支えだったイレーネを失いたくない。でも、兄上の命も奪いたくありません！　僕は、いったいどうしたら——……」

「そうか、お前も心から大切に想える女性と出会ったのだな。——大丈夫だ。二人共必ず助ける」

今にも泣き出しそうな弟を安心させるように、ウィラードは力強い眼差しで微笑む。

その時のウィラードは、視界の端で窓の外に待機する人影を捉えており……彼が小さく頷いて合図を送ると、謎の人影は窓を打ち破り、イレーネを捕えているグレアム目がけて稲妻のごとく駆けた。

闖入者《ちんにゅうしゃ》は黄色の軍服を纏い、軍帽まで目深にかぶっている。帽子のつばが顔に影を落とし、人相を確認することはできないが、体格から屈強な男だと一目でわかった。

「き、貴様は何者だ!?　止まれ！　それ以上近づけばこの娘を殺すぞ！」

脇目も振らず一直線に走ってくる男に、グレアムが初めて動揺をあらわにした。彼は必死に脅し文句を叫ぶが、軍服の男は立ち止まる素振りすら見せない。

大きく舌打ちをしたグレアムが、イレーネの首筋に当てていたナイフに力を込めようとした——次の刹那。青い花弁を孕んだ一陣の風が、光の粒子をキラキラと振り撒きながら、恐怖に固まっているイレーネの身体を優しく包み込んだ。

仰天したグレアムが勢いよくナイフを引くも、イレーネの首筋には傷一つつかない。それどころかキンッと澄んだ音が響き渡り、グレアムの手からナイフが弾き飛ばされた。

「イレーネ、もう大丈夫よ！」

軍服の男がグレアムを取り押さえると、それまで意図して気配を消していたエリスが、ドレスの裾をたくし上げて妹弟子のもとへ駆け寄る。緊張の糸がぷつりと切れたイレーネは、力一杯抱き締めてくれるエリスに縋りつくと、堪える間もなく声を上げて泣き出した。

幼子をあやすようにイレーネの頭を撫でながら、エリスは鋭い眼差しで拘束されたグレアムを睨む。

「私を落ちこぼれと侮《あなど》った。それが、貴方の敗因ですよ」

「先ほどの風は、お前の福音の仕業か……！」

「蒼き守護の花【ブローディア】の力です。ウィラード様に呪いが効かなかったのも、事前にブローディアの福音を使用しましたから。——これ以上、誰にも危害は加えさせません。私が全員まとめて護ってみせます！」

毅然《きぜん》たる態度でエリスが断言すると、グレアムが狂ったように笑い出す。

軍服の男が羽交《はが》い絞《じ》めにした腕を捻《ひね》り上げても、嘲弄を含んだ高笑いは止まらない。

「私が連絡を絶てば、ベーレント一家と第一王妃は死ぬのだぞ？　それでもお前は、すべてを護ると言い切れるのか？　無理だろう？　無理に決まっている！　だから取引をしよう。今すぐ私を解放すれば一家と王妃の命は保証してやる」

身動き一つ取れない状況に陥っても、未だにグレアムは他人の命を弄《もてあそ》ぶ行為をやめない。

家族を失う恐怖に襲われたイレーネは、涙交じりに、「ひっ！」とか細い悲鳴を上げる。母親を人質に取られているクリストファーも、剣を床に取り落して蒼白《そうはく》の顔色になった。

怯《おび》える二人の反応を見て、グレアムは満足げに下卑《げび》た笑みを深めた——が、

「貴様、もう少しマシな命乞いはできんのか？　交渉材料にもならん条件を提示するとは、呆《あき》れ果てて笑えもしない」

ベルトに下げていたロープで、厳重にグレアムを縛り上げながら、黄色い軍服の男が冷ややかに言い放つ。慣れた手つきで作業を終えた男は、軽く嘆息すると目深にかぶっていた軍帽を脱いだ。

突如現れた黄色い軍服の男の正体——それは、蒼華騎士団の長であるジュダだった。

「グレアム・エイボリー。貴様がベーレント一家の監視をさせていた兇賊《きょうぞく》共は、一人残らず蒼華騎士団が捕縛済みだ。黄の宮殿のメイドに扮《ふん》していた逆賊も、俺が秘密裏に潜入して身柄を確保した。残る不届き者はただ一人。……次は貴様自身が、牢《ろう》の中へぶち込まれる番だ」

心臓をじわじわと握り潰すように、普段より何倍も低い声で、あえてゆっくりとジュダは語り聞かせる。手駒が全滅したと知らされたグレアムは、片頬を引き攣《つ》らせた不格好な笑みで硬直し——逃げ

道を悉《ことごと》く潰された絶望から、魂が抜け出たようにがくりと項垂《うなだ》れた。

(ジュダさんが間に合ってくれてよかった)

見慣れぬ黄色い軍服姿のジュダを眺め、エリスは深く長い息をつく。

イレーネの実家は、聖花術師の見習い試験記録からマリオンが特定した。ジュダが蒼華騎士団の精鋭部隊を引き連れ、情報通りの場所へ急行すると、ベーレント一家は数人の監視をつけられ、普段通りの生活を強《し》いられていたらしい。

『一家全員が忽然《こつぜん》と姿を消せば、当然ながら事件性を疑われる。イレーネ・ベーレントの人質が家族であれば、逆もまた然《しか》り。かどわかした娘の命を脅しの材料にして、一家が外部の人間へ助けを求められない状況を作り出し、それまでと変わらぬ生活を送らせていたんだ』

荒事に無知なエリスに対して、ジュダは噛み砕いた説明をしてくれた。

イレーネは家族を救おうと必死だったが、残された家族も彼女の身の安全を第一に考え、地獄のような日々を過ごしていたなんて――家族愛を犯行に利用するとは、まさしく鬼畜の所業である。双方の心情を想像するだけで、エリスの胸はとてつもない悲壮感で張り裂けそうになった。

監視役とグレアムの使いが頻繁に情報共有を行っていたので、ベーレント一家の救出は花比べの前夜に決行された。無事に保護したベーレント一家の護衛と、捕らえた監視役の連行を部下に任せ、昼前に王城へ帰還したジュダは、休む間もなく新たな任務へとつく。

彼は事前に、黄の宮殿の主・第一王妃のシルヴィアを監視する不審者を割り出していた。ふた月前に黄の宮殿で働き始めたメイドで、彼女をシルヴィアに紹介したのがグレアムだったのだ。

正式に蒼華騎士団の諜報部隊《ちょうほう》が調査すると、メイドはグレアムの命令次第で、第一王妃の命を刈り取る暗殺者だと判明した。さすがに、この事態は国王へ報告しなければマズい。政務の相談を装い、ウィラードが秘密裏に国王へ現状を報せ《しら》ると、

『この件はお前に一任する。王家に牙を剥《む》く痴《し》れ者を、完膚なきまでに叩き潰せ』

――と厳命を下され、黄華騎士団の軍服一式を渡されたそうだ。

ジュダが現在黄色の軍服を纏っているのは、グレアムが花比べに参加している隙《すき》を突き、黄の宮殿へ潜入して件《くだん》のメイドを召し取るためであった。

(暗殺者を余裕で相手にするマリオンさんもすごかったけど、完徹でここまで立ち回れるジュダさんも人間離れしてるよね)

メイドを捕縛し終えたジュダは、その足でクリストファーとイレーネを保護する予定だった。しかし、調合室で取り逃がしたグレアムがジュダよりも早く紅の宮殿へ戻ったせいで、段取りが大幅に狂ってしまったのだ。

それでも、全員が力の限りを尽して計画を成功へと導いた。

(どんな形であれ、グレアム様には犯した罪を贖《あがな》ってもらわないと。デタラメな噂を吹き込んで師匠を魔女に堕としたり、イレーネとクリストファー殿下を操り人形のように扱ったんだから)

ウィラードの半獣化も、グレアムが彼の呪殺を企てたりしなければ、自然に起こりえなかった事象の一つだ。エリスも魔女の濡《ぬ》れ衣《ぎぬ》を着せられ、危うく火刑に処されるところだったし――細かな罪まで数えれば両手の指だけでは足りず、法の重き鉄槌《てっつい》を受けるのは確実だろう。

これも自ら蒔《ま》いた種。自業自得の結末だ。

抱きついて離れようとしないイレーネの背を、物思いに耽《ふけ》りながら優しく撫でていると、不意にエリスの視界がぐにゃりと歪《ゆが》む。

(……あ、れ……?)

急速に血の気が引く感覚は貧血と同じ症状だが、根本の原因はまったく違う。

(調合室で、結構な無茶をしたからなぁ。完全に神力不足だ……)

ギーゼラの呪いを受けた時に、神力がごっそり削がれたのを忘れていた。彼女の魔女化を解く際も、根性で捻出した神力から大量の幻想花を咲かせたので、今まで倒れなかった方がおかしいのだ。

(もう、誰も傷つく心配はないから……少しくらい休んでも……大丈夫だよ、ね……)

自分の名を呼ぶ声がいくつも聞こえたが、すでに目の前は真っ黒に染まっている。

身体から完全に力が抜けると、エリスは深い眠りの世界へ落ちていった。

✖……………✖……………✖

「……ん、ぅ……」

頬に影を落とす長い睫毛《まつげ》が微かに震え、閉ざされていた瞼がゆっくりと開かれる。

宵闇の中で燭台《しょくだい》に灯された炎が揺れ、芯が燃えるジジッという音がやけに大きく聞こえた。

「エリス、目が覚めたんだね」

耳に心地よい、どこまでも澄んだテノールボイスが室内に響く。

ベッドの中で目覚めたエリスは、首だけ動かして横を向く。そこには、カーテンが閉められた窓を背にして、床に座り込んでいるウィラードがいた。

「体調は大丈夫かい？　今すぐ医者を呼んでくるよ」

「へ、平気です。倒れた原因は神力不足なので時間が経《た》てば治ります。それよりも、ここは……？」

「蒼の宮殿にある私達の寝室だよ。力の使いすぎで倒れるほど、かなりの無理をさせてごめん。このままエリスが目を覚まさなかったら……と想像するだけで、とても恐ろしかった」

「そんな、大袈裟《おおげさ》ですよ……」

「なにが大袈裟なものか。君は丸二日も眠り続けていたんだぞ？　処理しなければならない仕事は山積みなのに、気づけばエリスのことばかり考えてしまって――……数年ぶりに、父上から『しっかりしろ』とお叱りを受けてしまったよ」

我ながら情けない――と、ウィラードは自嘲気味に笑う。

彼はスプリングを軋《きし》ませてベッドの上に乗ると、布団ごとエリスの身体を抱き締めた。

「おはよう、エリス。目を覚ましてくれてありがとう」

存在を確かめるように華奢《きゃしゃ》な肩口へ顔を埋め、ウィラードは夜闇の中で朝の挨拶《あいさつ》を囁く。

大切に想われている。そんな実感が、甘くとろける喜びへと変わり――胸の奥底から滾々《こんこん》と湧き出す。溢れて零れた幸せな感情に突き動かされ、エリスもウィラードの広い背中へ腕を回した。

「おはようございます、ウィラード様」

エリスも朝の挨拶を告げると、空中で色とりどりの幻想花が咲き乱れる。ぴったりと重なった二人の影は、花香る夜陰に包まれたベッドの上で、しばらく離れることはなかった。

長い抱擁を終えたエリスは、ウィラードにせがんで様々な話を聞かせてもらった。

どうやら今回の一件は、紅花枢機卿グレアム・エイボリーが謀反の首謀者として、法の裁きを受けることになるらしい。魔女として実際に呪いを使用したギーゼラも、重罪に問われると覚悟していたのだが……予想に反して、彼女は事件とは無関係で処理されていた。

「此度の騒動で、エリスはバッツドルフ殿の魔女化を完全に解いてしまった。その事実を教会側に知られでもしたら、聖女の再来だと目の色を変えて、君を利用しようとする者が大勢現れるだろう。故に、父上はバッツドルフ殿を罪に問わなかったんだ」

「私が聖女として祭り上げられたら、国と教会の勢力のバランスが崩れるからですか？」

「もちろん、それも理由の一つに入るだろう。だけど父上は、『未来の娘を権力の亡者から護るのは義父として当然の務めだ』と仰ってね。シルヴィア様やクリスを救った功績も含めて、エリスが国の庇護《ひご》下へ入ることが正式に決定したんだよ」

「娘とか、義父って……国王陛下、気が早くありませんか？」

かけ布団を鼻の上まで引っ張り上げ、赤くなった顔を隠しながら正直な気持ちを吐露する。

エリスの隣で横になっているウィラードは、照れた様子の彼女に目元を和ませた。

「誰に似たのか、私が尋常でない堅物だからね。この歳まで浮いた話が一つもなかったから、エリスが息子の婚約者になったことで、珍しく父上も心躍らせているんだよ。私の呪いも解けていないことだし、解呪の件でも、君にいなくなられては困ってしまう」

エリスの柔らかな亜麻《あま》色の髪を指先で撫でながら、ウィラードは自身の頭頂部に生えた獣耳を、器用にピクピクと動かしてみせた。布団の中でも、長毛の尻尾《しっぽ》がエリスの足にふさりと巻きつく。

途端、くすんだ色の幻想花を頭に生やして、エリスがしょんぼりと眉尻を垂らす。

「以前、呪いは制作者である魔女本人にしか解けないと説明しましたが——実はもう一つだけ、確実に解呪する方法があるんです。それは、呪いを生み出した魔女がこの世を去ること。教会が魔女の処刑を急ぐのは、呪われた被害者の救済処置でもあるんですよ。呪いの効果が即死でない限り、解呪が早ければ早いほど、被害者の命を助けられますから」

「んー……。私を呪ったバッツドルフ殿は、魔女から只人《ただひと》へ戻ったよね？　この場合、〝魔女がこの世を去った〟という状態に当てはまらないのかな？」

「多分、呪いが正しく発動しなかったせいで、奇妙な現象が起きていると思われます」

耳を後ろに倒して困惑しているウィラードに、ぴっとりと寄り添われているエリスは、当時の状況を振り返りながら自身の推測をぽつぽつと語る。

「花祝の儀では私と師匠の福音が、イレーネの手によって入れ替えられたんですよね？」

「あぁ、その通りだ。エリスが眠っている間に、イレーネ嬢がすべて打ち明けてくれたよ。——そういえば、私はずっとバッツドルフ殿に命を救われたと思い込んでいたけど、呪いを跳ね返したあの福音は、エリスが作ってくれたものだったんだね。まさか、初めて出会った時から私を護ってくれていたなんて、君には感謝してもしきれないよ」

突然ウィラードの腕が伸びてきたかと思えば、その広くて温かな胸元へ抱き締められた。話の途中なのですぐに解放されたが、それでもエリスの顔は見事な朱に染まってしまう。おまけに、羞恥心《しゅうちしん》が昂《たかぶ》ったせいで数輪の幻想花が咲き、ふよふよと宙を漂っているではないか。

「感謝だなんて、そんな……恐れ多いです……っ！」

深呼吸で気持ちを落ち着かせてから、エリスはどうにか説明の続きへ戻る。

「私がウィラード様のお祝い用に作った福音は、向こう一年の安全を祈願する内容でした。メインで使用した花は、今回の作戦でも活躍した【守護】の花言葉を持つブローディアです。この福音が正しく効果を発揮していたら、師匠の呪いを完全に防いでいたはずなんですけど……実際は本来の効果とは違う形で、呪いの影響が出てしまいました」

今回の作戦で使用した福音は、ギーゼラの呪いを完全に無効化していた。なので、制作者や使用した花に問題があるわけではない。違いがあるとすれば福音を開けた人物だ。

「花祝の儀で私の福音を開けたのは師匠でしたよね？　もしかしたら、魔女の身に宿る瘴気が作用して、守護の効果が半減したのかもしれません。その結果、呪いは中途半端に効力を削がれ、本来の目的からズレた形で発動してしまった。この時点で師匠の作品ではなくなった……と、考えられます」

「つまり、私の呪いは突然変異で制作者が存在しなくなったのか？」

恐らく……と、エリスは申し訳なさそうに首肯する。

手探りで解呪の福音の研究を続けるよりも、ギーゼラの魔女化を解いてしまえば、ウィラードを半獣化の呪いから解放できると思っていたのに。エリスの目論見《もくろみ》は見事に外れ、解呪の糸口は無情にも手元をすり抜けていった。

暗い表情で気落ちしていると、ウィラードから労《いた》わるように頭を撫でられる。

「エリスは真面目《まじめ》ないい子だね。だけど、解呪の件は焦《あせ》らなくて大丈夫だよ。私達はこれから先も苦楽を共にする仲なのだから。仮に呪いが解けなくても、二人で生きていく分にはなにも困らないさ。王位継承権を放棄して、拝領した領地で慎ましく暮らすのも悪くない」

落ち込んでいる自分を慰めようとしてくれているのだろう。ウィラードが語る未来は安穏《あんのん》としており、非常に魅力的に感じられた。

しかし、その結末はどうしても選べない。

「お気遣いありがとうございます。だけど私は、解呪の福音が完成するその日まで、絶対に研究をやめません。だって、約束したじゃありませんか。ほんのわずかでも完全な解呪への希望があるのなら、聖花術師として最善を尽くします——って」

「それは、そうだけど……」

「国教神様に誓った契約を反故《ほご》にしたら、私は二度と聖花術師を名乗れなくなります。それに、呪いに侵されて不安な日々を過ごすウィラード様を、放っておくことなんかできません。どんなに時間がかかっても、私は貴方の身も心もお救いしたいんです」

エリスはウィラードの頬を両手で包み、彼の目を真っ直ぐ見つめてはっきりと宣言した。

暗がりで淡く光る獣特有の瞳が大きく見開かれ、やがて穏やかに眇《すが》められる。

「人でも獣でもない不気味な化け物に成り果てた私にとって、エリスは最後に残された希望の光だ。君が傍にいてくれるから、以前ほど呪われた半獣の姿を恐れなくなった。いつか人に戻れるのだと、自分の運命を悲観せずにいられるんだよ」

「不気味な化け物だなんて……そんな悲しいこと言わないでください。確かに身体は半獣化してますけど、私は、その……感情表現豊かな立派な耳と、ふわふわな手触りの尻尾を……とても、可愛らしいと思っています。……えっと、今の発言は不敬罪に当たりますか？」

「そんなわけないだろう。呪われた姿を好意的に見てもらえて本当に嬉しいよ。ただ、これだけは言わせてもらえるかな」

自身の頬を包む小さな手に、一回り大きい己の手のひらを重ねつつ。きょとんと見返してくるエリスに向けて、ウィラードは蕩《とろ》けんばかりの甘い微笑みで囁いた。

「私よりも、エリスの方がこの上なく愛くるしい」

「……っ⁉」

「君という最高のパートナーに出会えた奇跡を、国教神様に深く感謝するよ。教会だけでなく、国すら敵に回したとしても――……私は身命を賭して、生涯エリスを護り抜くと誓おう」

緩く波打つ亜麻色の髪が一房掬《すく》われる。ウィラードの唇が自身の髪に触れた瞬間、エリスの頬は薔《ば》薇《ら》よりも鮮やかな真紅に染まり――……、

その直後、大量の幻想花が室内を埋め尽くしたのは言うまでもなかった。

昨夜、神力不足で昏睡《こんすい》状態にあったエリスが目を覚ました。

未だベッドから起き上がれない彼女の世話を焼くため、本日はウィラードも朝から寝室にこもっている。婚約者の安否を気にかけるあまり、ここ数日、政務でありえないミスを連発していたのだ。ウィラード本人の体調にも配慮され、国王が直々《じきじき》に休暇を命じたのだった。

「これで、すべてが丸く収まりそうだな」

私室側で立ち番をしているジュダは、安堵《あんど》の息と共に独り言ちる。

もはや定位置となったティーテーブルで、バリバリと教会の仕事を処理していたマリオンは、その一言を耳にして作業の手を止めた。渇いた喉を香り高い花茶で潤しつつ、愛用の羽根ペンを置いた蒼の枢機卿は、やれやれと心底呆れた様子で頭を振る。

「バカねぇ。今回の一件は、めでたしめでたしの大団円じゃないでしょ？　むしろ、これからが波乱の幕開けになるかもしれないわ」

「次期国王の発表を控えているにもかかわらず、殿下の呪いを解く手段が失われたからか？」

「まぁ、それも頭が痛いところではあるんだけど……」

魔女が消えれば、呪いも解ける。しかし、ウィラードを蝕む呪いは不完全な形で発動され、術者不在という歪《いびつ》なものへと変容を遂げていた。故に、呪殺を企てたギーゼラがエリスの福音で只人に戻った今も、彼の半獣化は解ける気配すら見せないのだ。

頬杖《ほおづえ》をついたマリオンは、どこか遠くを見つめてポツリと呟く。

「あたしが気にかけてるのはエリスの存在よ」

「お前……あいつが聖女の血族だと、本気で信じているのか？」

「当然でしょ。あたしは出会った当初から、エリスに聖女疑惑を持っていたんだから。だって、あの子は明らかに〝普通〟じゃないもの。呪いを無効化する特異能力が最たる例ね。死に至る呪詛《じゅそ》が直撃したのに、ほんの数時間気絶するだけで済んだのよ？　おまけに、ウィルの呪いを一時的にでも無効化するなんて、聖女以外では考えられない事象ばかりだわ」

「しかし、確たる証拠はないだろう？」

「それがねぇ、今回の大騒動で偶然見つけちゃったのよ。その『確たる証拠』ってやつを」

あたしも驚いたわ――と、マリオンは邪魔な横髪を耳の裏にかける。

「ちょうど、あんたと別行動をしていた時よ。魔女化を解く福音を使ったエリスが、金色に輝く幻想花を咲かせたの。それが、あの子を聖女だと示す決定打になったわ」

「？　他の聖花術師は、光る幻想花を咲かせられないのか？」

訝《いぶか》しげに眉を顰《ひそ》めたジュダへ、姿勢を正したマリオンが首肯する。

「フィオーレ教団の総本山・ルートヴィルム教会では、数多くの禁書が厳重に保管されているの。あたしは六花枢機卿の一席を担ってるから、正規の手段を踏めば問題なく閲覧できるんだけど、その中の一冊に聖女を見分ける方法が記されていてね――……」

「ちょっと待て。その話は俺が聞いてもいいのか？　教会が秘匿している情報だろう？」

「あんたは頭も口も石みたいにカタいから、教えても問題ないって判断したの。だけど、そうねぇ。あたしの信頼を裏切りでもしたら、生まれてきたことを心底後悔するような、とーっても怖い目に遭わせちゃうわよ。そこんとこ、肝に銘じておきなさい」

絶世の美女にも勝る秀麗さで、蒼の枢機卿は「うふふ」と上品に微笑む。美しい笑顔から滲み出る威圧感はすさまじいが、百戦錬磨の騎士団長であるジュダは怯まない……かと思われたが、彼は珍しく驚愕の表情で黒曜石の瞳を瞬《またた》かせた。

「お前、俺のことを信頼していたのか？」

「はぁ？　なに頓珍漢《とんちんかん》なこと言ってんのよ。あたしは信用に足る相手にしか、素の自分を見せないんだから。光栄に思いなさいよね」

上機嫌な微笑から一変して、マリオンはふんっと鼻を鳴らす。

未だにジュダは腑《ふ》抜《ぬ》け面をさらしていたが、拗《す》ねたように唇を尖《とが》らせるオネェ枢機卿はお構いなしだ。彼は大幅に逸れた話題を強引に戻すと、滑らかな口調で説明役を務める。

「歴代の聖女は、金色に輝く幻想花を常に咲かせていたそうよ。体内を巡る神力の量が多すぎるから、身体が勝手に花を咲かせてうまく調整してたのね。濃密な神気が宿った幻想花だから、眩《まばゆ》い金色に輝くみたいで、一般の聖花術師が模倣しようにも不可能なんですって」

「そういえば、エリスも無意識に花を咲かせていたな。しかし、あいつが咲かせた花は金色に光っていなかったぞ？」

「その点に関しては、あたしもまだ原理がよくわかってないのよねぇ。だけど、あの子が金色に輝く幻想花を咲かせたのは紛れもない事実よ。聖女だけが咲かせる光の幻想花で、ギーゼラ・バッツドルフの魔女化を解いちゃったし――これだけの奇跡、一介の聖花術師が起こせる範疇《はんちゅう》を超えてるわ」

そこで一旦、喋《しゃべ》り通しだったマリオンは呼吸を整えた。

ジュダは周囲の警戒に励みながらも、新しく得た知識を頭の中で整理してゆく。やがて彼は、眉間に刻まれた皺をより深くして、どうにも飲み下せない疑問を口に出す。

「エリスの師は、花咲き体質を快く思っていなかった。聖女と似たような特徴だというのに、それを落ちこぼれ扱いするのは……些《いささ》か、おかしくはないか？」

「ちょっと、大前提を忘れないでよねぇ。あたしが話してるのは禁書に記された情報なのよ？　聖花術師どころか大司教クラスでも、聖女の特有性なんて知るわけがないじゃない」

頬に垂れた髪を優雅に掻《か》き上げ、マリオンは窓の外へ視線を向けた。

「初代聖女セラフィーナ様は、女神から授かった神秘の御業《みわざ》を国中へ広めて回ったけど、二代目は外界を知らずに一生を終えたそうよ。教会のお偉方が設《しつら》えた浄室で、俗世の穢《けが》れから大事に護られていたんですって。愛玩動物じゃあるまいし、監禁となにが違うんだか」

「しかし、三代目以降の聖女は歴史から完全に姿を消した。いったい、どのような手段で脱走を成功させたのか？　話を聞く限りでは、厳重な監視体制が敷かれていたと思われるが……」

「さぁね。あたしもそこら辺の事情は知らないわ。だって、どの禁書にも記述がなかったんだもの。もしかしたら、恥ずかしすぎて後世に語り継げない、とんでもないミスでもやらかしたのかもね。闇に葬られた語られざる歴史なんて、大抵はそんなもんばっかりよ」

そんなことより――と、マリオンはジュダを呆れた様子で一瞥する。

「好奇心旺盛なのはなによりだけど、今はエリスについて話してる最中でしょ？　後で質問を受けつけてあげるから、まずは話題を一つに絞りましょうよ。その方が効率的だと思わない？」

いちいち質疑応答をしていては話が先に進まない。これにはジュダも「そうしてくれ」と、ばつが悪そうにだが同意を示した。

咳払《せきばら》いを一つして仕切り直すと、マリオンは形のよい唇を開く。

「聖花術師が無闇に幻想花を咲かせないのは、〝天上界の花の幻影〟ってトコが原因でね、どっかの誰かさんが『ぞんざいに扱うべきではない』って言い出したのよ。笑っちゃうわよねぇ。聖花術師の頂点に君臨する聖女は、いつだって幻想花を纏っていたのに」

「――！　そうか。聖女は人目に触れない浄室の中で日々を過ごしていた。要するに、聖花術師は聖女が花咲き体質だと知らず、独自のルールを勝手に作り出したのだな？」

「ご名答。だからエリスは、無意識に花を咲かせる体質に悩んでいたし、周囲も改善させようと躍起になってたのよ。本当のあの子は落ちこぼれなんかじゃなくて、教会が何百年間も草の根をわけて捜し続けてる、一度は国から失われた至宝なのにねぇ」

美しく手入れされた指先が、テーブルの天板をトントンと叩く。普段は誰よりも自信に満ち溢れた蒼の枢機卿だが、今の彼は焦りにも似た感情を漂わせている。

「幸い、金色に輝く幻想花は見られてないけど……呪いを受けたエリスがピンピンしてる姿は、最初の花比べを行った際に、六花枢機卿全員が確認してるのよ。あの時は、一刻も早く魔女を誘《おび》き出そうと必死で、ヘタを打ってる自覚すらなかったわ」

「なるほど。お前と同じく、禁書の閲覧が可能な六花枢機卿の面子《メンツ》であれば、エリスが聖女である可能性を見出しているやもしれんな」

「六花枢機卿が相手ならまだマシよ。教皇様は教会の最高権力者でありながら、魔女疑惑のあるエリスを、誰よりも率先して庇《かば》っていらしたわ。もともと穏健派で有名なお方だけど、枢機卿内で意見が割れる中、一介の聖花術師をあそこまで擁護するなんて……」

「聖女の再臨に気づき、処刑を中断させようと動いたのやもしれんな」

ジュダが語る推測を聞き、マリオンは小難しい顔で「むーっ」と唸った。

考え込むこと、きっかり十秒。参謀的な立ち回りが多い蒼の枢機卿は、まさしく「お手上げだ」と言わんばかりに、両手を肩の高さまで上げて見せる。

「教皇様のお考えは予想できないわ。いくらお年を召していらしても、エリスが呪いを無効化した事実を見落とすワケがない。だけど、今のところ教会に怪しい動きは見られないのよ。聖女の片鱗《へんりん》を垣間見たはずなのに、なにも手を出してこないのが逆に不気味だわ」

「備えあれば憂いなし。相手が行動を起こさないのであれば、その間に、今後の対策を殿下や俺と考えればいいだろう。一人で抱え込むんじゃない」

よもや、一匹狼気質な堅物騎士団長から、「仲間を頼れ」とアドバイスされる日がくるとは……驚きのあまり、マリオンは椅子《いす》からずり落ちかける。頬に影を落とす長い睫毛を何度も瞬かせ、やがて彼は小さく吹き出すと、いつもの朗らかで明るい雰囲気に戻った。

「あんた、どうしちゃったの？　ガッチガチに固い頭が急に柔らかくなったわねぇ」

「ほんの少し、ものの見方が変わっただけだ。――それよりも、エリスを必ず護り抜くぞ。第一王子の婚約者を、みすみす教会にくれてやるものか。殿下には幸せになっていただかねばならん」

「だったら、エリスにも幸せを謳歌《おうか》してもらわないとね。最初はどうなることかと思ったけど、あの子、心根が真っ直ぐないい子なんだもの。聖女を教会へ連れて行けば、次期教皇の座はあたしのものになるんだろうけど……そんな気がちっとも起きないくらい、不思議と気に入っちゃったのよねぇ」

寝室の扉をチラリと見遣り、マリオンは柔らかく双眸を細める。

「お互いの絆も順調に深まってるようだし、早く二人の結婚式が見たいわ。ウェディングドレスを選ぶ時は、あたしも交ぜてもらえないかしら？」

「人生の晴れ舞台に首を突っ込むのは野暮だぞ。馬に蹴られて死にたいのか？」

「怖ッ!?　なんなのよ、その妙にシュールで物騒な言葉は！」

「東国のことわざらしいぞ。殿下から教わったのだが……恐らく、人の恋路を邪魔した者の処刑方法だろう。……多分」

「ずいぶんとフワフワした見解ねぇ。絶対、意味が違うでしょ」

明るい未来の想像から一変して、マリオンとジュダはいつものように軽口を叩き合う。

枢機卿と騎士団長。立場も違えば身分も違う凸凹な二人だが、ウィラードとエリスの幸福を願う気持ちは、目に見えずとも同じ形をしていた。

終章 ✤ 恋の蕾が花開く時

エリスの体調が全快した翌日。

蒼《あお》の宮殿の客間には、イレーネが客人として訪れていた。

「先輩。これまで散々失礼な態度を取ってしまって、本当にすみませんでした！」

花茶とお茶菓子が並べられたティーテーブル越しに、妹弟子が深々と頭を下げて謝罪をしてくる。

これで、本日五回目だ。何度も「気にしてない」と伝えているが、どうにも気が収まらないらしい。

対面の席でタルトを切り分けているエリスは、困ったように眉尻《まゆじり》を下げる。

「もう、聞き飽きたかもしれないけど……イレーネが私に謝る必要はないんだよ。師匠から、『エリスと親しくするな』って命令されてたんでしょ？　人質を取られてたんだから仕方がないよ。……というか、私の方がイレーネに謝らないといけない立場なんだよね」

「えっ、どうしてですか？　先輩はなにも悪くないじゃないですか」

「ううん、そんなことない。花比べで貴女《あなた》の福音を初めて見た時、私が正しく作品に込められた意味を読み解けていたら、もっと早く辛い状況から助けられたのに……不甲斐《ふがい》ない姉弟子でごめんなさい」

小皿に取り分けたタルトをイレーネの前へ置くと、エリスも深く頭を下げて謝罪を述べる。

よもや自分が、謝られる側になるとは思っていなかったのだろう。眦《まなじり》が裂けんばかりに大きく目を見開くと、イレーネは勢いよく首を左右に振った。

「不甲斐ないだなんてとんでもない！　あんなに遠回しなメッセージ、先輩でなければ見過ごしていたはずです。実際、福音を検分した六花枢機卿《すうききょう》の方々は誰《だれ》も気づきませんでした。先輩の柔軟な着眼点に、私は今も昔も救われたんですよ」

「えっ？　昔……って、なんのこと？」

おずおずと顔を上げたエリスは、不思議そうに首を傾《かし》げる。

揃《そろ》えた膝の上で両手を組むと、イレーネは懐かしそうに目を細めて口を開く。

「私は幼い頃《ころ》から聖花術師を目指していたのですが、扱える神力の量が人よりも少なくて、どの工房に入門を志願しても断られていたんです。先輩と出会ったのは、八度目の弟子入りに失敗して道端で泣いている時でした。優しく慰めてくれて、ハンカチまで貸してくれたんですよ」

これです――と、イレーネは卓上に古めかしいハンカチを置く。

ピンクのガーベラが刺繍《ししゅう》されたそのハンカチに、エリスは見覚えがあった。ギーゼラのお供でマクニース領を旅した際、聖花術師を目指している少女に渡したものだ。

「まさか、あの時の女の子がイレーネだったの!?」

ハンカチに注いでいた視線を妹弟子へ向けると、彼女は小さく微笑《ほほえ》みながら頷《うなず》いた。

「あの時の私は涙でひどい顔をしていましたから、先輩の記憶と重ならないのも当然です。だけど私は、先輩の存在を支えに前へ進み続けました。ガーベラの花言葉は【常に前進】ですから」

「それじゃあ、工房で再会した時……イレーネは最初から、私のことを覚えていてくれたんだね」

「もちろんです。大恩人である先輩を忘れるはずがありません。【幸せは必ずくる】というカキツバタの福音も、私のために即席で作ってくれましたよね。今も実家の自室に飾ってありますよ」

エリスとの思い出を語るイレーネは、少し前の無感情が嘘《うそ》のようだ。目をキラキラと輝かせて、心から嬉《うれ》しそうにしている。

そんな彼女を見て、「私は本当に嫌われてなかったんだ」とエリスも自《おの》ずと笑顔になった。

「プロイツ猊下《げいか》からすべてお聞きしましたが、先輩は本当にすごい人ですね。魔女化を解く福音を完成させるなんて、史上初の一大快挙じゃありませんか！　完全に呪《のろ》いを防ぐ守護の福音だって、解呪《かいじゅ》の力を持つ先輩だからこそ完璧に作れたと思うんです！」

「は、恥ずかしいからそんなに褒めないで。守護の福音は師匠もノコンギクで作ってたし、魔女化を解いた福音だって、材料さえ揃えたら誰でも調合できるはずだよ」

「いいえ、先輩が成し遂げたのは明らかに偉業です！　今の私が人並みに神力を扱えているのも、先輩が作ってくれた福音のおかげですし」

「それって、カキツバタの福音のことだよね？　あれがどうかしたの？」

目の前で泣いている女の子を笑顔にしたくて、街道沿いの湿地に生えていた植物から、どうにかこうにか作り出した福音。聖域に自生している植物を使ったので、神力の消費量は通常の調合と変わらなかったし、特別な仕かけを施したわけでもない。

ぱちくりと目を瞬《またた》かせているエリスに、イレーネが神妙な面差《おもざ》しで説明する。

「実は先輩の福音を使ってから、私の体内に宿る神力の量が少しずつ増え始めたんです。どんなに厳しい修業を積んだとしても、生まれ持った神力の容量は変化しないと、どの教本にも明記されていたので――状況を好転させたのは、明らかに先輩の福音なんです」

そうして――と続けたイレーネは、年相応の屈託のない笑顔を浮かべた。

「扱える神力の量が増えたから、私は聖花術師になる夢を叶《かな》えられました。カキツバタの福音が示す通り、望んだ幸せが訪れたんですよ。それからずっと、先輩は私の憧れの人でした。同じ工房で働けないものかと、教会の人に外見の特徴を説明して、先輩を探してもらっていたんですけど――……」

最初はイキイキと喋《しゃべ》っていた声が、徐々に小さくなってゆく。最終的にイレーネは表情を曇らせて押し黙ったが、それ以降の展開はエリスでも簡単に予想がついた。

「私を探していたから、イレーネはグレアム様に目をつけられたんだね」

「その通りです。どうせ入門するつもりなら駒としてちょうどいいと言われ、師匠が受けた依頼用の福音を作らされていました。……あっ、先輩は謝らないでくださいよ？　私が勝手に先輩を探し出そうとしていたのが、そもそもの原因なんですから」

どこか自嘲気味に笑ったイレーネは、軽く深呼吸をして言葉を続ける。

「私は最初から、今回の計画を知らされていました。脅されていたとしても、結局は〝協力者〟でしたので……。それでも、先輩なら教会法の【無実の証明】を行使して、必ず無罪を勝ち取ると信じていました。その昔、私の絶望を晴らしてくれたように、今回も残酷な現実を打破できるはずだ――

と」

「イレーネ……」

「師匠に見つかれば後がない危険な賭けでしたが、勇気を出して救援の福音を残してよかった。演技とはいえ、生意気で嫌味な後輩でしかなかったのに……命の危機から助けてくれて、本当にありがとうございました！　――そういえば、シルヴィア妃殿下も先輩に強い恩義を感じていらっしゃると、クリストファー殿下から伺いましたよ」

第一王妃、シルヴィア・ジゼル・ランドルリーベ。彼女もまた、此度《こたび》の事件の被害者だった。

息子の異変に逸早《いちはや》く気づいたシルヴィアが、それとなく相談に乗ろうとしていた矢先に、「クリスの命が惜しくば黙って言うことを聞け」と、実弟の紅花枢機卿グレアムから脅されたらしい。それから半年近く、彼女はグレアムが雇った暗殺者の監視下に置かれていたのだ。

花茶が入ったカップを両手で包みながら、エリスは眉尻を下げて困ったように笑う。

「その件だったら、シルヴィア様から直筆の分厚いお手紙をいただいたよ。事態が落ち着いた頃合いを見計らって、直接、謝罪と感謝を伝えたいって書かれてたんだけど……今から緊張しちゃうなぁ。多分、イレーネも近いうちにお会いすることになるはずだよ」

「えっ。どうして、私が……？」

「グレアム様の支配下で、クリストファー殿下が最後まで抗《あらが》い続けられたのは、同じ境遇の貴女が傍《そば》で支えてくれたからだ――って、シルヴィア様のお手紙に書かれていたよ。イレーネがいなかったら、クリストファー殿下の心は折れていたかもしれない。だから、お礼を言いたいんだって」

「そ、そうなんですか？　光栄というか、なんというか……私まで緊張してきました」

気分を落ち着けるため、イレーネは少し冷めた花茶に口をつける。ミントティーとオレンジジャムの爽《さわ》やかな組み合わせを、ことのほか気に入ってもらえたようだ。一気に飲み干した彼女は、「美味しい」と呟《つぶや》いて表情を和《なご》ませた。妹弟子の好意的な反応に、お茶を淹《い》れたエリスも相好《そうごう》を崩す。

空になったカップへおかわりを注いでいると、話題は別の方向へ向けられた。

「私のことよりも、先輩はこれからどうするんですか？　師匠の魔女化は解かれましたけど、失われた神力は戻らなかったと聞きました」

そうなのだ。魔女でなくなったギーゼラは、文字通り〝只人《ただひと》〟になってしまった。神に通ずる力を失った彼女は工房を畳み、再び魔女になる危険性の有無を調査するべく、しばらくはマリオンの監視下に置かれるらしい。

余談だが、花祝の儀で開栓役を務めていた大司教の死に、ギーゼラは一切関わっていなかった。尋問の担当者がグレアムに買収されていたようで、呪殺に見せかけた口封じが行われたのだ。

エリスの特殊能力を隠すため、ギーゼラが法で裁かれることはない。ウィラードを呪った加害者であり、グレアムに利用されていた被害者でもある彼女は、今後どのような人生を歩むのか……それはまだ、本人も決めあぐねているようだ。

けれど、エリスは信じていた。師匠は二度と過ちを犯したりしない――と。

「イレーネには初めて話すけど、私は師匠の福音に命を救われたんだ。その時の師匠は、本物の女神様のように神々しく見えて……私も師匠のような、誰にでも救いの手を差し伸べられる、立派な聖花術師になりたいと思ったの」

「先輩はすでに、命懸けで他人に尽くす素晴らしい聖花術師ですよ。私が保証します！」

「その評価は嬉しいけど、私はもっと大勢の人の役に立ちたいんだよね。今後も色んな仕事に挑戦してみたいし、ウィラード様の依頼を受けてる最中だから――思い切って、自分の工房を作るつもりなんだ。開店はまだ先になりそうだけど」

次の瞬間、ガタンと椅子《いす》を倒す勢いでイレーネが立ち上がった。テーブル越しに身を乗り出した彼女は、何事かと固まっているエリスの手を取り、胸中の興奮を隠さずに熱願する。

「お願いします！　どうか私を、先輩の一番弟子にしてください！」

「ええっ!?　私は第一王子の婚約者だから、普通の工房と様式がかなり違うよ？　依頼を受けても料金は取らない慈善活動になっちゃうから、お給料の面もどうなるかわからないし……私に関係する秘密保持の都合で、王城の外へ出られなくなる可能性もあるみたい」

「構いません。先輩と一緒に働きたくて、ずっと探していたんですから。金銭面の問題も私は一般市民なので、個人で受けた依頼の報酬はもらえるはずです。城内に滞在する許可が下りるのであれば、外出ができなくても文句は言いません。むしろ、その方が好都合です。……あ」

気が昂《たかぶ》っているせいで、余計なことまで口走ってしまったのだろう。イレーネは口元を手で覆い、気まずそうにエリスから目線を逸《そ》らす。

妹弟子が表情豊かになったのは喜ばしいが、隠しごとはよろしくない。

「ねぇ、イレーネ。私に弟子入りを志願した理由を全部教えて。そうじゃないと、私は貴女を心から信用できなくなっちゃう。やっと仲良くなれたのに疑ったりしたくないよ」

「すみません、私が浅慮《せんりょ》でした！　一番弟子として認められるためにも、先輩との関係に軋轢《あつれき》が生じる要素は排除するべきですよね。今度こそ、すべての事情を話しますが……えっと、その……クリストファー殿下には、内緒にしていただけますか？」

「それは、内容によるけど……クリストファー殿下に関係があるの？」

エリスが率直に問えば、椅子に座り直したイレーネはもじもじと身体《からだ》を揺らす。よく見ると頬《ほお》が赤みを帯びているし、辺りに漂う雰囲気もなにやら甘酸っぱい。

「紅の宮殿にいた時、ご自身も辛い思いをなさっているはずなのに、クリストファー殿下はいつも温かな言葉で、不安に押し潰《つぶ》されそうな私を力づけてくださいました。あの状況下で私が挫《くじ》けずにいられたのは、全部、クリストファー殿下のおかげなんです」

そういえば——と、エリスは思い出す。クリストファーの反抗的な態度は、叔父の言いなりになっている自分へ近づかないよう、ウィラードを牽制《けんせい》する意図があったらしい。エリスに対して工房へ帰れと嫌味を言ったのも、イレーネの福音を発見させるためだったそうだ。

（私達を護《まも》ろうとしてくれたのに、嫌味な人だと誤解しちゃって……申し訳ないなぁ）

グレアムが異心を抱いていると、逸早く気づいたのもクリストファーだった。自身の派閥に属する者が、兄の誕生祭で悪事を働かぬよう独自調査を行った際に、叔父が第一王子の暗殺を企てていると知ったのだとか。

血縁者だからと情けをかけ、話し合いの場を設けたのが悪夢の始まりで——暗殺をやめるよう説得をするはずが、逆に母親を人質に取られ、傀儡《かいらい》の王になれと強要されたのだ。

『昔から姉ばかり評価され、弟の私に関心を寄せる者は誰もいなかった。姉を心酔する者達を見返すために、政教一致の大国を作ろうとしてなにが悪い？　私が欲するものすべてを有する姉の、絶望一色に染まった顔はさぞかし見ものだろう。だから、甥《おい》を利用する計画を立てたのだよ』

獄中で自白したグレアムの犯行動機は、姉に対する嫉妬《しっと》心がきっかけだった。

工房リデルの創設者マルグレートと、彼女の弟子だったギーゼラ。二人は弟子の才能を妬《ねた》んで心を濁らせた。実姉の立場を激しく羨《うらや》んだグレアムの心にも、残虐な悪魔が宿ったのかもしれない。

「先輩の一番弟子になりたい気持ちに嘘偽りはありません。ただ、同じお城の中で生活をしていたら、クリストファー殿下にお会いする機会があるのでは……と、不埒《ふらち》な考えを抱いたのも事実です」

「そっか。クリストファー殿下のことを、お慕いしてるんだね」

エリスの指摘にぽふんと顔を赤らめ、イレーネはぎこちなく首肯した。

生き地獄のような日々を過ごしたイレーネが、唯一頼れたのはクリストファーだけだった。赤の王子に好意を寄せるのは、彼女の境遇を鑑《かんが》みれば極めて自然な現象である。

「勘違いしないでくださいね？　この想いが成就しないのは理解しています。それでも私は、クリストファー殿下の役に立ちたいし、少しでもお傍にいたいと思ってしまって……」

「それじゃあ、宮廷聖花術師を目指すのはどうかな？　師匠の依頼を代わりに作ってたくらいだし、イレーネの技術と才能は磨けばもっと上を目指せる。決して楽な道のりじゃないけど、努力を積み重ねて実績を残していけば、クリストファー殿下の専属になれる可能性は十分あるよ」

「で、でも！　こんな不純な動機で宮廷聖花術師を目指してもいいんでしょうか？」

目に見えて狼狽《うろた》えているイレーネに、エリスは晴れやかな笑顔で「大丈夫」と断言する。

「とっても偉い聖職者なのに、ものすごーく強欲な人を知ってるから。それに、私だって欲張りだよ。同年代のお友達がいなかったから、イレーネと仲良くなれて本当に嬉しい。できることなら、これからもっと仲良くなりたい――って、思ってるの」

だからね……と続けたエリスは、はにかみながらイレーネへ右手を差し出す。

「上下関係のある〝師弟〟としてではなく、対等な立場の〝仲間〟として、新しく設立する工房で私と一緒に働いてくれませんか？」

「――っ、もちろんです！」

感激のあまり目尻に涙を浮かべたイレーネは、差し伸べられた手をしっかりと握り返す。その温《ぬく》もりが嬉しくてエリスが笑みを深めると、空中に暖色系の幻想花が咲き始めた。

ウィラードが〝個性〟だと言ってくれたから、もう、花咲き体質を恥ずかしいとは思っていない。だけど、見習い聖花術師のイレーネはこの光景をどう感じるだろうか？

エリスがそんなことを気にかけていると、

「先輩の幻想花って、綺麗《きれい》ですよね……」

宙を漂う色とりどりの花を眺《なが》めつつ、イレーネが感嘆の息を漏らす。

「私は頑張っても最高で三輪しか咲かせられません。こんなにたくさんの幻想花に囲まれるなんて夢みたいです」

「……そう、思ってくれるの？」

「演技をしていた時は貶《けな》してしまいましたが、本当はいつも見惚《みと》れていたんですよ。一気に大量の幻想花を咲かせられるのは、先輩の神力が潤沢だからですね」

「イレーネは私を買い被りすぎだよ。そんな風に褒められたら――……」

ぽぽぽんっと、濃いピンク色の幻想花が追加で室内を彩る。

「照れちゃったんですね？」

現在の心境をイレーネに言い当てられ、赤面したエリスは無言で頷く。

次の瞬間、どちらからともなく明るい笑い声が零《こぼ》れた。

「イレーネ。改めて、これからよろしくね」

「こちらこそ、よろしくお願いします」


晴れて同門の仲間となったエリスとイレーネは、花茶とお菓子を堪能しながら、他愛《たわい》もない会話を楽しんだ。執務室では青と赤、二人の王子が兄弟水入らずの時間を過ごしており――夕暮れ時になると、クリストファーがイレーネを呼びにきて、二人揃って紅の宮殿へ帰って行った。

グレアムから手酷《てひど》い扱いを受けたクリストファーも、イレーネに大きな恩義を感じているようで、「彼女が城に滞在中は自分が責任を持って護ります！」と国王に宣言したらしい。そのため、今でもイレーネは紅の宮殿でお世話になっていた。

「エリスが新しく作る工房で、イレーネ嬢も働くことになったのか」

手早く片づけをした私室にて。壁際のソファに腰を下ろしたウィラードは、エリスが淹れた花茶を優雅に啜《すす》る。ぴこぴこと機嫌よく動く獣の耳と尻尾《しっぽ》は、見ているだけで心が和《なご》んだ。

お茶会で交わした他の話題は乙女《おとめ》の秘密だが、新たな工房は第一王子の婚約者という立場で設立するため、仕事関連の情報はウィラードと共有しなければならない。彼の隣に座っているエリスは、心許《こころもと》なげな表情で謝罪をする。

「事前に相談もせず、勝手に決めてしまってすみません」

「どうしてエリスが謝るんだい？　君が工房主なんだから好きなようにしていいんだよ。イレーネ嬢の滞在期間延長の手続きは、私から父上に話しておこう。衣食住はクリスが率先して面倒を見たがるだろうから、住む場所は違ってしまうけど大丈夫かな？」

「私は構いませんが、クリストファー殿下のご迷惑になりませんか？」

「それはないよ。イレーネ嬢はクリスのお気に入りだからね」

カップをソーサーに置いて、ウィラードは悪戯《いたずら》っ子のようにクスクスと笑う。その様子を見て、「クリストファー殿下もイレーネと同じ気持ちなのでは？」とエリスの直感が働く。

身分差のせいで諦めなくてはならない恋もある。だが、奇跡はいつどのような形で起きるかわからない。平民の自分が、第一王子の婚約者になったように――……。

「それにしても、師弟ではなく仲間という関係を選んだところが、エリスらしくて私は好きだな」

ウィラードが口にした〝好き〟という単語に、心臓が破裂しそうなほど大きく脈打つ。

（お、落ち着くのよ、私！　今のは恋愛的な意味じゃないから……っ！）

花咲き体質に対する引け目は感じなくなったが、ウィラードと過ごす時だけは厄介《やっかい》だと思うようになった。彼の何気ない一言でも敏感に反応して、花を咲かせる機会が圧倒的に増えたからだ。

今回も堪《こら》えきれず、桃色の幻想花をぽんっと咲かせてしまう。

宙を漂う幻影の花に、ウィラードは柔らかく目元を和ませる。しばらく、愛《いと》おしそうな眼差《まなざ》しで幻想花を眺めていた青の王子は、思いがけない話題を唐突に切り出した。

「ねぇ、エリス。今度はバッツドルフ殿とも面会をしてみるかい？」

「え……」

トクトクと甘やかに弾んでいた鼓動が、今度は驚きによってバクンと盛大に飛び跳ねる。呆気《あっけ》にとられて硬直したエリスに、ウィラードが穏やかな口調で詳細な説明をつけ加えた。

「魔女になった影響が完全に消えていると、マリオンが判断を下してからになるけどね。君が望むのであれば再会の場を設けるよ」

「どうする？」と決断を委ねられ、ぽかんと呆《ほう》けていたエリスは我に返る。答えは考えるまでもない。

興奮気味に身を乗り出すと、勢い込んで己の率直な想いを叫ぶ。

「私、師匠と会いたいです！　だって……だって……っ！　まだ、仲直りしていません！」

「うん、そうだったよね」

「私は迷いなく人助けをする師匠に憧れて、大嫌いだった聖花術の道へ戻りました。工房リデルで過ごした日々は、何物にも代えがたい宝物で――……私を教え導いてくれたのが師匠でよかったと、自分の口から伝えたいんです」

「わかった。エリスの希望は必ず叶えるから安心して」

ソファのスプリングを微《かす》かに軋《きし》ませて、半ば前のめりになって熱弁するエリスを、ウィラードは自身の胸にそっと抱き寄せる。

背中を撫《な》でる大きな手の感触や、服越しに伝わってくるほんの少し高めな体温が、涙が零れそうになるほど優しい。不思議と羞恥心《しゅうちしん》が煽《あお》られないのは、この抱擁を約束の誓いと捉えたからだろう。気がつけば余分な力が抜けて、エリスは完全にウィラードへ身を預けていた。

(次に会えた時は、師匠の気持ちも聞かせてもらいたいな。お互いに素直な思いを打ち明けて、すれ違っていた溝を埋められたら……また、心から笑い合えるよね)

明るい未来を想像して小さく笑むと、「そうだ」とウィラードが声を上げた。

「エリスが元気になったと聞いて、母上も会いたがっているんだ。美味《おい》しいお茶菓子をたくさん用意したから、体調がいい日に遊びにきて欲しいと言っていたよ」

「うわぁ、嬉しいです! ナターシャ様のご都合がよろしい日に伺わせていただきますね。あっ、お土産《みやげ》に花茶を持って行くのはどうでしょう? 前々から花嫁修業のお礼がしたいと思っていたので、複数の花をブレンドしてみるつもりなんですけど……」

「素敵な贈り物だね。母上は花茶を愛飲しているから、きっと喜ばれるはずだよ」

「本当ですか? だったら、気合いを入れて使用する花を選びますね!」

上品な香りのラベンダーに、ビタミンが豊富なローズヒップ。レモンバームにリコリス、ジャムを別途で用意するのもありかも……など。エリスが花茶の調合に想いを馳《は》せていると、不意に両頬を大きな手で包まれ、無意識に俯《うつむ》けていた顔をゆっくりと上げさせられた。

凪《な》いだ海を彷彿《ほうふつ》とさせる瑠璃《るり》色の瞳《ひとみ》と、驚くほどの至近距離で目が合う。エリスの頬が赤らむと同時に、桃色の幻想花がぽんっと一輪咲いた。

「悪いけど、花選びは後にしてもらえるかな？　次は、私との予定を立てる番だ」

「ウィラード様との、予定……ですか？」

オウム返しに尋ねると、柔らかな笑顔で頷かれる。

「以前の〝寄り道〟は邪魔が入ってしまったから、いつかやり直したいと思っていたんだよ」

じんわりと熱くなったエリスの頬を、ウィラードの指先がそろりと一撫でして離れてゆく。

名残《なごり》惜しさで胸が切なく震えたが、そんな気持ちもすぐに溶け消えてしまう。膝の上に乗せていた右手に、ウィラードの左手が重ねられたからだ。手袋を外している手のひらは、剣を扱う武人の硬いそれだが――エリスにとっては、もっとも心地のよい感触だった。

「次期国王の発表を控えているから、かなり先になってしまいそうだけど……それでもエリスは、私とデートをしてくれるかい？」

「――っ！」

てっきり、二度目の寄り道へ誘われると思っていたのに。ウィラードが口にしたのは【デート】という甘美な響きで、エリスの頬が更に赤みを増す。

なにか答えを返さなければと焦《あせ》るが、喉の奥で言葉が詰まって出てこない。仕方がないのでコクコクと何度も首を縦に振れば、半獣の王子様は獣耳をふにゃりと垂らし、心の底から嬉しそうに微笑んだ。「ありがとう」と礼を述べた彼の足元では、立派な尻尾までブンブンと元気に揺れている。

（いつになるかわからない、デートの約束なんだけどなぁ……）

これだけ喜びの感情を全身で示されると、なんだかこっちまで心が弾んでしまう。

エリスまでつられて笑顔になると、ウィラードはさっそくデートプランを語り出す。

「劇場を貸し切ってお芝居を観るのはどうだろう？　エリスが選んだ演目を特等席で観るんだ。それとも、管弦楽団のコンサートの方がいいかな？　リクエストをすれば好みの曲を楽しめるよ。美術館で巨匠の作品に触れてみるのも、面白い発見があると思うんだよね」

「ど、どれも素敵なお誘いですけど……今の私には高尚すぎる気がします」

王都に劇場や美術館があるのは知っている。しかし、実際に足を運んだことは一度もない。どちらも入場料が非常に高く、庶民には近寄りがたい場所だった。

（観劇やコンサートは私でも楽しめるだろうし、美術品は福音作りにいい刺激を与えてくれそう。行き先を考えてくださったウィラード様の気持ちだって、本当にありがたいんだけど……）

少し前まで清貧な暮らしを送っていたのだ。きっと、王都の施設を貸し切った豪勢なデートは、金額が気になって内容に集中できないだろう。せっかく、ウィラードと一緒に過ごせる貴重な時間なのだから、他所事《よそごと》に気を取られたくはない。

色好《いろよ》い返事をもらえなかったウィラードは、めげずに次の案を提示する。

「それじゃあ、場所はエリスに決めてもらおうかな。実は、デートの行き先を考えたのは今回が初めてで、さっきは事前に調べた定番の場所を挙げたんだ。選んでいる最中はどこも素晴らしいと思っていたんだけど……今更ながら、根本的な過ちに気がついたよ」

ウィラードがばつが悪そうに眉尻を垂らすと、彼の頭頂部に生えている獣耳までもが、へにょりと力なく伏せられた。あれだけ元気に揺れ動いていた尻尾も、ピタリと動きを止めてしまっている。

かなり落ち込んでいると一目でわかるありさまだ。

「大切なのは特別な場所へ行くことじゃない。二人で特別な想い出を作ることだ。……あぁ、形にこだわっていた自分が恥ずかしい。私はエリスと一緒にいられるだけで、こんなにも幸せな気持ちになれるというのに。今だって、心地よくて癒《いや》されているんだよ」

「そ、それは……私も同じです」

心臓がドキドキとうるさい。極度の緊張でうまく喋れるか不安だったが、それでも、しょんぼりしているウィラードを放っておけなかった。

なにより、この気持ちを伝えたいと本能が駆り立てるのだ。

「ウィラード様のお傍にいるだけで、自然と胸の奥がぽかぽかと温かくなります。同じ蒼の宮殿で暮らしていても、普段は、顔を合わせる時間が少なくないので――こうしてゆっくりお喋りできるだけでも、私はすごく嬉しいんですよ。特に、今はいつも以上に幸せです」

「なぜだい？　私は特別なことはしていないはずだよ」

「そんなことありません。政務でお忙しい中、デートの行き先をわざわざ調べてくださったんですから、喜ばない方が絶対におかしいです。私のためにありがとうございました」

「でも、結局は失敗してしまったじゃないか。本当に格好悪い……」

深く項垂《うなだ》れて落ち込むウィラード。彼の沈み込む気分をすくい上げたのは、武骨な手を包み込んだエリスの華奢《きゃしゃ》な両手だった。

小さく息を呑《の》んで顔を上げたウィラードに、エリスはふわりと目元を和ませる。

「ウィラード様はなにも失敗していませんよ？　〝寄り道〟ではなく〝デート〟に誘っていただけた。それだけで、私の心は十分に満たされたのですから」

「エリス……」

「仮に失敗だったとしてもいいじゃないですか。ウィラード様はなんでも完璧にこなしてしまうので、どんくさい私は『いつか置いて行かれてしまうのでは？』と、不安に感じる時がたまにあるんですよ。だから、少しずつ前へ進む今の関係が安心するんです」

獣特有の縦長の瞳孔《どうこう》は、真っ直ぐエリスだけを見つめている。ついさっきまで垂れていた獣耳もピンッと立ち、淡く色づいた唇から紡《つむ》がれる婚約者の言の葉に、熱を込めて聞き入っていた。そんなウィラードの左手を両手で握っているエリスは、頬を薔薇《ばら》色に染め上げてはにかむように微笑んだ。

「格好悪いところも隠さずに見せてください。私はウィラード様の色んな表情を知りたいんです。デートの予定も、二人で相談しながら立てましょう。その方が何倍も楽しいはずですから」

「私としては、君の前では常に格好よくありたいんだけど――……でも、そうだね。不思議とエリスには、どんな姿の自分も見て欲しいと思うんだ。絶対に幻滅されないと信頼しているし、私も君の様々な表情を知りたいからね。お互い様なら恥ずかしくないだろう？」

「ふふっ、そうかもしれませんね」

いつもの調子を取り戻したウィラードと共に、肩を揺らして笑い合う。

「駄目だな。私はいつの間にか、とんでもない欲張りになってしまったようだ。自慢の婚約者を早く国民に紹介したいと思う反面、誰よりも可愛《かわい》らしい君を誰にも見せたくないと願ってしまう」

一頻《ひとしき》り笑って呼吸を整えると、いきなりウィラードが爆弾発言を炸裂させた。瞬時に顔を赤らめたエリスは、ぽぽんっと数輪の幻想花を咲かせる。

「お、お世辞はやめてください！　心臓に悪いですから……っ」

「そこは慣れてもらうしかないかな。すべて、私の本心だからね」

「ムリです！　だって、私はどこからどう見ても平凡で……全然、可愛くありません……」

「エリスが平凡？　そんなわけないだろう」

己を卑下したエリスは、頭のてっぺんに萎《しお》れた花を生やす。

その花を優しく摘んでやりながら、ウィラードは即座に彼女の発言を否定した――だけに留《とど》まらず、スラスラと好意的な点を列挙してゆく。

「半獣の姿を恐れない柔軟な感性。弱音を吐いても静かに寄り添ってくれる心遣い。自身の利益は度外視で、他人のために福音を作り続けるひた向きさ。どんな困難をも乗り越えて常に前進する姿勢。そんなエリスの美しい精神に、私は心惹《ひ》かれてやまないんだ」

「そ、そんな……言いすぎですよ！」

「いいや、まだ言い足りない。君は外見だって魅力的だよ。すぐに赤くなる頬が愛くるしい。大きな瞳も深緑を閉じ込めたようで綺麗だ。髪はふんわりと撫で心地がよくて、声も明るく澄みきっている。私の胸にすっぽりと収まる小柄な身体も……エリスのすべてが、愛おしくて堪らない」

「〜〜〜っ!!」

トロリと蕩《とろ》けんばかりの甘い眼差しで、至近距離から見つめられる。青い瞳の奥に見え隠れする熱情に、エリスは追加でぽんっと花を咲かせながら、握り締めていたウィラードの左手を解放した。

（も、もう限界……っ！）

これ以上褒め殺しにされたら、心臓が爆発して本当に死んでしまう。一旦、落ち着かなければ。茹《ゆ》だりそうな思考でそう判断するや否や、エリスは座っていたソファから跳ねるように立ち上がった。

「そういえば、ウィラード様にお渡ししたいものがあったんです！」

「エリスから、私に？」

唐突な話題の転換に面喰い、ウィラードは「なんだろう？」と目を瞬《またた》かせる。

研究用の資料が積まれている一角へ向かったエリスは、数ある図鑑の中からもっとも分厚い一冊を手に取った。ぱらぱら、と。真ん中付近のページを開けばお目当ての品を発見する。

（ウィラード様はよく本を読んでいるから、ちょっとした贈り物を作っておいたんだよね）

中庭での襲撃事件が発生する直前、ウィラードが髪に挿《さ》してくれたミモザの花。

ただ枯らしてしまうのが惜しくて、押し花から栞《しおり》へ加工してみたのだが——よもや、こんなタイミングで役に立つとは思わなかった。

「少々不格好ですが、よかったら使ってください」

エリスから差し出された栞を受け取り、ミモザの花を目にしたウィラードは固まる。

「……まさかこれ、ジュダとマリオンにあげてないだろうね？」

「？　綺麗なミモザを見せてくださった記念の品なので、ウィラード様の分しか作ってないんですけど、なにか不都合でもありましたか？」

不思議そうに小首を傾げたエリスに、ウィラードはどこか安堵《あんど》した様子で苦笑を漏らした。

「花は君の専門分野だろう。それで、この栞に使われているミモザだけど、エリスが選んだ意味はどちらかな？　花言葉を忘れたとは言わせないよ？」

「あっ！」

ミモザの代表的な花言葉は、【秘密の恋】と【友情】だ。迂闊《うかつ》だった。ウィラードが読書家なので栞を贈ろうと決めたはいいが、ミモザの花言葉まで考慮していなかった。

もし、ジュダとマリオンへ意味を告げずに渡していたら、大きな誤解を生んでいたかもしれない。

（私の、ウィラード様への気持ち……）

無意識に胸へ手を当てると、熱い高鳴りが感じられる。それだけではない。お腹《なか》の辺りが妙にむず痒《がゆ》くなるし、全身が勝手に火照《ほて》って、思考がトロトロと煮詰まりそうになる。

こんな感情に振り回されるのは生まれて初めてだ。

（これが恋なのかな？　でも、間違っていたら取り返しがつかないし……）

恋愛未経験の弊害に頭を抱えたくなる。ウィラードに抱いている想いの正体が、自分自身でもわからないのだ。——けれど、一つだけ確実に言えることがある。

この気持ちは、友情を抱く相手に向けるものではない。

(それじゃあ私は、ウィラード様が……す、好き……って、こと?)

そこまでがエリスの限界だった。かぐわしい芳香を放つ桃色の幻想花が、ブワッと部屋中を埋め尽くす。エリスが真っ赤な顔でアワアワしていると、花の中から腕が伸びてきて、腰元を優しい力で引き寄せられる。

倒れ込んだ先はウィラードの逞《たくま》しい胸の中だった。

「こうしていると、世界に二人だけになったみたいだ。君を誰の目にも触れさせず、私の腕の中へ囲っておける」

「あ、あの……ウィラード様、この体勢は恥ずかしいです……っ!」

「私は恥ずかしくないよ? 可愛いエリスを独り占めできるんだ。部屋の中に咲いている花が全部消えるまで、ずっとこうしていよう」

蜂蜜を溶かしたような美声で囁《ささや》かれ、額に口づけが落とされる。腰に回された腕によって密着度が増し、羞恥心を煽られたエリスは更に花を咲かせてしまう。

——これでは、いつになっても解放されないではないか!

「今はまだ、エリスの気持ちは聞かないでおくよ。その代わり、今度は私が選んだ花を君に受け取ってもらいたい。もちろん、いつか贈るミモザの花束とは別だからね? 私はちゃんと花言葉を考えて贈るから、いい返事を期待しているよ」

獣特有の縦長な瞳孔を持つ瑠璃色の瞳と、鼻先が触れ合うほどの距離で見つめ合う。

気分はまるで、狼《おおかみ》を前にした兎《うさぎ》……と言いたいところだが、兎は狼にときめいたりはしない。

(ウィラード様は、どんな花を私に贈ってくれるのかな?)

そして自分は、その花にどのような答えを返すのだろう?

のぼせたような顔色でグルグルと思い悩むエリス。そんな彼女を更に強く胸へ抱き込み、呪われた半獣の王子様は幸せそうに微笑むのであった。

あとがき

初めまして、真咲いろはと申します。

この度は拙作をお手に取ってくださり、誠にありがとうございました！

花言葉で奇跡を起こす聖花術師の少女と、呪われた半獣の王子様の恋物語――皆様、お楽しみいただけたでしょうか？　各キャラクター達の仕事へ注ぐ情熱や、闇に隠れた陰謀の謎解きなど、恋愛以外の要素もたくさん詰め込みました。堅物騎士団長やオネェ枢機卿のような、とても愉快なキャラクターが大勢登場するので、作者本人は書いていてとても楽しかったです。

イラストを担当したくださった水埜なつ先生。花が物語の鍵となっている聖花術師の物語を、文字通り華やかに彩ってもらえて感謝しております。なんと、コミカライズ版も水埜先生が担当してくださいます！　小説と漫画、両方で水埜先生の繊細で可憐な作品を堪能できるなんて幸せです。これからも二人三脚でよろしくお願い致します！

本作は、一迅社様の「異世界ファンタジーマンガ原作コンテスト」にて、大賞を受賞させていただいたものです。大幅な加筆修正で大変身を遂げておりますので、投稿作と比べて間違い探しをするのも面白いかもしれません。うっかり途中経過を見忘れて、いきなり大賞受賞の連絡がきた時は、びっくりしすぎて心臓が止まりかけました。それ以上に、書籍化の夢を叶えられて飛び上がるほど嬉しかったです！

物語をよりよくするため、的確なアドバイスをくださった担当編集者様を始め、選考や出版に携わってくださったすべての方々に、心からの感謝を申し上げます。いつも私を支えてくれる家族や友人、幼い頃から小説家になる夢を応援してくれた亡き母にも、全力で「ありがとう！」と伝えます。

それでは、またどこかでお会いできるのを楽しみにしております！

真咲　いろは

悪虐聖女ですが、愛する旦那さまのお役に立ちたいです。（とはいえ、嫌われているのですが）

著：雨川透子　　イラスト：小田すずか

目が覚めたら記憶喪失になっていたシャーロット。『稀代の聖女』と呼ばれていた力は封じられているけれど、そんなことは些末な事。なぜなら私の旦那さまのオズヴァルトさまが格好良すぎるから……！　「私、あなたに一目惚れいたしました」「俺は君のことを憎んでいる」どうやら過去のシャーロットは残虐な振る舞いで人々を苦しめていたらしい。それならば、記憶喪失であることは隠して、お役に立てるように頑張ります！　旦那さま最推しの悪虐聖女と不器用な天才魔術師のハイテンション・ラブコメディ！

この度《たび》、聖花術師《せいかじゅつし》から第一王子《だいいちおうじ》の臨時《りんじ》（？）婚約者《こんやくしゃ》になりました
～この溺愛《できあい》は必要《ひつよう》ですか!?～

2023年9月5日　初版発行

初出……「この度、聖花術師から第一王子の臨時（？）
婚約者になりました　～この溺愛は必要ですか!?～」
イラスト コミュニケーションサービス[pixiv(ピクシブ)]で掲載

著者
真咲《まさき》いろは

イラスト
水埜《みずの》なつ

発行者　野内雅宏

発行所　株式会社一迅社
〒160-0022
東京都新宿区新宿3-1-13　京王新宿追分ビル5F
電話　03-5312-7432（編集）
電話　03-5312-6150（販売）
発売元：株式会社講談社（講談社・一迅社）

印刷所・製本　大日本印刷株式会社

DTP　株式会社三協美術

装幀　今村奈緒美

ISBN978-4-7580-9579-2

おたよりの宛先
〒160-0022　東京都新宿区新宿3-1-13　京王新宿追分ビル5F
株式会社一迅社　ノベル編集部
真咲いろは先生・水埜なつ先生